普通高等教育"十一五"国家级规划教材
普通高等学校市场营销专业教材

组织间营销

Organizational Marketing

郭毅　侯丽敏　编著

电子工业出版社·

Publishing House of Electronics Industry

北京·BEIJING

内 容 简 介

21 世纪的组织间营销越来越重视与客户及其他利益相关者建立和维持相互满意的长期关系，并获取可持续的竞争优势。以顾客价值选择、创造和传播为基石的关系营销是贯穿于全书的核心理念。在此基础上，本书借鉴国内外组织间营销研究的最新理论成果和实践经验，系统地介绍了组织间营销的基本理论、理念、方法和策略。

全书共分为 11 章，包括组织间营销概论，组织购买行为，组织间营销的关系战略，组织市场细分、目标市场选择与定位，组织市场调研与组织需求分析，组织市场的产品策略和新产品开发，组织市场的服务管理，组织市场的营销渠道策略，组织市场的定价策略，组织市场的营销沟通策略和人员销售。

本书既可作为高等学校管理类专业本科生、研究生、MBA 及相关专业学生的教材，亦可适用于企业营销管理人员的培训。

图书在版编目（CIP）数据

组织间营销 / 郭毅，侯丽敏编著. —北京：电子工业出版社，2011.6
普通高等教育"十一五"国家级规划教材　普通高等学校市场营销专业教材
ISBN 978-7-121-13845-4

Ⅰ. ①组…　Ⅱ. ①郭…　②侯…　Ⅲ. ①市场营销学－高等学校－教材　Ⅳ. ①F713.50

中国版本图书馆 CIP 数据核字（2011）第 113959 号

策划编辑：刘宪兰
责任编辑：刘宪兰
印　　刷：三河市鑫金马印装有限公司
装　　订：
出版发行：电子工业出版社
　　　　　北京市海淀区万寿路 173 信箱　　邮编　100036
开　　本：787×1 092　1/16　印张：17.25　字数：427 千字
印　　次：2011 年 6 月第 1 次印刷
印　　数：4 000 册　定价：35.00 元

前　言

　　以工商企业、政府、机构为代表的组织类顾客构成了一个巨大的组织市场。在美国，加拿大和其他的一些国家，组织市场的营销超过经济活动的一半以上。据估计，世界各国的进出口总额每年在 15 万亿美元左右，其中的 2/3 以上都是组织市场中的增值交易。而且，单个组织购买者的采购量巨大，如 IBM 采购部门每年花费在产品和服务的金额超过 400 亿美元，而宝洁、苹果、戴尔等公司每年用于购买产品和服务的支出占其年销售收益的一半以上。组织间营销，研究组织在为工商企业、政府、机构等组织类顾客提供产品和服务时如何进行顾客价值的选择、创造和传递的过程。在营销理论界和实务界，对消费品市场的研究和关注远远超过组织市场。但组织间营销与消费者营销相比，在购买对象、购买目的以及购买产品方面存在显著的差异：组织类顾客数量少、购买量大、在地理区域上相对集中、与供应商关系密切，且是专业采购、集体决策、理性决策；组织类顾客为了生产、再销售、资本设备的维修、研究与开发以及为公共提供服务等目的而购买；组织类顾客所购买的产品按照其进入产品生产过程的特点及其计入产品成本结构的方式分为**投入性产品、基础性产品、辅助性产品，**一般具有技术复杂、价格高昂、按用户的特殊要求进行设计制造等特点。因此，并不能直接将消费市场的研究和实践直接运用到组织间营销中去。特别是高科技的迅速发展和全球经济一体化的浪潮使中国的企业在国内和国外两个市场上参与国际竞争，在面临机遇的同时更有风险与威胁的严峻挑战。

　　提升中国企业的核心竞争能力，获取长期可持续净增优势是每个企业亟待解决的问题，也是组织间营销研究所面对的具有现实性和前瞻性意义的课题。本书的编写和出版旨在对中国组织间营销的研究和探讨起到一定的推动作用。

　　本书致力于组织间营销的理论研究、方法介绍和内容阐述，借鉴国内外组织间营销的最新理论成果和实践经验，系统地阐述组织间营销的基本概念、理念、方法和策略。

　　本书基于下列考虑展开结构与内容的设计：

　　（1）以顾客价值为基石的关系营销是贯穿于全书的核心理念。21 世纪的竞争，不再是企业与企业之间的单打独斗，而是网络与网络之间的竞争。只有加入一个富有竞争力的网络并有所贡献，企业才有可能为顾客创造更多的让渡价值，这是其存在和发展的合法化理由。企业的营销工作不再是简单地开发制造、分销、促销产品，而是在顾客价值选择、创造和传递的过程中维系企业与供应商、企业与员工、企业与顾客之间相互满意的长期关系，以此获得各利益相关者的长期利益。

　　（2）阐述国外组织间营销理论和经验并与研究国内组织间营销理论和实践相结

合。本书介绍了组织间营销的理论，如顾客价值、关系营销、战略联盟、服务营销和人员销售等。同时，在各章插入营销窗口，用以描述中国组织间营销的特点、发展及趋势。

（3）理论阐述和实际操作性相结合。本书在阐述理论的同时，在每章之后辅之以练习题，并在各章插入营销窗口。这种安排不仅能够拓展学生的知识视野，而且也有助于培养学生分析、解决实际问题的能力。

感谢电子工业出版社刘宪兰老师一直给予的支持和鼓励。同时书中参考和引用了大量文献，在此向原作者致以诚挚的谢意。限于作者的水平，本书不当之处，敬请批评指正。

郭毅　侯丽敏

2011 年 6 月

目　　录

第1章
组织间营销概论

发轫于第二次世界大战前美国的营销理论、概念和方法，更多地应用于终端消费者市场。市场营销的一般理论对组织间营销具有重要的指导意义，在组织间的购买过程中也能得到广泛而成功的应用。但由于与消费者相比，组织类顾客购买产品和服务的目的有所不同，因此，组织间营销在理念、策略、方法上有其特殊性。

本章将讨论以下几个方面的内容：
- 组织市场与组织间营销
- 组织购买品的界定及其分类
- 组织购买者的分类及其特点
- 组织购买品与最终消费品关系
- 组织间营销组合工具分析

1.1　组织市场与组织间营销

组织市场（business marketing）是指工商企业、政府和机构为了组装（例如，原材料或零部件），消费（例如，办公设施，咨询服务），使用（例如，设施或设备）或者再销售等目的而在国内和国际市场购买产品和服务所构成的市场。工商企业购买产品以有助于生产过程或者用于生产其他产品和服务。政府和机构为公众提供服务而购买产品。大的或小的，公共的或私有的，营利或非营利的所有正式组织参与工业产品和服务的交换，从而构成了组织市场。组织市场是所有市场中最大的市场，其交易额远远超过最终消费者市场。在美国，加拿大和其他的一些国家，组织间营销超过经济活动的一半以上。据估计，世界各国的进出口总额每年在 15 亿美元左右，其中的三分之二以上都是组织市场中的增值交易。而且，单个组织购买者的采购量巨大，如 IBM 采购部门每年花费在产品和服务的金额超过 400 亿美元（Ferguson，2008），而宝洁、苹果、戴尔等公司每年用于购买产品和服务的支出占其年销售收益的一半以上（Hardt，2007）。

组织间营销（business to business marketing）是面向以工商企业、政府、机构为代表的组织类顾客的营销。一些大企业只面向组织市场的顾客提供钢铁、生产设备等产品，而一些企业同时参与组织市场和消费品市场。例如，激光打印机和个人 PC 的引入使一家传统意义上的组织间营销者——惠普进入消费者市场。相反，萎缩的消费者市场促使索尼通过办公自动化产品将其业务扩展到组织市场（Hutt and Speh，2007）。

1.2　组织市场的产品——组织购买品

1.2.1　组织购买品的界定

组织市场的产品和服务被称为**组织购买品**（organizational goods）。具体地说，组织购买品是指由工商企业、政府、机构等组织用于生产、再销售、资本设备的维修、研究与发展及为公共提供服务的等目的而购买的产品和服务。

根据这一定义可以知道，组织购买品与最终消费品主要从以下三个方面加以区别：

1）购买对象不同

组织购买品的购买对象主要是以工商企业、政府、机构等为代表的组织，最终消费品的购买对象是以居民为代表的个人消费者。

2）购买目的不同

组织采购是为了组装，消费，使用、提供公共服务或者再销售等目的而进行的购买活动，是提供最终消费品的派生需求。消费者对最终购买品的购买完全出自于消费的目的。

3）产品不同

一些组织购买品与最终消费品相比，往往还具有技术复杂、价格高昂、按用户的特殊要求进行设计制造等特点。有关组织购买品与最终消费品的比较，将在以后章节中给予进一步的描述。

因此，不难理解，钢材、矿石、生产设备或者集成电路等完全面向组织市场的产品是严格意义上的组织购买品。当微机、软件、电话及一些小型的办公设备由组织购买时，这些产品体现为组织购买品；当这些同样的产品由消费者购买时，则体现为最终消费品。

1.2.2　组织购买品的分类及其特点

组织购买品的分类有助于辨识组织购买过程中具有影响力的人物以及设计有效的组织市场营销策略。按照组织购买品进入产品生产过程的特点及其计入产品成本结构的特点，组织购买品通常可被分为三大类别：**投入性产品**（entering goods）、**基础性产品**（foundation goods）和**辅助性产品**（facilitating goods）（见图 1-1）。组织购买品的特点以及购买者所采购的产品用途和服务对买卖双方有着重要的影响。

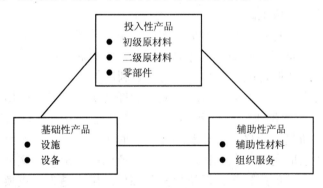

图 1-1　组织购买品的三大类别

1）投入性产品

投入性产品会构成最终产品的一部分，包括**初级原材料**（raw material）、**二级原材料**（manufactured materials）和**零部件**（components and parts）。

（1）**初级原材料**是指处于未被加工的自然状态下而被出售的产品，如煤、天然气、原油、各种矿石都是典型的初级原材料。它们大都来源于农业、矿业、林业和渔业。

大部分初级原材料需要经过进一步的加工，例如石油加工精炼提取汽油、柴油、煤油、润滑油、石蜡等化工产品。而一部分原材料直接以自然状态进入组织的生产过程，例如麦当劳每年采购7亿吨马铃薯用于生产其快餐食品。

初级原材料有以下几个特点：

① 由于地质历史的原因，初级原材料的生产比较集中。

② 很多国家对于一些重要的矿产资源都有相关的法令法规限制，例如石油、黄金基本上是垄断经营的，垄断经营对于不可再生资源的开采来说利大于弊，因为它能够保证资源相对充分地开发和利用。

③ 对于钢铁厂这样的厂商，铁矿石和煤的供给及时与否直接影响其生产经营，铁矿石和煤的价格也会影响其钢铁产品的市场竞争力。在这种情况下，钢铁厂就会倾向于通过并购等方式拥有自己的煤矿和铁矿以保证及时地获得原材料，有效地控制生产成本，从而降低经营风险。

（2）**二级原材料**是指在形成最终产品前被基本加工过的产品，如钢铁、皮革都是典型的二级原材料。二级原材料虽然是在初级原材料加工的基础上形成的产品，但其在构成最终产品之前还需要经过进一步的加工。就像汽车制造商采购钢铁由铁矿石经提炼而成，在构成消费者所购买的最终产品——汽车时，钢铁还需要进一步的加工。

经过加工的二级原材料价值大增，由于理化性质相同，不同生产厂商生产的同类二级原材料之间的差别非常小，因此具有同质性的特点。除此之外，当二级原材料被进一步加工成其他产品时，其品牌很难在制成品中识别出来，也就是说，二级原材料还具有品牌易失性的特点。

二级原材料的同质性和品牌易失性使卖方努力增加其产品的歧异性，包括生产特制品、采取后向一体化的策略、提高更具有竞争力的生产线，或利用行业内的影响者及采购方产品设计者对产品的认可等手段来提高产品的竞争力。

（3）**零部件**是指直接进入产品内或略作加工就进入成品的零件或部件，如发动机、计算机芯片、显像管、集成电路等。

零部件具有易损耗的特点，有些零部件比较复杂，技术含量较高。这些特点使零部件受到制造商和使用者的重视。例如，在计算机行业，如果芯片制造商能够不断推出新型的芯片，就意味着芯片制造商可能会获得高额的垄断利润。

零部件的采购者有产品制造商、渠道中间商和需要更换零部件的用户。三类用户的购买目的各不相同，关注的侧重点也有所不同。产品制造商为组装自己的产品而购买零部件，因此，零部件的质量、价格、设计及运送的及时可靠性是关注的重点；渠道中间商从买进卖出的价格差中获取利益，因此比较关心供应商的品牌形象、交易折扣、交货能力以及供应商提供的市场支持如广告等；需要更换零部件的用户是为了更换自己原有的已经损耗的零部件，以维持机器设备的正常运转，他们更关心供应商的售后服务。由此可见，零部件的营销应针对不同用户的购买目的及特点，采取对应的营销策略，以达到良好的营销效果。

2）基础性产品

基础性产品通常为资本项目。资本产品具有消耗性的特点，通常其原始成本以折旧费用的方式计入生产过程。基础性产品包括**设施**（installation）和**设备**（equipment）。

（1）**设施**是指那些构成生产和制造基础的长期投资产品，包括建筑物、土地使用权及设备等。设施往往决定了一个厂商的生产和制造规模。对设施的需求受经济的影响，例如利率的高低；同时，也与市场对产品的需求状况有关。例如，面对世界范围内对微处理机的高涨需求，英特尔开设新工厂，扩建老工厂，在设施方面投入了大量的资金；一家典型的半导体芯片生产商需要耗费 3 亿美元投资在有关设施方面，其中 6000 万美元用于设备的购买，其余部分用于建筑设施及土地使用权的购买。

（2）设备往往也作为设施的一个重要组成部分，通常可以分为轻型设备和重型设备。轻型设备一般是标准设备，如电动工具、小空气压缩机、计算器、打印机等，成本相对较低，所以价格、运送、售后服务是影响购买的主要因素。供应商一般通过各类经销商来销售此类产品。重型设备，如高压锅炉、大型计算机系统、大型研磨机、粉碎机械等，具有技术复杂、成本高，需要按照用户的特殊要求单独设计等特点，属于非标准产品。组织购买者比较关注供应商的设计实力，如果此类产品能给组织购买者带来较高的投资收益，那么组织购买者愿意支付较高的价格来购买此类产品。供应商主要通过人员销售的方式来销售此类产品。

3）辅助性产品

辅助性产品是指支持组织运营的**辅助材料**（supplies）和**组织服务**（business services），属于消耗项目，是不进入生产过程或成为最终产品的一部分。

（1）**辅助原材料。辅助材料**是指易耗品，用于维护、修理、使用产品时的辅助产品，如复印纸、润滑油、研磨剂、焊条等。辅助原材料具有易耗性、采购频率高、成本低廉等特点。

由于很多辅助材料是无差异化的，价格是买方最关注的，因此组织顾客希望供应商能够提供无库存购买服务，以尽量降低成本及减少管理上的繁琐。组织顾客的采购部门在选择和评价辅助材料的可靠性、价格、产品使用的方便性等方面起关键的作用。供应商通过提供合适的产品类别、富有竞争力的价格、及时可靠的运送等措施以鼓励组织顾客长期购买。供应商通常采用针对于再销售者和使用者邮寄产品目录、广告等方式进行促销。至于人员销售在辅助材料销售中所起的作用，取决于供应商的规模、产品线的长度、产品潜在需求的规模及组织顾客在地理位置上的集中程度等因素。一般来说，供应商会采用人员销售与采购批量大的用户进行直接沟通。对于采购批量小且比较分散的用户，供应商会通过各种类型的分销商来对产品进行销售。那些生产规模较大的，并能够提供较多产品类型的供应商更倾向于采用人员销售的方式来促销。

（2）**组织服务。组织服务**指为销售而进行的活动，使用户在购买中得到利益和满足。这种意义上的服务有些是和基本产品一起提供的，而有些服务的提供和定价是单独进行的。如果厂商在定价时将服务连同产品一起提供给用户，那么应该让用户清楚产品的真正价值，以提高产品的竞争力。

服务的提供无疑会增加成本，但在下面一些情况中，服务的提供是非常重要的：对于一个新产品而言，顾客购买的风险很高，因而会导致其购买、使用新产品时犹豫不决。为了促使用户迅速购买，促进新产品的销售和推广，技术服务和应用上的帮助与支持是市场营销组合中不可缺少的内容；当市场有众多的竞争者，价格不相上下，送货情况及产品质量上的差别又微乎其微，技术服务将是体现产品竞争力的重要因素。一项有吸引力的服务活动可以使产品歧异化，树立企业的良好形象，增强企业的竞争实力，也可避免企业卷入很少有赢家的价格大战中去。需要说明的是，产品的不同，需要提供的服务就不同。如果销售的产品是某种设备，那么供应商提供顾客服务的关键点是安装、维护、修理，还包括备用的零配件的供应；如果销售的产品是原材料，那么供应商提供的应该是解决生产问题的一些应用性的技术支持。

服务类组织面向组织顾客所提供的服务也属于组织市场的顾客服务内容。对于服务类组织来说，其产品就是服务。随着竞争压力的增加，一些厂商不得不削减管理人员，把经营重点集中于核心业务上，并把某些服务功能转移到外部组织中去，从而为那些专门提供计算机支持、设备维护、物流服务等的服务性组织创造发展的机会。例如，近几年，市场对计算机服务和软件的需求量比对传统的计算机硬件的需求量高出两倍以上，这使那些在信息处理及管理领域内有专长的服务性企业大受欢迎。

1.3　组织购买者的分类及其特点

组织市场中的顾客通常又被称为**组织购买者**（organizational buyer）或组织类客户。组织购买者的主要行业分布在农业、林业、渔业、矿业、制造业、建筑业、运输业、通信业、公用事业、银行、金融、保险业、分销以及服务行业等。按照组织购买动机及购买决策的特点不同，各行业的组织类顾客可大致分为**工商企业类顾**客（commercial enterprises）、**政府类顾客**（government organization）和**机构类顾客**（institutions），如图 1-2 所示。

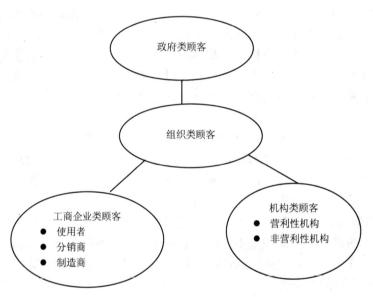

图 1-2　各行业组织类顾客的分类

对于组织购买品的营销人员来说，根据组织购买动机及购买决策的特点不同所进行的细分有着非常重要的意义。针对各类组织顾客的不同采购特点和采购要求，采取相应的营销策略及组合，与竞争对手相比能够为用户提供更具有竞争力、更能满足用户需求的产品与服务，从而与用户建立长久的合作关系，实现合作双方长期利益双赢的局面。

1.3.1　工商企业类顾客

工商企业类顾客按照购买产品和服务的需求不同，可分为三类：**使用者**（users）、**原始设备制造商**（original equipment manufactures）和**分销商**（dealers and distributors）。

1. 使用者

使用者购买产品和服务的目的是为了生产并向组织市场或消费品市场提供产品和服务。使用所采购的产品一般不会构成其自身产品的一部分，但却能起到帮助生产或满足商务需求的作用。

使用者在购买贵重产品时，比较关注产品的质量、价格、运送情况、设计是否能够满足生产的需要等方面的情况。而且，使用者采购产品的目的是为了有助于生产能够更好地进行。一旦所采购的产品出现了故障和问题，将有可能影响到使用者的利益，因此，使用者对于供应商的售后服务也比较关注。使用者在购买易耗品时，则比较关注价格和交货速度。

2. 原始设备制造商

原始设备制造商购买产品的目的是用其组成自己的产品，如戴尔公司是典型的原始设备制造商，它从英特尔购买芯片用以生产 PC，此时芯片组成了戴尔公司的产品，成为 PC 的一部分。

3. 分销商

分销商主要负责组织购买品的分销活动。例如，那些成本低、技术含量低、规格标准的零部件以及在生产和工作中易于维护、修理和使用的辅助材料等多通过分销商来实现销售。

对于分销商来说，他们主要通过大批量的买进卖出之间的差价来获取利润，比较关注供应商所能提供的交易折扣、交货能力、品牌形象以及提供的市场支持，如广告等促销手段。

对于一个具体的组织，既可能是一个使用者，又可能是一个设备制造商。例如，当通用公司购买制造汽车的生产系统时，是一个使用者，而当其采购汽车制造所需的零部件时，是一个设备制造商，但由于购买目的的不同，同一公司对产品的采购标准是不同的。因此，对于营销人员来说，应该采取有针对性的营销策略。

从国外的经验来看，由于组织购买品的采购直接影响到它们的生产与营销活动，已成为各类工商企业经常面临的一项重要工作，因此，工商企业类顾客都非常关注采购产品的成本及质量的控制。

1.3.2　政府类顾客

在很多国家，政府类顾客是组织购买品的主要消费者和采购者。根据国际经验，政府采购支出一般占整个国家或地方政府财政支出的 30%以上，占 GDP 的比重一般为 10%左右。美国政府在 1989—1992 年间，每年仅用于货物和服务的采购就占其国内生产总值的 26%～27%。美国统计局 2008 年数据显示，美国各级政府每年在货物和服务的采购支出为 1.5 万亿美元；欧盟政府采购支出占欧盟各国国民生产总值的 14%；中国政府采购支出占财政支出和 GDP 的比重较低，但增长迅速。2008 年，中国政府采购规模达 5990.9 亿元，占当年财政支出的 9.6%，GDP 的 2%，增长率较上一年提高 28.5%。

一般来说，政府需要其他组织顾客所需要的所有产品和服务，同时还有其他组织不具备的需要，包括对社会服务及一切与防务有关的产品和服务的需要。

政府市场对于很多企业来说，充满了吸引力。企业一旦进入了政府市场，就意味着拥有了稳定的、具有保障性的、较高收益的回报。而且，进入政府市场往往也有助于树立企业的良好形象，为企业进入其他市场做了有力的宣传。其原因就在于能够为政府提供产品的企业都是经过严格竞标产生的，具有较强的竞争力。

1. 政府采购的发展沿革

所谓**政府采购**（government purchasing，又称公共采购），是指各级政府为了开展日常政务活动或为公共提供服务，在财政的监督下，以法定的方式、方法和程序，通过公开招标、公平竞争，由财政部门以直接向供应商付款的方式，从国内、外市场上为政府部门或所属团体购买货物、工程和劳务的行为。其实质是市场竞争机制与财政支出管理的有机结合，主要特点就是对政府采购行为进行法制化的管理。政府采购主要以招标采购、有限竞争性采购和竞争性谈判为主。

政府采购是市场经济的产物，最早形成于 18 世纪末的西方国家，如美国 1761 年就颁布了《联邦采购法》。英国政府在 1782 年设立了文具共用局，专门负责政府部门所需办公用品的采购工作，同时开始对政府采购的管理进行立法。

1979 年以前，政府采购与贸易的关系不产生矛盾，因为大家都购买国内产品，各国的政府采购是封闭的，都不对外开放。随着贸易自由化呼声越来越强烈，出现一些工业化国家亟待为本国贸易均衡的状况。因此，像政府采购这样巨大的潜在市场，在国际贸易领域日渐受到重视。一些西方国家还提出应将政府采购纳入有关国际协议。因此，"政府采购守则"被制定出来。该守则由各缔约国在自愿的基础上签署，并通过相互谈判确定政府采购的开放程度。后来，又对"政府采购守则"内容进行部分修改，最终形成"政府采购协议"。1991 年正式生效的政府采购协议，已有许多发达国家先后签署，而且，还采取一些强制措施迫使加入世界贸易组织的国家签署该协议。在世贸组织就政府采购市场的开放问题进行多边谈判时，许多区域性组织也将政府采购纳入地区贸易自由化之中，如业太经济合作组织等。

2. 政府采购的特点

政府市场是一个巨大的、充满诱惑力的市场，对于任何一个有意进入政府市场的组织来说，都必须了解政府采购的特点。与其他组织类顾客相比，政府类顾客具有以下几方面的特点：

（1）政府采购一般是按照年度预算进行的。年度预算具有法律效应，不会轻易变动。也就是说，政府在一个年度内的采购规模基本上是固定不变的，这就是政府市场相对稳定的一个原因。政府的有关部门要求对有意进入政府采购市场的供应商提供规定的资料，用以说明其能够提供的产品类别、规格、企业的实力、资信等情况。只有经审定被列入政府采购准供应商名单中的企业才有可能参加有关政府采购的竞标活动。

（2）政府采购往往通过公开招标、邀请招标、竞争性谈判、单一来源采购、询价等方式来选择合适的供应商。对于很多产品，政府有关部门会制定出详细的标准和细则，如技术规范、运送货物的时间要求、包装要求、保证书要求及其他采购要求等。已经被列入政府采购供应商名单的企业必须能够提供完全符合这些标准和细则的产品和服务才有资格进入竞标阶段。在竞标阶段，价格基本上是主要的竞争因素，政府一般会选择竞标价最低的企业作为供应商，除非竞标价次低的企业能拿出有力的证据来说明竞标价最低的企业所提供的产品和服务不符合要求。

（3）当可选择的供应商很少或产品不能仅从价格方面来判断时，政府往往采取竞争性谈判的方式来选择供应商，即有关部门会同时与供应商谈判。谈判的过程中会涉及很多主观因素，如供应商供货的执行情况，产品的性能等都将会与价格一样成为竞争因素。这时，谈判的技巧、合理的价格约定及为企业获得订单的适当投资都是必须要注意的。

（4）政府类顾客出于保护本国产业的目的更倾向于采购本国供应商的产品。例如，《中华人民共和国政府采购法》规定政府采购应当采购本国货物、工程和服务。但有下列情形之一的除外：①需要采购的货物、工程或者服务在中国境内无法获取或者无法以合理的商业条件获取的；②为在中国境外使用而进行采购的；③其他法律、行政法规另有规定的。

B to B 营销视窗 1-1 介绍了美国政府如何通过政府采购来扶持本国的企业，充分说明了通过政府采购促进本土企业发展是一个通行的政策。

B to B 营销视窗 1-1	美国的政府采购对本国企业的支持

　　在支持高科技产业方面，20 世纪 50、60 年代，美国的航空航天技术、计算机、半导体的建立和发展，基本都是靠政府采购给予第一推动力。例如，在美国半导体和计算机工业发展早期，由国防部和国家宇航局出面采购，有效降低了这些产品早期进入市场的风险。以集成电路为例，1960 年集成电路产品刚刚问世，100%由联邦政府购买。1998 年美国政府的采购合同总额中，高技术企业的产品价值占 35%。美国在政府采购中还通过"提高技术标准"、"增加检验项目"和"技术法规变化"等技术壁垒政策，提高外国高技术革新产品进入的"门槛"，以削弱外国产品的竞争力。

　　美国通过政府采购扶植了 IBM、惠普、得克萨斯仪器公司等。美国西部硅谷地区和东部 128 公路沿线高技术产业群的迅速发展，与联邦政府的采购政策密不可分。

　　在支持本国产业方面美国政府：法律明确规定，国际采购至少必须购买 50%的国内原材料和产品。在同等条件下，美国给予国内投标商 10%～30%的优惠价格。在政府采购项目的国外报价中，如果本国供应商的报价高于外国供应商的报价，但不超过6%，那么，必须优先交由本国供应商采购。

　　资料来源：中国科学院国际合作局.国际科技动态.2007, 8

由上面的信息可知，要想成功进入政府市场的组织必须注意以下几个方面：

（1）充分了解政府采购所规定的标准和复杂的规则；

（2）投入研究发展经费以保证所提供的产品能够满足政府采购的要求；

（3）在标准产品上，奉行成本领先战略，以确保产品的竞争力；

（4）随时与政府有关部门保持联系，及时获取政府的采购计划与采购要求；

（5）注意谈判的技巧和方式，在谈判中占据主动地位。

3．中国政府采购的实行情况及其现实意义

1999 年 4 月 9 日，由全国人大财经委员会、财政部、国家发展计划委员会、外经贸部、国家经贸委等国务院有关部门和军委部门负责同志，以及部分专家学者组成的《中华人民共和国政府采购法》起草工作正式启动。之后，《中华人民共和国政府采购法》被列入《第九届全国人大常委会立法规划》的第一类立法项目，在 2002 年 6 月 29 日的中华人民共和国第九届全国人民代表大会常务委员会第二十八次会议通过，于 2003 年 1 月 1 日起正式实施。

政府采购不论在计划经济时期还是在市场经济时期都是存在的。从政府部门使用的计算机，政府部门的汽车购买和维修，到政府工作人员出差买票及住宿等，这一切都需要购买，只是购买的方式不同而已。计划经济时期采购物品时，既不要求公开招标，又不要求货比三家，因此，专门负责采购物品的人员有着较大的购买决定权。实行政府采购制度后，采购方式发生了变化，已不再由少数几个人甚至一个人说了算。这种采购方式的改变，对以前的方式是一种冲击，同时带来许多矛盾。

但由于政府采购制度自身的特点，使其在中国一经实行，就显示出极大的优越性，由于它的公平、公正、公开性，被人们称为"阳光工程"、"阳光下的交易"，规范政府采购的法律和法规被称为"阳光法案"。

政府采购的实施具有重大的现实意义，具体体现为以下几个方面：

（1）建立政府采购制度有利于加强财政支出的管理和监督。完整的财政政策包括两个方面，一方面是收入管理政策，另一方面是支出管理政策，这两个方面处于同等重要的地位。如果说 1994 年的分税制改革是从收入方面搭起了一个能与市场经济接轨的框架，那么建立政府采购制度，将是从支出管理方面搭起的一个与市场经济接轨的框架。实行政府采购，使财政支出预算指标和预算资金实现了分离，财政就能对机关和事业单位的商品和服务的采购行为实行有效的监督，保证财政对预算资金的流量和流向的控制。特别是由于政府采购一般需要采用公开招标的方式进行，项目预算可以通过合同法律化，财政按合同支付货款，从而解决了项目决算突破项目预算的问题。

（2）建立政府采购制度有利于提高政府的调控管理水平。政府采购实质上是政府支出的安排和使用行为。政府采购属于与市场规划、市场运作兼容的间接调控，既可以加强科学化管理导向，又有助于实现一系列政府所追求的调控目标。

一是有利于调节国民经济运行。政府采购制度的确立，有机地把各级政府部门的消费组织起来，进而有效地执行国家的财政政策、货币政策、产业政策和社会发展计划。而且政府可以依据宏观经济冷热程度及其发展态势，适时、适量地安排政府采购。当经济偏冷时，增加和提前进行政府采购，刺激总需求增长；当经济偏热时，适当压缩和推迟政府采

购，减少社会总需求。

二是有利于贯彻政府在结构调整方面的意图。政府采购客观上对不同产业和行业有一定的选择余地，可以体现不同的政府倾向，如对于符合产业政策和技术经济政策的新兴产业或技术项目，政府采购中可以较多安排它们的产品。特别是在环境保护、社会福利等方面的特定政策目标，可以纳入政府采购制度之中，确保这些政策能够及时、有效地落实。

三是有利于保护民族工业，支持国有企业的发展。目前中国政府采购主要是面向国内企业进行的。推行政府采购，通过对企业规模、产品产地、技术条件及品牌的限制和选择，可以保护国内技术先进、竞争力强的民族工业，支持国有企业，从整体上提高国有企业的市场竞争能力。

（3）建立政府采购有利于加强政府系统的廉政建设。现行的单位分散采购，由于缺乏有效的财政监督，回扣、人情购物等情况非常普遍，是产生"权钱交易"等腐败行径的土壤。实行政府统一采购，特别是在采购中引入竞争机制，透明度高，有一套严密的程序，坚持了公开、公平、公正的竞争原则，加上内部制约、外部审计和商家投诉相结合，能够切实有效地消除采购过程中的幕后交易、"暗箱"等操作。

（4）建立政府采购有利于保护生产者和消费者的利益。实行政府采购，对于政府采购管理者来说，由于采购具有规模优势，通过对供应商的择优评审与监督，可以降低价格、节省开支，获得质优价廉的产品和服务；而对于参加竞标的供应商来说，如果能够获得政府采购的供货权，不仅可以成批量的销售本企业产品或服务，同时也有助于树立企业形象。其他未能获得政府采购供应权的企业，通过竞争招标，可以发现本企业产品或服务的差距和不足，有助于它们提高产品或服务质量等。

1.3.3　机构类顾客

机构类顾客也是组织市场的一个重要组成部分。例如，各类学校、医疗保健部门、监狱、图书馆、基金会、艺术陈列馆都属于机构组织。

机构类组织又可细分营利性和非营利性两大类。从整体上看，营利性机构的采购特征类似于工商企业类顾客，比较注重成本和利润的控制。非营利性机构的采购特征类似于政府部门，其支出受到公众的关注和有关法律及财政预算的制约。

机构类组织的采购在有些地方与工商企业和政府类都有显著的不同，具体如下：

首先是采购的多样性。在机构市场上，供应商面对的顾客从性质上看千差万别，每一类顾客的采购要求也是千差万别。而且即使是同类顾客，其采购的差异性也比较明显。就拿医疗保健部门来说，在一些小的医院里，尽管有专门的采购部门，但关于食品的采购如果没有营养师的认可，采购人员就没有签订有关合同的权利。在一些规模较大的医院里，采购决策往往由业务经理、采购人员、营养师、厨师等人员所组成的采购中心一起做出，或者通过几家医院联合组成的采购团体来采购。

其次，采购的影响因素多。在众多的机构组织中，存在着一些专业人员，他们对采购有着非常重要的影响力，且往往与采购人员的看法不尽相同，甚至存在着冲突。例如，专业人员更注重产品的品质而采购人员则倾向于产品的成本控制。对于面向机构市场的营销人员来说，应该努力洞察并把握专业人员与采购人员之间的冲突，最好的方式是与双方都保持一定的联系，向专业人员证明其产品和服务的品质，向采购人员提供有关价格的合理性、运送的具体安排等情况。

再次，**团体采购**（group purchasing）将成为机构市场的一个重要的发展趋势。所谓团体采购，就是指几家甚至几十家机构组成一个联合采购单位或委托专门的采购组织进行组织购买品的采购。通过团体采购，可以获得低价、质优的各类产品和服务的供给。同时，团体采购还具有削减各成员的管理费用、采购规范化及更富有竞争力等优点。面对团体采购，营销人员必须充分意识到团体采购的专业性、规范性、规模大的特点。企业必须提供富有竞争力的产品及富有效率的营销策略才可能在众多的供应商中脱颖而出。

1.4　组织购买品与最终消费品关系

组织购买品是最终消费品的派生需求，它们之间有着密切的关系，但在购买对象的特点等方面存在着显著的差别。本节将对组织购买品与最终消费品的联系与区别进行详细分析与探讨。

1.4.1　组织购买品与最终消费品的联系

对组织购买品的需求最终来源于对最终消费品的需求，或者说，组织购买品是最终消费品的派生需求。所谓**派生需求**（derived demand），是指对组织购买品的需求是由组织购买品组装、生产最终消费品的需求拉动的。

由于组织购买品具有派生需求的特征，这就要求：

（1）上游供应商要关心直接顾客的需求，同时也要关心顾客的需求。例如：兽皮供应商应密切关注消费者对兽皮的需求。

（2）派生需求可以指导上游市场对下游市场的拉动，一般通过引导和影响顾客的顾客或最终消费者的偏好，来增加其对产品的市场需求量。例如：M 公司专门生产塑料供模具生产商制造电话外壳、PC 外壳等模具，这些模具被电话机生产商、PC 生产商用来组装成最终产品出售。M 公司通过说服电话机制造商、PC 制造商的原材料检验师，证明由 M 公司产品制造的外壳具有表面细腻、耐老化、绝缘性好等优点，更能满足其生产的需要，电话机制造商和 PC 制造商于是便会向模具制造商推荐或要求使用 M 公司的产品，从而使其产品销量大增。

（3）下游产品的需求波动会造成上游产品的波动。而且，一般来说，对组织购买品和服务的需求比对消费品及服务的需求更为多边。消费品需求增加一定百分比往往能够引起生产追加产出所必需的工厂和设备的需求上升很大百分比。有时候，消费品需求仅上升 10%，却能在下一阶段引起组织购买品的需求上升 200%之多。这种现象被经济学家称为"加速原理"。加速原理的现象导致许多企业营销人员使其产品线和市场多样化，同时密切关注下游市场的动向，以便在商业周期中实现某种平衡。

图 1-3 为组织购买品与最终消费品的关系图。

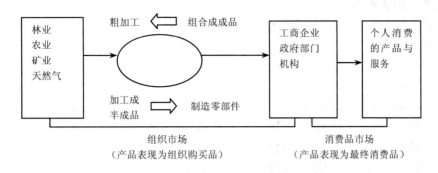

图 1-3 组织购买品与最终消费品的关系

1.4.2 组织购买品与最终消费品的区别

关于组织购买品与最终消费品的区别，在前面章节中略有介绍，下面将从购买对象的特点、购买目的及产品这三个方面进行详细讨论。

1．购买对象的特点

组织购买品的购买对象是以工商企业、政府、机构为代表的组织，最终消费者的购买对象则是以居民为代表的个人消费者。两者相比，组织购买都有其明显的特征：

（1）购买者数量比较少。一般来说，组织购买品营销人员面对的顾客比消费品营销人员要少得多。例如，在组织市场中，固特异轮胎公司的主要顾客为三家汽车制造商。当该公司出售更新的轮胎给消费者时，该公司在美国面对的就是一个具有 1.7 亿汽车使用者的巨大市场。

（2）购买量大。在组织市场中，购买力相对集中，20% 的用户购买 80% 的产品量。这意味着单个用户就可能采购大量的产品。例如，通用汽车公司的采购部门每年在采购方面的花费高达 70 亿美元，超过伊朗、土耳其、希腊等国家的国民生产总值。

（3）供需双方关系密切。组织市场中购买数量少的大买主对供应商来说具有重要意义，买卖双方更注重长期稳定的互惠互利的合作关系，包括长期交易关系、合作伙伴关系的建立。为熟悉买方的采购要求，供应商参加由组织购买举办的相关研讨会的情况越来越多。有些合作良好的双方采取及时供货服务、无库存协议、甚至实时采购-供应系统等。

（4）购买者在地理区域上相对集中。很多国家在石油、橡胶、钢铁、农业等行业显示出相当强的地理区域集中性。在中国，大多数组织购买者集中于北京、天津、上海、广州、成都、深圳等工业较为集中的城市。

（5）专业采购。组织采购一般是由受过专门训练的采购人员执行的。这些采购人员往往将其一生的时间和精力都花费在学习如何更好地采购等方面。他们的专业方法和对技术信息的评估能力促使他们进行成本-效益购买。

（6）集体决策。典型的组织采购任务往往是由所谓的采购中心来执行。采购部门一般由 15～20 人组成，也可能超过 50 人。营销部门、生产部门、研究与开发部门、高层管理部门及采购中心的成员都不同程度地参与了购买决策。采购中心的成员既同享决策成功的成果，也共同承担失败的风险。

　　除此之外，组织购买与个人消费购买相比还具有理性决策，如直接采购、互购、租赁等方面的差别。

2. 购买目的

　　工商企业、政府、机构等组织为了生产、再销售、资本设备的维修、研究与发展、为公共提供服务等目的而进行购买，所购买的产品和服务直接或间接地以最终消费品的形态存在。对最终消费品的购买则完全出自于个人消费的目的。由于购买目的的不同，组织在采购过程中更加注重供应商的技术支持实力、付款条件、供货速度等方面的能力。

3. 产品

　　有些组织购买品，例如重型设备、零部件、系统等与消费品相比具有技术复杂、成本高的特点，往往需要买卖双方长时间的谈判协商才能达成交易。在产品开发上，消费品注重市场调查，组织购买品注重关键客户的需求，这是因为关键客户对其销售额影响很大，而且由于关键客户在行业中的具有影响力的地位，对产品的销售会起到良好的宣传作用。

　　与消费品相比，很多组织购买品的总需求受其价格波动的影响比较小，即组织购买品的价格弹性比较小。需求在短期内几乎无弹性，因为厂商迅速地对其生产方式做出变动是很困难的事情。对占项目总成本比例很小的那些组织购买品来说，其需求也是无弹性的。所以，除非竞争需要，组织购买品很少利用降价来提高销量。但在下列情况中，组织购买品的价格弹性表现出不一般的变化：当组织为保障自己的需求或从中牟利，往往过量购买，促使价格一涨再涨，这时就表现出有弹性；就某个组织购买品来讲，如果需求是有弹性的，这意味着当一家供应商把价格降到竞争价格以下时，市场份额会相应地增加。如果产品的差异性很少，产品的供给丰富，竞争者也会降价，价格大战随之开始。在价格竞争中，只有那些具有低成本竞争优势的企业才能生存。图 1-4 对组织购买品与最终消费品的区别进行了总结。

类别	购买对象特点	购买目的	产品
组织购买品	● 购买数量少 ● 购买者在地理区域上相对集中 ● 购买量大 ● 供需双方关系密切 ● 专业采购 ● 集体决策并具有理性特点	● 再生产、再销售、资本、设备维修、研究与发展及为公共提供服务	● 成本较高 ● 技术复杂 ● 某些产品需要按照用户要求定制 ● 注重关键客户的需求 ● 价格弹性小
最终消费品	● 消费者数量众多 ● 消费者分布分散 ● 消费量小 ● 消费者的兴趣与偏好容易转移 ● 非专业采购	● 个人消费	● 成本较低 ● 技术简单 ● 大多为标准产品 ● 注重市场调查 ● 价格弹性大且有多种变化方式

图 1-4　组织购买品与最终消费品的区别

1.5　营销组合工具比较——组织市场与消费品市场

消费品领域的营销研究与传播随着消费品市场竞争的日趋激烈而深入和广泛。但对于组织市场营销，由于行业、产品、销售对象不同，各公司营销策略也有所不同，而且各组织内部的运作透明性不高，缺乏借鉴性。用有关消费者市场的营销理论对组织市场营销进行实践的指导收效甚微，原因就在于组织购买与消费者购买在购买对象、购买目的、产品这三方面有着重要的差别。组织间营销的实质是组织对组织的营销。虽然消费品市场销售的基本概念和理论对组织市场营销有一定的指导和借鉴意义，但组织市场更注重关系影响，即通过供应商与顾客建立长期的利益纽带而获得共同的利益。了解两者之间的差别有助于组织市场营销者根据组织市场营销的特点采取有针对性的营销策略，以提升营销业绩。

下面将从产品、定价、分销、促销等营销组合工具方面详细阐述组织间营销与消费市场之间在营销理念、营销策略的侧重点及采取的营销手段等方面的不同。

1.5.1　产品

企业为消费品市场的每一个细分市场提高的基本上都是标准产品，每一个细分市场都存在着有消费偏好相似的消费者，并采取统一的定价、促销、分销策略。对于一些组织购买品来说属于标准件的，可以满足各类组织顾客的不同需求，但很多组织购买品，例如大型设备、计算机系统等基本上按照用户的特殊要求而单独设计，而用户之间的要求可能不尽相同，这就意味着为每一个用户提供的产品或服务是唯一的。这同时也意味着买卖双方在交易前后及达成交易的过程中必须密切合作、及时沟通、加强了解，而产品或服务是完全满足、符合每一个用户的需求的。这些都是关系营销理念的体现。

1.5.2　价格

在消费品的定价过程中，主要体现了卖方的意愿，包括为促销所做出的价格调整策略。而在组织购买品中，由于购买批量大，采购价格将直接或间接影响组织顾客的产品定价，进而影响产品的竞争力，因此价格协商与谈判是经常会产生的一个问题。价格的最终的确定取决于采购批量，对卖方产品的成本核算、销售状况等信息的掌握情况，谈判技巧等方面。一般来说，购买批量大、掌握的信息完全、谈判技巧高的组织顾客所获得的价格优惠较多。这同时意味着，不同的组织顾客将以不同的价格获得同样的产品或服务。那些为特定用户单独设计的特制产品更需要通过价格谈判来确定价格。

一些组织限于法律的规定或为了能够获得在质量、价格、规格、供货速度等方面更让人满意的产品，往往通过竞争投标的方式来采购，组织购买品的价格也因此通过竞争投标而产生。这种关系营销理念被越来越多的组织所重视，很多供应商在价格制定上更多地考虑按照顾客所能承受的价格来开发、设计产品，而并不是在传统营销理念的指导下，将用户作为自己的利润中心来对待。关系营销关注的是长期合作带来的双方利益的双赢而非短期的既得利益。

1.5.3　分销

消费者由于数量众多，且分散较广，因此消费品市场一般采用长且宽的分销渠道。

在组织市场中，如果用户的规模大，或者每个用户规模小，但在地理区域上比较集中，这时组织一般采用直销方式。如果用户规模小，且比较分散，组织则倾向于采用代理商、厂商销售代表或经销商等间接分销渠道。在某一个市场区域，如果同时存在着一个或几个规模较大的用户、众多规模较小的用户，组织会采用直销和间接销售两种分销渠道。研究表明，组织市场中通过直销的方式将产品销售给组织顾客的比例高达 68%，而且这一比例有不断上升的趋势。导致这一现象的原因有两个方面：一方面在于有些组织购买品具有技术复杂、服务方面要求较高、价格较高等特点，不适合采用间接分销渠道；另一方面，买卖双方更愿意通过直接沟通，相互了解，以获得彼此的信任，从而实现彼此最大的收益。直销既促进了组织间的沟通，又满足了组织类顾客购买的需求，是关系营销的一项重要策略。

1.5.4　促销

由于组织类顾客规模大、数量少，且分布比较集中，组织购买品在促销策略上更多地采用人员销售。一般来说，消费品的广告预算通常为销售额的 5%，组织购买品的广告预算大约为销售额的 1%～2%。组织购买品主要通过产品展示会、直接邮寄、专业性杂志、典型用户及行业内有影响力的用户等途径进行企业及产品和服务的宣传。

组织市场的营销对营销人员的要求相对较高，营销人员既要懂得一定的技术，又要把握用户与工程师、生产人员及销售经理的关系，还需要了解组织中有哪些人参与采购决策，哪些人能够影响采购决策及其原因，等等。

一个组织顾客往往通过供应商的营销人员来认知供应商实力、信誉、形象，而营销人员通过与组织顾客的直接沟通，了解顾客相关需求的信息并传递给供应商。因此，人员销售能够加强和增进组织与组织之间的沟通和了解，是实现关系营销的一个重要纽带和环节。这一点与消费品市场营销惯用的"压迫式"单向促销有明显的不同。

本章小结

在组织市场中，用于生产、再销售、资本设备维修、研究与发展及为公众提供服务等目的而购买的产品和服务被称为组织购买品。按照组织购买品进入产品生产过程的特点及其计入产品成本结构的特点，可将组织购买品划分为三大类：投入性产品、基础性产品和便利性产品。投入性产品是构成最终产品的一部分，包括初级原材料、二级原材料和零部件；基础性产品通常为资本项目，包括设施和设备，具有易耗性的特点。通常，其原始成本以折旧费用的方式计入生产过程；辅助性产品是指支持组织运营的辅助材料和组织服务。这类产品属于消耗项目，不进入生产过程或成为最终产品的一部分。每一类购买品都有其不同的特点和用途，组织采购所关注的侧重点也有所不同。

工商企业、政府、机构是组织市场的三类顾客。其中，工商企业按照采购目的的不同又可分为使用者、设备制造者、分销商；政府类顾客具有按年度计划采购，审批程序复杂，以招标、有限竞争和竞争性谈判等方式进行采购的特点；机构类顾客包括营利性机构和非营利性两类。从整体上看，营利性机构的采购类似于工商企业，注重成本和利润的控制；非营利性机构的采购则类似于政府类政府。机构类顾客与工商企业和政府采购的差别主要体现在采购多样性、采购的影响因素多、团体等方面。

组织购买品是最终消费品的派生需求，这就要求上游供应商要密切关注下游市场的需求，包括顾客的需求，而且应努力通过下游市场的偏好来拉动对上游市场的需求。由于组织购买品和与最终消费品在购买对象的特点、购买目的、产品等方面的差别，组织购买品的营销策略及组合不能完全等同于消费市场。组织市场的营销充分体现了以"4C's"为理论基础的关系营销理念。

关键词

组织市场	Business Marketing
组织间营销	Business to Business Marketing
组织购买品	Organizational Goods
投入性产品	Entering Goods
基础性产品	Foundation Goods
便利性产品	Facilitating Goods
初级原材料	Raw Material
二级原材料	Manufactured Materials
零部件	Components and Parts
设施	Installation
设备	Equipment
辅助材料	Supplies
组织服务	Business Services
组织购买者	Organizational Buyer
工商企业类顾客	Commercial Enterprises
政府类顾客	Government Organization
机构类顾客	Institutions
使用者	Users

原始设备制造商　　　　　　　　　Original Equipment Manufactures
分销商　　　　　　　　　　　　　Dealers and Distributors
政府采购　　　　　　　　　　　　Government Purchasing
团体采购　　　　　　　　　　　　Group Purchasing
派生需求　　　　　　　　　　　　Derived Demand

思考题

1. 何谓组织购买品？组织购买品与最终消费品的区别体现在哪些方面？
2. 组织购买品包括哪些分类？
3. 组织顾客有哪些类型？每种类型具有哪些特征？
4. 工商企业类顾客包括哪些类型？各有怎样的特点？
5. 何谓政府采购？政府市场具有怎样的特征？企业应该采取怎样的营销策略进入政府采购市场？
6. 在中国，政府采购具有怎样的意义？
7. 何谓派生需求？派生需求对组织间营销具有怎样的指导意义？
8. 组织市场营销与消费品市场营销有什么区别？
9. 上网练习：进入 www.purchase.gov.cn。查询有关政府采购的政策法规、实施情况及评论性文章，并结合自身体会写一篇关于"政府采购与组织市场营销"的小论文。

第 2 章
组织购买行为

组织购买（Organizational buying）一般是由一个跨部门的非正式采购中心来完成，是一项复杂的决策过程。在整个决策过程中，组织购买受到诸多因素的影响。对于组织购买品生产商来说，只有深刻地理解组织购买的行为特征，才可能采取有针对性的营销策略，并最终赢得客户，占领市场。

本章将讨论以下几个方面的内容：
■ 组织购买决策过程
■ 营销策略在各类组织购买类型及其购买阶段中的运用
■ 采购中心
■ 影响组织购买行为的因素分析

2.1 组织购买决策过程与组织购买类型

组织购买行为是一系列被观测到的物质的过程。事实上，组织购买包括几个阶段，每一个阶段都是一个决策过程，随着组织成员的进入、退出，一个阶段的决策团体与另一个阶段的决策团体也会有所区别。一般认为，组织购买**决策过程**（Organizational buying process）由八阶段模型来描述。

2.1.1 组织购买决策过程

1. 预测或认识需求阶段

预测或认识需求是组织采购过程的开始阶段。这一阶段一般由内部因素和外部因素的刺激所产生的。其中，内部因素包括：组织原有的产品落伍了，需要开发新产品，由此产生对新设备和新材料的需求；原有的供应商在某些方面，例如价格、送货情况或售后服务不能让人十分满意，组织希望能够寻找到替代供应商；设备报废或其中零部件损坏，需要更新设备或更新零部件等。有些时候，组织内部人员可能并没有意识到需求或问题之所在，但一些外在的刺激可能会导致对需求的认识。例如，供应商的营销人员可以通过展览会，或主动与组织购买者沟通接触的机会来证明自身产品在价格、性能或服务等方面的优越性，以激发组织的潜在购买欲望。

2. 确定需求的特征和数量

组织的某些需求在内部因素或外部因素的刺激作用下被认识之后，采购者便开始确定所需项目的总特征和需求的数量。如果是标准项目，总特征的确定相对比较简单。如果设计到复杂项目，总特征及需求数量的确定更多地是由采购项目的使用人员、工程技术人员来共同完成的。

3. 描述需求项目的特征和数量阶段

该阶段是第二阶段的延伸，主要对需求项目的特征进行更为详细和准确的描述。这一阶段对以后供应商的选择有着非常关键的作用，因为一旦需求项目的特征确定以后，就意味着只有能够完全符合这些需求特征的产品的供应商才可能成为最终的供应商，否则在这一阶段就已经失去了竞争的资格。如果供应商的营销人员能够尽早地介入组织购买决策过程中，并且通过与有关人员的密切沟通和交流，来使做出的组织购买决策朝有利于自身的方向发展是至关重要的。

4．寻找和谈判潜在的供应来源

一旦组织确定了能够满足它们需要的产品，便通过厂商名录、计算机网络、产品展示会等方式寻找和判断潜在的供应来源。当然，对于供应商来说，这一阶段并不是被动地等待着被发现的过程，完全可以主动地与组织顾客建立联系，甚至在更早的阶段就介入，从而增加成为最终供应商的可能性。

5．接受和分析建议

企业在采购一些标准项目时，所需要的信息比较少，通常第四和第五个阶段同时发生，有些供应商送来一份产品目录和派一名销售代表，购买组织可能只是检查一下报价单或更新一下价格信息。

对于复杂的商品，购买者会要求潜在供应商提供详细的书面建议，并进行长时间的有关条款的协商和谈判。这一过程也是逐步淘汰一些不符合要求的供应商的过程。鉴于这一过程的特点，供应商的营销人员必须精于调查研究、书写和提出建议。这些建议是营销文件包括技术文件。在这些建议中，营销人员应充分突出和强调公司的能力和资源，以便在竞争中获得优势。

6．评价建议、选择供应商

组织的采购中心通常根据所规定的要求，对各潜在供应商的书面建议进行评估。例如，采购中心认为企业的技术能力、信用、产品可靠性、交货可靠性、服务能力、价格这6 个指标比较重要，按照一定的评分标准逐项给每个供应商打分，再结合权重，分数最高者无疑是最适宜的供应商，表 2-1 为一个供应商权重评估模型的实例。

表 2-1　供应商权重评估模型实例

属　　性	权重	评 分 标 准				
		不接受（0）	差（1）	一般（2）	良好（3）	优秀（4）
技术能力	0.15					
信用	0.15					
产品可靠性	0.25					
交货可靠性	0.15					
服务能力	0.20					
价格	0.10					
总分=						

莱曼和奥萧尼斯的研究发现，各指标的相对重要性随组织购买品的类型而有所不同。对常规订购的产品来说，交货可靠性、价格及供应商的信誉最为重要；对程序性问题产品，例如复印机来说，技术服务、供应商灵活性以及产品可靠性最为重要；对于政策性问题产品，最重要的指标就是价格、供应商信誉、产品可靠性、服务可靠性和供应商灵活性。莱曼和奥萧尼斯的这一项研究成果可以应用于具体的供应商评估模型中去。

在这一阶段，还涉及供应商数目的确定问题。一般来说，如果组织采购者选择一家供应商则意味着对其依赖性大大增加，退出壁垒也将大大提高，也就是说一旦发现供应商不能完全满足要求而更换供应商时，将付出很高的代价。例如，重新评估供应商所发生的费用，为适应新供应商的产品而做出工艺上的变动、人员重新培训的费用，甚至还包括感情上的割舍。组织将订单分散给多家供应商也会带来一些问题，最为突出的问题就在于每家供应商所获得的订单规模都比较小，以至于供应商没有足够的激励去更好地满足组织的需要。所以，比较合适的供应商数目既不能太多，也不能太少。例如，有的组织选择两家供应商，该组织认为，这样的供应商数目既能够避免对某一家供应商的过分依赖。又能够使每家供应商获得足够的订单，引起供应商对满足需求的足够重视并获得价格上的折扣，而且两家供应商的存在也能够使它们彼此感受到竞争的压力，也更方便组织对供应商的控制和管理。

7．选择订货程序阶段

确定供应商之后，组织的采购人员就可以向确定的供应商发出订货单，准确地开列出需求量、产品技术说明、交货时间及地点、付款方式、退货政策等。

就保养、维修和经营项目来说，采购人员越来越多地倾向签订长期有效的合同以代替定期购买订单。长期有效采购合同的签订能够使买卖双方建立起一种长期的、稳定的采购-供应关系，在这种关系下，供应商根据协议供货给采购者，并尽量减低采购者的库存，从而降低其库存费用。在这种合同下，买卖双方的关系非常紧密，如果供应商能够较好地执行有关采购协议，其他供应商则很难打破这种关系。

8．供应商执行情况反馈与评价阶段

在这一阶段，组织采购者对各具体供应商的执行情况进行反馈并评价。对于供应商执行情况的反馈和评价，既可能通过正式渠道，也可通过非正式渠道。而且这一过程不仅仅涉及到采购部门，也涉及营销、生产等部门，反馈及评价的结果是组织继续向原有供应商购买产品，也可能导致组织终止采购合同的执行，其关键的因素就在于供应商是否能够完全彻底地执行有关协议，并在这一过程中，与组织购买者保持良好的联系与沟通，及时了解对方需求的变动情况。

有学者的研究表明，有些组织的采购过程不一定完全遵循这八个阶段模式，并且随着组织采购的复杂程度有所变动。例如：某几个阶段可能同时出现并且没有非常明显的间隔；某一阶段由于重新确定基本问题的需要而再次经历；组织采购不可避免地受到各种内外因素的影响，采购过程则由于这些内、外因素的影响而可能中断；而且，购买阶段与组织购买类型有关（关于这一点，将在以后章节予以详细描述）。但无论如何，组织购买的八阶段模式还是较好地从普遍意义上解释了组织购买决策过程，对指导营销人员的营销实践具有重要的意义。

2.1.2　组织购买类型及其分类框架

组织购买者在采购产品和服务时，具有不同的经验及需要不同的信息。也就是说，**组**

织购买类型（types of buying situations）不同的两个组织在采购同一种产品时所采用的采购策略并不相同，因此，组织市场中营销策略的运用应该首先区分各类组织的类型。

1. 组织购买类型

一般来说，组织购买类型可分为三类：**新购型**（new task）、**更改重购型**（modified rebuy）、**直接重购型**（straight rebuy）。

1）新购型

当组织需要对以前从没有使用过的产品和服务进行采购时，其所面对的问题并不能依靠以往的经验来解决。组织对那些没有采购经验的产品的需求来自内外两方面因素的刺激作用。例如，当企业决定增加一条生产线时会引起对新生产设备、新零部件及原材料的需求，或者为了满足用户的需要而添置新机器。由于组织面临着新的采购需要，采购者在选择供应商和产品上缺乏相应的经验和现成的采购标准及产品知识。在这种购买类型下，组织采购者在作出采购决策前必须收集大量的信息。

2）更改重购型

当组织购买者认为通过重新评估可供选择的产品和供应商能够给自己带来巨大的利益时，例如，成本的降低、质量的提升，组织采购者就倾向于采取更改重购型。尽管组织购买者已经具有一定的采购经验和具体的采购标准，但还并不十分清楚哪一个供应商能够更好地满足自己的需求。在这种情况下，采购者需要收集更多的信息。更改重购型可能有内在和外在因素。如果原有的供应商不能满足组织的需求时更容易引起更改重购。

3）直接重购型

在组织采购中最常见的购买类型是直接重购型。供应商能够保持及时准确的送货服务、产品的质量及富有竞争力的产品价格，而且组织对产品的需求持续的时候，组织倾向于采用直接重购型，即不对潜在的供应商进行重新评估，而直接与原有的供应商保持业务上的来往。在这种购买类型中，组织具有非常丰富的采购经验，具有完善的采购及选择供应商的标准，基本不需要或很少需要有关信息。

不同的组织购买类型所需要的购买阶段并不完全相同，详见图 2-1。

阶段		新购型	更改重购型	直接重购型
预测或认识问题	⟹	需要	可能需要	不需要
确定需求项目的特点和数量	⟹	需要	可能需要	不需要
描述需求项目的特点和数量	⟹	需要	需要	需要
寻找和判断潜在的供应来源	⟹	需要	可能需要	不需要
接受和分析建议	⟹	需要	可能需要	不需要
评价建议、选择供应商	⟹	需要	可能需要	不需要
选择订货程序	⟹	需要	可能需要	不需要
执行情况反馈与评价	⟹	需要	需要	需要

图 2-1 组织购买类型与组织购买阶段的关系

2．组织购买类型分类框架

Robinson，Faris 和 Wind's 在 1967 年提出的组织购买类型分类框架被认为是对理论界和实务界最具有指导意义的分类工具，也被称为 RFW 分类法。该分类法构建了三个维度：

- 需要多少信息来作出正确的决策？（信息需求）
- 考察所有替代选择时的严谨性。（替代选择考察）
- 购买环境是否熟悉？（任务的新奇性）

图 2-2 表明了新购型、更改重购型、直接重购型三种组织购买类型在上述三个维度的特征。

购买类型	任务的新奇性	信息要求	替代选择考察
新购型	高	最多	重要
更改重购型	中	适度	有限
直接重购型	低	最少	不重要

图 2-2　购买决策网格

资料来源：Erin Anderson, Wujin Chu, Barton Weitz.Industrial Purchasing:An Empirical Exploration of the Buyclass Framework. Journal of Marketing. 1987,51 (7), 71-86.

新购型（在三个维度上都处于高水平）并不多见。当然，此时的销售非常重要，因为可以为以后更为程序化的购买设定模式。此时的采购中心通常会比较庞大，其中采购部的角色较为次要，而工程部拥有评估产品的专业知识，因此更为重要。此时解决问题是首要任务，而经济因素则相对次要。新任务一般也就意味着高风险。由于此时购买者所感知到的搜寻利益大于搜寻成本，因此购买者希望能评估尽可能多的备选产品。供应商必须使购买者确信他们的产品物美价廉，以此来赢得竞争。

直接重购型（在三个维度上都处于低水平）是组织市场中最为常见的购买形式。购买是常规行为，采购部（依然不是最重要的）也试图将其长期维持下去。虽然价格也起着重要作用，但确保及时送货与产品应有的表现是关键因素。现行的供应商一般并不会主动进行升级或提出新的解决方案，而是尽量避免出现失误（例如明显的质量下降）。由于顾客感知到考察其他替代品的成本超出期望收益，因此其他供应商处于相对的劣势。所以，除非现行供应商犯下重大错误或者购买要求发生了重大变化，否则其他供应商很难获得被考察的机会。但是这种情况一旦出现，就会成为更改重购型。

更改重购型（在三个维度上都处于中等水平）是新购型和直接重购型的结合体，既不是"升级版"的直接重购，也不是完全不熟悉的正式新任务。相较于直接重购，此时的采购中心并非十分庞大（采购部也并非毫无影响力）。即使确定了供应商（仍然根据那些关键因素），其他供应商也可以通过提供额外服务，例如更短的订货交付时间、更好的包装等来赢得合同。当然，时间是极其重要的，对于购买者来说，应该尽快确定优秀的供应商，将购买行为转化为直接重复购买，不留机会给其他供应商。

2.2　营销策略在各类组织购买类型及其购买阶段中的运用

Anderson 等学者（1987）对 RFW 分类法进行了验证性研究，研究发现 RFW 对于购买者行为的预测与销售人员观察到的购买者行为基本一致。尤其是经常接触新任务购买情形的购买者，销售人员通常观察到采购中心具有以下特征：

（1）庞大。

（2）决策缓慢。

（3）需求和可能的解决方案不确定。

（4）更多地关注于找到良好的解决方法，而不是仅仅获得低价或确保供应。

（5）更愿意考虑其他供应商的报价，相对较少偏爱现行供应商。

（6）更多地受到技术人员的影响。

（7）较少受到采购部门的影响。

（8）相反，那些面对更为程序化购买的销售人员（直接重购或更改重购）经常观察到购买中心规模较小、决策快速、对自身评估问题和可能解决方案的能力持有信心、更多的关注价格和供应、对现行供应商感到满意、更多地受到采购部们的影响。

一个供应商对于组织采购者的营销策略必须在八阶段模式中的前五个阶段，也就是说在供应商确定之前运用才有效果，而且由于 Anderson 等学者的研究表明不同组织购买类型的不同特点，营销策略的运用也应该针对特定组织购买类型。

2.2.1　营销策略在新购型组织采购中的运用

在新购型组织的采购中，很多潜在的供应商都没有为该组织提供同样的产品的经历，缺乏与其打交道的经验，如何能从位于同一起跑线上的众多的供应商中脱颖而出，关键的一点是取决于在各个阶段营销策略的运用。

阶段一：预测或认识需求阶段。潜在的供应商应该预测、认识、理解组织采购者所面临的问题，并能够在适当的时候予以支持和帮助。当然，这阶段的任务是困难的，因为对问题的认识更多地来源于组织内部而非外部组织所能轻易获悉。但如果一个供应商有过给其他组织采购者提供同类产品的经验则更可能敏锐地捕捉到机会。

阶段二：确定需求的数量和特征。潜在供应商所采取的营销策略包括提供有关的产品信息和技术支持。而且潜在供应商与其原有顾客的合作历史及信誉对于组织采购者来说至关重要。因此，营销者在此阶段不妨可以提供那些能够更好地满足新购型组织采购需要的证明。

阶段三：描述需求的项目和特征。采购组织的决策人员主要关注那些彼此竞争的潜在供应商的产品和服务支持的信息。营销人员因此应该提供详细的有关产品、服务等方面的信息。而且，营销人员也应该尽力改变需求项目特征的描述，使之朝向有利于自身产品的方向，这样，那些不符合组织需求标准的潜在供应商就有可能丧失进一步竞争的机会，从而巩固了其自身的竞争地位。

阶段四：寻找和判断潜在供应来源。在此阶段，潜在供应商需要证明自己能够提供让组织采购者满意的产品和服务能力。有些组织往往也会派出有关人员参观供应商的工厂以检验其供货的能力。

阶段五：接受和分析建议。潜在供应商营销策略的重点在于准确地理解组织采购者需求的细节问题并提供技术帮助，主要包括与组织采购者一起进行成本分析，产品测试和评估。而且在这一阶段，尤其重要的是必须判断哪些有关产品特征的细节描述是较为重要的。为了准确判断，营销人员首先要能解答下列三个问题：

（1）对于解决用户的问题来说，什么是最基本的？

（2）什么是用户期望的，但并不是最基本的？

（3）哪些条件仅仅用于使阐述更为清楚？

如果能对上述问题予以准确的理解和回答，那么，供应商就能够重视那些对满足用户需求最为关键的因素，避免设计那些既增加成本又不会给用户带来更多价值的产品。

2.2.2　更改重购型组织购买

一般来说，组织认为通过重新评估可供选择的供应商能够给自己带来巨大的利益，或者原有供应商不能满足组织的需求时，往往会采用更改重购型组织购买。更改重购型组织购买的供应商可分为两类，一类是那些为组织提供产品的原有供应商，另一类是原先没有为组织提供产品，但在新一轮供应商评估中准备为其提供产品的供应商，在这里称之为非供应商。原有供应商有着丰富的和组织采购者打交道的经验和历史，但如果是由于其不能满足组织需求而引起的更改重购，则原有供应商的供货地位不再稳固。非供应商如果能够有力地证明其提供的产品和服务让用户更为满意，就能够在竞争中获取有利的地位。

在组织采购的第一阶段，原有供应商应努力保持所提供的产品和服务的质量与标准，并努力加强与组织有关人员的沟通和交流，及时地发现问题之所在。对于非供应商来说，要敏锐地关注事态的进展，寻找进入组织采购决策程序的合适时机。

在组织购买的第二阶段和第三阶段，组织采购者关注的是供应商提供产品和服务的综合能力，因此无论是原有供应商还是非供应商都应强调自己的生存能力，可信程度及其他能力。

在组织采购的第四个阶段，非供应商应该让潜在用户确信其能够提供超值的产品和服务。例如，更好的品质、更快的送货或者成本的节约。由于用户已经比较熟悉原有供应商的情况，此时原有供应商的主要任务是观察事态的发展，并努力朝向有利于自身的方向。

原有供应商和非供应商在更改重购型采购的第五个阶段都需要详细了解购买组织的需求。要准确判断：哪些是解决组织问题最基本的条件？哪些是用户所期望的，但并不是最基本的条件？哪些条件仅仅用于阐述更为清楚？并在此基础上及时提供有助于解决组织问题或需求的建议。

2.2.3　营销策略在直接重购型组织购买中的运用

直接重购型组织购买决策是一种程序化的决策，原有的供应商与组织购买者在以往的买卖合作中保持着良好的、紧密的关系，组织购买者对原有供应商的产品质量、供货速度、技术支持等方面非常满意，并认为更换供应商或对所有可供选择的供应商须进行重新评估，且未必会给自身带来更多的利益。在这种类型的组织采购中，原有供应商与组织购买者已经建立起相当牢固的联结关系，它既包括共同的利益，也包括情感利益。从理论上讲，对于非供应商来说，要打破这种纽带联结而成为替代供应商，其壁垒是非常之高的，非供应商只有为组织购买者带来的经济利益大于（至少等于）原有供应商与组织购买者之间的经济利益和情感利益之和时，才有可能成为现实的供应商。

因此，在直接重购型组织采购中的第一至第四阶段，原有供应商与组织购买者之间应保持密切的联系，完全按照组织的要求提供产品和服务，并加强与用户的沟通和交流，及时对用户的要求做出反应，避免更改重购型采购的发生。非供应商所能做的事情就是与组织购买者保持不断的接触，并证明自身能够为组织带来更大的利益，试图让组织购买者不会考虑由直接重购向更改重购转变。在直接重购型组织采购的第五个阶段，原有供应商和非供应商都应及时地提出有利于解决组织问题的需求和建议。表 2-2 就营销策略在各类组织购买类型中的应用作出了总结。

表 2-2　营销策略在各类组织购买类型中的应用

阶　　段	新　购　型	更改重购型	直接重购型
1. 发现需求	预测问题，运用广告和销售人员说服，使购买组织相信自己有满足其需求的能力	供应商：保持质量/服务标准 非供应商：观察发展动态	供应商：和用户保持密切关系 非供应商：劝说组织重新考虑
2. 确定需求	提供技术帮助和信息	供应商和非供应商：强调各自的生产能力、可信程度及其他能力	同第一阶段
3. 描述需求项目特征	向决策者提供详细的产品和服务信息	同第二阶段	同第一阶段
4. 寻找供应来源	展示执行的任务，解决购买者的特定问题，满足需求的能力	供应商：观察问题的发展 非供应商：展示其解决问题的能力	同第一阶段
5. 分析建议	详细了解购买组织的问题或需求，及时提供建议	详细了解购买组织的问题或需求，及时提供建议	及时提供建议

2.3　采购中心

采购中心（buying center）是一个非正式的跨部门决策单位，其主要目标就是获取、分享、处理有关采购的信息。采购中心的成员参加购买决策过程并且分担决策的共同目标及风险。参加采购中心的组织成员大凡由于以下一个或两个原因：①对采购具有正式的职责，例如使用者、决策人员；②掌握着重要的有关采购信息来源，例如采购人员。

采购中心的组成随着购买类型的不同而不同，而且在每一个采购阶段，参与具体决策的人员也有所不同。一般来说，采购中心的规模在 20 人左右，有些组织的采购规模为 50 人左右。当然，具体组织的采购中心规模与组织的购买类型、组织的有关政策等有关，而并没有非常统一的规范。

采购中心作为组织采购的决策单位，对供应商的选择和评估具有举足轻重的地位和作用，对于采购中心的人员构成进行研究和分析，并采取相关的营销策略，对于供应商来说，非常重要。采购中心大致由以下一些部门的人员所构成。

由于组织购买类型及购买所处阶段的不同，各职能部门参与采购过程也有所不同（见表 2-3）。

表 2-3　采购阶段各部门参与状况

阶　　段	新　购　型	更改重购型	直接重购型
确定需求的特征和数量	工程部门 采购部门 研究与发展部门 生产部门	采购部门 生产部门 工程部门	生产部门 采购部门
描述需求特征和数量	工程部门 采购部门 生产部门 研究与发展部门	工程部门 采购部门 生产部门 研究与发展部门 质量控制部门	采购部门 工程部门 生产部门
接受和分析建议	工程部门 采购部门 研究与发展部门	采购部门 工程部门 生产部门	采购部门 工程部门 生产部门
供应商选择	采购部门 工程部门 研究与发展部门 质量控制部门	采购部门 工程部门 生产部门	采购部门 工程部门 生产部门

2.3.1　营销人员

当组织的采购决策对其产品的原材料、包装、价格等发生影响，进而影响其市场销售状况时，营销人员就会成为采购决策过程中的影响人员。由于采购的零部件和原材料通常会影响最终产品的销路，因此，是否会有利于增加产品市场竞争力的采购决策会得到营销人员的强烈反应。

2.3.2　制造部门

制造部门通常是所采购产品的使用者，一般负责生产产品的可行性及生产产品的经济效益、零部件及原材料的数量和特征的描述。同时也负责对配套设备、成本、采购的产品对现有生产可能发生的影响等方面的考察。由此可见，制造部门的人员在采购决策过程中扮演重要角色，对于选择、保留供应商以及采购批量在供应商之间的分配具有重要的影响作用。

一般来说，制造部门并不愿意接受技术改革，即使技术改革可能会给生产带来更高的效率，其原因在于为适应技术改革，制造部门必须做出相应改变，例如管理方法的调整、工作人员的重新培训。而且，高层管理人员认为生产制造部门主要负责产品成本的削减，但产品或制造的改变将导致成本的增加，至少在短期内由于学习曲线的中断，而增加成本。

2.3.3　研究与发展部门

研究与发展部门要参加新产品的初期开发，为零部件、原材料提出各种规格要求，提出最终产品的执行标准，有时会参与到生产工艺中去，因此，研究与发展部门也会参与购买决策。

2.3.4　高层管理部门

高层管理人员在下列一些情况下，会成为购买中心的成员：①组织面临着与日常采购不同的采购任务；②采购决策对组织的生产会带来重大的影响；③对组织来说，具有战略意义的采购。例如，行政高层管理人员参与到生产新产品流水线的采购决策过程中去，这种类型的采购主要取决于高层管理人员的态度。一旦高层管理人员直接参与购买决策，就极有可能为将来购买同类产品制定指导方针和购买标准。

2.3.5　采购部门

从表 2-4 可以看出，采购部门在采购过程中并不一定具有决策影响作用，采购部门一般在第三个采购阶段，也就是说产品的特征和潜在的供应商基本确定后才出现并发挥作用。由于采购人员具有丰富的谈判经验和采购知识，并且与供应商保持着紧密的联系，因此采购人员在直接采购型和重购型采购中扮演着重要角色。

表 2-4　特定设备采购中的主要决策人员一览表

公 司 类 型	采购的设备	主要决策人员
化工厂	热交换器	采购经理
特种钢制造商	钢板冷处理设备	生产工程师
组织购买品经销商	贮藏搁板	原料主任
金属线材加工厂	包扎机	部门经理
纸品厂	捆绑系统	总经理
耐火材料生产厂	叉车	采购经理
管材厂	挤压机	安全工程师
石油产品制造商	汽油贮藏罐	采购员
建筑材料制造商	泵	工程师
水泥制造商	叉车	总经理或副总经理

2.4　影响组织购买行为的因素分析

图 2-3 表示组织购买行为受到**环境因素**（environmental forces）、**组织因素**（organizational forces）、**团体因素**（group forces）及**个人因素**（individual forces）四方面因素的影响。

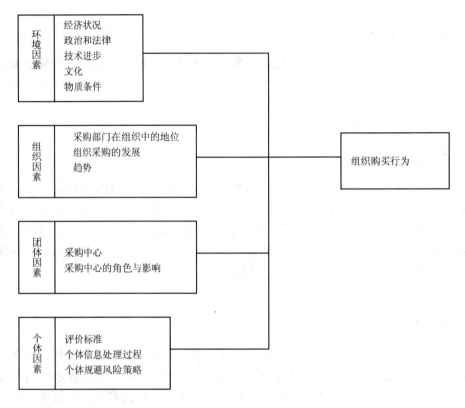

图 2-3　组织购买行为的影响因素

2.4.1　环境因素

国内和国际的经济状况、政治和法律、技术因素、文化因素以及物质条件无时无刻地影响着组织的营销活动及采购行为。对于组织来说，这些环境因素是客观存在而且不是组织能力所能改变的，但组织在某种程度上可以影响甚至可以利用环境因素的变化来创造有利于组织目标的机会。无论如何，组织应该密切关注各种环境因素的动态，对环境因素的变化给组织采购可能造成的影响做出准确及时的反应。下面，将具体对经济状况、政治和法律、技术因素、文化因素、物质条件予以分别讨论。

1. 经济状况

无论是国内的还是国际的，经济状况都会影响着组织购买或销售的能力。因此，国内及国际经济状况的变动必须予以密切注视。

由于组织需求的派生特性，那些影响最终消费者购买力的经济状况的变化也会影响到组织采购，当最终消费者的购买力下降，对原材料、零部件及相关服务的需求也势必下降。一国利率的提高，会使进口产品增强其在价格上的竞争力并限制本国产品的出口，进而影响到本国产品的需求。或者说一国利率的提高，会使组织采购更倾向于国外供应商而非本国供应商。

需要注意的是，经济状况的变化对所有组织的影响是不尽相同的。一般来说，经济状况对政府和机构的影响相对于对工商企业的影响要小得多，其原因就在于政府和机构的采购按年度采购计划来进行。这一年度采购计划在一个财政年度里是不能随意变动的。而且经济状况对组织的影响与组织所在的具体行业有关。例如，当利率提高、银根收紧的时候，对于那些用于生产汽车的铝、橡胶轮胎的需求将大幅下跌，而对纺织品和化工品的影响很小。

2．政治和法律

政治与法律环境是由政府机构和在社会上对各种组织及个人有影响和制约的压力集团构成的。表 2-5 说明了政府行为对组织市场的影响。

表 2-5　政府行为对组织市场的影响

与组织市场有关的政府职能	政府的具体职能
● 保护组织之间的正当竞争 ● 保护消费者免受不正当商业行为的损害 ● 保护社会的更大利益不受失去约束的商业行为的危害 ● 减轻贫富差距 ● 通过控制失业率和通货膨胀来稳定经济	● 进口/出口规定 ● 法律和政策 ● 税收 ● 项目资助 ● 社会工程 ● 研究资助 ● 利率控制

政治与法律对组织的影响是巨大而且深刻的。例如，政府为启动房地产市场而减轻对房地产业的税收，因此促使水泥、钢筋等产业的发展。再如，政府出台一项法规以禁止某杀虫剂的使用，将会使那些生产杀虫剂的厂商有破产的危险，而那些生产替代品的厂商则面临着前景光明的市场良机等。而且，在某种程度上，一国政治与法律环境往往倾向于保护本国组织。例如，日本政法通过提供直接的金融支持、有关技术、产品和国际市场的市场研究数据以及建立贸易壁垒来对本国工商企业予以很大的帮助和支持，这对国外组织与日本组织之间的合作或进入日本市场显然会造成很大的障碍。

3．技术因素

迅猛发展的技术能够重塑一个行业，同时也能够改变组织的采购计划。技术环境一方面限定了采购组织获得产品和服务的可能性，另一方面则限定了组织提供给其用户的产品和服务的品质。

一个行业的技术变革影响组织购买者作出的决策。随着技术更新的步伐加快，采购经理在组织购买决策过程中的重要性有所下降，而技术（包括工程技术人员）的作用日益突出。

面临着技术的迅速变革，有些组织顾客常常会采用一些技术性的程序来预测新技术发生的周期，以期望能做出及时的反应。对于营销人员来说也应该密切关注技术的变革，及时调整营销策略以适应新的技术环境。

4．文化因素

文化包括风俗、习惯、规范及传统等影响着组织的结构和功能，同时也影响着组织内成员之间的关系。文化是客观存在的，并对浸润其中的组织和人们产生长期的潜移默化的影响，因此也势必影响到组织的采购行为。尤其是组织在进行跨文化合作或进行营销活动时，将不可避免地面临着"文化冲突"。

5．物质条件

组织要想获得令人满意的利润水平，其前提条件之一便是一系列低成本的投入。而这些低成本的投入通常来自于一个国家或地区的物质条件，例如，一个组织能够获得成本更低的原材料、水、电力和熟练的工人，经验丰富的人员以及便利的运输，那么这个组织与其竞争对手相比就更富有竞争力。

那些政局稳定的国家往往比那些饱受动乱之苦的国家更能够保证为组织的发展提供充足的物质条件。关税和贸易限制也常常被政府用来防御国外的组织竞争并增强本国产品的竞争优势。

当一个组织需要与其供应商建立紧密的买卖关系时，位置与运输成本是组织进行供应商选择时所要考虑的两个重要因素。随着运输成本的增加，组织采购者越来越倾向于选择那些原材料生产、产品制造或者储存设施都在附近的供应商。

2.4.2　组织因素

每个采购组织都有其具体目标、政策、程序、组织结构、文化及系统。对于营销人员来说，应该明确采购部门在组织中的地位、组织采购的发展趋势等组织因素对组织采购行为产生的影响。

1．采购部门在组织中的地位

在很多组织中，采购战略与公司战略之间的关系越加紧密。最近的研究表明，那些战略导向型的采购经理与传统的采购经理相比，具有以下几个特点：①从各种途径获得大量信息；②对与供应商长期合作的重要性更加谨慎；③在评估与选择供应商的过程中，比较关注供应商的竞争能力。

就管理层次而言，传统组织的采购部门往往地位低下，尽管其管理费用经常高于公司成本的一半以上。由于通货膨胀和短缺现象的出现使许多组织开始重视它的采购部门，一些大公司已将其采购部门的领导提升为副总经理级别。例如，卡特皮拉公司和其他一些公司已经将一些职能部门如采购、控制、生产计划、运输部门合并为一个高级职能部门，并称为材料管理部门。例如，许多公司正在招聘一些有潜质的工商管理硕士作为采购经理。这些都说明采购部门在组织中的地位日益重要，采购工作也正朝专业化、规范化的方向发展。对于供应商来说，应该更加重视营销工作以及对营销人员的培训，只有这样，才能与采购部门在组织中日益重要的地位相匹配。

2. 组织采购的发展趋势

组织采购正在发生一些微秒但对营销人员来说非常重要的变化，这些变化主要体现在以下几个方面：

1）采购绩效评估机制的建立

一些公司正在建立激励机制，奖励那些工作特别出色的采购人员，类似于对那些推销成绩尤为突出的销售人员给予提成奖金。采购绩效评估机制的建立将会促使采购经理努力获取有关采购的信息，认真评估供应商供货的能力，加强谈判技能的培养和训练，以达到最佳的交易条件，为公司获得采购上的竞争优势。这种激励机制的建立实质上对供应商的综合能力提出了更高的要求。

2）长期合作关系的建立

越来越多的组织采购者倾向于与供应商建立稳定紧密地合作关系以期获得共同的长期利益。一些组织采购者采用电子订货系统，将订单输入计算机并直接传送给供应商。例如，许多医院用这种方式向鲍克斯特公司订货，而许多书店也用这种方法向福利德斯公司订书。还有一些组织采购者与供应商达成实时采购-供应系统的采购协议。在这种情况下，只有一位供应商向该企业供货。供应商在规定的时间里提供一定数量的原材料到某一指定地点，一般是企业生产的所在地。这种采购的数量一般只是 8 小时生产所需要的原料数量，所以这种供货是经常性的。在这种采购中，顾客不必每次检查送货的质量，但却是要求提供的原料百分之百地合格，即完全符合生产的规格。如果供应商的供货达不到要求可能会使用户出现暂时的停产，那么所面临的罚金将会是非常严厉的。买卖双方长期合作关系的建立使彼此之间的依赖程度非常高，只要组织采购者和供应商的合作令人满意，那么这种合作关系将会得以延续。对于非供应商来说，要结束这种合作关系，所付出的代价是相当大的。

3）集中采购的趋势

在设有多个事业部的公司，由于各自所需要的有所不同，很多采购是由各独立的事业部门自己完成的。但是，一些公司最近已设法重新将材料采购统一起来，考虑进行**集中采购**（centralizing purchasing）。

分散采购与集中采购有很多不同之处，首先，与分散采购相比，集中化采购常常是专业化的。为某一项专门进行采购的人员常常是一些对供给需求条件非常熟悉的人员。他们还清楚地知道如选择供应商、供应商的供应成本以及与供应环境有关的其他信息。集中采购人员的采购经验，加之其拥有的采购权在采购中对供应商会产生压力，同时又是吸引力。其次，集中化采购常注重与长期的、供应稳定和健康合理的供应商组成结构，而分散化采购则更注重效率和利润。再次，营销人员的销售技巧和使用者的品牌偏好对分散化采购决策的影响甚于对集中化采购决策的影响。

集中采购已渐成一种趋势，其原因主要在于以下几个方面：①需求的共同性。对于某些产品，一个公司的各个事业部都可能存在着需求；②节约成本。通过集中组织内的各项需求，统一采购可以提高组织购买者在谈判中的地位，获得批量折扣，压低采购成本，同时也可以获得存货控制的规模经济；③供应商的行业结构。如果供应商所在行业是一种垄断行业，即由几家规模较大的企业所控制，那么集中化采购可以加强组织的采购力量，使供应商感受到组织采购所带来的重要价值。因此，在这种类型的行业结构中，集中化采购可以使组织采购者获得更优惠的价格以及更好的服务条件；④采购中的技术要求，如果采购中对技术的要求高，那么采购人员必须和工程技术人员紧密联系，也就有必要实行集中采购。

集中采购的趋势使组织采购趋于专业化、规模化，而且由于采购的批量大，会使组织采购者在选择供应商的过程中处于主动地位，因此会对供应商形成较大的压力，即对产品、生产供货和提供服务的能力以及营销人员的素质等方面提出了更高的要求。

2.4.3　团体因素

组织购买过程由一系列的决策过程所构成，并受到团体因素的影响，团体成员参与购买过程的程度随着采购阶段和采购类型的不同而不同。作为供应商的营销人员要想满足组织用户的需要，尽最大可能地获得该组织的订单，就必须能够准确地回答以下几个问题：

● 哪些组织成员参与了购买过程？
● 参与购买过程的组织成员在购买决策过程中的作用和地位？
● 对于每一个参与购买的组织成员来说，哪些是评价供应商的重要标准？

1．采购中心

关于采购中心，在本章前一节中已有所介绍。但在这里讨论其对组织购买行为的影响，还需要强调的是：采购中心是一个非正式的、跨部门的决策单位，采购中心的成员参加购买决策过程并且分担决策的共同目标及风险。

确定组织采购类型以及组织采购所处的具体决策阶段是判断采购中心的重点。因为购买中心的规模随着购买类型的不同而有所不同，而且购买中心的成员也会随着购买过程的发展而变化。爱尔兰·安第森和他的同事经过对那些关注组织采购行为类型的销售经理的访谈研究发现，当销售人员所面对的组织采购属于新购型时，采购中心往往规模大，决策缓慢，对自己的需要及最合适的解决方法并不十分清楚，采购中心更关心如何找到更好地解决问题的方法而不是获得低价的产品，而且技术人员相比采购人员更能在采购中发挥影响作用。与此相反，当销售人员所面对的组织采购属于常规采购（例如，直接重购和修改重购）时，采购中心的规模小，决策较快，对问题的评估及可能的解决方法就会顺手。

营销人员也可以通过估计在购买组织中可能对哪些部门产生影响来判断采购中心的人员构成。如果采购决策会影响到组织产品的销售情况（例如，产品设计、价格），营销部门将会成为采购决策过程中的活跃成分；在资产设备、原材料及零部件的采购中，工程技术人员在描述需求特征、确定产品功能、限定潜在供应商等方面将会发生重要的影响作用；制造部门的负责人会在采购决策影响生产过程的时候成为采购中心的重要一员，当组织采购涉及巨额资金或事关组织的战略目标时，高层经理人员无疑会成为采购中心中最有影响力的人物之一。

2．采购中心的角色与影响

在采购决策的整个过程中，采购中心的成员担任着不同的角色。韦伯斯特和温德将角色分为以下五种：

① **使用者**（users）。使用者指组织中使用产品或服务的成员。在许多场合中，使用者首先提出购买建议，并协助确定产品规格。

② **影响者**（influencers）。影响者指影响购买决策的人。这些人常协助确定产品规格，并提供方案评价的情报信息。那些在技术部门工作的人员，例如过程技术人员、质量控制人员以及研究开发人员等。有些时候，购买组织的外部人员也可能是影响者，例如在高科技产品的采购中，技术顾问将会在采购过程中发挥重要的影响作用。

③ **决定者**（decider）。决定者指那些有权决定产品要求和（或）供应商的人。决策者可能有也可能没有正式的决策权力。关于决策者的界定有一定的难度，采购者虽具有采购的正式权力，但实际上往往由公司的总经理作出购买决策；当一个工程技术人员所制定的有关需求产品的详细要求只有一个供应商能够满足时，那么这个工程技术人员就是决策者。

④ **购买者**（buyers）。购买者是指正式有权选择供应商并安排购买条件的人。购买者可以帮助制定产品规格，但主要任务是选择供应商和交易谈判。一般来说，购买者即采购部门人员，但在某些情况较为复杂的购买过程中，购买者也可能包含一些高层管理人员。

⑤ **守门者**（gatekeepers）。守门者是指有权阻止销售人员及信息与采购中心成员接触的人员。例如，采购人员、接待人员可以阻止销售人员与决策人员相接触。当然，守门者也可以将通往与采购人员相接触的大门向某些营销人员敞开，而向另外一些营销人员关闭。

组织中的某一个成员可能同时担任上述诸多角色，也可能由不同的人员扮演不同的角色。对于营销人员来说，所要做的便是准确地判断在采购中心中最有权威或者说最有影响力的人物。B to B 营销视窗 2-1 为营销人员完成这一任务提供了一些有价值的线索。

B to B 营销视窗 2-1	如何判断在采购中心中具有影响力的人物

- 辨别采购中的主要风险承担者：那些在采购中承担个人风险的人员比其他人员更能发挥影响作用。例如，为筹建新工厂而进行的生产设备的采购将会导致制造部门相关人员的积极参与。
- 注意信息的流动方向：采购中心中有影响力的人物往往是有关采购决策信息的中心人物。组织中的其他人员将会及时地将信息传递给那些有影响力的采购中心成员。
- 确认专家：专家性权力是采购中心的一个重要影响因素。那些在采购中心中具有渊博的学识，并且经常向销售人员提出犀利问题的人员往往是具有影响力的。
- 充分理解采购人员的角色：在常规采购中，采购人员具有决定性的作用。追寻与高层的联系：有权威的采购中心成员经常与最高管理层保持着密切的联系。这种联系加强了采购中心成员的地位和影响力。

通过 B to B 营销视窗 2-1 可以看出，那些在决策中承担很大个人风险，拥有专家性权力，并随时了解信息的人员是购买中心具有权威和影响力的关键人物。

2.4.4　个人因素

组织的采购决策往往是由个人而非组织做出的。采购中心的每一个成员都有其独特的个性、特殊的经历、特定的组织职能以及对如何更好地同时实现个人目标和组织目标的独特理解。个人因素对组织购买行为的影响主要表现在以下几个方面。

1．不同的评价标准

评价标准用于比较和选择供应商的产品和服务。但组织成员对同一个产品和服务的评价标准并不相同，这种差异性主要来自个人不同的教育背景、面对的信息来源及对有关信息的理解和记忆以及以往采购经理的满意程度等。

一项研究成果能够更好地说明这个问题，在一项太阳能空气调节系统的采购项目中，生产工程师、供暖及空气调节顾问（HWAC）、高层经理组成了采购中心。研究表明，生产工程师关注运作成本和能源的节省，HVAC 顾问关注噪音污染水平和系统的最初投入成本，而高层经理更关心技术的先进性。这说明，在进行产品设计或者广告制作或者开展人员销售时，如果营销人员对于采购中心各成员评价标准的差异有所认识和理解，那将具有十分重要的应用价值。

2．个体信息处理过程

大量的信息通过邮寄广告、互联网、杂志广告、个人销售代表或口头通告等方式进入每一个组织。但只有那些被参与采购决策的人员所注意、所理解并记忆的信息在采购决策过程中才具有重要意义。

一般来说，个体对信息的认知具有以下四个特点：

- 选择性接触：个体倾向于接受那些与自己的态度和期望相一致的信息。
- 选择性注意：个体倾向于注意那些与自己的态度和期望相一致的信息。
- 选择性认知：个体倾向于用自己的态度和观念来解释信息。
- 选择性记忆：个体倾向于记忆那些于自己的需要和意向有关的信息。

上述的每一个选择过程都将影响到个人决策者对营销策略的反应方式。由于组织的采购过程经常会延续几个月的时间，而且营销人员与采购组织的联系并不经常进行，那些缺乏内容的信息很难进入关键决策者的视线，或者很快被遗忘。因此营销沟通必须经过仔细地设计，那些能够被决策者所接触、所注意、所认识、所记忆的信息才具有真正的营销价值。

3．个体规避风险策略

采购中心的每个人都有尽量减少采购风险的强烈愿望。采购过程的风险主要来自两个方面：①决策结果的不确定性；②决策错误将带来严重的后果。采购中可预见的风险及采购类型对于决策单位的结构有着重要的影响作用。在那些风险相对较低的直接重购和更改重购中，对于个人客户主要是由采购人员作出决策。当组织面对高风险的更改重购或新任务采购时，一般采取集体决策的方式。

在面对风险性的采购决策时，组织采购者如何应对？一般来说，随着采购风险的增加：

（1）采购中心的规模将变大，而且其成员包括那些在组织中具有一定地位和权威的高层人物。

（2）采购中心的成员将从各种渠道积极地收集有关信息便于采购决策的作出。

（3）采购中心各成员在整个采购过程中将保持一种积极努力、谨慎认真的态度。

（4）与组织购买者有良好合作记录的供应商将会大受欢迎。因为选择组织所熟悉的供应商能够降低采购风险。

面对风险决策时，价格、产品质量以及售后服务对组织采购者来说非常重要。供应商的营销人员在引进新产品、进入新市场或者接触新用户时，应该充分考虑各种营销策略可能对组织采购所产生的风险，只有选择那些能够降低组织来购买风险的营销策略才可能最终获得用户。

 本章小结

对组织购买过程的把握和理解是制定相应营销策略的基础。营销人员在"八阶段购买模式"中的预测（或认识）需求到接受和分析这五个阶段中将扮演着重要的角色，并促使作出组织采购决策。事实上，一个富有经验的营销人员经常能够促使组织顾客尽早地认识到自身的需要并帮助组织有效地解决问题。在整个采购过程中，任何附加采购条件的提出都有可能对可供选择的供应商范围缩小，并影响最终的决策。

采购类型取决于组织对采购问题所持有的观点，具体分为新购型、更改重购型、直接重购型。每一种采购类型都需要一套独特的解决问题的方法及采取相应的营销策略。

环境、组织、团体和个人是影响组织购买行为的四大因素。其中，环境因素确定了组织顾客与供应商相互关系的边界；组织因素描述了采购部门在组织中的地位以及组织采购的发展趋势；采购中心这一团体因素随着组织、采购阶段、采购类型的不同而不同；作为营销人员，必须关注个体因素，采购中心的每一个成员都有其独特的经验、个性、偏好，这些因素势必会对最终采购决策发生影响作用。因此，营销人员应该充分意识到个体间的差异，针对不同的采购中心成员采取相应的营销沟通手段。

完全揭示相关组织购买过程的所有问题是非常困难的，但本章的一些基本理论框架为营销人员制定有效的营销战略提供了有益的基础。

关键词

组织购买	Organizational buying
组织购买决策过程	Organizational buying process
组织购买类型	types of buying situations
新购型	New task
更改重购型	Modified rebuy
直接重购型	Straight rebuy
采购中心	Buying center
环境因素	Environmental forces
组织因素	Organizational forces
团体因素	Group forces
个人因素	Individual forces
集中采购	Centralizing purchasing
使用者	Users
影响者	Influencers
决定者	Decider
购买者	Buyers
守门者	Gatekeepers

思考题

1. 组织购买决策包括哪些阶段？每一个阶段的特点是什么？
2. 请充分解释组织购买的三种类型。
3. 在不同的组织规模类型中，营销策略应该如何运用？
4. 何谓采购中心？采购中心各成员在采购中的地位和作用如何？
5. 组织采购的影响因素包括哪些方面？每一类影响因素如何作用于组织采购？
6. 将学员分成每 5～6 人一组，讨论以下内容：
   （1）采购中心在采购中的作用是什么？
   （2）采购中心的成员在采购中的地位如何？
   （3）采购中心的规模与哪些因素有关？
7. 进入 www.dupont.com，查阅有关杜邦公司如何进行原材料采购的资料，了解有关组织进行采购的规范及程序等内容。

第 3 章
组织间营销的关系战略

关系营销被称为 20 世纪 90 年代及未来的营销核心，是对传统营销理论的一次承继与发展。其实质是通过顾客价值的选择、创造和传递来获取满意和忠诚的顾客，以此获得长期的赢利能力。现代市场营销已不再是简单地开发、销售和分销产品。随着竞争的加剧，消费者有着更多的购买权力和购买能力，传统的交易方式使企业很难获取持久的赢利能力，企业日渐关注与顾客建立、维持及发展相互满意的长期关系，并通过关系获取持续的竞争优势和长期的财务绩效。组织营销学派则认为，组织市场中的顾客数量十分有限，企业与顾客之间存在长期的、多层次的、复杂的交互作用。因此，研究组织市场的关系营销具有重要的意义。

本章将讨论以下几个方面的内容：
- 关系营销理念
- 顾客忠诚及其关键驱动因素
- 制造商与组织顾客的关系类型
- 战略联盟
- 组织市场顾客关系管理

3.1　关系营销理念

现代市场营销已不再是简单地开发、推销和分销产品。现代市场营销逐渐关注与顾客建立和维持相互满意的长期关系，这种新的营销理念就是**关系营销**（relationship marketing）。关系营销被称为 20 世纪 90 年代及未来营销的核心理念，是对传统营销理论的发展和创新。

3.1.1　关系营销的内涵

美国市场营销协会有关市场营销的定义是：市场营销是规划和实施理念、商品和服务的设计、定价、促销和分销，为满足个人和组织目标而创造交换机会的过程。这一定义反映了传统的、交易导向的营销观念。

关系营销的研究始于 20 世纪 70 年代，由发源于北欧的诺丁服务营销学派和组织营销学派首先提出并快速发展起来。很多学者对关系营销的概念进行了界定，例如 Berry（1983）从服务业的角度对关系营销给出了最早的定义：关系营销就是在各种服务组织中吸引、保持和改善与顾客的关系。巴利认为，由于保留老顾客比获取新顾客的成本更低，而且对企业利润具有正面影响，因此关系营销的目的在于保留老顾客。同时，顾客保留还有助于从顾客那里实现口碑效应。Mongan 和 Hunt（1994）提出了最宽泛的关系营销的定义：关系营销就是旨在建立、发展和保持成功的关系交换的所有营销活动，并进一步提出了"关系营销是一种关于信任和承诺"的理论学说。王永贵（2004）认为，关系营销是识别、建立、维护和巩固企业与顾客及其他利益相关者之间关系的一系列活动，并且通过企业努力，以诚实的交换方式及履行承诺的方式，使双方的利益和目标在营销活动中得以实现。虽然，上述定义的侧重点有所不同，但都强调了关系是关系营销的核心，关系营销是组织在与顾客及其利益相关者之间相互依存和通力协作的过程中所进行的一种增值活动。企业通过增值活动，来发展、维持长期的和可持续的交换关系，从而获取各个利益相关方的利益。

3.1.2　关系营销的利益相关者

关系营销的核心是关系。其中，与外部顾客的关系占据支配地位。很多学者认为，企业应努力与顾客建立、维持并发展关系，使之成为企业联盟或伙伴关系中的合伙人。Christopher 等学者（2002）提出顾客忠诚关系阶梯（见图 3-1）。最初，企业的关系是与一个潜在顾客的关系，关系逐渐发展到多个阶梯——顾客、委托人、支持者、拥护者。因而，关系营销的任务就是把企业的关系推进到拥护者的地位。拥护者深深地融入企业之中，不仅成为非常忠诚的长期购买者，而且还通过正面的传播影响其他人。

合作者：与企业有合作关系

倡导者：积极推荐企业的产品

支持者：喜欢企业，但被动地支持

客户：与企业重复开展业务，但对企业态度消极或中立

购买者：仅仅购买过一次产品

潜在顾客：可能与企业开展业务

图 3-1　顾客忠诚关系阶梯

企业为了成功地与顾客建立、维持并发展关系，必须与组织经营相关的其他利益相关者建立、维持并发展良好的关系。Dwyer 等学者（1987）认为组织市场的关系营销是一种方法，包含广泛的关系，即包括企业与顾客，也包括企业与供应商、政府、雇员、竞争者等利益相关者的关系。Christopher 等学者（2002）提出的六大市场的多重利益相关者模型——六大市场模型（见图 3-2），是一个十分有效并且经过广泛检验的关系营销工具，它能帮助在消费者市场或组织市场经营的各类企业，更好地认识与组织利益相关的各方在创造企业价值的过程中所发挥的作用。这一模型将那些能够对企业在市场中的地位产生重大影响的群体划分为六大类市场，除客户市场之外，还包括**影响者市场**（influence market）、**招聘市场**（recruitment market）、**推荐者市场**（referral market）、**内部市场**（internal market）以及**供应商市场**（supplier market）。关系营销所强调的是在企业与所有相关市场建立起紧密牢固的关系。

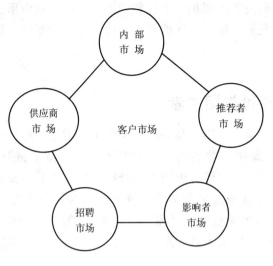

图 3-2　六大市场模型

3.1.3　关系营销的特征

关系营销致力于发展健康、持久的关系，具有关注、信任和承诺、服务等特征。

1. 关注

关系营销者关注顾客的福利。他们想要满足甚至超越顾客的期望，为顾客带来满意和快乐。顾客期望是个人需要和经历、企业口碑、营销沟通等要素相结合的产物，因而顾客期望是动态的。动态意味着企业不仅仅是理解或追踪顾客期望的变化，通过与顾客保持双向沟通，营销者可以在一定程度上对顾客期望产生影响。当然，仅在很少的情况下，营销者能够决定顾客的期望。

2. 信任和承诺

摩根和亨利认为信任和承诺至关重要，因为信任和承诺鼓励营销者：①与交换伙伴合作来保持关系投资；②抵制有吸引力的短期替代者，从而维护与现有合作伙伴的合作关系；③谨慎地看待潜在的高风险的影响因素，因为营销者相信他们的伙伴不会采取机会主义的态度。当信任和承诺同时存在时，它们就会产生能够促进效率和效益的结果。

3. 服务

在关系信任和承诺的环境中，对顾客关注的结构就是提供优质服务的一种愿望。关系营销要求整个组织承诺提供高品质的服务，这种服务应该是可靠的，感情投入的和易反应的。

关系营销是实现赢利目标的一种手段，因此关系营销者相信优质服务能够改善企业盈利率。斯托贝克·格鲁斯提出了一个服务模型，该模型建立了服务质量和获利率之间的许多联系，体现了这样一个基本结果：服务质量的提高将推动顾客满意度的成长；顾客满意度的成长会增加企业与顾客的关系强度；关系强度的增加会延长企业与顾客的关系寿命；关系寿命的延长会使企业盈利率增长。

3.1.4　关系营销与传统营销的比较

关系营销与传统营销有着根本的区别：

（1）首先，理论的基础不同。传统营销是以 20 世纪 60 年代美国 E·J 麦卡锡教授的 4P's 理论，即**产品**（product）、**价格**（price）、**渠道**（place）**和促销**（promotion）为基础的，而关系营销主张研究**消费者的需求和欲望**（consumer wants and needs），研究消费者为满足其需求所愿意付出的**成本**（cost），考虑给予消费者**方便**（convenience），加强与消费者的**沟通**（communication）。这四个因素之间的内在关系是围绕消费者为中心展开的，如图 3-3 所示。

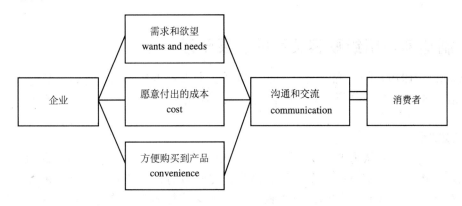

图 3-3　关系营销的理论基础

（2）传统营销的核心是交易，企业通过诱惑使对方发生交易而获利；而关系营销的核心是关系，企业通过建立双方良好的互惠合作关系而从中获利。

（3）传统营销把视野局限于目标市场上，而关系营销涉及的范围包括供应商、顾客、企业内部雇员、政府、分销商、竞争者、各类社团等。

（4）传统营销强调如何生产，如何获得顾客；而关系营销强调充分利用现有资源来保持顾客。

（5）传统营销不太注重为顾客服务，不太重视与顾客的关系；而关系营销恰恰相反，注重为顾客服务，重视与顾客的关系，以获取有关关系方的满意，甚至力图建立与维护有关关系方的相互忠诚与归属感，达到一种和谐融洽的关系境界。

表 3-1 对一些主要的关系营销学派的内容和交易营销进行了比较。

表 3-1　部分关系营销学派和交易营销的比较

主要内容	交易营销	IMP group	诺丁学派	盎格鲁-澳大利亚学派
基础	4P 理论	公司间的关系	服务	服务/质量/营销
时间跨度	短期	短期和长期	长期	长期
面向的市场	消费者市场	多层次，网络化的市场	四大分类共30个市场	六种市场

续表

主要内容	交易营销	IMP group	诺丁学派	盎格鲁-澳大利亚学派
组织	层级功能		功能化和交叉并用	交叉作用过程
交换的基础	价格	产品/服务，信息，财务和社会交际情况	对价格不太敏感	感知价值
产品\质量维度	产品/技术/输出质量	技术	交互质量	价值功能和获得成本
衡量标准	市场占有率	顾客的赢利性	质量，价值，顾客满意度	顾客满意度
顾客信息	即时的	随关系等级而不同	个体层面	顾客价值和顾客保留
内部营销			实质性的战略重要性	概念的组成部分
服务	主要面向核心产品	使买卖双方之间的关系紧密	产品的一部分	差异化的基础

资料来源：Adam Lindgreen，Roger Palmer，Joe¨lle Vanhamme，Joost Wouters .A relationship-management assessment tool: Questioning, identifying,and prioritizing critical aspects of customer relationships. Industrial Marketing anagement ,2006,(35): 57 – 71.

3.1.5　制造商与组织顾客关系的发展阶段

Scanzoni（1979）的研究认为，买卖双方的关系发展要经历五个阶段：①认知；②试探；③扩展；④承诺；⑤分裂。每个阶段都代表着双方对于对方的认识出现了重大转变。

1．认知阶段

认知指的是，A方认为B方是可行的交易伙伴，如果双方的状况相似，那就会促使认知的形成。在该阶段中双方的互动还没有产生。尽管双方都会"定位"并"展示姿态"来加强自身对特定某方或者对总体市场的吸引力，但这些行为都是单向的。任何种类的双向互动，即使是心照不宣的合作，也标志着关系发展过程中下一阶段的开始。

2．试探阶段

试探指在关系性交易中的搜寻和尝试阶段。在该阶段中潜在的交易伙伴首先会考虑义务、利益和负担以及交易的可能性，也有可能会进行尝试性的购买。试探阶段也许会非常短暂，但也有可能进行长时间的测试和评估。卖方S会通过促销或者门店配置来吸引买方B，而B则会被S的广告所吸引并驻足于展示区。如此的评估过程可能导致顾客尝试性的购买，但是试探关系是非常不稳定的，一旦形成了最低程度的投资或相互依赖，试探就结束了。试探阶段被定义为五个子过程：①吸引，②沟通和谈判，③发展并施加影响，④制定规则，⑤期望升级。

3．扩展阶段

扩展指通过与对方交易而得到的利益持续增长，相互之间的依赖程度也逐渐上升。试探阶段和扩展阶段都会经历同样的五个子过程。其关键特征是试探阶段形成的初步信任和互相满意开始导致双方共同承担风险。最后，相互依赖的广度和深度得以提高。

市场渗透和产品开发中的密集成长战略依赖于扩展的过程。例如，花旗银行通过报纸广告和直接邮件来吸引巴尔迪摩当地的贷款顾客，向顾客推销一种新型的次级抵押产品。这个产品使得花旗银行成功进入了在其历史上经营得最糟糕的地区。更重要的是，花旗银行通过这样的程序来使顾客提高贷款额，并且在与相关人员讨论后购买其他的金融服务。同样地，在由购买方进行的推广过程中，Procter & Gamble 通过加深与一家远程促销企业的关系来向婴儿的父母销售尿布，向生活不能自理的成年人销售尿布，最近还试图将潜在的食用油购买者作为潜在目标。

4．承诺阶段

承诺是指在交易双方之间建立内在或外在的持续关系。这是交易双方所可以形成的最高级的依赖关系。

一般而言，承诺就意味着稳固和团结，但是这些同义词是含糊的。需要考察承诺的三个测量标准是投入、持续性、一致性。

（1）投入。即双方都为关系投入了很多。可以用于投入的包括经济、沟通和/或情感资源。

（2）持续性。关系必须在时间上呈现出持续性。根据 Macneil（1980）的理论，"关系的稳固要求双方都具有对未来交易有效性的共同信念。"

（3）一致性。承诺的第三方面是双方对关系所作的投入的一致性。当一方的投入水平不断波动，那么另一方就很难预测交易的结果。承诺阶段的一个关键特征是双方都有目的地投入资源来维持关系。Levinger 和 Snoek（1972）认为，就像生理化学的联系会形成熵，若不主动维持，社会联系也会自动消亡和瓦解。

5．分裂阶段

在这种发展模型中，包含了脱离和收回的可能性。这也就意味着并不是所有处于认知阶段的买卖关系却会进入试探阶段，也不是所有试探阶段中的探索和试验都会进入拓展阶段，或者形成承诺。

当双方的关系进入拓展或承诺阶段，形成了较高程度的相互依赖后，就有可能发生分裂。

图 3-4 是模型的总结，指出了最主要的转变和各个阶段的特征。认知是单边的、交易前的过程。互相考察对方和初步的互动标志着试探阶段的开始，这基本上也是关系的测试阶段，重复交易代表测试的不断深入，交易关系有很大的可能在该阶段终止。当然，如果双方能够有效地沟通，通过谈判达成双方都认为是"公平"的投入，并对未来的互动产生期望，关系就进入了拓展阶段。拓展阶段中相互依赖的不断加深的过程可以分为五个子过程。承诺阶段要求更高水平的相互依赖，通过把交易关系限定在价值结构和契约机制之内，从而确保关系的持续性。从高度相互依赖的扩展或承诺阶段中脱离并不是之前阶段的反向过程，脱离也许会很复杂，且代价高昂。

任何持续的关系都有赖于双方评估自身目前的满意程度，指出对方可能应该改变工作重点，或者为对方发现潜在的成长机会。在这方面存在两种基本的管理策略。首先，卖方可以改进与买方的沟通渠道。通常的做法包括保证书、展示、使零售商为顾客服务、产品使用说明书等。在这种关系营销中，免费热线和销售人员是不常用的。

第二种方法是在交易中低调地获取关于顾客关注重点或满意度的有价值的信息。要完成有意义的关系营销，卖方需要知道购买行为是在增多还是在减少。并且，在可能的范围内，卖方会希望了解每个顾客的实际情况，以此来开发新产品或服务。当这些资料与其他来自媒体和传记的资料结合起来时，就会在买卖双方之间形成一种新的关系。因此，这些方法可以提高营销效率，并通过改进顾客服务而提高顾客满意度。

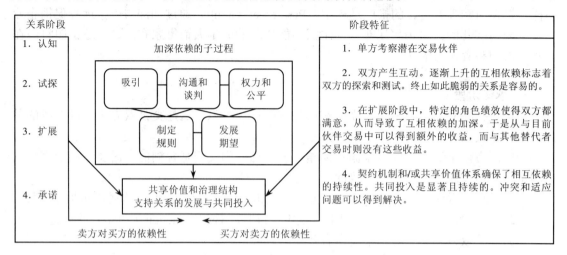

图 3-4　关系发展的过程

资料来源：Dwyer, F. Robert; Schurr, Paul H.; Oh, Sejo. Developing Buyer Seller Relationships.Journal of Marketing,1987, 51(2):11-27.

3.2　顾客忠诚及其关键驱动因素

　　关系营销的目的是通过建立、发展、维持与老顾客的关系即获取忠诚的顾客从而获取长期财务绩效以及可持续竞争优势。学术界和企业界都认识到"维系顾客，而不仅仅是获取顾客"对于企业的重要意义。当顾客流失时，不仅带走了当前交易的利润，而且带走了所有的未来利润。当企业永远失去一位顾客时，实际上丢失的是这位顾客一辈子与企业交易可能产生的收益，即所谓的终身顾客价值。此外，如果顾客因愤怒或不满而流失，那么这些顾客很可能会向其他公司顾客传播，从而减少公司的潜在顾客量。因此，关系营销的一项重要研究议题是顾客忠诚，一方面研究顾客忠诚的内涵及其价值，另一方面研究如何维系顾客的忠诚。

3.2.1　顾客忠诚的含义

　　关于对顾客忠诚内涵的探讨，许多学者都基于各自的视角对顾客忠诚作了解释。具有代表性的观点如下：

　　奥利弗（Oliver）认为，忠诚的顾客承诺在未来持续地重复购买自己偏好的产品或服务，并因此产生对同一品牌系列产品或服务的重复购买行为，而且不会因为市场态势的变化和竞争产品营销努力的吸引而更换供应商；巴诺斯（Barnes）认为，顾客忠诚度标志着顾客关系的存在，忠诚的顾客更愿意把公司推荐给朋友、家人和同事，更愿意向别人介绍自己的购买经历，并且向他们推荐这家公司。由上述的例子可见，奥利弗更强调的是顾客购买行为的忠诚，而巴诺斯则强调顾客的口碑和推荐。布朗（Brown）等学者研究发现，在服务领域，顾客忠诚的因素包括：①行为忠诚，强调重复购买；②情感忠诚，指喜爱等情感因素；③认知忠诚，指偏好、购买时首选和制定决策时优先想到等；④忠诚意向，指顾客的再购买可能性、价格容忍度和推荐可能性等指标的反映。

在大量研究的基础上，学者们对顾客忠诚基本达成了共识，即顾客忠诚不仅是行为的忠诚，还包括情感的忠诚。关系营销应致力于培养在情感和行为上都持续地对企业忠诚的顾客，只有持续地对企业忠诚的顾客才是企业最重要的资产和财富。

3.2.2 顾客忠诚的价值和意义

忠诚的顾客能够为企业带来怎样的价值和利益呢?首先，保持一位老顾客的费用远远低于争取一位新顾客的费用。长期以来，营销界声称争取一位新顾客要比保持一位老顾客多花销 5～10 倍的费用。尽管这一系数在不同行业和企业之间有所不同，然而吸引一位新顾客所花的费用的确是很大的，例如推销成本、委托成本、信用调查成本、管理成本、数据库成本等，而且还有不成功转化的相应成本。有些行业中，潜在顾客向现实顾客的转化率很低，这些失败在成本中也必须得到弥补。其次，企业与顾客的关系越持久，这种关系对企业就越有利可图。在许多行业中，企业与顾客的关系持续越长，每一位顾客所带来的销售额和利润就越大。图 3-5 说明了随着顾客流失率的下降或顾客保持率的增加，顾客净现值的增加情况。顾客对于其接受的服务越满意，就会重复购买及交叉购买；而且顾客越是忠诚，对价格就越不敏感，对竞争对手的一系列营销行动视而不见。忠诚的顾客甚至可能通过口碑传播帮助企业开发潜在的市场。上述原因都会促进销售量的增加，随着销售额的增加，企业运营成本就会下降，因为企业越过经验曲线变得更有效率，从而使企业的利润得以提高。

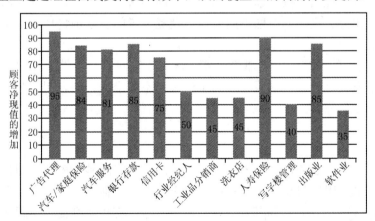

图 3-5 顾客保持率每增加 5%对顾客净现值的影响

资料来源: Frederick F. Reichheld. The Loyalty Effect. Boston: Harvard business School, 1996.

3.2.3 顾客忠诚的关键驱动因素

1. 顾客满意

Fournier（1992）等学者认为，满意是指一个人通过对一个产品的可感知的效果（或结果）与其期望值相比较后，所形成的愉悦的感觉状态。如果效果低于期望，顾客就会不满意；如果可感知效果与期望相匹配，顾客就会满意；如果感知效果超过期望，顾客就会高度满意或欣喜。Acer（1991）也认为，当商品的实际消费效果达到消费者的预期时，就导致了满意；否则，会导致顾客的不满意。这是一种顾客心理的反应，而不是一种行为。美国营销学手册对顾客满意的界定是满意——期望——结果。由此可见，不同的学者对顾客满意的认识与定义也还是基本一致的。虽然，顾客满意与顾客忠诚并不是线性相关的，但对顾客忠诚具有重要的影响。一般来说，高度满意的顾客会高度忠诚，当然，在转换壁垒比较低的情况下，不满意的顾客不仅情感不忠诚，而且在行为上也不会忠诚于企业。

正是由于顾客满意对顾客忠诚的作用，许多企业通过对顾客满意的测试以了解顾客对本企业产品和服务的评价。主要方法如下：

（1）建议和投诉制度。一个以顾客为中心的组织应为其顾客投诉和提建议提供方便。例如，有些以顾客为导向的公司，开设了 800 免费"顾客热线"电话，为顾客提要求和建议。这些信息为公司带来了大量好的创意，使公司能更快地采取行动、解决问题。

（2）顾客满意调查。仅仅靠投诉和建议，公司还是无法全面了解顾客满意和不满意的情况。一些研究表明，顾客每 4 次购买中会有 1 次不满意，而只有 5%以下不满意的顾客会抱怨。公司不能以抱怨的多少来衡量顾客满意度。敏感的公司通过定期调查，直接测定顾客满意状况。例如，在现有的顾客中随机抽取样本，向其发送问卷或打电话咨询，以了解顾客对公司业绩等方面的印象，还可向买主征求其对竞争者业绩的看法。

（3）佯装购物者收集信息。研究顾客满意度的另一个有效途径是企业花钱雇一些人，装扮成顾客，了解顾客在购买本公司产品及其竞争对手产品过程中的情况。这些佯装购物者甚至可以故意提出一些问题，以测试公司的销售人员能否适当处理问题。公司的经理们还应经常走出办公室，到不熟悉的公司以及竞争者的实际销售环境，亲身体验作为顾客所享受的待遇。

（4）分析流失的顾客。对于那些已停止购买或转向另一个供应商的顾客，公司应该与其接触，了解发生这种情况的原因。如果流失率不断增加，则表明该公司在使其顾客满意方面做得不是很到位。

2．转换成本

许多企业都发现，企业进行了大量投资，提高了顾客的满意程度，却仍有不少顾客转向其他企业的产品。美国贝思公司的一次调查表明，在声称对公司满意甚至十分满意的顾客中，有 65%～85%的顾客转向其他公司产品。一些研究也相继揭示出顾客满意与顾客忠诚之间的关系比最初的想象更为复杂。例如，有研究表明，顾客满意对顾客忠诚解释力较低；Ping（1993）的对渠道关系的研究发现，当顾客感知到转换原有供应商而与替代供应商建立关系的转换障碍较高时，顾客就会倾向于忠诚原供应商；Jones 等学者（2000）研究了在不同水平的转换障碍下，顾客满意如何影响顾客忠诚。结果表明：当转换成本较高时，顾客满意对顾客忠诚的影响较弱，当转换成本较低时，顾客满意在顾客忠诚的过程中扮演重要的角色；Burnham 等学者（2003）则进一步证明了转换成本与顾客满意相比，其对顾客忠诚的解释力更高；因此，从管理的视角来看，顾客满意的提升和转换成本的构建是维系关键顾客的重要战略。

转换成本是指顾客从一个供应商转向另一个供应商的过程中所发生的一次性成本。当顾客面临"转换的两难困境"时，这些成本往往成为防止顾客转换的一种障碍，并促使顾客维持与原有供应商的关系。

Burnham 等学者（2003）在文献回顾以及经理人员、消费者焦点小组访谈的基础上，发现三个类别的转换障碍：

（1）程序性转换成本，代表时间及努力的投入，包括经济风险成本、评估成本、学习成本、设置成本。

（2）财务性转换成本，代表可测量的财务资源的损失，包括利益损失和财务损失两个维度。

（3）关系性转换成本，指由于认同和纽带被打破所产生的心理上或情绪上的损失，包括人际关系损失成本和品牌关系损失成本。

3．顾客感知价值

顾客所重视的企业能够提供给顾客以价值，也是顾客满意和构建转换成本的重要基础。因此，**顾客感知价值**（Customer Perceived Value）是顾客忠诚的最终驱动因素，是顾客忠诚的内在原因。

1）顾客感知价值的定义及其测量量表

在组织市场，学者们从各个角度顾客感知价值进行定义，代表性的观点如表 3-2 所示。Eggert 等学者认为（2002）这些定义的角度虽然不同，但却在三个方面存在共性：

（1）顾客感知价值是顾客在购买供应商的产品时在其所获得的收益和所牺牲的利益之间的权衡。

（2）价值感知具有主观性。

（3）竞争是非常重要的，因为价值和竞争有直接的联系。

表 3-2　顾客价值的定义

利　　益	成本或牺牲	
最大化回报	最小化成本	Bagozzi,1974
获取的效用	付出的代价	Zeithaml,1988
质量和利益		Monroe,1991
价值的五个类别：功能，社会意义，情感，可识别的和情景价值		Sheth,newman & gross,1991
经济，技术，服务和社会利益的组合	用以交换的产品价格	nderson,jain & chintagunta，1992
产品价值、使用价值、所有权价值以及总体价值		Bums,1993
感知质量	相关价格	Gale,1994
顾客与供应商之间的情感连结		Butz & Goodstein,1996

资料来源：Joseph M. Spiteri, Paul A. Dion.Customer value, overall satisfaction, end-user loyalty, and market performance in detail intensive industries. Industrial Marketing Management ,2004,33: 675–687.

基于此，Ulaga 等学者（2002）认为，在组织市场中的顾客价值，是指客户组织中的关键决策者在考虑可替代的供应商的同时，对从企业所获取的收益和付出的价值之间的权衡。顾客感知到的利益是一种复杂的混合体，既包含了产品的价格和其他一些可感知到的质量，也包含了一些物质属性、服务属性和技术支持等。而且，对于相同的产品，在不同的场合下，个体的判断也可能不同。图 3-6 为 Ulaga 等学者（2002）所提出来的顾客价值测量维度。

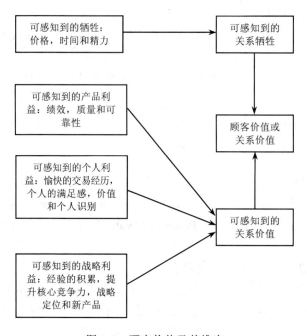

图 3-6　顾客价值及其维度

资料来源：Ulaga, W., & Eggert, A. Customer perceived value: A substitute for satisfaction in business market. The Journal of Business and Industrial Marketing, 17(2– 3), 10(12) . 2002, March 20.

作为理性的、具有行为目的性的顾客在交换中追求利益最大化，选择为自身带来更大感知价值的产品或服务。这意味着销售者必须在总顾客价值和总顾客成本之间估算，并考虑其与竞争者的差别，以确定自己的产品如何销售。如果销售者在顾客感知价值上没有优势，则应该在努力增加总顾客价值的同时，减少总顾客成本。前者要求强化或扩大企业所提供的产品、服务、人员和形象利益，后者要求减少成本。销售人员可以降低价格，简化订购和送货程序，或者提供担保以降低顾客风险。

公司之间的价值让渡系统加强了供应商、生产商和经销商的合作。过去，制造商总是将供应商和经销商视为成本中心和对手。今天，双方各自开始十分小心地选择合作伙伴，尝试制定互利战略。在构建顾客利益让渡系统时，新的竞争不再只是个别竞争者之间的事，而是若干企业所组成的价值让渡系统之间的竞争。价值让渡系统共同管理核心业务，并在市场上赢得更多的份额。

2）创造顾客价值策略

公司价值的增加、业务的成长和其他一些绩效衡量尺度，只不过是公司在为客户创造价值的过程中所产生的副产品。客户在采购时也会首先判断能从中获得多大价值，或者说是需求和期望被满足的程度，然后再据此进行采购。公司应该设计一个价值定位来为其客户创造出一流的价值。事实上，在今天的商业社会中，取得成功的关键因素只有两个：一是能够理解在顾客的心目中价值由哪些因素构成；二是能够持续地比竞争者提供更高的价值。一般来说，创造顾客价值可遵循以下几种策略：

（1）低价格策略。企业在保持产品质量和服务质量不变的前提下降低价格时，只要客户能够认可他们的产品和服务所包含的价值，就能成功。例如．Buy.com 试图以最低的价格为客户提供所有商品。这家公司在许多种产品市场上都全力以赴地去争取成为价格领导者，利用专业化的软件去搜索竞争者的网站，以便能够找到同类产品的最低价格。如果发现自己的价格不是最低的，Buy.com 就会削减自己的产品价格，然后把这一新的价格提交给价格比较搜索引擎，客户从这里立即获得这个信息。

（2）通过提升产品质量和服务质量来创造顾客价值。在很多行业中，发展的一个重要趋势是公司通过延伸产品的质量和服务来为客户提供更大的价值，以此来使公司远离价格竞争，从而获取更大的利润。例如，通用电气公司照明事业部的一位主管曾经说过，价格竞争已经不是通用电气公司的核心价值了。在保持价格不变的同时，公司可以致力于为客户提供出色的产品质量或服务质量来创造价值。

（3）价值创新。竞争会使所有的产品和服务都随着时间而逐渐沦为普通商品。单纯地压低价格或提高产品质量并不足以使公司与竞争者区别开来。要想获得持续的竞争优势，需要对产品利益、服务利益和价格进行创新组合。那些能够赢得竞争优势的组合来自公司对目标市场需求和期望的精确把握以及经理们为客户增加价值的新方法。

B to B 营销视窗 3-1 则探讨了在中国组织市场中，组织类顾客转换供应商的原因，对供应商维持与组织类顾客的关系具有重要的指导意义。

B to B 营销视窗 3-1	组织类顾客为什么转换供应商？

组织类顾客为什么转换供应商？一项研究以广泛的跨行业视角，以制造商为代表的组织类顾客转换行为为研究对象，以关键事件技术为研究方法，试图回答如下问题：导致制造商转换原材料／零部件供应商的关键因素是什么？怎样的关键事件、综合事件或系列事件会导致客户离开熟悉的供应商去寻找新的供应商？

研究发现：

（1）组织类顾客转换供应商有其根本原因。具体来说，价格、产品质量、服务质量、物流能力以及制造商公司的采购战略是促使转换的重要原因。

（2）当转换是由于价格、产品质量、服务质量等供应商原因所引起时，制造商对供应商的评价较低。当由制造商采购战略、新产品开发、非自愿转换等供应商所不能控制的外部因素引起时，制造商对供应商的评价较高。

（3）制造商转换供应商更多是由于多种原因而不是单一因素所导致的。多因素促成的复杂转换占 85.1%，说明组织采购面临更高的转换壁垒。这同时也意味着转换壁垒在维持组织间关系的过程中具有重要的作用。

（4）在中国的市场环境下，关系对顾客保留的价值可能会受到供应商所能给制造商提供的顾客价值的影响。图 3-7 显示了组织类顾客转换供应商的具体原因及其相对作用。

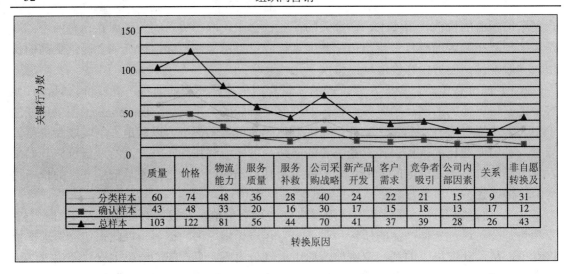

	质量	价格	物流能力	服务质量	服务补救	公司采购战略	新产品开发	客户需求	竞争者吸引	公司内部因素	关系	非自愿转换及
分类样本	60	74	48	36	28	40	24	22	21	15	9	31
确认样本	43	48	33	20	16	30	17	15	18	13	17	12
总样本	103	122	81	56	44	70	41	37	39	28	26	43

转换原因

图 3-7　组织类顾客转换供应商的原因及其关键行为数

资料来源：侯丽敏，黄王旬，朱百军.组织类顾客转换供应商行为的探索性研究——基于上海制造商的调查.商业经济文荟，2006，4

3.3　制造商与组织顾客的关系类型

图 3-8 表明了组织顾客与供应商之间可能形成的几种营销关系类型。

图 3-8　组织顾客与供应商之间的买卖关系类型

其中，纯交易关系强调以最富有竞争力的市场价格来进行每一次交易。随着买卖关系在上图所示的连续区间向右移动，组织顾客与供应商的合作关系越加紧密。纯合作交易关系是指组织顾客和供应商之间在经济、服务、技术等方面形成的一个长期的、强有力的、广泛的纽带联结，这种纽带联结能够使成本降低或价值增加，从而使合作双方获得长期的利益。

对于关系类型的准确认识和理解为相应营销策略的展开提供了基础。从图 3-3 可以看出买卖关系类型的确定与组织顾客和供应商之间合作的紧密程度有关。

1. 纯交易关系

弗德利克·韦伯斯特认为**纯交易关系**（pure transactions）是买卖双方之间的一次性交易关系，买卖双方在交易之前与交易之后没有相互联系。交易价格则建立在市场竞争的基础上，而这一价格包含了全部用于双方做出交易决定的必要信息。但需要指出的是，在组织市场中，组织顾客与供应商之间的纯交易关系比较少见。

2．重复交易

对于某些零部件、原材料等产品的**重复交易**（repeated transactions），在一定程度上反映了供应商营销人员在增加产品的奇异性、培养顾客的偏好及忠诚等方面获得了成功。同时，也意味着买卖双方之间重复交易关系的建立。当富有意义的、紧密的重复交易关系存在时，组织顾客和供应商之间可能发展成为长期交易关系。

3．长期交易关系

这种关系类型一般包括长期契约的约束，买卖双方之间的合作较纯交易关系和重复交易关系更为紧密，相互之间更为信任。近十年来，随着市场竞争的加剧，汽车、电信、计算机、办公设备等行业的组织顾客和供应商之间更趋向于建立**长期交易关系**（long-term relationships）以获取竞争优势。

4．合作伙伴关系

组织顾客如果重视与供应商建立**合作伙伴关系**（buyer-seller partnerships），就会削减供应商的数量，对某些产品的采购依赖于一个或几个供应商，供应商必须提供完全符合组织需要的产品，同时保证运送的及时准确性。在这种关系类型下，价格并不是由市场因素决定的，而是建立在买卖双方有关产品的质量、运送、技术支持等多方面的协商基础之上。合作伙伴关系的特征还包括供应商一般会介入组织顾客的新产品开发过程并与之交流有关信息。

有学者的研究认为（见图 3-9 中的图 a），在组织顾客和供应商之间传统弓形联结的关系中，采购人员（采购经理）和销售人员在交易过程中扮演着角色。对于长期交易关系和合作伙伴关系来说，买卖双方之间的界限相对要透明得多。图 3-9 中的图 b 表明的正是在这种买卖关系类型下，组织顾客和供应商为了提高效率和效益、共同创造新的价值而相互交流信息的情景。

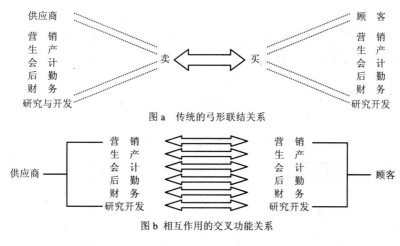

图 a　传统的弓形联结关系

图 b　相互作用的交叉功能关系

图 3-9　企业相互作用模式比较

资料来源：Kothandaraman.Prabakar,David T.Wilson. Implementing Relationship Strategy.Industrial Marketing Management, 2000,29:339-349.

5. 战略联盟

在某些情况下，组织顾客与供应商之间的合作伙伴关系会进一步发展成为**战略联盟**（strategic alliances）关系。与其他各种关系类型相比，战略联盟的目的在于获取某些长期的、战略性的目标。

一些战略联盟的建立是为了保证组织顾客生产所需的原材料和零部件的供给，例如英特尔与其供应商所结成的战略联盟。另一些战略联盟的建立则为了开发新产品，进入某一特定市场或者开发共有技术，无论何种类型的战略联盟，都需要资本和管理资源的投入以确保加强联盟双方竞争地位这一战略目标的实现。有关战略联盟的具体内容将在 3.3 节中详细介绍。

3.4　战略联盟

"优秀公司缘于坚固的防范"这一传统管理思想正在逐渐被一种新的理念所取代，这种新的理念就是：组织通过与其他组织建立紧密地联结而延伸其组织边界，战略联盟正在那些具有领导地位的组织的战略中扮演着日益重要的角色。

3.4.1　战略联盟的定义及利益

战略联盟通常指由两个或多个公司投入互补的资源和能力以获得共同的目标的正式的长期联结。

战略联盟形成的驱动力一般在于一个组织期望通过与一些具有互补资源的组织的联结而提升自身的核心竞争力，并因此扩大组织的产品销路及其辐射的市场区域。正如 Teece（1992）的观点，联盟中的组织能够快速、灵活并以较低的成本获取稀缺资源。

战略联能够为其成员带来如下利益：①进入市场或获取技术；②以联合进行生产、研究开发以及营销活动的方式获得规模效益；③如果战略合作伙伴在很多国家建立了分销渠道，就能够确保新产品迅速进入市场；④对于一个在世界各地自行建立分销渠道、运输网络、制造工厂的组织来说所面临的风险是极高的，而且也需要投入相当多的时间和精力，战略联盟能够减少组织的风险，同时，又能够实现组织的目标。总之，战略联盟能够有助于减轻联盟各方经营的不确定性，并增强合作各方的市场地位。

图 3-10 为传统战略联盟的类型及其给组织所带来的利益。

战略联盟类型		利益
联合采购协议	⇒	利用规模效益，减少重复
共同经营及分销	⇒	充分利用规模及能力
技术联合、共同研发	⇒	分担费用、降低风险
制造及组装协议	⇒	利用规模效应、利用生产规模

图 3-10　传统战略联盟的类型及其给组织的利益

随着电子商务的兴起，出现了很多电子商务联盟。Dai 和 Kauffman（2002）将组织市场的电子商务联盟分成四个功能类型，如图 3-11 所示。

电子商务联盟类型	解释
营销联盟	促使网上促销及渠道畅通
参与联盟	提高网上交易的合作和参与水平
功能联盟	提高市场效用，使其运行效率提高
连接联盟	努力结合成为一个电子市场

图 3-11　电子商务联盟类型

资料来源：克里斯.菲尔，卡伦.E.菲尔著.李孟涛等译.B2B 营销：关系、系统与传播.东北财经大学出版社.2007.

虽然，战略联盟能为企业带来诸多的利益，但并不是所有的企业都能够成为战略联盟的合作方。Lemke 等学者（2003）的研究表明对于一个供应商来讲，要与组织类顾客达成战略联盟，需要具备以下几个条件：

● 业务联系通过个人而不是组织层面建立的。

● 供应商能够提供定制化产品。

● 供应商对制造商的新产品开发有贡献。

● 存在规范、活跃的关系管理。

● 供应商与制造商距离较近，便于沟通及配货。

3.4.2　战略联盟管理所面临的挑战

尽管战略联盟具有很多优点，但很多战略联盟的实际运作并不如预期那般理想，有的甚至面临着解散的风险。其原因就在于战略联盟为其成员虽带来的竞争优势依赖于成员的共同努力，或者说，战略联盟管理面临着特殊的挑战。

1．联盟协议的谈判

联盟协议为合作领域提供了一个大致的纲要，由于这个纲要不能够涵盖所有的方面，所以在联盟关系开始运作时便会产生各种各样的问题。一般来说，联盟协议由高层经理进行纲要性的协商，最终的细节和日常的联盟管理则由中层管理人员负责。在具体的执行过程中，双方经理就某些细节问题的分歧可能导致联盟战略难以实施。在联盟的问题得到解决之前，漫长而艰巨的谈判会在成员之间制造紧张的气氛。而且那些高科技公司中具体负责领导联盟团队的营销经理往往被排除在谈判之外，是导致联盟成员冲突的另一个重要原因。

2．核心资源的保护

很多公司加入多边联盟，这为彼此的关系管理增加了难度和压力。事实上，有些合作伙伴可能是竞争对手或者与公司的竞争对手结成了联盟关系。组织市场的营销人员会发现要在信任合作和维护公司的战略利益与战略资源之间保持平衡时非常困难。就像一位联盟管理人员所描述的那样：我们公司参与了 6 个战略联盟，有的则不能参与。因此我们需要与不同的联盟体保持不同层次的信息交流，清楚地分辨哪些可以、哪些不可以走漏给合作伙伴是很难的一件事情，而稍微的一点闪失就可能导致组织巨大的损失。

3. 制度和组织结构的联结

一个战略联盟的基本思想便是通过企业之间的核心竞争力的联结来创造更多的价值。有些时候，联盟的运作并不顺利，原因之一就在于合作伙伴不相容的制度和组织结构延迟了决策的作出，产生了效率低下以及破坏了联盟的人际关系。

3.4.3　决定战略联盟成功的因素

成功的战略联盟通过建立合作关系而非交易关系使联盟成员共同获取利益。坎特强调：战略联盟不需要由正式系统来控制，而是通过人际关系的交流和内部基础结构所构成的紧密网络来加强。

1. 发展联盟成员的共同理解

AT&T——美国特快专递联盟，专门为组织市场提供共有品牌的信用及电话卡业务。为了加强联盟内经理人员之间的人际联系，联盟成员之间需经常展开重要的沟通与交流。信息的流动、决策的作出以及冲突的解决正是通过这些沟通与交流得以实现。

一个战略联盟成功运作的基础就在于联盟成员的工作关系跨越了组织边界，而且在联盟成员的工作关系中，建立在信任和共同目标基础上的心理契约代替了正式的联盟合约。心理契约由联盟成员关于彼此权利和义务的不成文的、一致的期望及设想所组成。通过增进工作的开放性和柔性，联盟的人际纽带能够促进联盟进一步更快地作出决策。迅速地解决突发事件，加强学习能力以及出现更进一步的联合行动的可能性等。

2. 联盟成员之间的联系方式整合

那些擅长于战略联盟管理的公司采用一种弹性的方式，使其联盟随着情势的改变而发展。这些公司往往在联盟关系中投入大量的资源和关注，并整合组织以确保成员之间最佳的联系和交流方式的实现。Kanter（1994）提出了成功的战略联盟需要五种层次的整合：

（1）战略整合，战略整合能够保证高层经理人员之间的经常接触以界定总体目标或者讨论每一成员所发生的变化。

（2）战术整合，战术整合使中层管理人员共同商讨采取联合行动，交流信息或者分析组织或系统的变化以加强成员间的联系。

（3）操作整合，操作整合为那些执行日常工作的经理人提供了必要的信息、资源及人力资源。

（4）人际关系整合，人际关系整合建造了组织成员之间相互认知，共同学习和创造新价值的基础。

（5）文化整合，文化整合需要具体参与联盟的人员具有交流技巧和文化意识以缩短联盟成员之间的差距。

尽管很多问题的存在困扰着战略联盟，但那些能够与战略伙伴维持良好合作关系的组织能够在全球市场上获得竞争优势。人们将更多地看到一个个战略联盟的成功而不是一个个企业的成功。

3.5　组织市场顾客关系管理

由于维系顾客的重要性，越来越多的企业在**顾客关系管理** Customer Relationship Management）上进行大量投资。Aberdeen Group（2003）的研究表明：在未来的几年内，全球每年在顾客关系管理技术方面的投资可能超过 170 亿美元，如果将这一市场扩展到与顾客关系管理相关的服务领域，其投入将超过 1000 亿美元。

3.5.1　顾客关系管理的定义

学术界对顾客关系管理进行了大量的研究。有关顾客关系管理的定义就多达 45 个。Zablah 等学者（2004）通过对文献的回顾和梳理，认为顾客关系管理的定义可归纳为以下五个视角：

1）顾客关系管理是一个过程

过程视角将顾客关系管理界定为通过任务或活动的集合而产生企业期望的结果。当把顾客关系管理作为一个过程来看待时，包含两个不同的层次：一些观点把顾客关系管理定义为是一种较高水平的过程，这个过程包括企业建立一个持久的、有利可图、互利的顾客关系，另一些观点把顾客关系管理定义为是一种狭义的过程，这种过程为了与顾客建立并维持一种长期的有利的关系，而进行的顾客关系管理。不论哪个层次的定义，这种视角不同于其他定义的地方在于其认为顾客关系管理代表的是一种发展和维持与顾客关系的一个过程。

2）顾客关系管理是一种战略

战略视角将顾客关系管理定义为是"运用资源构建有利地位的总体计划" 该定义强调，建立和维持与顾客关系所应用的资源应该是基于顾客对企业的终身价值而分配的。而且，这种观点认为所有的顾客对企业的价值不同，因此，企业应该把资源投资到可以使企业获得最大回报的顾客身上。企业必须基于顾客终身价值来持续评估和优化顾客。

3）顾客关系管理是一种哲学

哲学视角的顾客关系管理源于 Reichheld（1996）的研究，该研究证明了顾客忠诚于企业利润之间的关系很密切。这一观点认为最有效地获取顾客忠诚的方法是通过积极地建立和维持与顾客的长期关系，而不是在买卖双方之间建立一种不断重复的交易管理。顾客关系管理的哲学观点强调忠诚顾客基础只能通过持续进展的关系情境的互动来获取。

4）顾客关系管理是一种能力

能力观点强调，企业必须在发展和获取资源组合方面进行大量投资，以便使企业能够可持续地修正行为以满足个体消费者或群体消费者的需要。发展和需要的大量资源上，以持续的改变个人消费者与全体消费者的消费行为。

5）顾客关系管理是一种技术

CRM 是一种能够使企业与顾客建立关系的简单技术工具。然而，最重要的是强调技术在顾客关系管理活动中起着潜在的作用，即通过完美的销售和售货服务功能提供给顾客高效率的服务。此外，顾客关系管理工具能使企业利用数据库、数据挖掘以及更深入的技术来收集和储存大量的顾客数据，通过数据了解顾客，并在组织内部传播这种知识。

综上所述，可以认为顾客关系管理是利用信息技术与顾客实现双向沟通，挖掘顾客需要，并通过顾客价值的选择、创造和传递来建立和维持与有最大利润价值的顾客之间的关系的持续过程。具体地说，顾客关系管理具有以下几个方面的作用：①保持与顾客的持续对话；②贯穿于同所有顾客的接触；③对最有价值的顾客实行个性化服务；④确保维持顾客，确保开展有效的营销活动。

3.5.2　顾客关系管理的成功实施

德勤咨询公司在 1999 年的报告表明，70%的企业在 CRM 的实施中毫无改善。原因可能是系统的设计问题、成本过高、用户没有充分利用等方面，而更重要的原因是企业将 CRM 软件当成是营销战略。Rigby 等学者（2002）认为，CRM 软件不是营销战略。CRM 由相关软件支持，将顾客战略和交易过程相结合，旨在提高顾客忠诚度并最终增加公司的利润。也就是说，要使在 CRM 软件上的投入产生回报，企业首先需要制定一个顾客战略，只有在顾客战略已经制定和实施后 CRM 软件才有用。要发展能有效反应并带来利润的顾客战略，企业必须特别关注以下五个方面：①获取正确的顾客；②构造正确的价值定位；③制定最合适的交易过程；④激励员工；⑤学会维护顾客。

利用 CRM 技术获取顾客数据，将之转变成有价值的信息，然后在公司传播，以此来支持企业从获取顾客到维护顾客的战略过程，参见表 3-3。这种由 CRM 系统支持的、精心设计和执行的顾客战略，才能为公司带来经济回报。

表 3-3　建立顾客关系管理战略

CRM 的优先考虑事项				
获取正确顾客	构造正确的价值定位	确定最合适的交易过程	激励员工	学会维护顾客
● 确定企业最有价值的顾客 ● 计算企业提供的产品和服务在顾客采购总量中所占得份额	● 判定企业顾客现在和未来所需的产品或服务 ● 评估竞争对手现在和未来提供的产品或服务 ● 确定企业应该提供的新产品或服务	● 研究为顾客提供产品或服务的最佳方法 ● 决定为完成顾客战略而必须发展的服务能力和需要投资的技术	● 确定企业员工发展顾客关系所需要的工具 ● 通过企业培训和为员工构建合适的职业道路，从而赢得员工忠诚	● 明白为什么顾客更换供应商，了解怎样使他们回心转意 ● 明确竞争对手赢得公司高端顾客的战略
CRM 技术的作用				
● 分析顾客收入和成本数据以明确现在和未来的高端顾客 ● 使营销面向高端顾客	● 从顾客交易中获取相关产品和服务数据 ● 建立新的分销渠道 ● 建立新的定价模型	● 加快交易过程 ● 为接触顾客的员工提供更有效的信息 ● 更有效地管理企业物流和供应链	● 将员工激励和绩效评估结合起来 ● 在企业内向员工传播有关顾客服务的知识	● 跟踪顾客流失状况和顾客维持状况 ● 跟踪顾客服务满意度

资料来源：Darren K. Rigby，Fredrick F. Reichheld，and: Phil Schefter. Avoid the Four Perils of CRM，Harvard Business Review. 2002，80(January / February): 106. 转引自迈克尔. D·赫特，托马斯·w·斯潘著：《组织间营销管理》，朱凌，梁玮，曹毅然译校，中国人民大学出版社，2006 年。

3.5.3　顾客关系管理的负面效应

利用顾客关系管理软件进行顾客关系管理也具有一些负面作用。

首先，建立和维护 CRM 软件需要在计算机硬件、数据库软件、数据收集与分析和相关的专业人员等方面进行巨大的投资；而且，收集准确的资料往往比较困难。在下列情形中，是没必要建立顾客关系管理系统的：①顾客在一生中可能只会购买一次的产品；②顾客不具备品牌忠诚度；③单位销售量微乎其微；④信息的收集成本过高。

其次，让企业的每个员工都以顾客为导向和利用已有的信息比较困难，员工可能发现从事传统的营销要比顾客关系营销容易得多。有效的顾客关系管理系统需要管理和培训其员工、经销商和供应商。

再次，很多顾客抗拒与公司建立联系，他们不满意公司收集了有关他们的个人信息，甚至怀疑信息可能会被利用。所以，营销者必须注意利用顾客关系管理可能带来的对顾客隐私侵犯的伦理问题。

最后，关系营销背后的假设并不一定总是正确。例如，为忠诚顾客服务的成本可能并不小。大多数顾客都清楚他们对于企业的价值，并以此为资本来榨取额外的服务或价格折扣。还有一项研究表明，那些在行为忠诚上得分较高的顾客以及那些大量购买的顾客在口碑传播上不如那些在态度忠诚上得分高的顾客。

本章小结

以 4C's 理论为基础，以关注、信任、承诺和服务为特征的关系营销是 20 世纪 90 年代及未来的营销发展趋势 ，是对传统营销理念的突破和创新，越来越多的组织通过与包括顾客在内的利益相关者建立并维持相互满意的、健康的、持久的关系来谋取关系各方的长期利益。

关系营销的目的是通过建立、发展、维持与老顾客的关系即获取忠诚的顾客，从而获取长期财务绩效以及可持续竞争优势。顾客满意、转换成本和顾客感知价值是顾客忠诚的重要驱动因素。

根据组织顾客与供应商之间合作的紧密程度的不同，买卖双方的关系可划分为纯交易关系、重复交易关系、长期交易关系、买卖合作伙伴关系、战略联盟。其中，纯交易关系在组织市场中并不多见。随着营销全球化及市场竞争的加剧，组织之间更倾向于建立长期交易关系、合作伙伴关系甚至战略联盟。

在组织市场中占据领导地位的组织的战略中，战略联盟扮演着日益重要的角色。战略联盟形成的驱动力在于通过具有互补资源的组织之间的联结而提升联盟各方的核心竞争力，并因此扩大组织的产品销路及其辐射的市场区域。当然，战略联盟的实际运作会受到来自各方的挑战，为保证战略联盟的成功，联盟成员之间应该通过相互的沟通来发展共同理解并进行包括战略整合、战术整合、操作整合、人际关系的关系整合、文化整合五类联盟整合。

　　由于维系顾客的重要性，越来越多的企业在顾客关系管理顾客关系管理上进行了大量的投资。要发展能有效反应并带来利润的顾客战略，企业必须特别关注以下五个方面：①获取正确的顾客；②构造正确的价值定位；③制定最合适的交易过程；④激励员工；⑤学会维持顾客。

关键词

关系营销	Relationship Marketing
影响者市场	Influence Market
招聘市场	Recruitment Market
推荐者市场	Referral Market
内部市场	Internal Market
供应商市场	Supplier Market
顾客感知价值	Customer Perceived Value
纯交易关系	Pure Transactions
重复交易	Repeated Transactions
长期交易关系	Long-term Relationships
合作伙伴关系	Buyer-Seller Partnerships
战略联盟	Strategic Alliances
顾客关系管理	Customer Relationship Management

思考题

1. 请解释关系营销的内涵。
2. 何谓六大市场模型？该模型对关系营销的实施具有怎样的指导意义？
3. 请比较关系营销和传统的交易营销。
4. 制造商和组织顾客关系的发展阶段有哪些？每个阶段具有怎样的特点？
5. 何谓转换成本？转换成本对顾客维持具有怎样的作用？在组织市场，企业可以从哪些方面设置转换成木？
6. 顾客价值的内涵是什么？组织市场的顾客价值维度包括哪些？
7. 制造商与组织类顾客的关系具有哪些类型？每种类型具有怎样的特点？
8. 企业之间为什么要构建战略联盟？
9. 电子商务联盟有哪些类型？请对它们进行解释。
10. 从哪些方面可以对联盟成员之间的联系方式进行整合？
11. 何谓顾客关系管理？企业如何能够成功地进行顾客关系管理？
12. 学员分为 3～5 人一组，并讨论以下情景：如果你是一家汽车零部件（中国企业）的市场部经理，你如何理解关系营销？如何在实践中推行关系营销？在中国实行关系营销是否有自身的特点？

第 4 章
组织市场细分、目标市场选择与定位

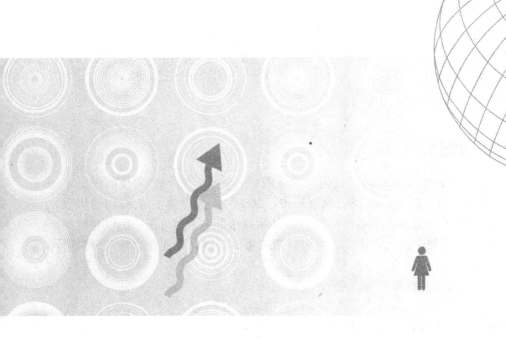

　　组织正面对一个顾客需求多样化、技术发展迅速、竞争日趋激烈的经营环境，没有一个企业能够满足所有顾客的需求。组织市场主要由企业、政府部门和其他组织机构组成。根据不同的组织类型，不同的采购、决策特点等确定和分析顾客，是制定有效市场战略的基础和把握目标顾客需求变化的重要环节，也是选择、提供和传播顾客价值的重要基础。因此，每个企业为了实现营销的有效性都需要采取三个步骤：首先，按照一定的标准对市场进行细分；其次，评估选择对本企业最有吸引力的细分市场作为目标市场；最后，确定企业在市场上的独特形象及地位，即市场定位。图 4-1 表明了包含市场细分、目标市场选择及市场定位等三个步骤的目标市场营销战略。

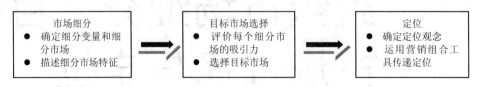

图 4-1　目标市场营销战略

本章将讨论以下内容：

- ■　组织市场细分
- ■　组织市场目标市场选择
- ■　组织市场定位

4.1　组织市场细分

　　市场细分（market segmentation）是指企业按照某种标准，将一个异质的细分市场划分为若干个同质的子市场的过程。在组织市场中，20%的顾客提供了 75%的销售额，10%的顾客提供了 50%的销售额，大量的顾客对公司而言几乎是无利可图。所以对组织市场进行有效的细分至关重要，也是组织实施关系营销的重要基础。企业在市场细分时要考虑以下问题：

- ●　企业所面对的市场是什么？
- ●　如何细分市场？
- ●　每个细分市场的需求和欲望是什么？
- ●　如何度量细分市场的大小？
- ●　竞争对手如何满足市场的需要和欲望？
- ●　哪些细分市场是企业的目标？

4.1.1　组织市场细分的意义

　　对组织市场进行细分有许多好处。

　　首先，进行市场细分使营销人员更加关注顾客的独特需求，可以将营销努力集中在最有可能使之满意的购买者身上，增加成功的机会。相比之下，进行市场细分对小企业来说显得更加重要一些，通过市场细分可以发现那些被竞争者忽视的或没有得到很好服务的市场空间，小公司要想增加经营成功的可能性，其选择的细分市场必须能够充分发挥其自身的优势，而同时又能够遏制强大的竞争对手在该市场上的竞争力。

其次，市场细分可以提高营销活动的有效性。在选定了某个或某些细分市场后，营销人员就可以运用对该细分市场和顾客的认识，针对他们的独特需求，实施有针对性地产品开发和价格策略，选择适当的分销和沟通渠道等，以令人满意的服务赢得市场。

有调查显示，在一个公司的许多细分市场中，有近 1/3 的市场的利润贡献为零，而公司投入到这些无利可图的细分市场中去的费用占总费用的 30%～50%。这表明公司不仅仅在进行市场细分时要仔细并制定详尽的细分战略，还必须要根据环境等条件的变化及时调整细分市场和细分市场战略，而细分市场则提供了一个进行有效的市场评估和分析的基础。

4.1.2　组织市场有效细分的条件

对市场进行细分有很多好处，但并不是说对任何市场都有必要或都可以进行细分。作为一个细分市场，必须是与其他市场有所不同的，而在其内部则是一个某些方面近乎同质的市场。可以从以下四个条件中看出有效的细分市场应具有的特征：

1）可测性

营销人员可以获得关于该市场中的顾客的必要的信息。只有具有可测性，才可能对该市场的发展机会进行有效的评估。

2）可及性

营销力量和营销组合能够比较轻易地进入目标市场。只有先接近目标顾客，才能进一步谈及怎样使自己的营销活动得到细分市场目标顾客的响应。

3）可偿性

细分市场的规模必须足够大或可以从中获得足够的潜在利润。如果不够这个条件，那只能是得不偿失，细分就没有必要。

4）可行性

企业的经营、营销和技术力量应和该细分市场的竞争性需求相匹配，应能够把令人满意的服务提供给该市场，并得到该市场目标顾客的积极响应。技术力量不足、职工人数不够都可能使公司无法实现预定的营销计划，从而无法提供给细分市场足够的服务。

4.1.3　组织市场细分的依据和程序

消费品市场细分的许多依据都可以用来进行组织市场细分，但组织市场也有其自己的细分变量。组织市场可以按照宏观和微观分成两大类。**宏观市场细分**（macro-segmentation）是按照购买组织的特点和购买类型，如规模、组织结构、地理位置等来划分。**微观市场细分**（micro-segmentation）则进一步关注宏观细分市场中每个决策单位的购买决策标准、购买的重要程度、对顾客的态度等。1973 年，约罗姆·温德（Yoram Wind）和理查德·卡多佐（Richard Cardozo）提出了一个市场细分的二阶段法：①识别有意义的宏观细分市场；②将宏观细分市场进一步分割为微观细分市场，见图 4-2。

　　进行市场细分就是要抓住顾客的独特的方面，而以下的细分依据就可以帮助找出顾客的不同之处，进而帮助制定有效的营销、细分战略。

1．宏观市场细分依据

1）购买组织的特性（characteristics of buying organizations）

　　（1）行业。行业可能是进行市场划分的最基础的一种细分变量。组织购买品通常不会只供应给一个行业，而不同行业之间通常都具有明显不同的需求特点，它们对产品的质量、价格，产品需求量、供货、服务等的要求千差万别。当然这种细分在行业内部差异不是很大的情况下特别有效。

　　（2）规模。按照购买组织的规模来划分是通常使用的一种细分依据。大型组织与小型组织相比，可能具有一些独特的需要，对营销刺激的反应也会有所不同。在大型组织中，企业的总裁、副总裁、董事等拥有的影响力要比在小型组织中要小，而其他人员，例如采购经理等的影响力在大型组织中则要大一些。

　　（3）地理位置。按照购买组织的地理位置来划分市场是另一种通用的细分依据。营销人员可以根据地理位置的不同来制定不同的营销策略。

　　（4）采购职能机构。一个组织对采购职能的安排是划分组织和区别不同需求的有效细分变量。采取分权式的采购职能的组织与采取集权式采购职能的组织在决策过程、购买方式、采购标准上都会有所不同，采购职能高度分权化的组织注重的是短期的成本效益，而采购职能高度集权化的组织十分看重买卖双方的长期合作关系。采购的职能结构对购买者专业化程度、采购标准和采购中心的构成等方面起着重要的作用。

　　（5）使用频率。使用频率也是一种宏观细分变量。顾客按照使用频率大小依次分为不使用、偶尔使用、经常使用、频繁使用，如图 4-2 所示。不同层次之间可能具有不同的需求特点。例如，频繁使用者可能更注重交货的迅速及时和购买的便捷。同时，不同层次的使用者之间可以相互转换，通过产品战略或营销组合的调整，就有可能把使用者从偶尔使用变成经常使用，或经常使用者称为频繁使用者。

2）产品用途（production/service application）

　　在组织市场中，组织购买者通常并不是最终消费者，其购买的产品多数并不是最终消费品，而是以各种形式为最终消费服务的，因此组织购买品有许多不同的用途，而另一种细分的依据就是不同产品的最终用途。单片机可以用在玩具、小游戏机、电子防盗门等用途上，轴承可以用在汽车、机床、精密仪器、削皮机等上面，这些不同的用途所代表的顾客都有着不同的需求特点。

3）购买类型（purchasing situation）

　　最后一个宏观细分依据，也是十分重要的一个细分依据，那就是购买类型。购买组织按购买类型可分为新购型、更改重购型、直接重购型三种。或者换个角度，可以将其归在从采购的初级阶段到成熟阶段之间的某一时段上。显然，不同类型的或出于不同阶段的组织具有不同的需求。例如，第一次购买者自然会想知道更多有关产品和公司的信息，而成熟的购买者则更加注重产品最新的变化和具体用途上的改进。表 4-1 对上述宏观细分变量进行了总结。

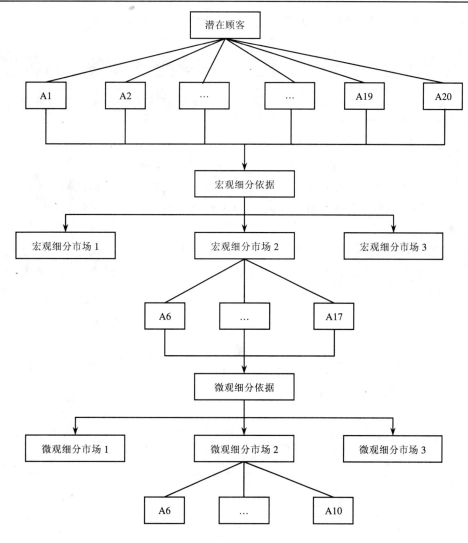

图 4-2　市场细分的二阶段

表 4-1　组织购买品市场细分的依据

购买组织的特性

- 行业：应该将重点放在哪个或哪些行业上。
- 规模：规模是大是小？应该以多大规模的公司为重点顾客。
- 地理位置：有哪些地理区域？应该以哪片区域为重？华北，华东还是西北。
- 采购职能结构：是集权化的采购安排还是分权化的采购安排。
- 使用频率：是不使用、偶尔使用、经常使用还是频繁使用的用户。

产品用途

- 主要应重视哪些方面的使用。

购买类型

- 采购类型：新购型、更改重购型还是直接重购型。
- 所处的购买阶段：初级购买阶段还是成熟的购买者。

B to B 营销视窗 4-1 介绍了一家公司如何进行市场细分的具体操作。

B to B 营销视窗 4-1	瑞德公司的细分市场

　　瑞德工业公司对其产品的用户进行了一次调查，并按购买决策过程所处的阶段划分了 3 个细分市场（见图 4-3）：

　　准顾客：这种顾客还没有使用过该种产品，但有可能需要购买这产品，所以开始找机会了解并选择声誉卓著的、信得过的、能够帮助解决问题的供应商。

　　新顾客：这类顾客在最近的三个月内已经购买并使用了该产品，他们需要的是通俗易懂的说明书、随时随地的技术帮助，同时想让销售人员来帮助他们，当然也希望能够有培训的机会。

　　老顾客：这类顾客以前已经买过该产品，现在或者想再买，或者已经又买过。希望得到的是定制的产品或服务、令人满意的维护及高级的技术服务，同时希望自己能够完成一切。

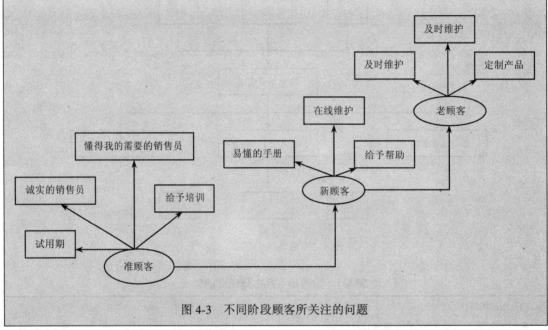

图 4-3　不同阶段顾客所关注的问题

资料来源：Michael D.Hutt, Thomas W.Speh, "Business Marketing Management", The Dryden Press, Six Eddition,1998.

2. 微观市场细分依据

　　营销人员在进行了宏观市场细分之后，通常还必须进行更深一步的细分，因为在宏观细分市场中还存在许多更细小的同质市场，这些市场对营销刺激都有着各自独特的反应。所以必须对微观的组织购买决策单位之间的差异和共性进行分析。以下就是进行微观市场细分的常用的一些依据，如表 4-2 所示。

表 4-2　组织购买品微观细分依据

- 关键的采购标准：是质量、信誉、价格还是供货。
- 采购战略：满意战略还是优化战略。
- 采购的重要性：风险大、重要性高还是相反。
- 组织的革新性：属于乐于革新者还是跟随者。
- 采购中心的组成：主要的成员构成是怎样的，是工程师还是和其他技术人员还是其他。
- 个人因素：决策者和重要影响人的性格、资历、风险偏好、价值观等。

1）关键的采购标准（key criteria）

关键的采购标准是常用的一种微观细分变量。营销人员可以按照购买组织采购中心最重要的采购标准为细分依据进行划分。这些标准可能是一些单独的变量，例如价格、质量、供货的稳定性、技术支持水平、付款方式、产品知名度等。但更常见的是若干变量的一个组合标准，例如高质高价、快速的送货和服务、单一且严格的付款方式和很高的知名度等。Lehmann 按照其重要程度的不同，并基于采购类型，提出了五种类型的标准（见表4-3）。例如，当采购的是标准化产品时，经济标准成为首要的。由于非标准化的，复杂的或者是新奇的产品看起来对产品的应用、表现等都具有不确定性。依据组织能力，在一些案例中，服务因素可能会比技术能力更加重要。

表 4-3　采购人员选择标准的分类

类　　别	详　　细
绩效标准	这种标准考察的是产品在应用时的表现
经济标准	对采购，储存，使用和维修成本的评估
综合标准	供应上的合作意愿，是否能够及时提供服务及满足要求
适应性标准	所提供的产品是否符合购买者的要求
法律标准	对采购决策产生影响的因素是否符合法律要求

资料来源：Donald R.Lehmann and John O'Shaughnessy, "Decision criteria used in buying different categories of products." Journal of Marketing ,1982,18(1):9-14.

2）采购战略（purchasing strategies）

这是另一种常用的微观细分变量。不同的组织购买者都有各自的采购战略，这里只描述两种主要的采购战略：满意战略和最优化战略。在一些实证研究中发现，有许多组织和机构的采购模式属于这两种类型。满意战略就是指组织购买者向熟悉的或以前有来往的供应商询问情况，只要找到第一个能够满足其购买或服务要求的供应商，生意就达成了。最优化战略则相反，这类组织购买者会向所有能接触到的、熟悉的、不熟悉的供应商询问价格，衡量好坏，最后选择最优的交易。例如，一些公司在采购大量办公用品时，则通常会与有过往的供应商联系，只要他们能够满足自己的要求，那生意就成交了。很显然，一个新进入市场的供应商很难打开采取满意战略的组织的大门，而与那些采取最优化采购战略的组织进行接触，则容易得多。

3）采购的重要性（purchasing important）

如果产品在不同行业有许多不同的用途，那么对采购重要性的考察则成了一项重要的微观细分依据。用途不同,所承担的风险就不同,采购的重要程度也就不同。例如,同样是用做润滑油的油脂,对用在大型仪器中密封的轴承上的要求就和用在普通手推车上的重要性不一样。而且采购的重要性直接影响到采购中心的组成和规模。风险越大,重要性越高,则采购中心的规模可能会增大,组成采购中心的人员的地位和职责可能也会增加,而整个采购中心的地位就会相应地提高。营销人员的营销努力则自然需要相应地增加。

4)组织的革新性(organizational innovativeness)

组织的革新性涉及新产品推广的难易问题,这是其作为微观细分依据的主要原因。就如同上面所说的新产品相比较而言容易打入那些采取最优化采购策略的组织市场一样,组织购买者富有革新性则意味着他们比较愿意尝试接受新产品,而革新性较弱则意味着这些组织倾向于保持原有的购买习惯。对每个细分市场的组织革新性有了清醒的认识后,就可以很明白地预测出在哪个市场新产品的推广最容易展开,在哪个细分市场新产品的推广困难重重。对组织革新性进行考虑,再结合组织的采购战略及其他变量,应该以哪种方式和顺序来选择进入市场就一目了然了。

5)采购中心的组成(structure of buying center)

采购中心的组成和结构是进行微观细分的有效依据。前面的章节已经讲过,采购中心可能由许多来自各个领域的人员组成,例如营销、设计、制造、采购等部门。有工厂经理和总经理参与的采购中心可能更注重供应商的服务措施,而有生产经理和工程师参与的采购中心则对自己的工程制造实力有着更大的信心。一旦将组织购买者的采购中心的组成情况摸清楚之后,营销人员就可以"对症下药",展开相应的营销活动。

6)个人因素(personal characteristics)

组织政策和组织结构等组织变量对购买决策的形成起着很大的作用,但购买决策最终是由组织内的个人做出的,在很大程度上受到个人的年龄、性别、性格、偏好、价值观、风险偏向性、权力等的影响,这些个人变量很难确定,所以在这个局限性下,最好将销售人员所获得信息和资料整理起来。

3. 组织市场细分的程序

首先是根据宏观细分的一些依据来进行初步的宏观市场细分,并根据公司的战略目标和所拥有的资源情况,选择合适的宏观细分市场。如果在这个层次上,一个或几个宏观细分市场已经清楚地表现出对公司营销刺激的良好反应,那么该市场的细分就到此为止。因为市场分得越细,则公司所需投入的费用就越高。而且进行宏观细分所需的依据通常可以比较轻易地从二手资料中得到,但进行微观细分则不仅困难,而且投入也大。如果需要进行下一步的微观市场细分,那么就根据购买决策单位的异同来区分不同的细分市场。再通过对进入市场所需的投入和可能获得的收益的比较,来确定目标细分市场。

图4-4描述了进行组织市场细分的一个大体的程序和步骤。

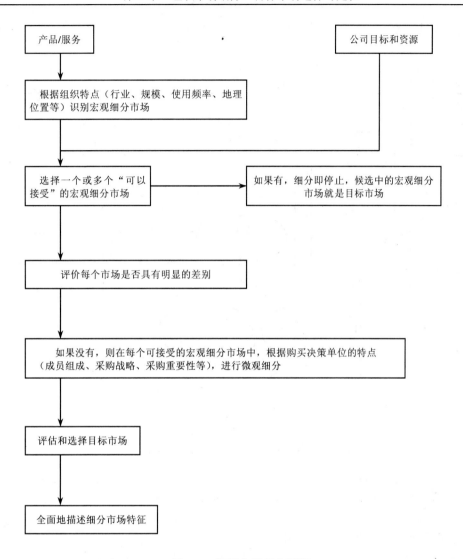

图 4-4　组织市场细分程序

资料来源：Per Vagn Freytag, Ann Hojbjerg Clarke. Business-to-Business Market Segmentation. Industrial Marketing Management, 2001, 30(6)：473-486.

4.1.4　组织市场细分面临的挑战——细分市场的不稳定性

市场正经历着越来越多、越来越频繁的变化。而"顾客需求和偏好"方面的变化正是这些市场变化中的主要因素。顾客需求的快速变化所导致的一个重要结果是企业的目标细分市场逐渐变得不稳定。尽管消费者顾客和组织顾客的需求都在不断变化，但由于组织市场对宏观经济环境的变化更为敏感，市场细分的不稳定性在组织市场中显得更为重要。

Blocker、Flint（2007）提出了组织市场中的细分不稳定性理论模型（见图 4-5）。该模型整合了多个层面上细分的变化，从单个组织顾客，到某个市场细分，再到整个市场。这是已知的首次试图整合所有与细分不稳定性相关概念的工作。

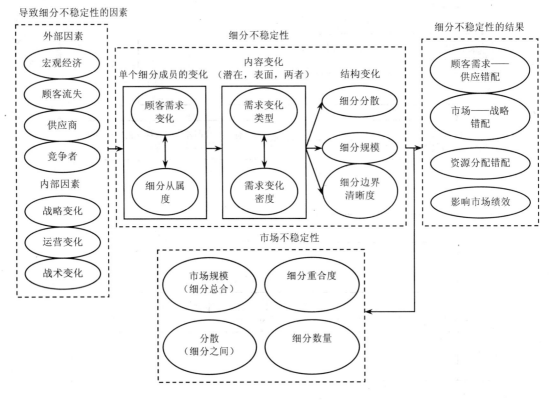

图 4-5　B2B 市场的细分不稳定性概念模型

资料来源：Christopher P. Blocker , Daniel J. Flint ,Customer segments as moving targets: Integrating customer value dynamism into segment instability logic.Industrial Marketing Management, 2007, (36) 810-822.

1. 组织细分市场不稳定性的类别

该模型试图从总体上明确细分不稳定性的起源、内容和结构。该模型指出，组织细分市场不稳定主要体现为：①组织细分市场的成员变化。该模型的核心是变化的过程，从某个细分中单个顾客的需求变化开始。一旦顾客改变了其价值观，那其从属于某个细分的程度也就发生了变化。从属程度是通过比较某个顾客的需求与该细分的平均值而测定的。单个顾客发生的变化可能会引起整个市场细分的变化。②组织细分市场的细分内容变化。细分内容的变化可以解释为一系列潜在变化或者与环境相关的表面变化的组合。唯一已知的实证研究揭示了潜在变化，但是没有认识到整个市场的需求可能也已经发生了变化。例如新产品的引入可能仅仅代表了表面变化。在顾客价值观变化的基础上，检视不同的变化类型和细分层面上变化的密度，都可以加深对内容变化的理解。③细分的结构变化。最后，细分不稳定性还可以解释为细分的结构变化。分散是一种空间变化，当顾客的需求有可能脱离某个细分范围时，就会发生分散。细分的基础是成员之间相似的需求。因此一旦需求发生变化，可以想象顾客会存在脱离细分范围的倾向。成员自身状况（如财务状况等）也可以成为测量细分的规模变化的依据。边界清晰度，是指所研究的细分是有明确的定义，还是与其他细分存在重叠，例如有一些成员同时从属于多个细分。

当研究范围超出单个细分后，市场不稳定性是指市场中所有细分的总体变化，也由类似的结构特征组成。在这个层面上可以分析细分之间的关系，例如在细分重叠的情况下，可以研究一个细分的不稳定性是否会影响另一个细分的规模或变化特征。市场不稳定性类似于市场扰动的概念，但要比后者更为复杂。

2．组织细分市场不稳定性的环境因素

该模型指出，变化是由外部环境或者企业内部发生的组织变化所导致的，而后者是遵循顾客价值观变化理论的。来自价值观变化研究的证据显示，这些因素可以单独导致顾客变化，但是研究还发现了外部因素是如何影响市场细分中成员的价值观变化的。例如，当利率出现显著上升时，那些资产负债比相对较高的企业的购买需求会发生较大的变化，而对那些资产负债比相对较低的企业则影响不大。因此这些造成的变化的外部因素，诸如技术、竞争者的行为、供应商等，对同一细分中的顾客期望价值有不同的影响。

3．细分不稳定性的结果

细分不稳定性可能产生多种结果。对于市场细分的研究，一般认为定义明确的细分可以产生多种潜在收益，包括企业的产品和能力能够与顾客的需求更为匹配、与顾客进行更好的沟通、对新产品或重新定位的产品作出更好的战略决策、更有效地在现有顾客之间分配资源等等。基于这些假设可以推论，企业越是依赖于细分的特性来设计产品、战略、分配资源，细分不稳定性就越能够损害这些工作的有效性，甚至损害企业的总体市场绩效。

细分不稳定性所造成的三种潜在错配结果包括顾客需求-供应错配、营销战略错配和资源分配错配。用产品与服务来满足细分需求的能力是至关重要的。然而对于细分的内容变化和结构变化来说，错配会造成一定的危害。当需求快速变化时，需求-供应的匹配会马上消失，于是供应商所提供的产品看起来就是"不协调"的。在制定营销战略，包括为新产品或者现有的产品进行定位时，企业也依靠市场细分的信息来辅助决策。当细分发生变化时，指向某个细分的营销战略的目标与总体市场目标就会显得不相关。于是，细分不稳定性就使得企业要不断地检查自身的传播战略、定价和其他关键因素。如今的企业一定要意识到，所有的顾客并不都是完全相同的，因此要以企业的资源优先服务那些利润丰厚的顾客。细分不稳定性会使得企业难以分辨哪些是重要的细分，尤其是当细分的规模发生变化时。例如，某个细分可能会产生新的需求，但满足这样的需求并不能带来利润。

最后，潜在的错配与市场绩效相关。当仅仅通过推测来确定两者之间的关系时，战略和资源的错配就很有可能导致成本结构不能达到最优状态，而需求-供应错配则会使顾客不满，并转向竞争者。当企业用不当的方法与顾客沟通时，顾客可能会感到自身不受重视，甚至是受到了愚弄。

4．组织如何管理细分市场的不稳定性

根据供应商所采取的行为不同，细分不稳定性及其结果可能是危险，也可能是机遇。企业可以用两种方法来应对细分不稳定性：企业可以服务已经存在的细分，让这些细分保持稳定，确保进入该细分的顾客多于流出的顾客。或者企业也可以等待细分出现变化，这时要试图比竞争者更快地满足顾客的新需求。相反的，企业还可以主动地测量并理解细分

不稳定性，当变化发生时，不仅要紧密追踪顾客变化的需求，也要试图控制或引导需求的变化。分析细分不稳定性需要企业内多个团队的合作，包括战略部门、预测部门、与顾客经常接触的一线销售人员等。当然，还需要更多的研究提供实际的方法来理解和预测细分不稳定性。

4.2　组织市场目标市场选择

　　在市场细分的基础上，企业需要选择一个或几个细分市场作为自己的目标市场，即目标市场选择（targeting）。在目标市场选择的过程中，涉及两个重要的决策：其一，选择哪个（哪些）细分市场作为自己的目标市场；其二，选择目标市场的覆盖战略。

4.2.1　目标市场选择所考虑的因素

1．市场/产业的状况和变化预测

　　该市场的竞争态势如何，是否具有发展的潜力？竞争环境是否稳定？该市场将会有何种程度或何种方向的变化？这些都是对整个市场或整个产业的宏观层面的分析，是否进入该市场，首先要看的就是该市场是否有良好的环境和发展前景，有足够的规模和足够的潜在利润。

2．市场竞争分析

　　当然，市场是由无数个微观的企业构成的，要想描述市场的状况，必须要同时对在市场中运营的企业有清楚的了解，这样才能对细分市场进行客观准确的评价。

　　1）识别当前和潜在竞争对手的战略意图

　　战略意图分析是竞争分析的基础性工作，通过对竞争对手的战略意图的了解，既有助于解释其已做出的战略行动的原因，也可以测算出该竞争对手短至未来几个月、长至未来几年的行动方向。这样就会对目标市场的未来竞争状况形成比较清晰的了解。而竞争对手的战略意图究竟能否实现，很大程度上取决于该竞争对手的核心竞争能力。

　　2）识别竞争对手的核心能力

　　核心能力或称为核心竞争力，是作为竞争优势基础的个人技能和生产技巧的结合。是一个企业能否在市场中生存、发展下去，是否应该进入某个新市场并成功发展的关键性因素。所以识别出竞争对手的核心能力，就识别出了其赖以竞争的基石，就可以描述出其主营业务的大致范围和经营的大体领域。了解了竞争对手的战略意图和核心能力，就可以进一步预测市场的进入和退出情况。

　　3）预测市场的进入和退出情况

　　在进行市场及竞争分析时，有两种主要的分析方法：竞争导向分析和顾客导向分析。竞争者导向分析指直接对竞争者的产品、服务、经营范围、销售力量等要素进行比较。而顾客导向分析则是间接地通过顾客对竞争者的各方面评价来判断竞争者的经营实力和竞争优势。当然在实际运用中，最好的办法是两种分析方法都进行。因为竞争者导向分析使公司把目光仅仅局限在成本比较和其他相应的经营变量上，而顾客导向分析则会使公司忽视新的竞争者的威胁。

3．企业的目标和资源能力

一个有良好的运作环境和发展前景，有足够的规模和潜在利润，并且竞争结构良好的细分市场，有可能并不适合某一具体企业。原因可能在于：①不符合企业的发展目标。企业的发展目标决定了企业的资源投入方向，如果该市场与企业发展目标相悖，进入该市场将分散企业的资源，进而会影响企业长远目标的实现；②企业不具备相应的资源和能力。如果细分市场与企业发展目标相符，但企业不具备获得市场竞争胜利所必需的资源能力，也不得不放弃该市场。

企业要做出正确的目标市场选择，需要考虑市场的规模、成长性、竞争，并结合企业自身的资源和能力等因素，即按照 Kotler（1984）提出的指导原则进行细分市场综合评估：

- 细分市场是可测量的。
- 细分市场是可以接近的。
- 细分市场是能够赢利的。
- 企业有能力进入细分市场。
- 细分市场与公司的战略相协调。

按照此原则确定市场机会在哪里，哪个市场的潜在收益最丰厚。而这一切都完成之后，就要开始决定到底公司应该为哪个或哪些细分市场服务，也就是选择目标市场。

4.2.2　目标市场覆盖战略

通常有三种目标市场覆盖战略：无差异性营销、差异性营销和集中性营销。

1．无差异性营销（undifferentiated marketing）

无差异性营销指的是公司忽视细分市场可能存在的差异，而对所有的细分市场只采用一种营销战略。无差异性营销针对的是差异性的顾客的共性方面，目的是吸引最大限度的人群的关注和使用。这种营销战略适合于那些产品或服务标准化程度高，并且目标顾客所在的行业和市场十分广泛的情况。

无差异性营销具有可以获得成本的优势。因为大规模生产降低了生产费用和运输存储费用，广告宣传费用也由于无差异的营销战略而大大降低。因此，采取无差异性营销战略的企业可以取得价格的优势，从而吸引对价格敏感的顾客。但正是由于其无差异的战略，使得公司的市场地位很容易受到打击。因为在实际中，不存在真正同质的市场和顾客需求，顾客不可能从那里得到满足，如果公司不具有很强的优势，忽视差异的结果只能是自己的市场被进行差异化营销的企业夺走。

2．差异化营销（Differentiated Marketing）

差异化营销就是指公司面向不同的细分市场，采取各自不同的营销组合和营销策略。这些细分市场的需求水平、产品用途或对营销刺激的反应都互有不同，而针对每个细分市场的营销策略也相应地互不相同。

差异性营销策略可以满足不同市场、不同顾客的需求，这样就可以在每个细分市场都占据一席之地，增加总的市场销售额。但不可避免的是，差异性营销会增加公司的成本。这些成本的增加包括生产成本、产品开发成本和产品改进的成本、管理成本、产品推广促销成本、运输和库存成本等。因此，究竟应细分与差异化到何种程度才能使公司的净收益最大化是公司所必须仔细衡量的。

3．集中性营销（concentrated marketing）

集中性营销是指只选择一个细分市场作为目标市场。以单一目标市场的顾客为营销对象，顾客的需求和行为特点相比来说要简单得多，通过集中性营销，公司可以更加充分地满足他们的需求。因此，采取集中性营销战略可以在目标市场上站稳脚跟，提高在该市场的知名度和声誉，从而在目标市场上巩固自己的地位。

采取集中性营销战略，公司通过专业化生产、经营和销售，可以大量减少成本，提高利润率。但同时集中性营销战略也有很大的危险性，那就是公司很可能会因为所服务的细分市场本身的变化而发生转变，而这些变化是作为微观企业的公司不能控制的，甚至是难以预测的。因此，许多公司都宁愿选择多个细分市场作为自己的目标市场。

4.3　组织市场定位

1969 年 6 月，美国的两位广告人 Ries 和 Trout 在美国《产业营销》杂志上发表了《定位是人们在今日模仿主义市场所玩的竞赛》一文，首次提出"定位"这一广告概念。1972 年，他们又在美国权威广告杂志《广告时代》发表了一系列文章，指出"现在创造性已一去不复返，麦迪逊大道所玩的新把戏是定位"。在此基础上，里斯和特劳特又对定位理论进行了十年的修正和完善，最终归结为一本专著《广告攻心战略：品牌定位》，于1981 年正式出版。1996 年，Trout 等总结了过去二十多年中广告人在运用定位理论时出现的典型错误，更加深入地挖掘出消费者的接受心理，出版了《新定位》一书。他们对定位（positioning）的定义是：起始于产品。一件商品、一项服务、一家公司、一个机构，甚至一个人……然而，定位不是你对产品要做的事，定位是指要针对潜在顾客的心理采取行动，即要将产品在潜在顾客的心目中确定一个适当的位置。Kotler 认为，所谓的定位就是对公司的供应品和形象进行设计，从而使其能在目标顾客心目中占有一个独特位置的行动。综合上述定义，我们认为市场定位是指勾画出公司形象和所提供产品价格在目标市场上的位置。以使该细分市场的顾客理解企业产品的整体形象和区别于其他市场竞争者的象征。这一位置取决于企业和产品在顾客心目中的地位，而不由其他条件来决定。因此，消费顾客的评价标准是企业产品市场定位的依据。企业要使定位成功，必须先了解目标市场上大多数顾客在购买特定产品时所使用的评价标准。该评价标准中，包括对产品成分，形状，性能，结构等方面的规定，也有主观心理的，如形象，信誉，品牌等。实际上，定位就是要设法建立一种差异有优势，以便在目标市场上吸引更多的顾客。

企业进行营销定位策划前要考虑以下几个方面的问题：

（1）是否真正了解顾客的需求？

（2）在潜在顾客心中，你的产品处在哪一位置？

（3）你的竞争对手对你有怎样的威胁？

（4）你的竞争优势是什么，能否打败竞争对手？

（5）环境发生变化时，产品是否会受到影响，是否需要调整？

（6）企业能否长期维持这一地位？

（7）定位确定后，如何利用整体传播媒介工具，将定位信息准确地传达到消费者的心智中？

4.3.1　市场定位的基本策略

企业可以采用以下三种基本的定位策略：

1）直接对抗定位策略

企业采取与细分市场上最强大的竞争对手针锋相对的定位。这种定位方式可以通过与最强大的竞争对手的直接较量提高自身的竞争能力，赢得市场声誉。但由于竞争对手可能是市场先进入者或者市场领导者，在消费者心目中占据强势地位，所以直接对抗策略要求企业具备足够的资源横能力，并实现一定程度的差异化。

2）避强定位策略

即通过差异化避开细分市场上的强大的竞争对手。这种定位方式为大多数企业所采用，成功的可能性也比较大，但要找到被市场接受的新的独特定位并不容易。

3）再定位策略

即对企业的定位重新进行调整。当企业原先的定位不准确、受到竞争者的严重影响和冲击或市场发生变化等原因，使企业的原有定位不合时宜的时候，企业需要重新定位。

B to B 营销视窗 4-2 表明了世界上最为成功的多元化企业 GE 随着环境的不断变化、自身业务的扩展而不断改变品牌定位。

B to B 营销视窗 4-2	GE 的重新定位

通用电气公司目前市值 1300 多亿美元，是世界上最大、最多元化的技术和服务公司之一，其业务范围从飞机发动机和发电机一直延伸到金融服务和美国全国广播公司（NBC）电视网络。翻阅通用电气的历史，不难发现，与多数美国商业巨头不同的是，它从不对自己的业务发展方向加以限制：当其大型机械业务面临反垄断官司时，它就开拓家用电器市场以换取民间亲和力；当萧条与战争来临时，它就加大军工产业在公司总收入的比重；而当制造业发展渐趋平缓，它转而进入利润更高的媒体娱乐业及金融服务业……GE 目前的业务大部分是 B to B。对这样一个其产品不直接面对消费者、而产品又如此多元化的公司而言，如何做品牌推广的确是一个挑战。

一百多年以来，GE 的品牌形象几经变化。20 世纪 30 年代是 "live better electrically" ——电器让生活更美好。二三十年代的美国，经历了历史上规模最大的基础设施建设，兴建了很多电厂、道路、汽车、工厂。当时的美国和今天的中国非常类似，正经历一场难以置信的工业革命。"电器让生活更美好"的口号也呼应着那个时代的主旋律，配合了当时整个世界和市场的情况。

　　20世纪60年代，通用电气的口号是"progress is our most important product"——进步是我们最重要的产品，20世纪80年代之后则是"we bring good things to life"——GE带来美好生活，这个口号此后使用了20多年，成为了GE品牌和传统的一部分。

　　自从2001年9月7日，杰夫·伊梅尔特接替韦尔奇成为通用电气的董事长后，他就迫切感到，需要建立一套描述GE核心技术、服务以及相关益处的全新品牌辨识系统。2003年，"imagination work"启动，其中文译名为"梦想启动未来"。时经18个月精心打造、首期1亿余美元的预算，于2003年1月终于推出了"梦想启动未来"的广告宣传运动。这个运动旨在凸显GE在各领域的广泛创新，从电器、医疗健康、金融服务到航空和生命科学。除了要求重新创造GE理念，公司还鼓励BBDO创新其传统的广告媒体途径。

　　资料来源：黄锗坚.GE：多元化公司的品牌定位.BUSINESS.SOHU.COM，2004年11月18日.

4.3.2　市场定位决策过程

　　市场定位决策过程必须围绕企业的竞争优势展开，具体包括三个步骤：首先，辨析市场定位的差异化竞争优势；其次，选择恰当的差异化竞争优势；最后，运用营销组合工具传递定位。

1. 辨析市场定位的差异化竞争优势

　　所谓竞争优势，就是企业在市场竞争过程中相对竞争者所表现出来的优势。一个企业在产品上的竞争优势取决于它能否比竞争者有更好、更新、更快或更实惠的价值创造。企业可以从下面几个方面获取差异化的竞争优势：

　　（1）产品差异化，主要包括在产品工作质量、产品特色、产品设计等方面的差异化。

　　（2）服务差异化，主要体现为订货方便、交货、安装、客户培训、客户咨询、维修等多种服务上。别具一格的良好服务，不仅会给企业带来众多的顾客、广阔的市场和可观的利润，并且对树立企业形象、建立产品信誉起到极为重要的作用。

　　（3）人员差异化，企业可以通过聘用和培养比其竞争对手更为优秀的人员来获得人员差异化。一个受过良好训练的人员应该具备称职、诚实、可靠、负责、沟通、谦恭等特征。

　　（4）形象差异化，即通过不同的途径创造性地树立企业独一无二的想象差异化。较常用的有企业标志、事件、气氛等。

　　组织市场和消费品市场在定位过程中的差异化选择上存在区别，主要体现为：①消费品市场注重产品定位。产品定位可以是物质的、有形的，也可是心理的、无形的。产品定位涉及企业很多部门，如生产部、销售部等；而组织市场都注重企业形象定位。企业形象定位则偏重心理的，无形的，如企业声誉、服务、信用、经营特色等。企业形象定位则多依靠企业的经营服务、广告、公共关系等来完成。

2. 选择恰当的差异化竞争优势

企业有很多途径可以实现差异化，但需要注意的是并非每种差异化都可以形成竞争优势，也就不能够作为市场定位的基础。作为衡量一种差异化是否可以作为定位基础的标准如下：

- 价值性——是否能为顾客提供更多的价值和利益？
- 独特性——是否为企业所独有的？
- 优越性——在提供同样利益的前提下，该方法是否是最好的方法？
- 可沟通性——消费者是否能够感知到差异所带来的利益和价值？
- 不可复制性——竞争者是否很难复制此种差异？
- 可支付性——消费者是否愿意为差异化支付溢价？
- 可获利性——企业是否能够从差异化的提供中获取利润？

在此基础上，企业还需要考虑是以一种差异作为定位基础来宣传还是以多种差异作为基础来宣传？关于这一问题主要有两种观点：其一，独特销售主张观点。企业应该定位于一种差异，只宣传一种差异。其依据是消费者趋向于记住"第一"的品牌。每一品牌必须而且只能被赋予唯一的差异化个性，否则不仅很难做到第一位，而且品牌定位也会有含混不清的风险；其二，与独特销售主张相反的观点是企业应该以多种差异为定位基础，宣传多种差异。其依据是如果多个企业同时宣称拥有同一差异化的竞争优势，就会使这种差异化的竞争优势不复存在，也不能为顾客提供更多的价值和利益。因此，企业应该给予品牌更宽泛的定位。这种定位方式可以吸引更多的消费者，但也面临品牌定位模糊的风险。

3. 运用营销组合工具传递定位

确定了市场定位之后，企业还需要通过一系列围绕这一定位的产品、定价、渠道、整合营销传播等营销组合工具来体现并向目标市场传递市场定位。

本章小结

组织正面对一个顾客需求多样化、技术发展迅速、竞争日趋激烈的经营环境，根据不同的组织类型，不同的采购、决策特点等确定和分析顾客，是制定有效市场战略的基础和把握目标顾客需求变化的重要环节，也是选择、提供和传播顾客价值的重要基础。因此，每个企业为了实现营销的有效性都需要采取三个步骤：首先，按照一定的标准对市场进行细分；其次，评估选择对本企业最有吸引力的细分市场作为目标市场；最后，确定企业在市场上的独特形象及地位，即市场定位。

组织市场可以以宏观市场细分变量和微观市场细分变量为依据按照市场细分二阶段法进行细分。市场细分有多个优点，包括企业的产品和能力能够与顾客的需求更为匹配、与顾客进行更好的沟通、对新产品或重新定位的产品作出更好的战略决策、更有效地在现有顾客之间分配资源等。但由于组织市场对宏观经济环境的变化更为敏感，往往会出现市场细分的不稳定性。有效地管理市场细分的不稳定性是组织面临的重要挑战。

在市场细分的基础上，企业需要选择一个或几个细分市场作为自己的目标市场，即目标市场选择。在目标市场选择的过程中，涉及两个重要的决策：其一，选择那个（哪些）细分市场作为自己的目标市场；其二，选择目标市场的覆盖战略。

最后，企业要通过定位来设法建立一种差异有优势，以便在目标市场上吸引更多的顾客。需要注意的是，企业要使定位成功，必须先了解目标市场上大多数顾客在购买特定产品时所使用的评价标准。该使用评价标准有客观存在的规定，如产品成分、形状、性能、结构等，也有主观心理的，如形象、信誉、品牌等。

关键词

市场细分	Market Segmentation
宏观市场细分	Macro-Segmentation
微观市场细分	Micro-Segmentation
目标市场选择	Targeting
无差异性营销	Undifferentiated Marketing
差异化营销	Differentiated Marketing
集中性营销	Concentrated Marketing
定位	Positioning

思考题

1. 举例说明进行组织市场细分的好处？
2. 组织市场细分所面临的挑战是什么？如何应对？
3. 组织市场细分的宏观依据和微观依据有哪些？
4. 组织市场细分的程序有哪些？
5. 市场细分应适可而止，其中的一个原因就是细分引起的成本提高的问题，除了查找资料的成本提高外，还能举出另外 4～5 个会因此提高成本的方面吗？它们是如何影响成本的呢？
6. 荧石服务公司受理其他公司的委托，负责这些公司的税务上缴事宜，试分析荧石公司可以采用哪些细分依据来对该服务市场进行细分。
7. 解释为什么同样是进入一个新市场，组织购买品生产商要付出比消费品生产商更多的投入？
8. 目标市场选择要考虑哪些因素？分别列举出一两个适合于进行无差异营销、差异性营销和集中性营销的例子。
9. 何谓市场定位？组织市场的定位策略及定位决策过程有哪些？

10. 按照下列步骤进行练习：

（1）全班分成两大组，即甲组和乙组，每大组再分成若干小组；

（2）由老师先规定好所选择的行业；

（3）甲组的每个小组分别设计一个代表自己小组的公司，尽量详细地设计出该公司的具体情况，同时乙组的每个小组分别设计出一个细分市场，尽量详细地描绘出该细分市场的地理位置、环境、消费者群体等特征信息；

（4）甲组的每个公司从乙组各细分市场中选出自己的目标市场，可以有多个目标市场，不同的公司可以选择相同的目标市场；

（5）甲组的每个公司说明自己选择该市场作为目标市场的原因，乙组对各细分市场进行判断，各个公司是否会成功，哪个或哪些公司会在自己的市场中获胜，并说明原因。

第 5 章
组织市场调研与
组织需求分析

本章将从组织需求分析的角度来进行市场研究，**组织需求分析**（organizational demand analysis）是实施企业市场营销战略的一项重要的基础性工作。精确的组织需求分析可以帮助经营者对企业资源进行合理的配置，将稀缺资源分配到潜在投资收益最高的产品和市场中去。要进行组织需求分析，企业首先必须要建立一个营销情报系统，对组织市场进行广泛的营销调查，然后采用各种统计分析方法进行深入、细致地分析，得出准确、客观的分析结果。

本章将讨论以下内容：
- 组织市场营销情报
- 组织市场调研
- 组织市场潜力和销售潜力分析
- 组织市场销售预测

5.1　组织市场营销情报

5.1.1　营销情报及其内容

营销情报（marketing intelligence）是指制定企业经营决策和营销战略所需的资料和信息。一个有效的营销战略首先要求必须有客观、准确、充足的情报。营销战略的成功以拥有产业/市场发展趋势、市场销售潜力、顾客需求特点、竞争者动态、不同顾客群和产品的销售和利润预期等，大至整个行业，小至单个顾客或产品的充分的情报为基础。基于主观臆断之上的战略实施通常是没有生命力的。

组织市场营销情报系统包含对营销信息从收集、整理、分析到解释的整个过程。图 5-1 描述了该系统的重要地位。

营销情报对企业来说是一笔巨大的资产。营销情报是决策的依据，它能够应用到许多方面的企业决策中去。任何企业的信息都是不完全的，只是不完全的程度不同。拥有更及时、更准确的信息和情报就等于在与其他企业的竞争中掌握了更多的机会。只有拥有更充足的情报，才能抢得先机，握有更大的主动权。

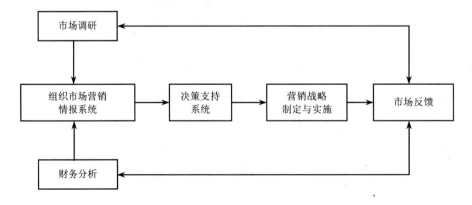

图 5-1　组织市场营销情报系统

营销情报的内容十分广泛，凡是与企业经营销售有关的、有助于决策的经济、市场、技术等方面都属于营销情报的范围。表 5-1 列出了一些重要的营销情报的内容，许多企业就是由于善于从这些情报中发现市场机会，并比竞争者更及时地抓住机会，从而获得成功。

表 5-1 部分重要的营销情报

市场情报	产业发展趋势、市场动态、经营环境、市场潜力
技术情报	技术水平、技术革新动向、新技术应用情况
竞争者情报	战略意图、扩张动向、核心竞争力、营销手段
潜在顾客情报	组织规模、购买倾向、产品用途、采购中心组成、采购标准
渠道情报	分销商规模与经营实力、分销商满意度、分销业绩
销售情报	市场份额、销售预测、广告效果、销售人员满意度

组织市场营销情报对企业的战略决策、日常运营等各个环节都有着深远的影响，下面就选取一些环节来说明组织市场营销情报和情报系统的重要意义和作用。

1．顾客价值评估

现代的企业都视顾客和顾客信息为战略资产。利用所得到的顾客情报，当然就可以量体裁衣，制定有针对性的营销战略。同时，顾客信息可以用来进行顾客价值评估，不同的顾客对企业来说有不同的价值。购货量大的企业并不一定有价值，因为可能它的购货价很低，从而使本企业的利润率也很低，而且可能还会要求各种附加的免费服务。评估出顾客的价值，与预期投资回报相比较，就可以确定哪种顾客应加强营销投入，哪种顾客应重点维持，哪种应放弃。

2．竞争性战略

竞争性战略是指在对市场环境和发展趋势有深入了解的条件下，针对竞争者的动态来确定本企业的经营和发展战略。该战略不只要求企业掌握宏观的市场状况和行业动态，更要求对其竞争者，包括潜在竞争者的实力和动向有清楚的认识。这就要求企业的营销情报系统，特别是竞争情报系统能够实时地监控竞争对手的一举一动，并结合对竞争者的实力、优势、劣势、历史等方面的了解，在最短的时间内解析出这些举动所内涵的目的，以便管理决策人员能够据此及时地制定相应的竞争战略。

3．市场潜力分析和销售预测

营销情报系统提供了一系列数据和处理数据的程序方法，是确定市场潜力和进行销售预测的基础，有关市场潜力和销售预测的内容将在本章的 5.3 和 5.4 节中详细讨论。

4．新产品调研

企业要开发新产品，不能光靠企业内部的人员，更不能只靠专门的新产品设计人员，而是要从供应商、经销商、顾客和竞争者那里广泛地收集各种观点和经验，从而开发符合市场发展和潜在需求的新产品。新产品调研是一项长期的日常性工作，只有形成系统化的、制度化的信息传递和交流体系，才能及时抓住市场中出现的崭新的亮点，永远走在潮流的前端。

5. 营销控制

前面讲到的都是相对静态的方面，而营销情报和情报系统对营销控制的作用则反应了其动态的一面。组织市场营销情报系统的健全对进行合理的营销控制十分重要，因为进行营销控制，就是将实际的运行和操作情况与先前的计划相对照，找出与预期的效果和绩效不符的地方，及时地调整和改善营销计划，重新安排资源的配置，而这些都要求有一个广泛、畅通的营销情报系统来不断地提供全面、迅捷的营销信息，并能够准确地对绩效进行评估。

5.1.2　决策支持系统

决策支持系统（decision support system）是各种数据、系统、工具和技术通过一定的计算机软、硬件结合起来，为组织决策提供相关信息收集和解释的系统。决策支持系统包括以下四部分：

1. 数据库

大量地收集来源于内部和外部的数据是建立数据库的基础工作。同时，建立数据库的关键一点是，数据的形式要尽量适合使用的需要，并且要足够详细。

2. 决策模型

决策模型由一系列有着逻辑和数量关系的定式构成，是将一个系统的操作和运行高度概念化的集合。决策模型实际上是系统重要变量及其相互作用机制的模式化再现。决策模型可以是简单的"如果销量增加 10%，利润则增加 3%"，也可以是依靠计算机计算的一连串复杂的数学公式。

3. 统计处理

这一部分就是将数据和决策模型结合起来，进行各种运算，最后产生有用的统计信息，例如盈亏情况表、预算表、产品组合分析结果等。

4. 结果显示

这一部分是决策支持系统与决策者之间的一个接口。在现在计算机网络高速发展的时代，交互模式得以实现，信息可以在决策支持系统和决策者之间来回流动和交换。这样就使决策者可以运用决策支持系统进行多方案的选择，由此极大地提高了决策的效率和准确性。

不断提高的技术、层出不穷的应用软件和高速发展的计算机网络极大地推动了企业对决策支持系统的应用。决策支持系统被广泛运用在营销规划和制定中。越来越多的企业将遍布全球的企业网络中的决策支持系统联系在一起，并将内部的决策支持系统扩展到整个供应链中，这样就形成了一个巨大的决策支持系统网络。通过这个网络，遍布全球各地的子、分公司可以及时根据全球市场趋势调整当地的经营，供应链上的各企业也可以据此及时调整生产、库存、运输安排，甚至决定工厂或分销中心的地理位置。随着决策支持系统更加的人性化、灵活化、成熟化，其在企业决策中的应用必将越来越广泛和深入。

5.2　组织市场调研

组织市场调研（business marketing research）是指系统收集、整理和分析组织购买品及服务有关的信息和机会的活动。组织市场调研是组织购买品营销情报系统的一部分，组织市场调研通常是针对某一个项目或目标进行的集中性的调查研究活动。

总的来说，进行组织市场调研出于两个目的，一是企业能够开发并推出符合顾客要求的产品或服务，第二是企业能够制定出吸引顾客、使顾客接受的营销组合。这与消费品调研的目的是相似的，但组织市场调研还是与消费品调研之间存在着许多不同的地方。

5.2.1　组织市场调研与消费品市场调研的区别

同样是市场调研，组织市场调研和消费品调研自然具有许多共性，而且组织市场调研越来越多地借鉴了消费品调研所采取的一些成熟的调研方法和工具。然而，由于所针对的调研目标具有不同的特性，因此两者之间存在着一些明显的差异。

1）调研对象不同

组织市场调研的对象是组织购买者，调研的总体和样本容量较小；而消费者是大量的，因而消费品调研的总体很大，调研的样本容量也可以做得很大。

2）调研的重点不同

组织市场调研侧重于对市场潜力和组织购买过程的调查，而消费品调研侧重于对个人消费心理和偏好的研究。

3）调研的方法不同

组织市场调研比消费品调研更加依赖二手资料和专家判断，在调查法、观察法、试验法三者中，组织市场调研最常用的是调查法，而且在调查法中，其大量地应用了深度访谈的调查方法，这是由于其调查对象的集中性和少量性决定的。

5.2.2　组织市场调研方法概述

市场调研方法有很多，企业可以通过查找和收集二手资料来获得间接的信息，或通过深度访谈获得定性资料，同时运用直接调查或观察的方法，也可以通过做试验的方法来获得所需的信息。市场调查大体上可以分为三类：探索性的调研、描述性的调研和因果关系的调研。定性研究和二手资料研究多属于探索性调研，调查法和观察法多属于描述性调查，而试验法则属于因果关系调研。每种方法又分为许多具体的方法，在实际调研中，各种方法是相互交叉、综合运用的。究竟采取哪种方法，主要考虑哪种调研方法可以最好地实现调研目的，同时还要考虑到调查对象、时间要求、经费多少、调查人员数量和素质等各方面因素是否与所采用的调研方法相匹配。表 5-2 给出了几种常用的调研方法。

表 5-2　常用的调研方法

调研方法	详　细　介　绍
探索性调研	二手资料：通过对政府机构、商业组织和商业出版物中的信息进行收集和整理来获得有关的市场信息
	定性研究：指经常用于提出假设或决定模型的相关变量，为以后其他的定量研究作准备，或用在不需要定量和无法定量的研究中。如焦点群体访谈、深度访谈和投射研究
描述性调研	调查法：采用结构性问卷，通过被调查者的回答，得出有关被调查者群体的一些具体信息
	观察法：调查人员通过观察而不是提问的方式获取被调查对象的个人及其行为方面的信息。其中又包括人员观察法、仪器观察法等许多方法
因果关系调研	试验法：调查人员设置一个受控制的环境或场景，通过对从该环境中产生出来的结果进行分析，得出所研究的各因素之间的因果关系

资料来源：郭毅，侯丽敏，李耀东.组织间营销.电子工业出版社，2001.

5.2.3　组织市场调研基本方法

1．组织市场二手资料的收集方法

在组织市场，运用二手资料进行研究比一手资料更为普遍。有数以千计的二手资料存在于调研人员已知或未知的地方。关键不是没有信息，而是应该清楚需要去哪里收集信息。这里提供的是几种重要的二手资料信息来源。

1）政府资料库

每个国家的政府都会收集许许多多的资料，用于指导和推动国民经济和社会的发展。而政府收集的资料中，很多是向社会公开的，例如统计年鉴、人口数量、出生率、失业率、居民储蓄总额等资料。因此，政府的资料库中的许多公开的信息是最重要的二手资料。除了信息量大外，政府资料库还具有官方资料本身特有的权威性。

2）图书馆

图书馆是非常重要的信息提供中心。调研人员可在图书馆获得期望的二手资料。调研人员可以到图书馆查询其所需要的相关信息，而图书馆的书面目录索引和计算机目录索引都可以在很大程度上提高查询的效率。除此之外，大多数图书馆都提供数据复制服务，资料收集者可以通过复印、软盘备份甚至刻录光盘或者网上传输等方式把查询到的资料保存下来。

3）商业信息服务机构

商业信息服务机构主要有专业的市场调查机构、政府下辖区的信息服务机构、行业协会的内部信息机构、其他的专业信息供应商等组成。这些机构通过各种特定的途径把所获取的第一手资料或者第二手资料经过加工整理后，编辑成可供用户使用的案卷资源，并通过出售这些资料来获取利益或抵消开支。

4）全球互联网网络资源

互联网正在成为非常重要的案卷资源之一。而且，从发展的趋势上看，由于互联网具备了查询方便，存储方便，传输方便，使用方便，无国界无地域之分等特点，成为全球最重要的案卷资源。

5）企业内部信息资源

企业内部资料的收集主要是收集企业经济活动的各种记录，主要包括以下四种：

（1）业务资料。包括与企业业务经营活动有关的各种资料，如订货单、进货单、发货单、合同文本、发票、销售记录、业务员访问报告等。

（2）统计资料。主要包括各类统计报表，企业生产、销售、库存等各种数据资料，各类统计分析资料等。

（3）财务资料。是由企业财务部门提供的各种财务、会计核算和分析资料，包括生产成本、销售成本、各种商品价格及经营利润等。

（4）企业积累的其他资料。如平时剪报、各种调研报告、经验总结、顾客意见和建议、同业卷宗及有关照片和录像等。

2．组织市场一手资料的收集方法

很多二手资料并不一定能够满足组织市场相关研究的需要，企业应该进行一手资料的收集。通常，组织市场一手资料的收集方法包括以下三种类型：

（1）调查法。

（2）实验法。

（3）观察法。

1）调查法

在组织市场调研中，调查法是最常用到的调研方法，也是获取第一手资料最常用的方法，许多二手资料和其他调研方法无法或难以得到数据、资料都可以采用调查法来解决。

调查法在以下几个方面特别适用：

（1）有关组织购买者的行为特征、意识、态度和观点、知识水平、动机和倾向等类型信息的收集。

（2）对单个企业的购买潜力的预测。

（3）新产品的市场潜力估计。

（4）研究产品对企业的使用价值。

调查方法包括抽查和普查两种，在组织市场调查中，一般采用的是抽查的方式，但相比消费品调查来说，普查的方式用得更多一些。如果想要进行普查性的调查，被调查的市场应具有以下的几种特征：

（1）被调查市场的集中度很高。

（2）购买厂商的订购量较大。

（3）有直接的销售接触，通常是通过人员推销进行销售。

企业在采用调查法进行组织市场调研时，通常有三种方法：访谈法、电话调查法和邮寄调查法。

（1）**访谈法**。访谈法是进行组织市场调研时最常用的研究方法，这里面既有可行性的原因，也有其必要性的存在。首先，可行性方面的原因。组织市场调研所针对的对象是工商企业和政府机构等各种组织购买者，这些组织购买者数量较少，所以可以通过个人访谈的形式，与组织购买者面对面地交流、谈话，询问自己所关心的问题，达到调研的目的。其次，必要性方面的原因。组织市场调研的复杂性构成了采取访谈法的必要性，在进行组织市场调研时，通常要求得到调查对象的详尽、深入的资料和信息，而访谈法是所有方法中最适合的方法。实际上，在很多情况下，只有运用访谈法才能够得到有关调查对象的比较深入、具体的信息。对于那些构造极其复杂的机械设备和零部件，要想知道有哪个地方需要改进，只列出几道封闭式或开放式的问题是无法办到的。一般来说，要调查的问题和对象越复杂，访谈法相对地就越有效。

由于是面对面的交流，所以对于调查员所提的问题大部分都能够得到回答，而且通常会是比较详尽的回答；进行访谈的另一个优点就是访谈的灵活性很高，在访谈之前，调查的组织者或多或少的都会有一些事前的准备，但在实际交谈中，主持人却并不一定就完全按照准备好的问题依次进行提问，而可以根据当场的情况灵活处理。有时需要调查员或访谈的主持人打乱提问的顺序，有时会有一些新的焦点或有意义的问题在交谈中迸发出来，这就要求放弃一些原先定好的问题而转向对该问题的深入讨论。但是访谈法同时也存在着很大的局限，访谈是件费时、费力、又费钱的事情，单个面谈的成本太高，时间上要比其他的调查方法长出好几倍，而且需要更多的组织、安排和协调工作。

访谈法可以是一对一地进行，也可以是将几个访谈对象集中起来一块进行。**焦点访谈法**（focus group interview）就是将几个（通常在 6～12 个之间）调查对象组织在一起，在宽松的和非正式的气氛中讨论、交流各自所研究问题的看法的一种访谈方式。运用这种方式，通过访谈对象之间的互相激发，能够出现更详细、更深入透彻的想法和信息；这种方法还在相当大的程度上节省了调查费用和调查时间。

（2）电话调查法。通过电话进行调查也是一种常用的组织市场调查方法，由于是通过电话进行访谈，所以调查内容要尽量做到简短、易懂，所使用的术语应是对话双方都能够理解的。电话调查的一个显著的优点是其速度快，如果企业决策者面临的是一个十分紧迫的问题，那么电话调查是最好的方法。而且，电话调查所需的费用也比访谈要低。当然，电话调查的短处也是显而易见的，通过电话调查所能得到的信息往往太少，信息的种类也有许多局限；调查者和被调查者的思考时间和反应时间较短，很难深入讨论；同时，电话调查法和访谈法相似，都存在着调查员的偏好或倾向性难以控制的问题。

（3）邮寄调查法。这是一种把问题做成书面的问卷形式，用邮递的方式寄给被调查者，再由被调查者填写完毕后寄回给调查者的方法。邮寄调查的关键是问卷，问卷通常以封闭式问题和开放是问题组成，问题不能太难，开放式的问题不能太多，不然被调查者很容易因厌烦而放弃合作。邮寄调查的最大问题就是回收率太低，特别是组织市场的调查，比消费品调查的回收率还要低，所以一般条件允许的话，最好还是要在寄出问卷后进行电话跟进，督促对方及时、完整地答完问卷并尽快寄回。邮寄调查的另一个显著的不足就是质量无法保证。调查问卷是否是调查对象本人填写的？回答的真实性和严肃性有多高？这些都是很难看到的因素。而且在收回的问卷中，还存在许多填写不完整的废卷，这样就使有效问卷进一步减少。但是，邮寄法也有许多优点，成本低、管理要求低、数据容易统计处理、调查员偏见容易控制等。

表 5-3 列出了访谈法、电话调查法和邮寄调查法在一部分主要衡量标准方面 的表现和特点。可以看出，各种方法都存在着它的长处和不足，究竟在调查时采取哪种方法，还是要综合考虑各种因素，找出与调查目的、时间、成本预算、信息类型等最匹配的调查方

法。

表 5-3　访谈法、电话调查法和邮寄调查法的评价表

标　准 ＼ 方　法	访　谈　法	电话调查法	邮　寄　调　查
时间	费时	最短	比较短
成本	很高	比较低	最低
复杂程度	可以很复杂	必须简短、易懂	不能太复杂
信息质量	一般很高	较高	参差不齐
反馈率	很高	较高	很低
灵活性	很灵活	比较灵活	灵活性很差
管理要求	高	少	较少

除上述三种调查方法之外，还有一种较新的调查类型，即基准调查，指的是企业通过将自己的某个流程与行业领导的相应流程的细致比较和衡量，发掘能够提高自身绩效的方法和手段。

基准调查应用到组织市场营销方面，可以对销售队伍的激励措施、供应链管理与安排、交货系统、售后服务管理体系等许多方面进行比较调研，实现定点超越。有关基准调查的具体情况详见 B to B 营销视窗 5-1。

B to B 营销视窗 5-1	基准调查的一般步骤

对于所选中营销流程，进行基准调查通常有四个步骤：

（1）对本企业的流程进行详尽的摸底，明确整个程序和每一个具体的细节以及其效果。

（2）查找不同的目标企业，找出流程效果最好。基准调查的关键是要找准目标企业，并得到目标企业的友好合作。这两点无论缺哪一项，进行有效的基准调查都是不可能的。有许多企业认为要进行基准调查就必须找一个同行业的企业，实际上并不一定，因为许多行业在营销方面都具有相似的流程和制度体系；也有的企业认为作为基准的企业一定要是本行业的前一二名，其实不然，许多行业老大在所要比较的流程方面并不一定比一般的企业出色，而且如果两个企业相差太远的话，可比性就会大大下降。在许多情况下，找一个与自己的规模、性质相当，但业绩优良的企业进行基准调查是比较合适的，当然最好事先知道这家企业在所要对比学习的流程方面做得很好。所以，进行基准调查要注意其可比性和可行性，否则，即使找到了获得提高的途径，也有可能由于企业客观条件的限制而没有办法实现。

（3）用调查、咨询、实地勘察等方法收集有关该企业流程的信息。另外，在调查的过程中，要注意找出关键的成功因素，这样才有可能大幅度地、甚至根本性地改变企业目前的状况。

分析数据和资料，通过对比，找出可以为自己所用的流程设计、程序安排和具体方法。

2）实验法

实验法就是由市场调研人员在一个特别的实验环境中根据研究目的和要求进行实验设计，通过实验对比确定某个实验因子对目标变量的影响程度，或者在若干自变量中确定影响最大的自变量的整个过程。实验方法不仅被用来收集第一手资料，还被用以完成某项科学论证。所以实验方法也是一种重要的研究方法。从研究过程和研究成果的表现看，实验方法属于"因果性研究"方法

实验法在市场调研中具有独特的作用：

（1）可以发现和证实研究的几个现象之间是否存在某种关系以及这种关系的密切程度；

（2）可以通过实验中获得的数据，建立相应的数量发现模型；

（3）可以用于排除某种因素对目标变量存在一定影响的疑虑，从而更容易确定主要影响因素。

实验法主要可以运用在组织市场的以下几个方面：

（1）新商业广告的效果测试，或者竞争对手的商业广告的效果测试；

（2）按照产品、服务及其组合制定不同销售价格的效果测试；

（3）购买者对试用期的新产品接受程度以及重复购买水平测试；

（4）产品不同包装设计的效果测试。

运用实验方法来完成某项市场调研任务，必须注重这样几个关键环节：

（1）明确市场调研目的，市场调研的目的决定了实验方法中的因变量、自变量的确定，决定整个实验设计的类型与实验设计方案以及实验结果的测定方式。

（2）实验设计的类型，在市场调研中有多种实验方法可供调研人员选择，不同的实验方法其实就是实验设计类型的差别导致了实验方法实施上的差别，人们将这些在实施过程中各有不同的实验形式称为不同的实验方法。

（3）实验自变量与实验因变量，实验因变量就是在一次实验活动中分析研究的目标变量。影响某种目标变量的原因可能有许多个（这与自然科学的实验过程不同），在本次实验中调研人员希望获得的是哪个（些）原因对目标变量产生影响，这个（些）因素就是实验自变量。

（4）实验组与对比组，保证两者无论是整体水平还是内部结构都要保持高度的相似性。

（5）实验环境及对实验环境的控制，什么是实验环境，这里以改进产品包装设计对销售量的造成影响的实验为例来进行讲解。产品销售量不仅受包装设计变化的影响，还受销售人员的服务水平、实验单位所处的位置、市场需求水平总体变动等因素的影响。在实验过程中调研人员总是会设法控制这些因素对实验目标变量的影响。这些对目标变量产生影响作用的各种自变量，在实验过程中叫"非实验自变量"。全部非实验自变量的集合叫"实验环境"。

（6）实验效果的测定，在实验环境被确定后，调研人员按照实验方案的规定对投入的实验因子的力度进行调节，从而得出目标变量作出的反应。

3）观察法

观察法是指那种无须与被调查者进行直接沟通交流而是以旁观者的身份对具体事件、人物、行为模式等的特征、演变过程进行记录来收集相关调研信息的方法。如果在以下几

种情况出现时，可选择采用观察方法去收集所需信息：

- 被调查者的合作率很低。
- 调研人员对调研对象尚未有明确的了解。
- 在陌生的地方收集信息会遇到各种沟通障碍。

实施观察法去收集信息，能否成功，将决定于观察所必须的条件是否都已具备，条件如下：

- 调研人员需收集的信息是可以观察到的。
- 调研对象应该具有重复、频繁出现的基本特征。
- 观察法收集信息的过程应该是"速战速决"的。

以下是常用的几种具体的观察法：

（1）自然环境中的观察方法，调研机构对观察现场的环境不做任何修正，对观察对象的可能行为不做任何规定和制约，在这种环境下完成自己的观察活动。调研机构的意图是收集观察对象最平常的行为举动，这种信息对于做更大范围的相同对象的特征推断最具有可信性。

（2）设计环境下的观察方法，与在实验室完成某项实验一样，市场研究机构认为，顾客的行为会与现场的某些环境因素有必然的联系，即会受某些现场环境状况的影响而做出自己最终购买与否的决定。于是，调研机构就会为证实哪些环境因素会产生关键影响作用而对相应的环境因素进行必要的调整。例如，商店会设置"购物引导小姐"以方便顾客迅速找到自己的选购商品，检验的目标是，是否会导致顾客的购买行为向有利于商店既定营销目标实现的方向发展。

（3）暴露式观察方法，许多时候调研机构必须将自己的观察活动的目的甚至全过程的每个具体环节告诉于被观察者。此时用到的观察方法是暴露式观察方法。很显然，任何调研机构都不会愿意将观察目的告诉他人尤其是被观察者，因为这将直接影响他们的行为，使观察结果失真。但是，在商店对顾客的购买行为进行观察，就必须征得顾客、商店的许可，才能获得他们的支持，而这一切都建立在你把观察目的告诉他们，他们对你的目的理解的基础之上。

（4）隐蔽式观察方法，为了获得观察对象的某些真实"情感的流露"，调研人员会决定采用隐蔽的观察方法，即不将观察目的告诉对方的情况下，完成观察、记录工作。显然，隐蔽式观察收集的信息更加真实也更具可信性，因此，该方法成为调研人员首选的观察方法。

（5）人员观察方法，调研机构派出调研人员作为观察员到观察现场实施观察任务。在人员充足的条件下，调研机构会选择这种方法完成调研信息的收集工作。由于是通过观察员的感觉器官来收集被观察对象的某些特征的信息，在整个过程中都会渗入观察员个人主观思想的因素。

显然人员观察方法的缺点有：带有一定的主观色彩；长期观察会增加观察人员的器官疲劳，从而导致观察结果准确性、全面性的快速"衰减"等。

人员观察方法的优点有：在不很长的时间内可以随时按照观察目标的变化调整观察角度，使观察所提供的信息保持较高的准确性；人员观察可以发现新问题的苗子，并主动加以关注。

（6）机械观察方法，以各种观察设备、器材完成对具体观察目标的观察任务。采用机械观察方法收集到的信息是被记录在录音磁带、录像磁带或磁盘上。可见，机械观察方法最起码使繁杂的信息保管和处理工作得以解放。机械观察方法有这样一些优点：更加容易做到隐蔽；不带有个人主观判断的"偏见"而更加客观、公正；能够长期、稳定地工作。但是机械观察方法也存在一些缺点：观察的角度被限制在一定范围。

（7）即时观察方法，在观察目标发生变化的同时实施现场观察。考虑到不同的环境下观察目标会有不同的表现或变化，或者是为了证明事实的确实存在，提高所收集的信息来的准确、可靠性，采用即时观察方法。但是，要求观察者必须准时进入观察现场，在观察对象的某些既定观察特征发生变化前就做好一切准备，全面、准确地观察、记录下观察对象整个变化过程。

（8）痕迹观察方法，由于许多的人类活动、事物的发展变化都会或多或少地留下一定痕迹。使得科学研究人员可以通过寻找、观察、分析这些痕迹，结合科学理论对某个"留下痕迹"的研究对象进行科学合理的推断。实施即时观察虽能取得令人信服的信息、资料，但由此也会受到更多的环境条件的制约。痕迹观察方法更具隐蔽性和对环境条件较低的依赖性。使用痕迹观察方法将更加依赖观察人员的观察能力、判断能力，也就是说在观察结果的提出中带有更多的观察人员主观意识的"痕迹"。痕迹观察方法所提供的信息的准确性取决于观察人员的经验。

5.2.4　市场调研的组织

要进行市场调研，就必须要有调研的执行者，有的企业让自己的市场调研机构或部门来做这份工作，而有的企业则委托外部的专门调研和咨询公司完成这项工作。

由企业内部部门进行调研在组织上要注意以下几点：

（1）高层管理者要全力支持调研人员的调查工作，应创造一个高效、自由的工作环境，并在进行财务预算时要充分考虑到对调研的支持；

（2）要将调查信息和研究结果反映到决策系统中去，这样才能调动调研人员进行调查分析的积极性；

（3）调研小组和调研结果有潜在利益冲突的部门或个人应保持相对的独立性，避免调研工作受到干扰。

有些企业则倾向于将调研项目委托专业公司去做，因为他们认为调研的项目需要比较高的专业技能，而且付出一些成本也是值得的。像一些规模和影响比较大、对公司今后发展至关重要的项目通常都是由外部的知名调研公司来负责，当然企业也会向调研公司进行一些免费或很小的咨询。调研咨询公司也会时不时地选择一些免费或很小的咨询和选择一些许多企业都关心的问题进行调研，然后询问有关的企业是否购买。

作为从收集、整理到分析的一个完整的过程体系，营销情报系统要想更加高效地运行，必须要确保以下几点：

（1）首先要明确情报的用途，也就是说，企业要首先明确"我要做什么？"然后才是"我需要什么信息"。企业想将产品推广到某个新市场，那么，就要调查这个新市场的该种产品和竞争者等方面的情况。不同的用途，情报的种类和侧重点也不相同。

（2）明确具体的调查目标，这也就是第一条中所说的"需要什么信息"，将所要调查的对象、内容具体化、明确化，有助于减少不必要的浪费，节省人力、物力、财力和时间。

（3）明确情报收集的方法，企业要确定是建立一个常设的内部组织来进行日常的情报收集工作，还是外包给专业调研咨询公司；情报收集是营销经理和销售人员的职责，还是专门的情报人员的职责；情报收集的程序是怎样的，情报收集的范围是哪些等，这些都是建立营销情报系统的基础性工作。只有当这些基础性的安排与企业资源和目标相一致时，企业的营销情报系统才能真正起到应有的作用。

（4）确保情报的有效使用，企业必须建立一个机制，以使情报和根据情报所得到的分析结果能够定期地，每周、每月、每季及时地提供给经营管理人员，使情报真正成为决策的基础。

5.3　组织市场潜力和销售潜力分析

在本章的开始说过，组织需求分析对于制定正确的企业经营战略和营销战略有重要的意义。上两节讨论了企业如何通过营销情报系统和市场调研来获得必要的信息，而组织需求分析则是这些信息的主要的用武之地。组织需求分析主要包括两个方面，一个是市场潜力和销售潜力的分析和估测，一个是企业销售预测。换句话说，在产业环境和整个产业市场的营销刺激已定的情况下，整个市场潜在需求的最大值是多少？相似地，在企业经营环境和企业营销努力已定的情况下，企业潜在的合理销售水平是多少？图 5-2 描述了市场潜力和销售潜力以及销售预测的地位和相互间关系。本节将主要讲解有关市场潜力和销售潜力的基本知识。

5.3.1　市场潜力和销售潜力的概念及作用

市场潜力（market potential）是指在某个市场、某段时期，某种产品潜在销售量或销售额的最大值。与此相联系的另一个概念就是**销售潜力**（sales potential），实际上就是将市场潜力按公司划分，具体到单个公司可能实现的最大销售量或销售额。大多数情况下，市场潜力和销售潜力都比实际的市场需求要大，它们更多地意味着市场机会，而不是实际需求。市场潜力和销售潜力在很大程度上都是以过去的市场环境和经营水平为基准。即使市场和企业处于良好的运行状况，要达到市场潜力和销售潜力的水平也是十分困难的，更何况市场环境千变万化，公司运营更是处于极大的不确定性当中。经济萧条、原材料涨价、竞争者大规模降价等都会阻碍公司美好愿望的实现。图 5-2 表明了市场潜力和销售潜力以及销售预测的地位及相互关系。

对于企业来说，了解本企业的每种产品和产品线的市场潜力和企业销售潜力，就可以确定企业资源应该往哪投，投多少。市场潜力和销售潜力低的，就不值得投入大量的资源，在生产、宣传、推销上，应该采取维持战略或逐步放弃。而对于那些市场潜力和销售潜力高的产品和产品线，则应该加大投入，使其成为公司的主流产品和主要的利润来源。

市场生命周期理论是一种预测市场潜力的依据，可以用于指导企业是否应该引进新产品。

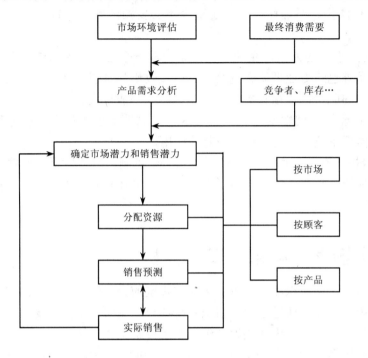

图 5-2　市场潜力和销售潜力以及销售预测的地位及相互关系

　　确定产品销售潜力的另一个好处是可作为业绩评估的一个标准。企业可以据此对本身的经营战略和营销计划进行评估，产品的销售如果远没有达到销售潜力的水平，企业就应该检讨一下，除了宏观市场条件、竞争者等外部因素之外，企业本身的战略规划是否存在问题，企业对战略实施过程是否进行了严格的控制，是否在营销的某一环节出现了什么纰漏，等等。当然，企业也可以据此对自己的代理商或分销商进行评估，有一些代理商或分销商，他们的销售情况表面上看起来良好，每年都实现大量的销售额，但有可能仍然远远地少于他们可以达到的潜在销售水平，也就是说，十分高的销售额可能掩盖了十分低下的销售效率。在这种情况下，就要改变对他们的评级水平，甚至考虑改换其他代理商或分销商。

5.3.2　市场潜力和销售潜力的分析方法

　　在经济统计领域，有许多方法都可以用来对市场潜力和销售潜力进行预测。在这里简单地介绍一下最简单的统计分析方法，对一般人来说，了解统计分析的基本步骤和工作原理就已经足够了，如果想进一步深入学习，或者想做一名专业的统计分析专家，请另外查阅其他专业书籍。

　　假设有一家劳保用品生产商，专门生产工人用的制服、手套、鞋子等工作用品，想要预测一下生产线工人用制服 5 年后的整个市场的需求情况。

　　现在就按照图 5-3 所示的这个步骤计算一下 5 年后整个工人制服市场的需求情况。

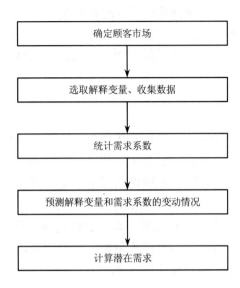

图 5-3　市场潜力和销售潜力的统计分析步骤

1. 确定顾客市场

工人制服是一种十分通用的产品，可以说大多数行业和每个生产性企业都会用到它，调查人员可以根据不同需要，对该市场进行细分。为简便起见，假设将该市场分为两个细分市场：细分市场一和细分市场二。

2. 选取解释变量

如果直接预测工人制服 5 年后的市场需求情况比较困难，那么可以通过对和工人制服的需求有关的因素的预测来间接地计算。可以称对工人制服的需求为被解释变量，而称与其相关的影响因素为解释变量。工人制服的市场需求和什么有关？经济形势、产品价格、生产工人人数、消费品市场需求状况、生产机械化水平等都能够影响到工人制服的销售。经济形势好，人们的消费水平提高，消费品生产企业的生产就会加大，对工人制服的需求就会增加，所以这些因素都可以在不同程度上解释工人制服的销售变动情况。但不可能，也没有必要将所有的相关变量都考虑进去，只要选取其中对工人制服的销售影响最大、最直接的少数的几个变量，通过这几个变量来解释并预测工人制服的销售情况。

选取的解释变量要符合以下三点要求：

（1）解释变量与被解释变量之间的关系应是显著的，也就是说，解释变量应与被解释变量之间有着十分密切的联系，通过对解释变量未来 5 年的预测就可以间接地得出工人制服未来 5 年的需求情况；

（2）可以比较容易地得到有关驾驶变量的数据；

（3）对解释变量的预测要比直接对被解释变量进行预测简单。

很明显，对于工人制服的需求而言，整个市场的生产工人的数量应该是关联度最高、也是最直接的变量，生产工人的数量越多，对工人制服的需求也会相应得增多。有关生产工人的数量和在未来几年中的变化情况在各种政府机构的报告和经济统计年鉴中都能很容易地找到。所以生产工人的人数应该是最适合的解释变量。

在这个例子中，解释变量的数据可以通过二手资料进行收集，而有许多变量的数据必须通过其他直接的方法获取，调查法是最常用的方法，有关这方面的内容请参考前面的章节。

3．统计需求系数

我们已经把工人人数作为了工人制服的解释变量，那么，工人人数到底与工人制服之间存在什么比例关系呢？也就是说，一个工人能产生多少对工人制服的需求呢？解释变量和被解释变量之间存在的这种比例就是所说的需求系数。例如，细分市场一中的一个工人每年要消耗 3 件工作制服，那么两者之间的需求系数就是 3；细分市场二中的一个工人每年要消耗 4 件工作制服，那么两者之间的需求系数就是 4。只要有往年的工人人数和工人制服的数据，就可以计算出两者之间的需求系数。一般来说，要准确地估算需求系数，最好要收集充分的数据，但计算的复杂量会增大。

4．预测解释变量和需求系数的变动情况

现在准备对被解释变量进行预测。解释变量在所预测年份的数值可以由自己算出，也可以从相关的统计报表和经济文献中找到。由于市场始终处于不断变化中，几年前的解释变量与被解释变量之间的关系已经或多或少地有所改变，用几年后的数据乘以几年前的关系往往会产生较大的误差，所以应该对需求系数进行微调。微调的依据包括各种宏观和微观的因素，像技术进步、经济景气程度、生产流程和工艺、竞争状态等。例如说，工人的工作条件的改善和布料质量的提高都会减少工作制服的磨损，从而改变工人对工作制服的需求系数。

5．计算潜在需求

在得到工人人数和需求系数在第五年的数值后，就可以根据公式计算对工作制服的潜在需求。下面就是 5 年后，即 2004 年工人制服的潜在需求情况的计算过程。

第一步：确定顾客市场。

共划分为两个细分市场：细分市场一，细分市场二。

第二步：选择解释变量。

各个细分市场的工人人数。

第三步：统计需求系数如表 5-4 所示。

表 5-4　需求系数统计表

细分市场	1999 年工作制服的销售额（万元）	1999 年生产工人人数（万人）	计　　算	需求系数
细分市场一	6500	350	6500/350	18.57
细分市场二	3400	325	3400/325	10.46

第四步：预测解释变量和需求系数的变动情况。

（1）预测 2004 年的工人人数（见表 5-5）。

表 5-5　工人人数预测表

细分市场	1999 年工人人数 （万人）	工人人数年平均增长率 （％）	计　　算	2004 年工人人数 （万人）
细分市场一	350	5.3	350×（1+5.3%）5	453
细分市场二	325	−3.2	325×（1−3.2%）5	276

（2）预测 2004 年的需求系数（见表 5-6）。

表 5-6　需求系数预测表

细分市场	1999 年的需求系数	到 2004 年需求系数的变动 比例（％）	计　　算	2004 年的需求系数
细分市场一	18.57	−3	18.57×（1−3%）	18.01
细分市场二	10.46	−1.5	10.46×（1−1.5%）	10.3

第五步：计算潜在需求，如表 5-7 所示。

表 5-7　潜在需求计算表

细分市场	2004 年的需求系数	2004 年的工人人数 （万人）	计　　算	2004 年的潜在需求 （万元）
细分市场一	18.01	453	18.01×453	8158.53
细分市场二	10.46	276	10.3×276	2842.8
总和				11001.33

5.4　销售预测

销售预测（sales forecast）是指企业的某种产品在一定的营销投入下可以实现的合理的销售预期。销售预测在组织需求分析中占有十分重要的地位，是企业进行资源配置、安排今后几年工作的主要依据。

销售预测以市场潜力和销售潜力为参照，以一定的营销努力为前提。一些企业，特别是小型企业，将营销预算和销售预测分割开来，并没有在一定的营销计划基础上进行销售预测，这是不合理的。只有在对营销的手段和力度有了一定的规划后，才有可能对销售水平进行合理的预测，然后再对营销规划进行深入的修订，形成具体可行的营销策划。

5.4.1　销售预测的作用

销售预测具有与市场潜力和销售潜力相似的作用，例如，决定企业应抓住哪些市场机会，确定资源分配的比例，衡量实际销售业绩等。它们之间的差异在于，销售预测是对未来几年销售比较合理的时期，比市场潜力和销售潜力更加客观、真实，更加接近实际的销售水平，因此它的值通常比销售潜力要小，而且销售预测的时间跨度通常较短，一般是对一两个年度的销售额或销售量的估计，所以销售预测对企业的应用更加具体些。企业根据销售预测制定下一年度的生产计划、划定库存比例、调整销售队伍、确定原材料供应数量、安排供应链上各企业的资源配比和协同作业等。相对而言，市场潜力和销售潜力的作用则更倾向于长远性、战略性的方面。

5.4.2　销售预测的分类

销售预测针对的时间跨度不同，对预测的准确性、预测的问题类型等的要求也会有所不同，所以可以根据销售预测的时间标准进行对其的分类。表 5-8 总结了四种类型的销售预测在时间、预测的内容等方面的特点。

表 5-8　按时间标准划分的四种销售预测类型

类　型	时 间 描 述	任 务 描 述
即期预测	预测 1 个月内的事件	日常销售变动 目的：为运送和存储货物提供依据
短期预测	预测 1～6 个月内的事件	季节性销售变动 目的：为生产安排、产品促销、现金留存等提供依据
中期预测	预测 6 个月到两年之内的事件	季节性销售变动 周期性销售变动 突发性销售变动 　目的：为调整促销手段和强度、调整销售人员安排、确定资本需要等提供依据
长期预测	预测两年以上的事件	销售趋势 销售率增长 　目的：为扩充生产能力、确定资本需求、增加产品线、调整销售渠道等提供依据

5.4.3　销售预测的方式

1．自上而下预测

在这种方式下，经理人员是预测的主角，他们利用数据库资料和预测模型，根据一些主要的宏观经济指标，例如国内生产总值、通货膨胀率、职工平均收入水平、居民消费指数、失业人数、国家财政开支等对整体的经济和产业前景进行评价，并最终得出对企业本身经营环境和销售情况的预测。这种方式有一个明显的不足，所使用的主要是一些宏观经济指标，因此，在很多情况下，预测的结果往往由于太过笼统和宽泛而毫无用处，对企业实际的经营战略的制定和销售安排没有多大的指导作用。

2．自下而上预测

自下而上的预测与自上而下的预测正好相反，在这种方式下，销售和营销人员是预测的主角，而且他们的预测根据并不是什么宏观经济指标，而是从顾客、市场那里得到的一线素材，是他们对产品、市场和顾客的深刻理解和零距离的紧密接触。当然这同时也导致了销售人员的预测在客观性上有所欠缺，减少了这种预测的可信性和准确性，使企业无法完全依赖它来进行战略规划。

在大多数企业的实际操作中，从上而下的预测方式和从下而上的预测方式是同时进行的，营销经理或信息主管从宏观层面上进行预测，同时要求每一个销售小组，甚至每一个销售和营销人员从微观层面上进行预测，然后相互进行比较、综合，最好得出合理的、可行的预测结果。

5.4.4　销售预测方法

1. 定性预测方法

定性预测方法通常是将相关的人员集合起来，运用他们各自对市场、产品和顾客的认识，集思广益，探讨未来可能的销售情况。这种方法在企业日常经营决策中经常被用到。在以下三种情况下定性预测方法特别适用：

- 无法使用定量方法进行预测的问题；
- 缺少历史数据，即使有也很难找到，或者数据太少无法作为依据的问题；
- 性质独特，难以借鉴其他定量数据的问题。

这时定性预测就派上了用场。定性预测一般有三种方法：经理人员判断法、销售人员综合法和德尔菲法。

1）经理人员判断法（executive judgment）

经理人员判断法是将企业销售、财务、生产、人事和采购部门的经理级人员召集到一起，运用各人的专业信息和对市场的理解、把握，将个人的学识、经验和观点融合起来，做出可信度和准确性都比较高的市场预测。这个预测既可以是短期的预测，也可以是中长期的预测。

经理人员判断法十分常用，因为预测由涉及不同部门的经理层人员组成，他们各有自己独到的风格和见解，而且经理层人员对企业、产品等方面的信息了解得比较全面、细致，并通常都具有一定的头脑和水准，所以很可能会得出一个可行性较高的预测。

经理人员判断法有以下几个缺点：

（1）没有一个系统的因果关系分析过程；

（2）经理人员无法借助成型的框架进行理性的、有条理的分析，往往预测的结果只是他们的主观看法和感觉；

（3）很难运用其他手段对通过这种预测方法得出的结论进行有效的评价。

2）销售人员综合法（sales force composite）

销售人员综合法就像在销售预测的方式中所讲的那样，利用一线的销售和营销队伍进行预测。这样做的原因也很简单，他们了解市场、了解产品，了解顾客，也了解竞争者。

由于销售人员进行预测时，眼前的情况对他们的影响很大，而且利用的多是片面、范围比较狭小的信息，所以运用销售人员综合法只能对即期和短期的销售进行预测，而且通常适用于那些顾客市场比较集中、稳定，买卖双方关系比较紧密的情况。

让销售人员进行销售预测，一方面可能增加其完成销售配额的责任感；另一方面他们也可能会故意夸大对销售的预测，来达到夸大其工作能力和工作表现的目的，或降低预测以得到较低的配额。当然，这种方法也存在着与上面经理人员判断法相似的缺点，他们的判断过程缺少客观、理性的依据和方法。

3）德尔菲法（delphi method）

德尔菲法特别适合于长期预测。德尔菲法的人员组成比较复杂，可以包括本公司的各阶层人员，有条件的话，也可以包括社会上的知名学者、咨询专家、销售能手等。成员人数从五六个人到上百人不等。但与上面的其他地方截然不同的一点是，这是一种背对背的预测方法，在预测时，每个人都是匿名的，任何人都无法得知某一预测是出自何人之手，而且每个人可以仍然待在自己的地方，不用集合到一起，所有的联系工作都由企业的联络小组负责。

这种方法的步骤是：

（1）选择适合的专家。

（2）将要预测的问题由联络中心告知所有参加的专家。

（3）每个专家根据自己所掌握的信息和知识，对问题进行预测，并反馈到联络中心。

（4）联络中心在进行必要的整理后，将不同的预测结果、依据和所有有用信息再反馈给各个专家。

（5）专家们再进行第二轮的预测，每个人根据新的情况和信息对自己原有的预测进行重新的调整，然后及时地反馈到联络中心。

（6）联络中心再进行必要的整理，然后将新一轮的预测结果和依据反馈回专家那里。

（7）……

这样循环反复，一直到各位专家达成比较一致的意见为止。至于这种循环要进行多少时间。则要看问题的复杂程度、专家的组成、信息传递的及时性和充足性。

这种方法的难点主要在于选择专家上，如果选择背景、倾向一样的专家，例如在同一公司任职多年的经理，他们的预测结果可能回有趋同的倾向，而选择背景、个性完全不同的专家，也有可能会产生因固执己见而致使循环难以结束的情况。

2．定量预测方法

以上讲的都是定性的预测方法，但在企业中，一般都会在进行定性预测的同时，进行定量的预测，以相互补充，得到尽可能精确的估计。在这儿将简单介绍两种常用的定量预测方法：时间序列法和回归法。

1）时间序列法（time series）

在预测未来的销售时，总要先借鉴一下以前的销售情况，然后根据当前乃至以后的各种条件变化来得出预测的结论。如果运用数学统计的手段来完成这个过程，那其中的一种方法就叫做时间序列法。时间序列法就是利用按时间排列的历史数据来预测未来销售的趋势和增长情况的一种统计方法。而时间序列实际上就是一组按年代时间顺序排列的数据。

（1）时间序列法的适用范围和组成。

时间序列法适合于对中短期的预测，因为过去的数据相比较现在而言会发生很大变化，所以如果市场对各种环境变化比较敏感的话，也不适合用时间序列法，因为这时过去的数据几乎没有价值了。

一个时间序列通常包含着以下三个部分：**长期趋势。**长期趋势用来解释某一时间序列的一般长期的变动，包含着持续地向一个或另一个方向变动的趋势。某个具体的时间序列的趋势可以归因于人口数目的增长，也可以归因于生产率的长期增长。这种长期趋势可以是一种直线的形式，用数学公式表达出来就是 $y = a + bx$，或是一种曲线形式，例如 $y = ab^x$ 等；**周期性变动。**周期性变动通常可以分为两种，一种是与季节变动相关联的周期性变动。许多经济领域的时间序列都受到这种变动的支配。当数据是按周、月或季的时间间隔来记录时，季节变动的影响是很明显的。虽然季节变动的幅度可以不同，但它们的周期是一年，所以在以年为单位记录的序列中，季节波动就不会体现出来。另一种是以数年为一个周期的循环变动。这种循环变动可能是两三年一次，也可能是二三十年一次。循环变动可以归因于宏观经济周期的影响，也可以归因于产业发展或新技术开发的影响；**不规则变动。**不规则变动通常也可以分为两种，一种是随机变动，它以一种纯随机的方式。例如，时间序列先向一个方向运动，再向另一个方向运动。第二种是不时出现的某些孤立的或不规则的，但影响较大的突发性变动，也称偶发性变动。例如，暴乱、罢工、洪潮、战争等都属于这种偶发性的变动。从长期来看，这些偶发性的变动可能是随机的，但从所要预测的某段时期来看，它们通常是作为一种偶然的、极少的情况出现并发生作用的。

（2）时间序列的基本假设。

运用时间序列法，首先要把时间序列分解为反映长期趋势、周期性变动和不规则变动的几个主要组成部分。也就是说，把时间序列的变动看成是由这些因素复合而成的，分别确定各因素的数量和变化大小，然后确定各因素的变动是如何相互作用形成这一时间序列的。

通过假设确定各因素对时间序列的作用机理是其中最重要的工作。最简单的假设是假定各组成部分所具有的影响是可以直接相加的。也就是：

$$Y = T + C + S + E$$

式中：Y——所要预测的变量；

　　　T——长期趋势值；

　　　C——循环变差；

　　　E——不规则变差。

在这里，T，C，S，E 都是可正可负的值。C 值在一个循环周期的总和等于零，因为将其看做是在正常趋势变动的一种上下波动。同样的道理，季节变差 S 在一年中的总和也是零。而从长期看，E 也应有同样的规律。

当然，也可以假设出另一种情况，即

$$Y = T \cdot C \cdot S \cdot E$$

其中，C，S 和 E 不是正数或负数，而是大于 1 或小于 1 的指数。实际上，这两种假设在原则上是没有差别的，第一种假设把各因素的变动当做是增加或减少几个单位，而第二种假设则把各因素的变动当做是增加或减少多少个百分比。

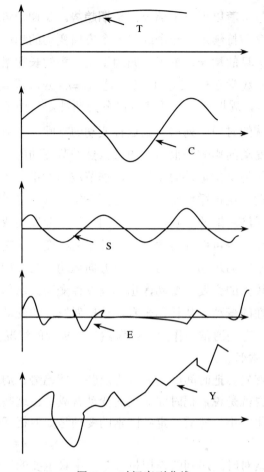

图 5-4　时间序列曲线

2）线性回归

利用数理统计学的相关理论，在掌握两个或两个以上现象的变动发展的观察值数据资料后，一般可以通过市场调查获得相应的数据资料，按照数据所呈现的变化特征，建立相应的数学模型以近似模拟变量之间的联系变动特征，这种数学模型就叫"回归预测模型"。回归预测方法实际上属于数理统计学的一个重要分支。

（1）一元线型回归预测模型。

利用一元直线方程式来模拟两个相关现象在变化中呈现的数量特征，这时，方程式就叫一元线型回归模型。在市场营销管理实践中，许多现象具有某种因果或相关关系。只要全面收集有关现象的数据，就可建立模拟它们变动关系的回归模型，最简单的是一元线型回归模型。$y=a+bx$ 在这个回归模型中，a 是截距，当 $x=0$ 时，y 的预测值，b 是斜率也叫回归系数。确定 a、b 两个参数的取值，基本的方法也是最小平方法。

例如，收入与支出存在明显的因果关系，而消费者下期的支出水平将直接决定市场的规模。所以市场调研都会将掌握消费者支出水平作为自己的一项重要预测课题。当我们利用图表法，将关于某一地区消费者收入－支出水平调研资料在图中绘出，发现收入与支出一一对应的点，在图中呈直线发展，便可用一元线型回归模型来说明收支的变动规律。

　　（2）一元曲线回归预测模型。

　　具有因果关系或相关关系的因素，不会只存在一种线型关系，更多的时候因素之间保持曲线关联关系。如果将关联的两个因素一一对应的数据（x_i，y_i）用散点图绘出，即可发现它们的变动轨迹的形态。若呈非直线变动，就应该选择曲线回归模型加以模拟。使用一元曲线回归模型对未知变量进行预测就叫一元曲线回归预测法。在市场营销管理中，单位商品的市场促销成本与销售量之间就呈双曲线型变化。其他的一元曲线回归模型有：对数曲线回归模型；指数曲线回归模型；幂函数曲线回归模型等。现在存在的问题是如何确定一元曲线回归模型中的各项参数？很简单，通过对各变量调整的方法，使曲线模型转变为线型模型。将曲线回归模型转变为直线回归模型的目的是，可以采用最小平方法确定 a、b 参数的数值。

　　（3）多元线型回归预测模型。

　　对于某个现象（因变量 y）产生影响的往往不止只有一个现象（自变量 x），而是有若干个 x_i 在同时影响 y 的变化。倘若这些自变量对 y 的影响关系都近似于线性关系，就应该建立相应的多元线型回归模型来综合说明各 x_i 与 y 的变化特征，如果以此模型对未来 y 的变化进行预测，效果会更加理想。

　　多元线型回归模型的一般式：$y=a_0+a_1x_1+a_2x_2+\cdots+a_nx_n$，利用最小平方法得出确定各参数 a_0，a_1，a_2，$\cdots$，a_n 的标准方程组。解此方程组便可得到所要求的各个参数。

　　例如，销售员培训学校十分关注自己的培养效果，他们认为在学校的课程考试成绩 x_1 与实

本章小结

　　组织需求分析是实施企业市场营销战略的一项重要的基础性工作。精确的组织需求分析可以帮助经营者对企业资源进行合理的配置，将稀缺资源分配到潜在投资收益最高的产品和市场中去。要进行组织需求分析，企业首先必须要建立一个营销情报系统，对组织市场进行广泛的营销调查，然后采用各种统计分析方法进行深入、细致地分析，得出准确、客观的分析结果。

　　组织市场营销情报对企业的战略决策、日常运营等各个环节都有着深远的影响，其可以用于进行顾客价值评估，制定竞争性战略，进行市场潜力分析和销售预测，新产品调研和营销控制等许多方面。

　　常用的组织市场调研方法有许多，本章主要介绍了一手和二手资料的收集方法，并重点探讨了调查法、实验法和观察法三种方法。要进行市场调研，需要对调研活动进行一定的组织和安排，本章还介绍了企业在组织市场上进行调研要注意的一些主要问题。

　　组织需求分析主要包括两个方面，一方面是市场潜力和销售潜力的分析和估测；另一方面是企业销售预测。本章介绍了市场潜力和销售潜力预测的主要方法和步骤。销售预测可分为即期预测、中期预测和长期预测；其进行预测的方式有自上而下预测、自下而上预测等。定性销售预测方法有经理人

员判断法、销售人员综合法和德尔菲法等；定量销售预测方法有时间序列法和线性回归法等。

关键词

营销情报	Marketing Intelligence
决策支持系统	Decision Support System
组织市场调研	Business Marketing Research
焦点访谈法	Focus Group Interview
市场潜力	Market Potential
销售潜力	Sales Potential
销售预测	Sales Forecast
经理人员判断法	Executive Judgment
销售人员综合法	Sales Force Composite
德尔菲法	Delphi Method
时间序列法	Time Series

思考题

1. 试举例说明企业营销情报的重要性。
2. 决策支持系统在企业营销情报系统中的地位和作用是什么？收集一些最近的决策支持系统的研究和应用，讨论决策支持系统在今后企业中的发展情况。
3. 组织市场营销情报包括哪些方面的内容？你能各举出一些企业中相应的例子吗？
4. 请一位曾经做过消费者市场调研的同学讲一下他的调研经历，看看能否找出其与组织市场调研的异同。
5. 在组织市场上进行市场调研，都有哪些具体的方法？各有怎样的特点？
6. 定性销售预测方法有哪些？它们各自的适用条件和利弊是什么？
7. 定量销售预测方法有哪些？它们各自具有怎样的特点？
8. 全班分成 3 个大组，分别采用访谈法、电话调查法和邮寄调查法，由老师确定好调查哪方面的问题，然后由同学自己设计调查程序、问卷和实施方案，最好比较 3 种方法各自的特点。调查对象最好是公司，如果不行，也可以代以普通消费者。
9. 上网查找一些市场调查公司或咨询公司所作的组织市场调查和分析报告，它们通常采用哪些调查方法和步骤，主要研究哪些方面的问题，它们的研究结果及依据是什么？

第 6 章
组织市场的产品策略和新产品开发

产品策略是市场营销组合中的第一个要素，直接影响着营销组合的其他三个要素：渠道、定价和沟通。任何企业在制定市场营销战略计划时，首先要考虑的就是产品策略问题。因此，产品策略关系着企业市场营销的成败。本章在分析产品整体概念的基础上将对产品策略、质量及新产品的开发进行详细的介绍。

本章将讨论以下内容：
- ■ 组织购买品的基石——核心竞争力
- ■ 产品质量
- ■ 组织购买品产品战略的制定
- ■ 高科技产业中的产品管理
- ■ 新产品开发

6.1　组织购买品的基石——核心竞争力

6.1.1　产品的定义

在购买者的视角中，一个产品是多维的——集基本的、增值的和附加的性能于一身的混合体。

1）基本性能

基本性能是指产品应有的功能应有的功能中可以包含多种，以便不同的顾客能通过不同方式获得满足某种需要的利益。

以叉式升降装卸车为例，仓库主管视其为堆高箱子和更好地利用高屋顶建筑的工具；金融行业的职员视其为能获得高回报的理性投资。每个顾客从不同的利益角度来评价这一相同的基本性能。

2）增值性能

增值性能是基本性能的补充，使产品能在竞争中脱颖而出。根据顾客购买产品所追求的利益，以此为出发点进行设计，以更好满足顾客的要求。这些性能包括性能特点、式样、大小、重量和质量等。

例如，顾客购买一台计算机时期望产品包括一些基本功能，如文字处理功能或电子数据的编排功能。然而，拼写和语法检测功能的增加使得交流更加清楚、准确。同样，电子数据表通过键盘进行简单的数据分析就可以拥有更复杂的功能。

3）附加性能

附加性能是指提供给顾客产品之外所获得的全部附加利益和服务。这些性能通常是无形的，包括培训、技术帮助、额外的零部件、保养和修理服务、及时送货、产品保证以及融资项目。正如哈佛大学的李维特（Levitt）教授所说："公司间的竞争不在于他们生产了什么，而在于他们在其产品的基础上增加了什么，如包装、服务、广告、资金、送货安排、存储以及其他顾客认为有价值的东西。"

6.1.2　产品的基石——核心竞争力

在你看到一个组织购买品制造商的产品目录时，一般是无法真正认识到它的竞争力量的。国际上一些著名企业的成功归根到底都是因为它们具有某种突出的竞争力。**核心竞争力**（core competencies）建立在公司职员所具有的高级技能之上，是这些技能的结合及长期积累的经验。企业关心的焦点在于，从顾客的角度来看，什么东西是最有价值的。

可以通过三种方法来识别企业的核心竞争力。具体如下：

第一，核心竞争力为企业进入一组市场提供了可能性。例如，佳能公司的核心竞争力体现在精密技工、光学和微电子方面，这使得它在照相器材、激光打印机、传真机等不同市场上成为强有力的竞争者。

第二，核心竞争力对于企业最终产品用户的利益应有可以感知的贡献。例如，HONDA公司在小型发动机方面的核心竞争力是在小型发动机可靠性和节能性方面的保证，并在其所有产品——摩托车、汽车、割草机、铲雪机等的市场营销中均强调了这一特性。

第三，核心竞争力应当是不会被竞争对手所模仿的。例如，虽然竞争对手可以获得与摩托罗拉公司一样的生产设备以及相关技术，但是他们依然很难复制摩托罗拉公司内部的协调和学习模式。有三种因素使得核心竞争力难以轻易模仿：

（1）复杂性。核心竞争力是在非常复杂的商业过程中形成的，并且在长期积累的经验中使这种复杂性进一步得到强化。

（2）组织扩散。核心竞争力通常涉及在企业不同职能部门之间传播，同时也会经常涉及一些外部的团体，例如重要的供应商、政府顾客等。

（3）良好发展的团队。核心竞争力依赖于个人或组织所学到的彼此协同工作的方式，同样依赖于个人或组织本身所具有的特定的专业知识和技术。

从核心竞争力到最终产品之间的有形环节被称为**核心产品**（core products），即核心竞争力要表现在核心产品上。例如，佳能公司在激光打印机（最终产品）市场上的份额并不大，但该公司却在激光打印"引擎"（核心产品）的世界市场上占据着 80% 的生产份额。市场策略专家们认为：在衡量公司的可营利性上，核心产品的份额比传统的最终产品份额指标更加准确。通过向多个市场提供核心产品，企业可以在自己所选择的核心竞争力领域加强其资源和市场知识上的优势，从而可以在形成核心产品新的用途和开发新的最终产品市场方面占据领导地位。

6.2　产品质量

加剧的全球化竞争和增长中的用户期望使得产品质量与用户评价成为组织购买品供应商所要考虑的首要问题。在国际上，许多跨国公司都要求它们的供应商达到国际标准组织（ISO）所设立的质量标准，即 ISO-9000 质量认证标准，并以此作为谈判和签订合约的前提。这一标准要求供应商必须认真规划他们的质量保证方案，确保产品质量。

6.2.1　质量的含义

对质量的认识经历了几个阶段：

第一阶段的质量意味着符合某种标准或成功达到某种技术规格。然而如果产品的基本特征是错误的，那么标准质量或是零缺陷是无法使顾客得到满足的。

第二阶段强调质量并不仅仅是一种技术规格，对质量的追求将推动整个商业的核心过程，因此全面质量管理和对顾客满意度的衡量成为强调的重点。然而，用户从竞争性市场上选择某种特定的产品，其根本原因在于他们觉得这种产品能够提供更高的价值——产品的价格、性能与服务，使之成为最有吸引力的产品。

第三阶段的质量概念着重考察企业相对于竞争对手而言的质量业绩，并且考察用户对于不同的竞争性产品的价值的感知。

国际标准组织在 2001 年 9 月 26 日正式公布的 ISO 9000-2000 中，将质量评定的标准界定为：以顾客满意为主导，强调企业应该规定并管理用来确保产品和服务质量符合顾客需求和实现顾客满意说必需的运作过程。其实质就反映了质量管理的第三阶段含义。

质量大师朱兰（Juran）对质量问题进行了详细的论述，有关资料见 B to B 营销视窗 6-1。

B to B 营销视窗 6-1	质量大师关于产品质量的论述

质量是产品销售的推进器。

已经形成的事实是，顾客在能获得最大价值的地方购买商品。顾客在产品中寻求的某些价值是耐用性、舒适性、可靠性、魅力和充分的性能，所有这些都是产品的质量。制造商在不高出竞争对手价格的情况下提供设计好的上述质量，将取得产品的领导地位。

如果制造商确已向顾客提供好的价值并符合顾客的期望，他就已在顾客中建立信誉并能期待顾客继续光顾。他甚至能获得更为重要的回报。这些顾客会向朋友积极宣传和推荐该公司的产品。销售员明白，以质量促销售比以价格促销售更为有利。

当制造商已建立了生产高质量产品的信誉，他对此事实做广告就有非常大的好处。在这种事情上行动必须与言辞相符。若非如此，广告词会使制造商非常尴尬和受到伤害。可以找到这样的实例：某些商店因为达不到宣传的产品质量而无法维持；另外，那些能真实宣传自己高质量的公司，已立足于非常优越的位置。

制造商应提供给顾客最好的产品质量保证，从而建立全面质量控制程序的公司，可把这样的全面质量控制程序视为对顾客增添的价值。

——A.V 费根堡姆：《全面质量管理》

战后一个更为显著的现象是，产品的质量在公众心目中上升到突出的地位。这种突发的产生是多个趋势汇集的结果：

对环境破坏日益增长的担忧；

由法院制定的强制责任的法律；

对重大灾难和其他各种规模灾难的畏惧；

来自消费者组织要求更好质量和更直接赔偿的压力；

公众对质量在国际竞争（如贸易和武器）中的作用的觉悟日益增长。

所有这些趋势都是人类采用技术和工业化的结果。工业化给社会带来许多恩惠，但它使社会依赖于一大批技术商品和服务的持续实施和优良性能。人类生活在质量大堤的保护后面，这是一种虽获福利但却具危险的状态。就像荷兰从海中开垦出如此多的土地那样，我们通过技术获得福利；然而，我们需要高质量的防护堤，使社会能够避免服务的中断和抵御灾难。

——J.M.朱兰：《关于质量的领导》

资料来源：俞钟行. 质量大师关于产品质量的论述.质量译丛，2002,2:12.

6.2.2　产品质量的评价标准

评价产品质量一般有以下八个维度：

（1）选择性，根据不同类别、层次的顾客要求，开发和生产不同档次类型的产品，让顾客有更多的选择。

（2）耐久性，在产品退化之前，超过其计划使用周期的性能。

（3）美学性，质量好的产品体现了协调与和谐，从声音、味觉、嗅觉、感觉和触觉等方面给人以舒适清新的感觉。同时，产品应该针对不同的顾客展示不同的美感。

（4）功能性，可以量化的产品操作特征。

（5）可靠性，越是耐用性产品，越要具有可靠性。一种产品如果在维修上花费很多，就要考虑其可靠性。

（6）服务性，产品要易于修理，维修人员要能胜任，对顾客要有礼貌，体现出速度性和效率性。

（7）符合性，符合行业标准和有关法规。

（8）声誉性，顾客历来崇尚有声誉的公司，追求品牌产品，因此声誉和品牌是产品质量好的重要标志。

6.3　组织购买品产品战略的制定

产品战略涉及有关公司提供的产品和服务的所有决策系列。通过产品战略的实施，组织购买品供应商试图满足用户的需求，同时通过利用自己的核心竞争力来建立一种可持续的竞争优势。本节将探讨有关组织购买品产品线和产品组合以及将产品管理决策定位于一个精确定义的产品市场上的重要性。

6.3.1　产品线和产品组合决策

1. 产品线

组织购买品与消费品的产品线是不一样的，因此首先要对此做出区分。组织购买品产品线可以归为四种类型：

（1）**专有产品或目录产品**（proprietary or catalog products）：以预期的方式生产，产品线的决策仅仅与产品的数量增减有关。

（2）**按订货制造的产品**（custom-built products）：以一系列不同型号、不同附属品的基本单位的形式供应。有能力的制造商可以向不同的顾客提供不同基本型号（例如不同马达规格）的产品，从而也为组织购买者提供了一系列购买选择。产品线的决策主要目的是提供合适的产品和附件组合。

（3）**专门设计的产品**（custom-designed products）：为满足一个或一小部分用户的需要而生产的，生产数量可能是单件的，如特殊的机械设备；也可能是相对大量的，如飞行器。这类产品的生产体现了制造商的能力，这种能力最终要转化为完成的产品。

（4）**工业品服务**（industrial services）：这类并不是实际的产品，购买者所购买的是一个公司维修、技术服务或管理咨询等方面的能力。

所有的组织购买品生产商都要面对产品战略决策，无论他们提供的是物质产品、纯粹的服务还是二者的结合。每一种产品决策都会提出特定的问题，每一种产品决策都要求企业具备一定类型的能力。产品战略正是以对公司能力的明智运用为基础的。

2. 产品组合策略

产品组合是指一个企业生产经营的全部产品的有机构成与数量的比例关系。产品组合需要考虑四个因素：广度、长度、深度和黏度。

- 广度：指一个企业有多少条产品线。
- 长度：指产品品目总数。
- 深度：指产品线中的每一产品有多少个品种。
- 黏度：指一个企业的各个产品大类的最终使用、生产条件、分销渠道等方面的密切相关程度。

产品组合策略是根据企业生产与经营能力和市场环境作出的关于企业产品品目、规格及其生产比例方面的决策。从长远来看，最佳产品组合是动态的优化过程，需要通过不断开发新产品和剔除衰退产品来实现，因此必须经常了解、分析和评价每种产品的销售及利润情况。图 6-1 分析了一个产品线中每个产品品目的销售率与利润率。

从图 6-1 中可以看出，产品线上的第一个品目占总销售量的 50%，占总利润的 30%，前面两个品目占总销售量的 80% 和总利润的 60%。如果这两个品目突然受到竞争者的打击，产品线的销售量和利润就会急剧下降。把销售量高度集中于少数几个品目之上，则意味着产品线具有脆弱性，因此需谨慎监视并保护好这些品目。在另外一头，最后一个产品品目仅占到产品线销售额和利润额的 5%，业务经理甚至可以考虑将这一销售滞后的产品品目从产品线上撤除掉。

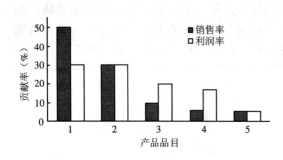

图 6-1　产品品目的销售率与利润率分析

此外，企业还需要了解、分析竞争对手的产品线情况，以此作为决策的依据。企业可能采取的产品组合策略如下：

（1）延伸策略，延伸策略是企业将产品线延长，使其超出目前范围的一种行动。其目的是为了开拓新的市场，或是为了适应消费者需求的变化，配齐该产品线的所有规格和品种，使之成为完全产品线。

（2）扩充策略，扩充策略就是指扩充产品的广度、长度、深度和黏度四个方面的内容。其优点是提高设备和原材料的利用率，减少经营风险，满足消费者的不同需要等。

（3）删减策略，删减策略就是指采用专业化组织形式，减少本企业生产的滞销产品或剔除亏损产品项目。其优点是提高生产效率与产品质量，降低成本，使企业扩大畅销产品的生产，获得长期稳固的利润。

（4）特色策略，特色策略是指在每条产品线中推出一个或几个有特色的产品项目以吸引消费者，从而适应不同细分市场的需要。一般是推出最低档或最高档的产品来表现自己的特色。

（5）更新策略，更新策略是指对那些长度虽然合适，但产品质量、技术水平落后的产品进行更新换代。其目的是实现产品线的现代化，与市场发展保持同步。其基本方法有局部更新和全部更新两种。

6.3.2　产品市场的定义

产品市场（product market）的精确定义是形成正确的产品战略决策的基础。消费者的需要可以有多种方式得到满足，对于这一点应当引起足够的注意。例如，对于个人计算机就有多种产品可与之竞争，如笔记本式计算机、可以连接因特网的通信工具以及形形色色的信息终端。在这种条件下，管理者必须从各种可能的方向寻找机会和预期竞争条件。一个公司的产品概念如果过于狭窄，其经营往往会出现问题；如果无视那些为了同一个最终用户的需要而相互竞争的产品和技术的存在，产品战略的制定者很快就会与市场脱节。无论是用户的需要还是满足这些需要的方法，都处在时刻变化之中。

产品市场的确定为组织购买品供应商参与市场竞争划分了特定的区域。产品市场的定义有四个维度是与战略决策相关的：

● 用户需求。在这里，相关的利益是用于满足组织购买者的需求的。

● 技术。满足同样的需求可以有不同的方法。

● 用户细分。不同的用户集团需要得到满足的不同需求。

● 附加值体系。市场上的竞争者可以在一系列阶段之中进行操作。

在图 6-2 中，购买者的需求可以通过三种不同的技术来加以满足。而每一种技术之下又有三个不同的供应商，其中有一些供应商可能具备在价值链上向前推进、生产最终产品的能力。无论如何，为满足这一购买者的需求，竞争既可能发生在不同技术层面上，也可能发生在同一技术条件下不同的品牌供应商之间。

通过明确建立产品市场的边界，企业可以更好地识别用户的需要，细分市场上的用户寻求的利益所在以及认识发生在技术层面和品牌层面上竞争的性质。

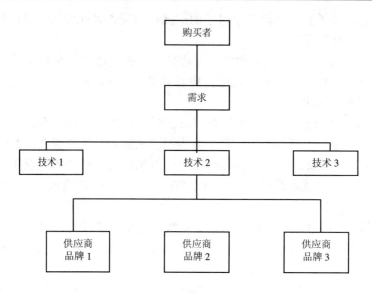

图 6-2　市场需求的满足过程

6.3.3　全球产品市场机会的评估

在越来越多的组织购买品市场部门，例如航天、通信、计算机、农业机械以及汽车行业之中，许多企业在世界范围内展开竞争，因此对全球产品市场的机会进行评估是必要的。表 6-1 中，组织购买品供应商在发展国际产品战略时有几种不同的选择。表中，水平栏代表各国的市场需求是相同还是相异的；垂直栏则代表产品外形的性质。

表 6-1　全球产品市场机会的评估

	市　场　需　要	
产　品　外　形	相　　同	不　　同
相同	全球产品	市场细分
不同	产品细分	产品定制

全球化产品假定各国的组织购买者的需求是一致的，对于某些组织购买品产品和世界市场的某些部分来说，这一假定应当是可以成立的。而且，高科技产品（例如计算机硬件、摄影器材、机械工具以及重型装备）可能最适合于采用全球化产品战略。跨国经营的用户也特别愿意在世界范围内采用一样的技术设备。因此，这些企业将会寻求能够供给全球化产品的供应商。在全球化产品的设计之中，有三条重要的指导原则，分别是

（1）在考察全世界范围内的用户需求时，组织购买品的制造商既要寻找相似性，又要寻找差异性。

（2）全球化产品的设计者应当设法使得产品核心的适用范围最大化，同时也要提供围绕核心地方的定制的可能。

（3）最佳的全球化产品应该是从一开始就以适应全球范围内用户的需要为目的而设计的，而不应是在后期由国内产品发展而来。

当各国的市场需要一致而产品必须适应地方市场时，产品细分战略就是合适的。当各国的市场需要不同而产品为标准化时，就应当采用市场细分战略。例如，苹果公司在全世界范围内销售标准化的产品系列，但是在不同的国家，它所采取的市场定位、促销和分销策略都是不同的。最后，产品定制战略涉及发展适合不同国家要求的定制产品的问题，这代表了在各国市场需要各不相同的条件下，应实行特殊的销售形式。

6.3.4　产品定位

在产品市场得到确认后，就必须保证产品在市场上获得一个强势竞争地位。**产品定位**（product positioning）是指一种产品在市场上所占据的位置，这个位置是通过在竞争中衡量组织购买者对于产品的认识和选择而形成的。由于组织购买者是将这些产品当做不同属性（例如质量、服务等）的集合来对待的，所以产品战略的制定者应当着重考察那些可以影响购买决策的属性。

这些属性为决定性属性——既重要也特异的属性。图 6-3 给出了决定性属性和非决定性属性可能的类型。显然，只有用户认为既是重要的又是特异的属性才是决定性属性。例如，在重型卡车市场上，用户认为产品的安全性对于自己来说是重要的。但就某一品牌而言，安全并非其特异属性，因此安全性也就不能成为产品的决定性属性，而耐用性、节能性可能是决定性属性的因素。

在对产品的关键属性做出规定并衡量了企业的竞争地位之后，产品管理者就可以对特定的战略选择作出评估。

属　　性						
	决　定　性		非　决　定　性			
	D1	D2	ND1	ND2	ND3	ND4
重要	*	*	*			
不重要				*	*	*
非特异（SB=COMP）			*	*		
特异（SB>COMP）	*					
（SB<COMP）		*				*

注：SB：宣传品牌　　COMP：竞争品

D1：既重要又特异的属性，而且宣传品牌优于竞争品牌

D2：既重要又特异的属性，但宣传品牌劣于竞争品牌

ND1：重要但非特异的属性，假定 SB=COMP

ND2：既不重要也非特异的属性

ND3：特异但不重要的属性，假定 SB>COMP

ND4：特异但不重要的属性，假定 SB<COMP

图 6-3　决定性和非决定性的属性

6.3.5　产品战略矩阵分析

图 6-4 表明了图 6-3 中描绘的属性可以怎样进行转变，战略矩阵中的每一格都代表产

品管理者可以用于改善品牌的竞争地位的一般性战略。例如，上左方一格（增加重要性和品牌的特异性）代表的战略要求作出：①改善对用户而言重要的产品属性；②增加自己的产品品牌与竞争品牌之间的差异性。在图 6-3 所给出的属性中，D1 是产品管理者最应当注意的属性，在理想的状况下，产品管理者希望将处于不同层次上的属性转化到 D1 这一类中，将 ND1 类的属性转化为 D1 类要求增加品牌的特异性，ND2 类转为 D1 类要求提高属性的重要性，而将 ND2 类的属性转化为 D1 类则要在这两个方面作出努力。其次值得产品管理者注意的属性是 D2 类的属性，但在这一类上自己的品牌逊于竞争品牌，因此产品管理者将设法将它转化为非决定性的属性。

	品牌特异性		
	增加	减少	维持不变
增加	ND2→D1		ND3→D1
减少			D2→ND4
维持不变	ND1→D1	D2→ND1	ND4→ND4/D1→D1

图 6-4　产品战略矩阵

6.4　高科技产业中的产品管理

在高科技产业，产品战略的制定者面临着极具诱惑力的市场机会和巨大的挑战。这一节将讨论关于技术采纳生命周期的理论，并为在高科技产品生命周期的无序状态下制定市场营销战略提供一个蓝图。

商业用户们现在通过传真机、电子邮件和因特网浏览器来制定营销策略。在每一个场合，市场的转化都是来得较慢的，一旦用户的接受程度到了一定阶段，就会发生一次溃退。 Moore（1991）将这种不连续性创新定义为："要求最终用户和市场戏剧性地改变它们过去的行为方式的新产品或服务，这种改变将给他们带来同样戏剧性的新收益。"

高科技企业的管理者们经常采用的一种工具是由 Moore 提出的**技术采纳生命周期**（technology adoption life cycle），见图 6-5。

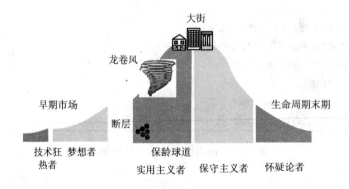

图 6-5　技术采纳生命周期

资料来源：Geoffrey A.Moore,Inside the Tornado:Marketing Strategies from Silicon Valley's Cutting Edge.New York:HarperColins,1995.

6.4.1　技术顾客类型

摩尔的理论基础是关于组成不连续性创新的潜在市场的用户的五个类型的区分（见表 6-2）。一项创新技术要推广应用，技术狂热者的认可是必需的，他们拥有广泛的影响力，但在另一方面，要推动一个组织大规模采用某项新技术，他们就不具备接近所必需的资源条件。而幻想者拥有对资源的控制权，能够承担起宣传创新的利益和在市场发展的早期阶段快速普及的有影响力的角色，但他们对于营销人员而言是难于服务的，因为他们往往会要求特别的和单一的产品改进。他们的需求能很快地评定技术企业的研究开发资源，并确立创新的市场切入点。

真正的创新产品在包括技术狂热者和幻想者的早期市场上往往能受到热烈的欢迎，但销售业绩与往常持平，有时还会降低。一般情况下，在直觉型的、支持革命的幻想者与分析型的、支持渐进的实用主义者之间会出现一个断层，如果组织购买品的供应商能够引导自己的新产品通过断层，那么就可以创造出赢得包括实用主义者和保守主义者在内的主流市场的接受的机会。如表 6-2 所示，实用主义者是组织中技术购买的大用户，而保守主义者包括一个大的群体，他们在购买高技术产品的问题上犹豫不前，只是为了避免落后才作出购买的决策。

表 6-2　技术采纳的生命周期：顾客的类型

客　户	特　征　描　述
技术狂热者 （创新者）	对于了解最新的技术创新很有兴趣。他们在组织中对于其他人对产品的认知有着强大的影响力，但是缺少对资源运用的控制权
梦想者 （早期采纳者）	需要了解技术创新以获得竞争优势。这些顾客是商业和政府部门中真正的改革家，能够接近组织的资源，但是经常要求对产品做出特定的革新，而这往往是创新者所无力满足的
实用主义者 （早期多数）	在组织中作出大量的技术购买。这些人是技术的渐进主义者，而不是技术革命主义者，他们从市场领导者手中购买产品，而且所购的都是经过检验能够带来生产力的实际增长的产品
保守主义者 （晚期多数）	对自己能够从技术投资中获取价值的能力悲观主义论调。他们代表了一个很大的集团，对价格极为敏感，仅仅为了避免落后而购买高技术产品
怀疑论者 （落后者）	与其说是潜在的顾客，不如说是对于高技术产品的顽固的批评者

资料来源：Geoffrey A.Moore,Inside the Tornado:Marketing Strategies from Silicon Valley's Cutting Edge.New York:HarperColins,1995.

6.4.2　技术采纳生命周期主要阶段的战略

穿越断层从早期市场移动到主流市场的基本战略是做到完全解决实用主义者的问题。实用主义者所寻求的是整体产品——为形成不可抗拒的购买理由所需的最小系列的产品。

1．保龄球道

在技术市场上，每一个细分市场都像是一个保龄球瓶，成功地击中某一个球瓶将会把动力传递给周围的球瓶。保龄球道代表了技术采纳生命周期的这样一个阶段，即产品已经获得主流市场内细分市场的认可，但是还需要得到进一步的推广。这一阶段技术产品战略的着眼点在于：以顾客为基础的、注重推广应用的战略，将提供一个杠杆，使企业在一个细分市场上的成功能够扩散到与之相邻的市场上。

有关"保龄球"营销模式的案例和原则详见 B to B 营销视窗 6-2。

B to B 营销视窗 6-2	"保龄球"营销模式：案例和原则

高新技术产品的保龄球营销模式如图 1 所示。

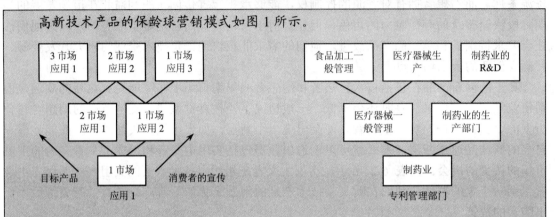

图 6-6　保龄球营销模式　　　　　图 6-7　Documentum 公司的保龄球策略

在图 6-6 中，第一个保龄球代表着产品的第一个立足市场，其他保龄球都是从第一个保龄球"派生"出来的。为了突破消费者的认识障碍，可以把力量集中于第一个保龄球代表的细分市场（1 市场），首先分析消费者对这个市场的认识程度到产品可能带来的巨大利益，然后通过用户自发的宣传和连锁市场（2 市场、3 市场）的不断扩大，使消费者逐步认同自己的产品。

D 公司是美国的一家以经营文件管理软件为主的公司，这家公司在 1994 年前的年收入才一百多万美元，然而就是这家公司在 1994 年采用了保龄球营销策略，使其经营业绩有了大幅度的提高。如图 6-7 所示，该公司通过对软件市场的分析，选择了一个很窄的细分市场——为制药业的药品专利管理部门提供文件管理系统软件。公司集中实力，利用一切资源来开发适应于制药业的这种软件，使之成为了顾客非常需要的产品，成功地建立了自己的第一个立足市场。在这个细分市场用户的宣传和影响下，该公司又陆续打入了制药业的生产部门、研究开发部门。与此同时，凭借在制药业的市场声誉，公司又陆续进入了其他相关的细分市场，如医疗机械、食品加工等，从而很快扩大了公司的市场。

采用保龄球营销策略的高技术企业应遵循以下几条原则：①保证击中第一个保龄球。②在第一个立足市场上占据领先地位。③其他被"撞倒"的市场要具有连动性。④"一个一个撞倒"的渐进原则。

资料来源：龚晓峰等.高新产品的'保龄球'营销模式.销售与市场,2000(5)

2．龙卷风

如果说在保龄球道阶段寻求特定解决方法的经济购买者是成功的关键的话，组织中技术或者基础设备的购买者就能够引发龙卷风。由于大量新客户在同一时间进入市场，并且需要同一种产品，需求将远远大于供给，因而短时期内将有很多客户的需求得不到满足。龙卷风阶段取得成功的关键性因素与适合于保龄球道阶段的因素是不同的。这一阶段的中心目标不再是市场细分，而是扩大，以抓住更广阔的市场所提供的机会。

3．大街

技术采纳生命周期的这一阶段代表一个后市发展的时期，此时新产品采纳的狂热浪潮开始退去，行业中的竞争者增加了生产，并使供给超过了需求。大街阶段的决定性特征是持续可获利的市场发展再不能以向新顾客出售基本产品的方式获得，而必须以在现有的顾客基础上发展专门化业务的方式获得。因此，此时的目标是发展以价值为基础的、指向特定的细分市场的战略。

技术采纳生命周期包括如上的早期市场、断层、保龄球道、龙卷风、大街和周期的结束这样几个完整的阶段。与顾客类型的理论相对应，摩尔认为：不同的周期阶段对应着不同的顾客类型。在早期市场，战略的主要对象是技术狂热者和幻想者；从断层到龙卷风阶段，战略的主要对象是实用主义者；在大街阶段，战略的主要对象是保守主义者。

6.5　新产品开发

为了维持自己的竞争优势，组织购买品制造商中的领导企业往往将新产品的开发作为产品管理的优先问题。新产品的开发涉及整个组织中不同部门的管理者与雇员，他们的行动和决策决定着新产品开发的成效。由于新产品的投放既面临着巨大的机遇，同时也面临着巨大的风险。所以新产品的开发，要求制造商进行系统化的思考，不宜对新产品的寄予过于的期望。

6.5.1　新产品开发步骤

图 6-8 所示为新产品开发的主要步骤。图中的每一个步骤包括了开发中的各项活动，显示了步骤与步骤之间的相互依存与各职能部门之间相互协调的重要性。制定新产品计划时要考虑两个重要因素：一是新产品的创意是否与企业目标、战略、资源相吻合；二是在新产品的开发过程中，对计划的每一个步骤都应有详细的评估方法，要将顾客的需求贯穿于计划的整个过程，并分析、指导计划的每个步骤。

1．确定所要满足的顾客需求

需求是指人们为延续和维持生命所必需的对客观事物的欲望的反映。心理学研究表明，人的需要是由于人们本身缺乏某种生理或心理因素而产生的与周围环境不平衡的状态。因此，需求是推动人们活动的内在驱动力。同时，它以一定的方式影响人们的情绪体验、思维和意志，使消费者根据需求的满足与否而产生肯定和否定的情绪，形成各种不同的动机，从而决定消费者的购买行为。

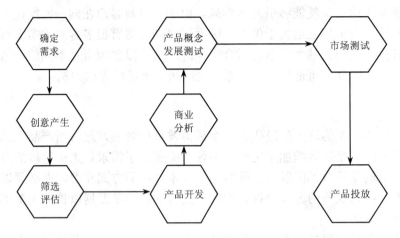

图 6-8　新产品开发步骤

2. 产品创意的产生

发掘到具有广阔市场前景的创意是新产品开发的要点。从现有产品的微小改进到全新产品，创意的产生有多种原因和解决的方式。企业可以通过市场调研、顾客、渠道、竞争者、内部员工等多种途径获取创意。

3. 筛选、评估

在产品计划中，若包含太多的创意，企业承担的成本就会过高，代价高。因此，管理层需要经过多次筛选，将创意分为有发展潜力的创意、暂时搁置的创意及放弃的创意；对没有发展前途的创意要及时予以放弃，使开发风险降到最低。在新产品计划中，从创意阶段到商业化生产阶段，都会产生相应的费用。当获得大量关于产品市场的信息后，对创意进行筛选，目的在于尽早发现和放弃错误的创意，尽量减少花费不必要的时间和资金，以降低风险。但管理层必须作出合理决策：一方面要避免筛选过松，另一方面，如果筛选过严，又会导致企业错过许多原本可抓住的机遇。

4. 产品概念的发展与测试

任何一种创意都可以转化为若干个产品概念。在产品概念发展的基础上，需要进行产品概念的测试。概念测试常常被用于评估和改善新产品创意，目的是在产品完全开发之前，获得潜在顾客对新产品样品的反应。

概念测试评估必须考虑以下问题：

- 概念测试评估的目的是什么？
- 评估时要花费多少时间与资金？
- 评估时是否要承担风险？
- 由谁来评估？
- 由谁决定结果？
- 何种评估方法是最有效的？

5．商业分析

一旦管理层将产品概念发展，管理层就能够对这个创意的商业吸引力作出评价。管理层通过企业的收入、成本与利润预算，以确定是否能满足企业的目标。如果吻合，产品概念就能进入产品开发阶段；反之，则要被搁置或放弃。随着新信息的到来，商业分析也可作进一步的修改。

6．产品开发

新产品的开发过程包括对消费者感知与偏好的分析、对销售潜力的预测以及产品设计、流程设计、包装设计、事业单位规划等。

7．市场测试

企业对新产品的测试结果满意后，该产品就将被准备确定品牌、包装设计和制定营销方案，在更可信的市场环境中进行测试。市场测试也适用于不同种类的工业品，但测试方法随产品的不同而不同。一般而言，成本高、技术复杂的产品通常要先在企业内部通过广泛的产品测试，以衡量产品的性能、可靠性、设计和操作成本。如获得成功，企业就邀请潜在的使用者进行信任测试。

8．产品投放

产品投放是新产品开发全过程中的最后阶段。在这一阶段，企业管理层应慎重确定新产品的生产规模，制定营销策略，即决定产品的投放时间、投放地点、投放的目标市场及投放的方式，以便顺利地扩大销售，开拓市场。

6.5.2　新产品开发评估

公司在不同的新产品开发阶段要运用不同的标准来对产品性能进行评估。这些标准反应了不同的管理任务，只有在新产品开发的每个阶段都成功的执行这些任务才能保证该产品整体上的成功。表 6-3 表明了新产品开发过程中主要阶段使用的评估标准。

在甄选创意阶段，产品创意技术的可行性、独创性、对未来市场的发展潜力以及顾客对产品的接受能力进行评估。很显然，在甄选创意阶段，管理者要求只有那些具有进一步开发价值的创意才是正确的、才能被采纳。的确，这一阶段的最大风险在于，即使有些产品创意在技术上不可行而且也不具有市场吸引力，有时也选择它们做进一步的开发。尽管有些看似"疯狂"的想法会引起激进的产品革新，但管理者需要从技术和市场两个角度来权衡什么是"被需要的"，什么是"可靠性强"的。很多公司的经验表明，保留那些不符合 NPD 过程的早期阶段（即甄选创意阶段）中技术和市场标准的产品创意，直到产品的技术和市场条件都成熟了，再做进一步开发。然而，在新产品开发过程的早期阶段，管理者很难得知产品技术需求及市场反应的准确信息，他们需要依靠"直觉"来作出决策。这一点在表 6-3 中也有所反映。

在概念检测阶段，管理者对产品创意的口头和（或）图形描述进行评价，以评估它的市场潜力。管理者根据评估顾客接受度和技术可行度来决定是否对该产品概念实施正式的商业分析。在这里，技术可行性这一项标准显得尤为重要，因为详尽的产品概念描述可以让管理者收集并评估更多关于技术要求方面的信息。

在商业分析阶段，产品创意要经历有关技术、市场和财务等方面的一系列具体的分析，然后管理者需要决策是否对该产品进行实际开发。这项决策十分重要，因为它标志着大量的资源开始整合，形成项目。这一阶段使用的评估标准旨在确定产品是否能满足管理者所提出的销售量的目标、单位销售、净利润及赢利目标。这样做主要针对新产品的赢利能力进行评估，因为管理者认为在这一阶段，新产品需要获得公司内广泛的认可，以在对资源的要求中取得竞争优势。

在产品检测阶段，管理者必须确定产品是按照一定的规格体系进行开发的。这里，最常使用的评估标准是产品质量、产品性能以及技术可行性。管理者还需评估预测产品开发是否超出了公司为该项目所提供的预算的范畴。这一点至关重要，因为超出最初预算会降低生产最终产品的原材料的来源。而且，这种与预算的偏差会致使管理者重新制定先前的销售利润与净利润目标，以弥补任何超出预算的开支。

在市场测试阶段，潜在顾客可对产品原型进行评估。此阶段的关键就是评估客户对产品的反应以及这种产品在被应用于客户生产过程中时所表现的性能。这使管理层发现新产品与潜在客户兼容性的问题。此阶段最常用的标准是产品的性能以及顾客的接受度和满意度。

在产品的短期投放阶段，管理人员有必要评估一下产品是否是根据他们对市场的预期分析而运作的。在一些问题对产品线或者整个企业形象产生负面影响之前，短期评估对于发现这些问题是至关重要的。最常被管理层考虑的标准包括客户接受和满意度，利润及单位销售量。

在长期投放阶段，所运用的评估标准包括销售量和销售利润。这表示着注意力从产品的技术性能到它对利润和销量的贡献的转移。同样，产品在市场上良好的表现以及产品性能得以认可，这是合乎逻辑的。然而，这里运用的另外一个标准就是顾客对产品的满意度。从长期来看，客户期望可能会影响到他们对产品感知的满意度。这也就解释了管理层对顾客长期满意度的考虑，因为这可以帮助他们发觉一些变化，这些变化一旦过度就有可能破坏该产品对基础客户群的需求程度。

表6-3　每个新产品开发评价过程中评价标准的使用情况

新产品开发评价过程	评价标准																		
	基于市场的							基于经济的				基于产品的				基于过程的			基于直觉的	
	顾客接受度	顾客满意度	销售目标	销售增长	市场份额	市场单元	市场潜力	恰当的时间	利润目标	IRR/ROI	边际效益	产品性能	质量	产品的唯一性	技术可行性	在预算之内	及时的介绍	符合市场时机	市场机会	直觉
创意筛选	49	33	33	27	29	32	59	10	26	9	29	43	29	58	70	12	17	23	32	56

续表

新产品开发评价过程	评 价 标 准																			
	基于市场的							基于经济的				基于产品的				基于过程的			基于直觉的	
	顾客接受度	顾客满意度	销售目标	销售增长	市场份额	市场单元	市场潜力	恰当的时间	利润目标	IRR/ROI	边际效益	产品性能	质量	产品的唯一性	技术可行性	在预算之内	及时的介绍	符合市场时机	市场机会	直觉
概念检测	51	38	14	4	6	17	32	7	11	8	13	44	33	26	52	14	16	14	21	23
商业分析	31	23	54	43	44	64	57	33	55	43	57	25	20	27	29	22	25	31	42	20
产品检测	39	37	12	7	8	19	17	11	13	10	20	67	66	33	63	47	38	31	11	19
市场检测	70	64	16	10	13	22	26	11	15	11	20	70	64	27	44	23	33	25	17	16
地位开创，短期	60	62	49	41	38	62	34	21	46	22	53	45	42	27	8	12	34	20	22	15
地位开创，长期	37	56	44	49	48	55	27	14	47	27	52	36	34	18	4	7	9	4	13	10

覆盖灰色部分数据为 50% 以上的样本企业使用了该评价标准。

资料来源：Nikolaos Tzokas, Erik Jan Hultink, Susan Hart. Navigating the new product development process. Industrial Marketing Management, 2004, 33: 619–626.

6.5.3　新产品获得成功的决定因素及指导原则

1. 新产品获得成功的决定因素

什么决定着新产品的成功或失败？为什么有一些企业在推动新产品的开发方面做得比别的企业更好？Cooper（1979）针对新产品成败、新产品项目的调查了解了新产品开发中决定成败的因素。该项研究得到 15 个区分工业品新产品成败的最重要的因素：

- 专业地执行新产品发布——销售、宣传和分销；
- 新产品比竞争对手的产品更好地满足消费者的需要；
- 比竞争对手的产品质量更高，要具有更高的精确度、更强的耐用性和可靠性等；
- 开展良好的顾客产品样本测试；
- 针对正确顾客的目标来确定明确的销售力量或分销系统；
- 开展专业的市场测试或试销；
- 专业地开始全力生产；
- 了解消费者的价格敏感度；
- 良好地执行产品开发；
- 理解消费者行为和顾客购买决策过程；
- 帮助消费者降低成本；

- 对于销售力量和（或）分销系统而言，产品和企业本身相匹配；
- 对于市场调查技能和需要而言，产品和企业本身相匹配；
- 出色的概念筛选工作；
- 理解顾客需要、需求和对产品的特别要求。

Cooper 等学者（1995）通过对 68 个新产品开发成功的企业和 35 个新产品开发失败的企业进行研究，得出六种驱动新产品开发成功的绩效驱动因素，按它们对这两组的影响排序如下：

（1）内部活动执行力的质量：前期开发活动的熟谙程度。

（2）通过产品本身获得的优势：差异化的优质产品能够创造金钱价值、高的相对质量和比竞争者更好地满足消费者的需要。

（3）营销活动的执行质量：从初期的市场评估和详细的市场研究（市场调查）到市场投放。

（4）项目是如何组织的：跨组织的团队；强势的显著地领导推动项目；团队对整个项目的可靠性（所有方面，从始至终）；对项目时间的投入。

（5）早期明确的产品定义：在开发前让所有部门的人赞同产品定义——目标市场、产品概念、利益、定位和要求与特点。

（6）非产品优势：通过非产品的因素获得竞争优势，如产品可得性、优质的顾客服务和对公司的技术能力的感知。

综合上述研究，新产品开发的成功与否主要地决定于以下三个因素：产品开发过程因素；战略因素；资源保证。以下就分别对这些因素进行分析。

1）产品开发过程因素

在新产品的开发过程中，新产品经历了从创意到投产的过程，企业对于开发活动的控制和开发过程中的决策始终给予高度的重视。具体说来，新产品的成功与开发过程与以下因素是密切相关的：

（1）开发前的熟谙度。在进入证实的产品开发之前所进行的工作是产品成功的基础，其中包括立项调查，初步的市场和技术评估，细致的市场调查研究以及初步的商业/财务分析，能够熟练完成这些工作的企业往往更可能获得新产品开发的成功。

（2）市场知识和营销的熟谙程度。很容易理解，那些具备丰富可靠的关于市场需求的知识的企业更易于获得成功。市场信息的收集必须完整、充分，包括顾客的需要和爱好，顾客的购买行为及其价格敏感性，市场的规模和发展趋势以及竞争状况。

（3）技术知识和技术的熟谙度。这包括了新产品开发过程中其他的一些重要方面，如果企业拥有关于潜在新产品技术方面的丰富的知识，而且它们能够熟练地通过新产品开发的各个阶段（例如产品的开发、测试、试生产以及正式投产），那么这些产品就能够获得成功。

此外，成功的企业在新产品开发过程中一般还具有以下特征：首先，进入开发之前企业对于新产品的概念、生产利益、定位和目标市场的描述必须是清晰而完整的；其次，在开发过程中继续/放弃的决策点必须是准确的，当新产品的开发出现问题时，决策者应当能够采取果断措施中止开发进程；最后，新产品开发的过程必须是具有弹性的，随着产品开发项目的性质和风险性的不同，开发过程中的特定阶段可以做出适当增减。

2）战略因素

有几种战略因素会影响到新产品的成败：

（1）产品优势的水平，这是最重要的一个方面，产品优势是指顾客对于某一产品在质量、性价比、功能等方面与竞争产品相比较所具有的优势的评价。成功的产品能够给顾客带来看得见的利益，例如降低顾客的成本、更高的质量等。

（2）营销适应性，它代表着项目的需要和企业具有的营销方面的资源和技能（例如人员推销和市场研究方面的能力）之间的适应性。

（3）技术适应性，它代表着项目的需要与企业所具有的研究开发资源和能力之间的适应性。符合企业的营销和技术能力的新产品更容易获得成功。总之，明确界定的新产品开发战略是新产品成功的又一推动力，新产品战略规定开发活动的领域包括：特定的产品、市场和技术领域。正确的战略指导着新产品计划的成功。

3）资源保证

成功的新产品开发要求有相应的资源投入，在这一方面能提供保证的企业也往往能够在产品开发中取得成功。以下三点是至关重要的：

（1）高级管理层应当保证为实现企业在产品开发方面的目标所需的资源供给。

（2）研究开发的支出是充分的，并且投入方向与产品开发的目标是一致的。

（3）有适当的人员投入，并且应当把他们从其他工作之中解脱出来以集中注意力于新产品的开发。

2．新产品获得成功的指导原则

Cooper 等学者（1995）的研究，新产品开发要获取成功，需要遵循以下原则：

（1）组织一个真正的跨部门团队。一个完全对项目负责的核心团队不仅仅是靠出席团队会议来维护自己部门的权利；团队成员将大量时间倾注在项目上（不只是一个每周五下午的项目）；团队对项目从始至终全面负责；团队经过授权，可以做决策；团队有易辨识的，强有力的项目领导，能够主持和驱动项目。

（2）不断探索产品优势。企业必须寻找真正的产品优势，也就是说提供更高的性价比，为消费者提供更高的价值、更好的利益、更高的产品质量。然而，这必须是顾客定义的产品质量。虽然技术优势是达到产品优势的大门，通向这扇大门的钥匙却掌握在消费者手中。

（3）每个阶段都融入顾客的声音。卓越的营销是每个新产品项目不可缺少的一部分。通过卓越的营销，企业可以使产品发布有力、定位精确。高质量地开展初期市场评估、详细的市场研究（例如，使用者需要和需求研究，概念测试和竞争分析）、产品的顾客测试（实地试验）和市场测试或试验销售是企业新产品开发成功的重要因素。

（4）充分的前期准备。好的准备工作意味着专业地执行前期准备工作，这些工作可以塑造、定义和保护项目。这些准备工作包括初期甄选、详细的市场研究和商业/财务分析。充分的前期准备带来的回报包括更高的成功比例和利润，也包括使项目开发时间缩短，至少不延长进入市场的时间。

（5）在开发阶段开始之前确定市场定位。这对缩短周期和商业上的成功都至关重要。成功的新产品开发项目普遍存在一致的目标市场定位、产品概念、顾客利益、定位战略和产品要求及特点。精确的定位确保准备工作充分完成，确保各个职能部门形成统一（营销、研发、制造看待项目一致，一样地致力于项目）。而且，提出了开发后阶段的目标，确保更快的开发。

6.5.4　加速产品的开发

快速的产品开发能够提供许多竞争优势，Meyer（1993）认为，加快产品开发速度能够增加市场份额，建立产业标准、提高对市场的反应能力以及占据分销渠道。由于缩短新产品开发周期的需要可减少重复程序和提高生产效率，进而增强赢利能力。除此之外，快速的产品开发能够为组织各层面的参与者提供积极反馈，从而激励整个公司的士气。当然，也会带来另外一些危险。

如何加速新产品的开发是企业所面临的现实问题，在这一方面可以采用的方法是多种多样的，即对于熟悉的市场和技术，可以采用压缩战略。该战略将产品开发视为一个可以预测的过程，组成这一过程的各个阶段是可以压缩的。通过细致安排这些阶段及其占用的时间，加速的目的就可以达到。而对于不确定的市场和技术，实验战略可以起到加速开发的作用。实验战略假定：产品开发的路径在不清晰和经常变动的市场和技术条件下是不确定的，加速产品开发的关键就在于迅速建立起依赖于直觉和弹性的决策机制，以尽快认识不确定的环境并对其变化作出反应。而开发的速度则直接来自于多重的设计方案、广泛的测试、经常性的总结以及一个能够将产品队伍集中在一起的强有力的领导者。

本章小结

在组织市场上，基于购买者的视角中，一个产品是多维的——集基本的、增值的和附加的性能于一身的混合体。领导企业的产品的成功可以归于一系列独特的核心竞争力的存在，核心竞争力为企业进入一组市场提供了可能性，对顾客从产品中得到的价值具有突出的贡献，而且难以被竞争对手所模仿。组织购买品供应商在市场营销中唯一的目标应当是：向市场提供比竞争者更高的可为市场所感知的产品质量和价值。成功的产品战略建立在对不同职能部门在向组织购买者提供价值时所处地位的认识之上，特别应当注重产品管理、销售以及服务部门活动的协调性。

组织购买品产品线可以分为专有产品或目录产品、按订货制造的产品、专门设计的产品和工业品服务四种类型。产品组合需要考虑广度、长度、深度和黏度四个因素，产品组合策略是根据企业生产与经营能力和市场环境作出的关于企业产品线、产品品目、规格及其生产比例方面的决策。在控制产品业绩和形成产品战略方面，供应商可以使用产品定位分析，通过识别一种产品在一个市场上的竞争地位，定位分析为决策者提供战略方面的参考。只有当产品的属性既是重要的又是特异的时候，这种属性才是决定性的。

飞快变化着的高科技市场对于产品战略制定者来说既是机会又是挑战，

技术采纳生命周期理论将顾客划分为五种类型：技术狂热者、幻想者、实用主义者、保守主义者和怀疑论者。技术采纳的生命周期则分为早期市场、断层、保龄球道、龙卷风、大街和周期的结束阶段，在不同的阶段对于产品战略的要求是不同的。

新产品的开发同样是一件高风险和高潜在收益的过程。有效的新产品开发要求对用户的需要和潜在技术可能性有着充分的认识，成功的企业应当能够熟练地实施新产品开发的整个过程，投入足够的资源，降低成本，并且提高质量。同样，战略方面的因素也对新产品的开发具有重要影响。快速的产品开发能够为企业带来巨大的竞争优势，加速开发过程的努力主要是必须在不同的产品开发场合采取不同的具体措施。

关键词

核心竞争力	Core Competencies
核心产品	Core Products
专有产品或目录产品	Proprietary or Catalog Products
按订货制造的产品	Custom-Built Products
专门设计的产品	Custom-Designed Products
工业品服务	Industrial Services
产品市场	Product Market
产品定位	Product Positioning
技术采纳生命周期	Technology Adoption Life Cycle

思考题

1. 区分专有产品、目录产品、按订货制造的产品、专门设计的产品和工业品服务，并解释在这些类别的产品之间，对于市场营销的要求存在着哪些区别？

2. 有一些组织购买品产品经理认为：他们的基本职能是推销企业的"能力"，而不仅仅是物质产品。你是否同意这一观点，试解释。

3. 请解释技术采纳生命周期及其含义。

4. 技术狂热者和实用主义者之间有何区别？营销战略的制定者在面对这两种类别的顾客时，所应采纳的战略指导原则有何不同？

5. 新产品开发有哪些步骤？企业在新产品开发过程中需要用哪些指标进行评价？

6. 在开发新产品方面，一些企业比另一些企业具有更为成功的记录，试回答决定企业新产品成功开发的因素有哪些？

7. 指导新产品开发基本原则有哪些？

8. 企业为什么要加速新产品开发？如何加速新产品开发？

9. 分组查寻有关微软公司的产品和市场地位的资料，讨论以下问题并在小组之间进行交流：

　　（1）微软公司的核心竞争力体现在哪些方面？

　　（2）在这些核心竞争力中，哪些因素是特别难于被竞争对手所模仿的？

　　（3）按照技术采纳生命周期理论，判断微软公司产品处于哪个阶段，相应地讨论公司在这一阶段所应采取的市场营销策略。

10. 找到中国的一家组织购买品供应商的例子，了解其基本情况，并考察以下问题：

　　（1）该厂商所理解的产品质量是哪一层次的概念？

　　（2）该公司在提高自己的产品对于其顾客的价值这一方面有何具体举措？

　　（3）根据得到的实际情况，给出自己的建议。

第 7 章
组织市场的服务管理

　　随着整个世界经济日益向服务经济的转变，服务在组织间营销中变得也越来越重要。很多企业发现产品差异化日益困难，便开始转向服务差异化，试图通过准时送货、及时有效地回答咨询、更快地解决顾客投诉等方式为顾客创造更多的价值，以此维系和发展与顾客的关系。这给企业带来的不仅是机遇，更是挑战。为了适应这种变化，制造企业正在努力为其组织类顾客提供更多更好的服务，并以此作为营销战略的核心来确保销售增长。众多的纯服务型企业更是应运而生，为组织机构提供各种个性化服务，涉及的领域从卫生清洁、物流管理到管理咨询无所不有。服务营销与传统的产品营销相比，更为注重保持与顾客的良好关系，强调从顾客价值出发。

本章将讨论以下内容：
- 组织市场服务概述
- 服务营销管理
- 服务营销组合工具
- 基于内部营销的服务人员管理
- 新服务开发
- 组织顾客服务的全球化

7.1　组织市场服务概述

7.1.1　服务的界定及其特点

　　服务（services）是指一方能够向另一方提供基本无形的功效或利益，并且不会导致任何所有权的产生。它的生产可能与某种有形产品密切联系在一起，也可能毫无联系。

　　产品营销与服务营销有着许多共同之处，但又有明显的不同。这是由产品与服务的不同特点所决定的。与产品相比，服务具有五大特点，分别是无形性、不可分割性、易逝性、多样性和所有权稳定性。

1. 无形性

　　有形、无形是区别产品与服务最基本的因素。纯粹的产品是高度有形的，而纯粹的服务是高度无形的。但人们日常能接触到的纯粹的产品或纯粹的服务并不多，绝大多数要么是附含服务的有形产品，要么是包含一定有形内容的服务。所以能区别它们的只是有形性（无形性）的高低。也就是说，在高度有形产品和高度无形服务之间存在着一个产品-服务连续谱（见图7-1）。依据在连续谱中的位置，可以对任一产品、服务加以区别。在图中越靠左有形性越高，越接近于纯产品；越靠右无形性越高，越接近于纯服务。但只要不属于纯粹的产品或纯粹的服务，就必然是有形与无形的混合体。

　　在图7-1所举的例子中，工业用润滑油属于有形程度很高的有形产品，但它也包含着一定的无形内容，如润滑的功效以及相应的运输送货等。同样，无形程度较高的管理咨询，最后也少不了书面报告这样的有形内容。

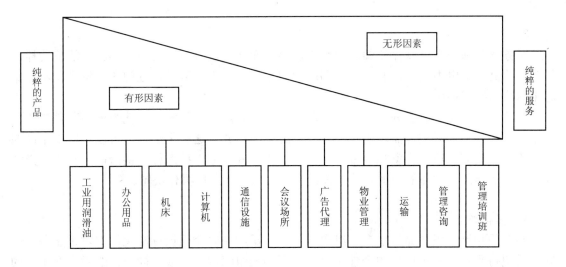

图 7-1　组织市场产品-服务连续谱

究竟属于产品，还是服务，归根结底要取决于顾客的需求。如果是以有形方面为主，就归入产品；若是以无形方面为主，则归入服务。例如，购买润滑油的顾客所需要的就是润滑油这种有形产品；而处于连续谱右端的管理培训班，无形方面就占了主导地位，因为顾客所需要的就是专项的教育和培训；会议场所之所以处于连续谱的中间位置，是因为顾客不仅需要有形的内容（如会议餐饮），还需要无形的内容（如环境设施优良、服务人员的优质服务、遇到问题能迅速得到帮助等）。

服务的无形性在组织间市场营销中显得尤为重要。组织市场中企业提供给顾客的一般都既包含产品，又包含服务。无形内容比例越大，传统的产品营销方法就越不适用，越需要进行服务营销。这样，营销人员首先就必须搞清楚顾客的需求究竟是什么，是属于有形内容还是属于无形内容，偏向于有形产品还是无形服务；然后就要考虑企业可以提供什么，这样企业才有可能了解自身行为的细微变化会对顾客产生什么影响，才能确保企业与顾客之间的关系最优。例如，企业为了帮助顾客减少库存、降低成本，决定将库存位置存放在中心仓库，改进运输方式确保隔夜就能将货物送交顾客。这时企业实际上向顾客提供了新的服务，在产品-服务连续谱上向右移动。顾客接受企业提供的服务，企业将得到减少库存、降低成本、同时更好满足生产需要的好处。那么企业就应当重新制定营销战略，突出对新提供的服务进行营销，吸引顾客。

2．不可分割性

服务一般在消费的同时生产出来，这种生产过程与消费过程不可分割的特性也是服务区别于产品的重要特征。以设备维修为例，维修人员维修设备的过程同时也就是顾客"消费"维修人员提供的维修服务的过程。服务的不可分割性对维修工、卡车司机、咨询人员之类的直接服务人员提出了更高的要求。生产流水线上的差错，可以很快得到纠正，次品不至于流向市场。服务却必须在消费的同时生产出来，任何差错都会直接暴露在顾客面前，所以服务营销成功与否很大程度上取决于直接服务人员与顾客的关系如何。所以，直接服务人员的招聘、选拔、培训和激励监督对企业来说非常关键。

3．易逝性

服务几乎都是不可以存储的，如果提供出来而同时没有被消费掉，那就只能浪费掉。最典型的例子是电力供应，非高峰时期的使用量总是小于供应量，过剩的容量是无法存储起来留待高峰期再用的。

服务不可存储，而服务的需求量波动又常常很大，难以预测。这就给服务营销提出了一个问题：如何针对顾客需求确定企业的供给能力，并让这种供给能力可以对应于不同的需求水平？提高供给能力意味着成本的增加，所以究竟应保持怎样的供给能力水平，必须在对成本的增加和收益的增加及其他长期利益加以权衡之后再作决定。

4．多样性

与产品相比，服务品目繁多。组织顾客在购买产品时会强调标准化，但对于服务，顾客却希望得到更丰富多样化的个性化服务。不同的组织顾客，或者同一组织顾客在不同的情况下都会对服务有不同的要求。服务具有多样性，主要就是因为服务市场的差异化程度远比产品市场高得多。其次，服务具有多样性还因为每一次具体的服务当中服务人员、设备都不可能完全相同。一般地说，某项服务涉及的服务人员越多，要想做到标准化就越困难。对于这种劳动密集型的服务，只有所有服务人员都完成了他们的工作，即服务被完整提供出来，顾客才能对服务的整体质量进行评价。要提高服务质量，就应该尽量减少服务中的环节，努力加强服务质量控制，减少人为的错误，提高服务的自动化程度。

5．所有权稳定性

产品交易中，顾客购买产品，所有权就从生产者转移到消费者。服务的交易则不同，所有权是不发生转移的，始终为服务提供者所有。顾客购买服务，实际上只获得了服务的使用权。因为要获得服务的所有权，就必须增加相应的人员和资本开支，这往往是很不经济的。而购买服务的使用权，只须支付使用费即可。

7.1.2　服务消费者的特点

服务消费者的行为与有形产品的消费者相比具有七个特点，如图 7-2 所示。

1．消费认知的风险性

服务消费者在消费认知方面的风险比有形产品消费者大，主要是因为服务产品是无形的，消费者在购买前很难判断服务产品的功能和质量。而且，服务产品具有易变性，不稳定性。企业可以通过以下途径减少顾客对服务产品的认知风险：

（1）向顾客提供更多、更真实的服务信息；

（2）增强服务质量的稳定性和可靠性；

（3）向顾客提出服务承诺，减少服务消费者承担认知风险的压力。

2．信息来源的人际性

服务消费者主要通过人际交流获取服务信息，而不看重大众媒体上的广告。因为无形性使得服务产品较难做广告，或者说，较难用媒体广告来有效地传递服务信息。企业可以通过以下途径增加消费者的信息来源：

（1）重视和利用现有顾客的口碑；

（2）重视服务过程的人际沟通，包括服务人员与顾客和顾客与顾客之间的沟通。

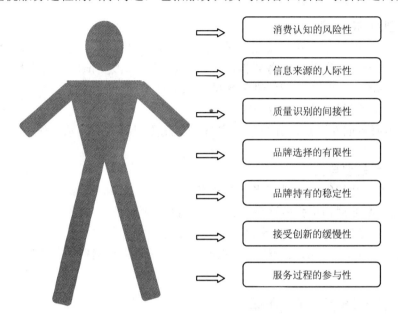

图 7-2　服务消费者行为的特点

3．质量识别的间接性

服务产品的无形性使得服务消费者往往只能根据服务价格、服务设施和环境等有形的东西来间接地判断服务质量。在服务消费者看来，较高的服务收费、较好的服务实施和环境，就意味着有较高的服务质量和水平。企业可以通过以下途径增强消费者对质量识别能力：

（1）利用价格来传递服务质量信息和保持价格的稳定；

（2）利用服务设施来传递服务质量信息和保持服务设施的完整；

（3）利用服务环境来传递服务质量信息和保持服务环境。

4．品牌持有的稳定性

消费者对服务品牌一般有较高的忠诚度，不会轻易在服务品牌上"弃旧图新"。这是因为：

①"弃旧图新"意味着消费者对新品牌进行认知，而消费者一般不愿意轻易冒险；

② 服务的长久性会使服务消费者对旧品牌产生了感情。

企业保持和进一步提高顾客品牌忠诚度的途径是开展关系营销，保持和不断加强与现有顾客的关系，以对顾客的忠诚换取顾客对品牌的忠诚。

5．品牌选择的有限性

服务的无形性使得消费者难以比较不同品牌的服务，因而消费者对服务品牌挑选的程度比对商品品牌低。服务营销增强品牌挑选性的途径是建立服务特色。

6．接受创新的缓慢性

消费者接受一项服务创新比接受一项实物产品的创新要慢。接受服务创新的缓慢性是因为服务的不可分性使得新的服务要推广，消费者需立即改变旧的习惯来配合，而这种习惯一般不会立刻改变。服务营销促进创新推广的途径是：

（1）重视服务创新中顾客的配合问题；

（2）采用服务创新试点，并吸收顾客参与，发挥创新试点的示范作用。

7．服务过程的参与性

服务的不可分性使得服务消费者参与服务的生产过程，因此服务消费者对服务质量会有一种责任感。服务营销增强顾客参与性和责任感的途径是：

（1）视服务机构对顾客的开放和鼓励顾客参与服务的积极性；

（2）加强服务生产者的责任感，以生产者的责任感带动消费者的责任感。

7.1.3　组织市场服务的分类

按照服务对象不同，服务可以分为组织市场服务和消费者服务。组织市场服务是指在组织市场中，企业向组织类顾客所提供的各种服务。本书中提到的服务，一般是指组织市场服务。

组织市场服务在制造业份额趋于萎缩的地区发展尤为迅速。这主要得益于三个方面的原因：

（1）虽然制造业的就业人数不断减少，但总产出实际仍然是在增加的。制造业的这种增长刺激了运输、广告、信息咨询等服务产业的相应增长，为组织顾客服务迅猛发展提供了坚实的基础。

（2）制造企业持续增加外购服务的比例，尤其是购买那些超出企业核心能力的服务项目。例如，很多企业不再开办食堂而转为员工订购快餐，租用公共仓库进行仓储，委托银行代理职工工资，委托信息公司开发企业所需的信息系统，这些都属于外购服务。

（3）新兴的服务项目对于刺激服务需求的增长具有重要意义。不少服务项目是多年前想都想不到的，而今对于这些服务项目的需求却非常旺盛。例如，清洁服务，废物处理、咨询策划等。

在组织市场中，设备制造企业与纯服务企业提供的服务往往有显著的区别。由此又可以将组织顾客服务分为两大类：产品服务和纯服务。

1．产品支持服务

产品支持服务（product support services）是指对应于有形产品所提供的支持性的服

务。但这并不等于说产品服务仅仅是从属于有形产品的附属物。从顾客而言，总顾客价值是由产品价值和服务价值共同组成的。对于组织顾客来说，产品的相关服务更是与有形产品本身同等重要。设备的维护与修理，复杂设备的技术指导，硬、软件应用人员的技术培训，产品的运输与分销，零配件供应等相关服务，对使用产品的顾客来说都是不可或缺的。

产品服务对于设备制造企业意义非常重大，特别是在发达国家的许多企业中，产品服务务已占到了企业全部业务中的相当大的份额。例如，美国奥的斯电梯已经有 65%的年收入来自于服务和维护业务。在工业流通企业中，服务也已成为其核心业务的重要组成部分，每年有高达 25%的收入来自于其所提供的增值服务。

B to B 营销视窗 7-1 中的卡特比勒公司所提供的服务即为产品支持服务。

B to B 营销视窗 7-1	卡特比勒的新经济生活

卡特比勒创建于 1925 年，在至今 86 年的岁月里一直埋头于工程机械行业，并成为了全球工程机械业的领军人物。然而在 2000 年，新世纪开始之年，这个一直稳重、踏实、完备传统产业特色的公司，一夜之间染上了浓重的新经济色彩：重整业务流程，价值链从顾客开始，进而提出为用户提供完整解决方案的概念（这一切至少目前仍局限于业务和管理都比较前卫的 IT 业内），被大名鼎鼎的《计算机世界》杂志评为全球 100 家 IT 人士最愿意工作的公司之一等。对于一个无论如何也应划归传统机械制造业的公司来讲，这一切都具有异类特征。

卡特比勒每年的 R&D 投入占销售收入的 3%～5%（2000 年销售收入 208.1 亿美元，R&D 投入达到 6.49 亿美元）。这些数字对于制药、生物技术和 IT 等高新产业来说不足为奇，但是传统机械制造业技术基本成熟，按一般情况来说，对 R&D 的需求已不很强烈。但卡特比勒一直试图通过有效地应用计算机、电子控制和传感器等信息技术改进产品，为顾客减低成本。

21 世纪属于买方，能够在这个世纪生存下去的组织将会是那些能够运用信息时代的力量准确地了解并满足客户需求的组织 。在卡特比勒的新经济生活不仅在产品技术上展开，更体现在力图提供一种全新的服务方式和理念。例如，卡特比勒研制了一种复杂的传感装置，能监测机器的性能并向经销商不断反馈信息甚至还可以反馈到工厂用来预测并解决出现的问题。这种装置能使一台发动机或机器通知经销商某个关键部件或系统是否可能出现问题，使技术人员甚至可以在客户发现问题之前赶到现场。这完全是一种超越现有服务方式和理念的创新，能够尽可能减少停机时间，为顾客减少损失提高效率，从一个全新角度提高了企业在买方市场压力下的竞争力。

2. 纯服务

纯服务（pure services）完全独立于有形产品，二者之间不存在任何必然联系。组织顾客服务中属于纯服务的有很多，包括保险、咨询、银行业、设备维护、运输、市场调研、信息技术处理、职业中介、保安服务等。全世界很多企业都在大量外购各项服务功能，组织市场上也相应出现了种类繁多的服务项目。

纯服务的迅速发展有以下原因：

（1）企业组织日益复杂以及劳动的分工和专业化，使得企业对个性化服务的依赖日益增加。

（2）技术的专业化，也迫使企业更离不开外部的个性化服务。尤其是在数据采集、信息传输等领域，企业无论是在采购过程中还是日常使用维护当中都需要大量的技术指导。

（3）通过运用外部的服务，组织可以保持灵活性，避免过于庞大的固定资产投资。

（4）企业缺乏自行提供某项服务功能的资源，或是开发该项服务耗时过长，企业不能够或不愿意自行开发，而更倾向于运用外部提供的服务。

7.2　服务营销管理

服务营销管理，是以消除服务质量差距为总目标的管理体系，是按照服务质量差距模型而进行的管理。本节主要从服务质量及其特点、服务质量差距模型、服务质量管理三个方面来探讨服务营销管理体系。

7.2.1　服务质量

著名的芬兰服务营销学家**格劳鲁斯**（Gronroos）教授认为，服务质量（service quality）包括三个方面：**技术质量、功能质量**和**企业形象**。对于顾客来说，服务质量是作为整体出现的，无须区分；但对于企业来说，要搞好服务质量管理，就应将这三方面区别开来加以分析。

三者当中企业形象是最难以把握和控制的，但又至关重要。良好的企业形象有时甚至可以弥补其他方面的缺陷。技术质量和功能质量则相对比较容易控制。技术质量与功能质量的区别在于着眼点不同。技术质量是用来衡量服务本身的，描述顾客所接受的是怎样的服务，它的优劣取决于提供服务所需的技术设备、工艺流程。而功能质量的评估是主观的，很大程度上取决于顾客的感觉，所以就难以找到一个标准化、系统化的衡量方法。顾客的观念、态度不同，对功能质量的感觉就会不同。

从一般意义上来看，由于服务产品的特性，与有形产品相比，服务质量具有主观性、过程性和整体性等特征（见图7-3）。

1. 服务质量的主观性

服务质量有较强的主观性。顾客对服务质量的评价，更多地凭主观期望、感受来判断。服务质量的高低，更多地受这些主观因素的影响。对相同的服务，期望值高的顾客可能评价比较低，期望值不高的顾客评价反倒可能比较高。服务质量的这一特点，与服务的无形性、不可分性有关。由于无形性，服务质量缺乏有形的（实物的）客观的评价标准，因而主观标准往往成了主要的标准。由于不可分性，服务质量的形成必须有顾客的参与、经历和认可，因而也受顾客主观因素的影响。

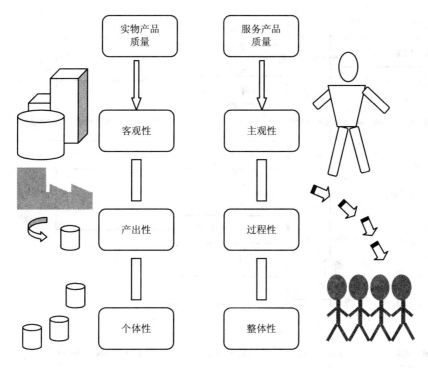

图 7-3 服务质量与有形产品质量的比较

2．服务质量的过程性

实物产品的质量，主要是产出质量。它的生产及其质量形成过程，顾客一般是看不到的。而服务质量是一种过程质量。由于服务的不可分性，服务的生产及其质量形成过程，顾客一般是参与的和可感知的，因而服务质量主要是过程的质量。

3．服务质量的整体性

服务质量是一种整体的质量。服务质量的形成，需要服务机构全体人员的参与和协调。不仅一线的服务生产、销售和辅助人员关系到服务质量，而且二线的营销策划人员、后勤人员对一线人员的支持也关系到服务质量，因此服务质量是服务机构整体的质量。

7.2.2 服务质量差距模型

服务质量差距模型（the gaps model of service quality）如图 7-4 所示。根据服务质量差距模型，顾客对服务的满意度取决于顾客实际感知到的服务质量与其期望的质量之间的差距。顾客期望高，而实际上感知的服务质量低于期望，那么顾客不会满意。相反，顾客期望不高，而实际上感知的服务质量超过期望，那么顾客会满意。服务营销管理总的目标就是消除服务质量差距，从而让顾客满意。

根据图 7-4 所示的服务质量差距模型可知，服务质量差距来自服务营销管理各个环节的质量差距，是各个环节质量差距之和（见图 7-5）。

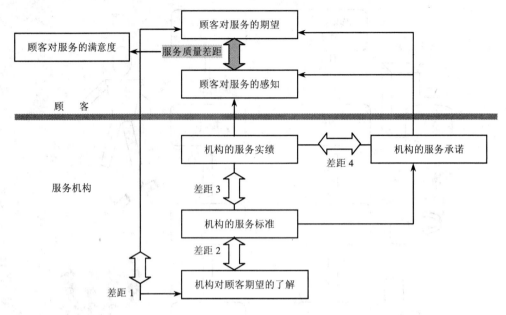

图 7-4 服务质量差距模型

资料来源：A.Parasuraman,et al.,A Conceptual Model of Service Quality and Its Implications for Future Research.Journal of Marketing, 1985,49(3):44-50.

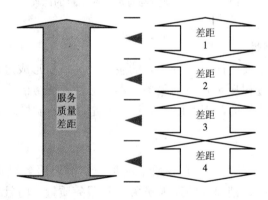

图 7-5 服务质量差距之间的关系

服务质量差距=质量差距 1+质量差距 2+质量差距 3+质量差距 4

式中：

服务质量差距=顾客对服务的期望与顾客对服务的感知之间的差距

质量差距 1=服务机构所了解的顾客期望与实际的顾客期望之间的差距

质量差距 2=服务机构制定的服务标准与所了解的顾客期望之间的差距

质量差距 3=服务机构的服务实绩与制定的服务标准之间的差距

质量差距 4=服务机构对顾客的承诺与服务实绩之间的差距

7.2.3 服务营销管理

根据服务质量差距模型，服务营销管理要使顾客满意，就要缩小服务质量差距，而要缩小服务质量差距，就要缩小质量差距 1、质量差距 2、质量差距 3 和质量差距 4，具体如下：

（1）要准确地了解顾客实际的期望；

（2）要使制定的服务标准体现顾客的期望；

（3）要使服务实绩达到服务标准；

（4）要使服务承诺（包括沟通、定价所隐含的承诺）符合服务实绩。

这就是服务营销管理的四项子目标。

综上所述，服务营销管理的总目标和子目标如图 7-6 所示。

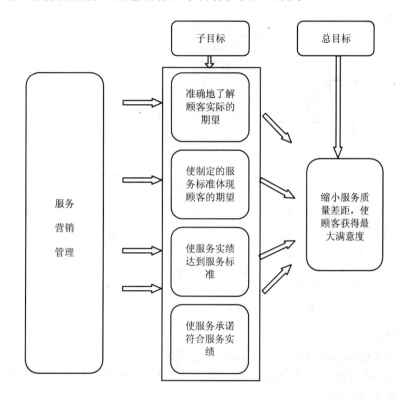

图 7-6　服务营销管理的目标体系

具体地说，企业要从以下几个方面缩小服务质量差距，保持服务质量的稳定。通过服务增加顾客价值，使顾客获得最大满意度，并进而对企业的长期财务绩效产生积极的影响。

1．管理服务质量差距 1

服务质量差距 1，是指服务机构所了解的顾客期望与实际的顾客期望之间的差距。它的存在主要因为服务机构没有充分地了解和低估了顾客对服务的期望。而影响服务机构对顾客（期望）了解的因素主要是：市场调研，市场细分，顾客关系，管理层沟通，如图 7-7 所示。

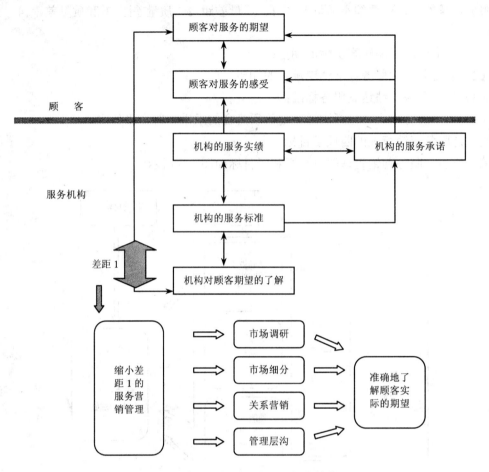

图 7-7　缩小服务质量差距 1 的营销管理

1）市场调研

服务机构不了解顾客的期望，首先因为市场调研做得不够。具体是：

（1）市场调研做得不全面、不深入。例如，抽样调查的样本太小，所得结果缺乏代表性，难以代表大多数顾客的期望。

（2）没有重点调研有关服务质量的反馈信息。例如，服务机构可能不敢或不愿意面对顾客对服务质量的投诉，从而难以获得有价值的服务质量反馈信息。

（3）调研方法不合适。例如，服务机构可能偏重正式的问卷调查，忽视非正式的顾客访谈，而像顾客期望和顾客感知这样的心理特征，可能采用非正式的访谈能更真实地加以了解。

2）市场细分

服务机构不了解顾客的期望，还因为没有进行市场细分。事实上，不同地区、不同年龄、不同收入、不同职业、不同教育程度、不同文化背景、不同消费心理和不同消费行为的顾客群对同一种服务的期望是有差异的。不通过市场细分去了解这些差异，就难以深入地了解顾客的期望。

3）关系营销

没有开展关系营销，也是服务机构不了解顾客期望的原因。一是侧重交易而轻视顾客关系，即只注意顾客口袋里的钱，而不关心顾客心里的期望。二是侧重新顾客而轻视老顾客。事实上，了解新顾客（期望）的难度远大于了解老顾客。

4）管理层沟通

服务机构不了解顾客的期望，还因为管理层的沟通发生较大的障碍。一是服务机构管理层很少接触顾客，因而不了解顾客及其期望；二是服务机构管理层与一线服务人员之间缺乏沟通，因此，虽然一线人员直接接触顾客，但来自一线的信息却很难上传到管理层。服务机构的管理层次太多，是影响机构高层领导与一线人员之间沟通的一个主要因素。由于管理层是服务机构整个服务理念、服务标准的设计者和服务实绩的控制者，管理层对顾客期望的不了解是造成服务实绩（或顾客感知）与顾客期望之间差距的一个致命的因素。

根据以上的分析，服务机构缩小服务质量差距1的营销管理应当包括下列内容：

（1）市场调研。服务机构通过市场调研全面而深刻地了解顾客对服务（质量）的期望。

（2）市场细分。服务机构通过市场细分有区别和有重点地了解顾客的期望。

（3）关系营销。服务机构通过关系营销不断增进对顾客及其期望的了解。

（4）管理层沟通。服务机构通过内部营销改善管理层与顾客之间、管理层与一线人员之间的信息沟通。

2．管理服务质量差距2

服务质量差距2，是指服务机构制定的服务标准与所了解的顾客期望之间的差距。在服务机构正确了解顾客期望的条件下，服务质量差距2的存在，主要是因为服务机构制定的服务标准不能准确地反映所了解的顾客期望。如图7-8所示，影响服务标准制定的因素主要是服务标准的导向，服务领导，服务设计和定位。

1）服务标准的导向

服务机构的服务标准不能反映顾客期望的第一个原因与服务标准的导向有关。服务机构在制定服务标准时，不是从顾客的需要出发，而是从服务生产或运营的需要出发。这样制定的服务标准是生产或运营导向的，而不是顾客导向的。生产或运营导向的服务标准可能有助于提高服务生产率，但可能有损顾客的利益。例如，有的资金短缺的服务公司会降低某些服务标准以节约成本（满足运营上的需要），而这些服务标准的降低对顾客是不利的。

2）服务领导

服务机构的服务标准不能反映顾客期望的第二个原因与服务领导有关。一些服务机构的领导"重财务，轻服务"，缺乏顾客导向的服务理念，不重视顾客及其期望，不重视按照顾客的期望来制定服务标准，不按照顾客的期望来考核机构的服务实绩。

3）服务设计和定位

服务机构的服务标准不能反映顾客期望的第三个原因与服务设计和定位有关。服务的无形性使得服务产品的设计和定位只能用语言来表述。但语言不一定能准确表达顾客的期望，主要是由于以下几个方面的原因：①语言表述过于简单，而服务过程以及顾客对服务的要求是复杂的；②语言表述不完整，遗漏服务过程的某些环节或某些方面；③是语言表述带有主观色彩，服务设计者的主观经验不一定适用；④语言的模糊性，如对服务标准的用语"快速"、"灵活"等，很难有相同的理解。

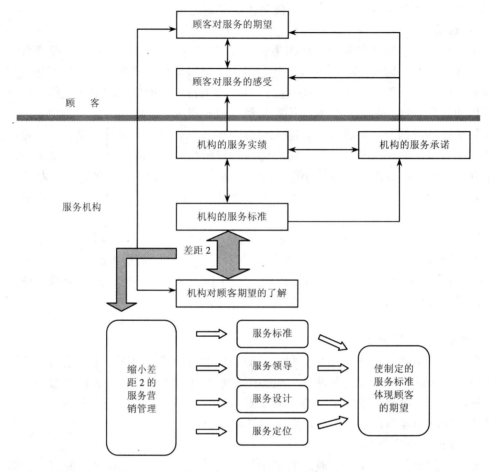

图 7-8　缩小服务质量差距 2 的营销管理

　　根据以上的分析，缩小服务质量差距 2 的营销管理应当包括下列内容：

　　（1）服务标准导向的确定。服务机构通过服务标准导向的确定，围绕顾客的期望或需要来制定服务标准。

　　（2）加强服务领导。服务领导树立和贯彻顾客导向的服务理念，并以此指导服务标准的制定。

　　（3）服务设计和定位。服务机构通过服务设计和定位，用准确的服务语言表达顾客对服务的期望和机构的服务理念。

3. 管理服务质量差距 3

　　服务质量差距 3，是指服务机构的服务实绩与制定的服务标准之间的差距。在服务机构制定的服务标准准确地反映顾客期望的条件下，服务质量差距 3 主要来自服务标准的执行。如图 7-9 所示，影响服务标准执行的因素主要是服务人员，参与服务过程的顾客，代理服务的中间商，服务的供求关系。

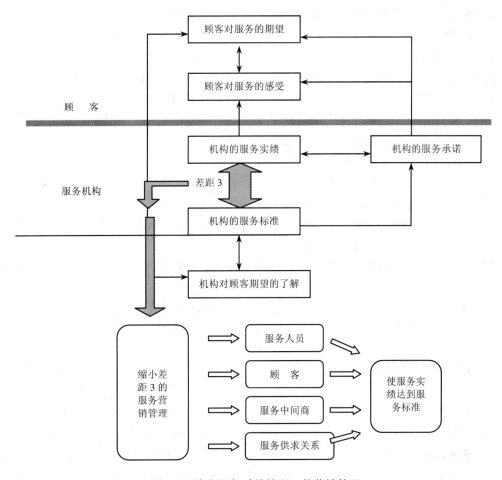

图 7-9　缩小服务质量差距 3 的营销管理

1）服务人员

服务标准没有很好执行的第一个原因与服务人员有关，主要表现为：①服务人员的招聘不当。从生产的观点而不是从营销的观点招聘服务人员，这样的人员可能难以理解服务标准中的营销理念和顾客的要求或期望，因此难以有效地执行顾客导向的服务标准；②服务人员在服务过程中没有很好地进入角色。服务人员在服务过程中常常受到自我角色的干扰，因此难以很好地扮演服务标准规定的角色；③服务人员的技巧水平达不到服务标准的要求；④服务人员的考评和报酬体系有缺陷；⑤管理上对服务人员授权不够。服务人员缺乏灵活处置问题的权力，影响了服务标准以外的顾客要求的满足。

2）参与服务过程的顾客

服务标准没有很好执行的第二个原因与顾客有关，主要表现为：①参与服务过程的顾客缺乏角色感和责任感。顾客在服务过程中不予配合，影响了服务标准的执行。②顾客之间的相互关系（如争吵、拥挤）也会影响服务标准的执行。

3）服务渠道

服务标准没有很好执行的第三个原因与代理服务的中间商或渠道有关。中间商在服务代理中没有很好地按合同执行委托服务商的服务标准，而且服务商对中间商缺乏控制，这就使得顾客在中间商那里感知到的服务质量不如在服务商那里。

4）服务供求矛盾

服务标准没有很好执行的第四个原因与服务供求的不平衡有关。服务的不可存储性意味着服务机构无法用库存来调节服务市场的供求矛盾。因此，服务市场常常处于供求不平衡的情况下。在供大于求的时候，服务被"浪费"，服务生产能力被闲置，谈不上服务标准的执行。在供小于求的时候，服务生产能力不足，服务又被超负荷使用。为了扩大服务生产能力，容易忽视服务质量，容易降低服务标准。

根据以上的分析，服务机构为缩小服务质量差距3的营销管理应当包括下列内容：

（1）服务人员的管理。服务机构通过对服务人员的管理，包括服务人员的招聘、培训、岗位设计、激励和考核等，增强服务人员执行服务标准的自觉性，积极性。

（2）顾客的管理。服务机构通过对顾客的管理增强顾客的参与感、角色感和责任感，减少顾客对服务标准执行的干扰。

（3）服务渠道的管理。服务机构通过对服务中间商的管理，控制服务代理中服务标准的执行。

（4）服务供求的调节。服务机构通过对服务供求的调节，包括对需求的刺激和对供给的调整，平衡服务供求之间的矛盾，在供求比较均衡的条件下保证服务标准的执行。

4. 管理服务质量差距 4

服务质量差距 4，是指服务机构对顾客的承诺与服务实绩之间的差距。在服务标准执行良好的条件下，服务质量差距 4 主要来自服务机构对顾客的承诺。服务承诺是影响顾客对服务期望的一个主要因素。服务承诺一般能提升顾客对服务的期望，如果服务机构对顾客的服务承诺超过自己的服务实绩，或者说，如果服务实绩没有服务承诺的那么好，就意味着顾客对服务的实际感知低于对服务的期望。这就造成服务质量的差距。与服务承诺有关的因素主要是：服务沟通，服务定价，服务的有形提示，如图 7-10 所示。

1）管理服务沟通

夸张或吹嘘过高的广告，可能向顾客明示或暗示某些不实的服务承诺，从而致使顾客期望的提升，而一旦在实际的服务中无法兑现这些服务承诺，或顾客无法感知到广告里所承诺的服务质量，就会使顾客失望。营销沟通中不实的和过分的承诺，往往源自服务机构营销部门与运营（或生产）部门之间的不沟通。由于不沟通，营销部门不了解生产部门实际的服务水平，为了吸引顾客，过高地宣扬和承诺生产部门的服务水平，其结果必然导致差距4。

2）管理服务价格

服务定价对服务质量有一种间接的承诺作用。如前所述，服务产品的无形性使得顾客往往根据服务定价来间接地判断服务质量。在顾客看来，较高的服务定价意味着或"承诺"着较高的服务质量和水平。因此，较高的服务定价会提升顾客对服务的期望。如果服务机构的服务定价与其服务实绩（实际的质量）不符，或超过其服务实绩，那么很容易使顾客实际感知到的服务质量低于服务定价所"承诺"的服务质量。

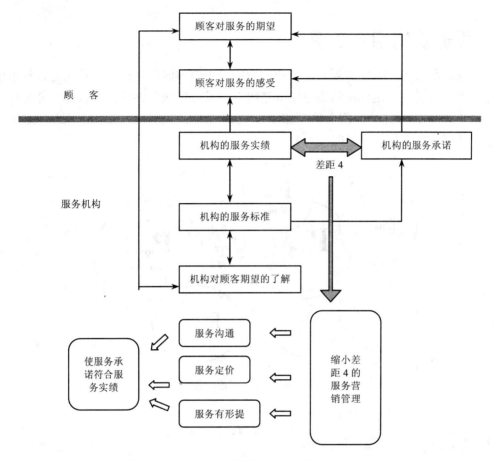

图 7-10　缩小服务质量差距 4 的服务营销管理

3）服务的有形提示

过分的服务承诺还出自服务环境、实施、工具、用品等服务的有形提示。服务的有形提示也对服务质量有一种间接的承诺作用。如前所述，服务产品的无形性使得顾客也往往根据服务环境、实施、工具、用品等服务的有形提示来间接地判断服务质量。在顾客看来，优良的服务环境、实施、工具、用品，提示着或"承诺"着较高的服务质量和水平。因此，优良的服务环境、实施、工具、用品会提升顾客对服务的期望。如果服务机构的服务实绩（实际的服务质量）与其优良的服务环境等不相称，那么也容易使顾客失望。

根据以上的分析，服务机构为缩小服务质量差距 4 的营销管理应当包括下列内容：

（1）服务沟通的管理，服务机构通过对广告、人员推销和公共宣传等沟通的管理，增强服务沟通的真实性和沟通中所含服务承诺的可兑现性。

（2）服务定价的管理，服务机构通过对服务定价的管理，增强服务定价反映服务质量或衡量服务价值的准确性。

（3）服务有形提示的管理，服务机构通过对服务环境、实施、工具和用品的管理，增强这些有形物提示服务质量的准确性。

7.3　服务营销组合工具

　　要有效满足顾客对服务的需求，企业须制定一个整体的营销战略。首先是进行市场细分，选择目标市场以及定位；然后通过营销组合工具体现服务供应商在目标细分市场上的定位，由于服务的特殊性，服务营销组合工具为 7P's：服务（产品）、渠道、定价、沟通、人、过程、有形提示（见图 7-11）。

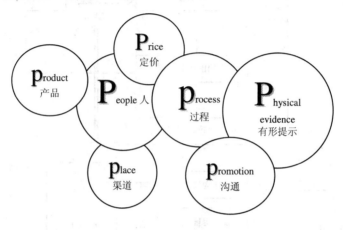

图 7-11　服务营销组合

7.3.1　服务

　　服务营销中营销的对象是作为整体的服务"产品"，我们将其称为"服务集合"。服务集合是一个系统化的概念，包括服务的本质、服务涉及的范围以及质量水平，还包括与服务相关的如服务人员、有形产品和服务提供的过程。图 7-12 是一种将服务产品概念逐步细化的方法，将对服务集合的分析分为顾客利益观念、服务观念、服务内容、服务交付系统四步。

1. 顾客利益观念

　　顾客只会购买对自己有益的服务，所以无论是开发新服务还是评估现有服务，第一步都必须是界定**顾客利益**（customer-benefit concept），即顾客从该服务中得到的核心利益。顾客利益观念要求营销人员将注意力放在**功能性、有效性**和**心理作用**上。这三大特性是服务所必须具备的，从质量控制的角度来看，应当始终受到严格的监控。例如，当一位区域销售经理在选择某地一家宾馆举行销售工作会议时，他所期望得到的核心利益是"会议取得成功"，那么宾馆就应尽力提供确保会议成功召开所需的各项服务。这样的服务会包含许多要素：会场的大小、布局、环境和音响效果；工作餐或工作宴会的质量，舒适安静的卧房；试听设施；服务人员高度负责；等等。

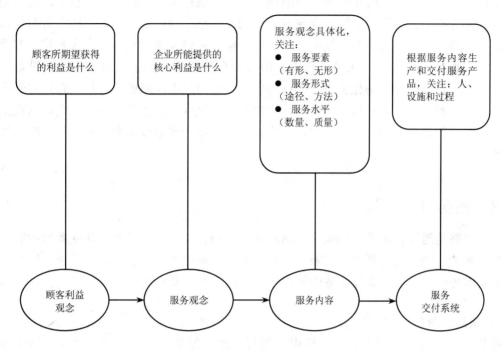

图 7-12　服务集合分析

2．服务观念

顾客利益界定清楚之后，就应该考虑：在卖给顾客的产品和服务中，究竟提供给顾客什么样的核心利益。**服务观念**是将顾客利益观念具体化，把顾客利益转化成企业所应提供的服务效果。仍依上例来说，服务观念告诉宾馆应努力提供给顾客怎样的服务效果，即宾馆应努力提高自身的责任心和灵活性，做到会场安排周到全面，视听设施齐备，就餐时间灵活等。

3．服务内容

具备服务观念之后，就要具体实施。这里先做更为细致的分析：服务应是何时、何地提供给谁，应当如何实施，这些就属于**服务内容**。首先要确定服务所涉及的有形要素和无形要素，例如宾馆的视听设备、餐饮等就属于有形因素，而热情的接待、迅速解决客人的实际困难等则属于无形要素。在此基础上，再对服务方式和服务水平进行规划。其中，服务水平应由数量、质量两方面的标准来衡量。

4．服务交付系统

服务交付系统（service delivery system）所关注的是如何将服务交付给顾客。服务交付系统包括三方面，即具备适当的能力，态度良好的服务人员、布局合理的服务设备以及一整套完善的服务程序。

对于有形产品，生产和营销一般是相互分离、不同性质的活动。而对于服务，二者却几乎是浑然一体的。服务的生产和交付给顾客是同时进行的，这就突出了员工，尤其是一线服务人员在整个服务营销中的重要地位。他们的一举一动，都会影响到顾客对服务质量的判断。所以，在组织间市场营销中，对于服务集合的设计必须充分考虑人和物两方面的因素。除了服务人员之外，服务过程中还涉及众多的物质性要素，包括场所、设备、工具、文件等，也可称之为**物化支持**（physical evidence）。工作制服、商标、合同文件或质量保证书、企业标准色等都属于物化支持的内容。物化支持是相当重要的，它可以在服务实施的过程中营造出有利的环境氛围，顾客对服务的第一印象就来自于他（们）对于物化支持的印象。

7.3.2　服务分销渠道

产品最终是通过直销或分销渠道到达顾客手中的。那么服务是怎样送交顾客的呢？或者说怎样才能让顾客更方便地获得服务呢？首先可以通过直销，包括两种途径，可以是由顾客来找服务商，也可以通过服务中间商和特许经营方式来实现。

1. 服务中间商

服务中间商存在于诸多服务领域中，包括金融、保险、房产中介、仓储、运输等行业。例如，在货运业中，代理商、经纪人、转运公司就是比较典型的中间商。

2. 特许经营

特许经营是近来发展非常迅速的服务分销方式，例如汽车租赁、设备维护、车辆维修等都属于能实施特许经营的行业。实施特许经营的优势是在迅速扩展市场份额的同时，达到风险最小化。

7.3.3　服务定价

服务和产品的定价许多方面是相似的。但由于服务本身的诸多特点，服务定价中又存在着许多特有的挑战和机会。

1. 需求/能力管理

服务是易逝的，而服务的需求又是极不稳定、难于预测的。这一对矛盾要求企业确定一个合理的服务能力水平，即或者能满足高峰期的需求，或者能满足一般情况下的需求，或者处于两者之间。此时定价政策的作用就是调节需求的时间分布，使之与企业供给能力相一致。企业可以制定非高峰时期的定价政策，如给予适当的价格优惠；在高峰时期则相反，以抑制需求。

定价政策的调节作用是有前提的，那就是需求必须存在一定的价格弹性。需求的价格弹性越大，则定价政策在需求/能力管理中越容易奏效。但有研究表明，现在许多企业，尤其是服务企业，一般不会通过降价来扩大业务。

2．一揽子定价

许多企业在提供核心服务的同时还提供许多其他的相关服务。对这些服务的定价就有许多方式，可以是单独定价、整体定价，或是捆绑式定价。捆绑式定价就是将两种以上的服务作为一个集合（一揽子服务），给予一个特别优惠的价格。这样定价之所以可行，是因为服务企业的固定成本通常比流动成本的比率高，而一项固定成本又往往可以为多项服务业务所分担。也就是说为顾客提供额外服务的边际成本一般很低。

一揽子服务（service bundling）包含两种类型：纯一揽子服务和混合一揽子服务。纯一揽子服务是指相关服务只能以一揽子服务的形式出现，所含各种服务是不能单独提供的。混合一揽子服务则是既可以作为一揽子服务销售，又可以分别提供给顾客。例如，上海电信为安装 ISDN 的用户提供"套餐"，就属这一类。

一揽子战略可以应用在推进新业务中。通过不同的一揽子销售方式，企业可以将新开发的服务业务推销给新顾客或现有服务业务的顾客，这种方式称为**交叉销售**（cross-selling）。保险公司常会向现有的顾客优惠提供一些新险种，就属于交叉销售。无论何种类型的一揽子战略，都必须注意两点，即一揽子服务中包括哪几种服务及对一揽子服务怎样定价。

7.3.4　沟通策略与服务促销

有效的沟通策略对于企业来说非常重要。完整的沟通策略包括两方面的内容：内部沟通和外部沟通。沟通策略的成功与否很大程度上决定着服务促销能否成功。

1．内部沟通

对于大多数的服务企业，人是最主要的资源。员工只有更好地工作，才能让顾客对企业提供的服务感到满意，这就要求企业内要进行有效的内部沟通。内部沟通的主要目的是使员工对企业使命和顾客利益观念认同，更清楚地了解服务的整个过程和他自己在这个过程中的位置和作用，激励他们更好地去工作。有些广告中会出现企业员工的形象，这就是一种内部沟通。这不仅能够增强员工对企业的认同感，更使他们清楚地意识到企业对自己态度的肯定和期望。当员工对所从事的服务和自身的职责有了清楚的认识，在服务的过程中就会在言语行动中自然而然地将这种信息传递给顾客，从而提升顾客的满意度。

2．外部沟通

前面已经提到由于对服务质量及价值的评估困难，顾客在购买服务时的风险远大于购买产品时的风险，故而他们就容易受那些购买或使用过该项服务的人的影响。就是说现有顾客对服务作出的评价将会深深的影响潜在顾客，这就是所谓**口碑广告**（word-of-mouth）。

所以为了扩大企业的顾客群，企业可以做以下几件事：

● 鼓励满意的顾客向别人介绍他们的经验；

- 设计一些宣传品方便顾客推荐给其他人；
- 加大对行业影响力较大的顾客的重视；
- 促进潜在顾客与现有顾客的交流。

7.3.5　人

服务营销组合中的人，是指服务人员和顾客。由于服务具有不可分性，服务的营销（交易）过程就是服务的生产过程和消费过程，服务生产人员和顾客都参与营销，他们的素质和行为以及他们二者之间的协调和配合程度，会直接影响服务营销的效果。研究服务营销组合，不得不研究人的因素。这些因素包括服务人员的分类（参见 B to B 营销视窗 7-2）、服务人员的培训、服务人员的处置权、服务人员的义务和职责、服务人员的激励、服务人员的仪表、服务人员的交际能力、服务态度、参与服务的顾客行为、顾客参与的程度、顾客与顾客之间的联系等。

B to B 营销视窗 7-2	服务人员的分类

服务业的人员是营销组合的一个要素。但不同的人员，直接参与营销活动的程度或接触顾客的程度不同。居德（R.Judd）按参与营销活动的程度和接触顾客的程度，将服务人员分成四类：

（1）"接触者"（contractor），即一线的服务生产和销售人员。他们直接参与营销活动的程度和接触顾客的程度都比较高。他们需要很好地领会企业的营销战略和承担日常的服务责任。企业对他们的招聘、考核和奖励，应根据他们适应顾客需要的能力。企业要对他们进行培训、试用和激励。

（2）"改善者"（modifier），即一线的辅助服务人员，如接待或登记人员、信贷人员和电话总机话务员等。他们直接参与营销活动的程度比较低，但直接接触顾客的程度比较高。他们需要具备适应顾客需要和发展顾客关系的能力。他们虽然直接参与营销活动的程度比较低，但也要懂得企业的营销战略。企业要对他们进行培训和监督。

（3）"影响者"（influencer），即二线的营销策划人员，如服务产品开发、市场研究等人员。他们直接参与营销活动的程度比较高，但直接接触顾客的程度比较低。企业对他们的招聘、考核和奖励，应注意他们对顾客需要反应的能力和根据他们顾客导向的业绩。企业应让他们有机会多接触顾客。

（4）"隔离者"（isolated），即二线的非营销策划人员，如采购部门、人事部门和数据处理部门的人员等。他们直接参与营销活动的程度和接触顾客的程度都比较低。他们主要对一线服务人员起到支持作用，也就是要服务于"内部顾客"，并且为后者服务的好坏对企业的营销业绩是有较大影响的。

总之，在服务业，无论一线或二线人员，无论营销或非营销人员，都应当了解自己在服务营销组合和为顾客服务的价值链中的作用和地位。

资料来源：梅清豪，陆军.市场营销学原理.机械工业出版社，2006.

7.3.6 过程

过程，是指与服务生产、交易和消费有关的程序、操作方针、组织机制、人员处置权的使用规则、对顾客参与的规定、对顾客的指导、活动的流程等。简言之，就是服务的生产过程、交易手续和消费规程的总和。由于服务的不可分性，服务交易的过程就是服务生产和服务消费的过程，因此设计一个能将交易规则、生产程序和消费规程融为一体的过程是重要的。

7.3.7 有形提示

服务的**有形提示**（physical evidence，又称有形线索）是指服务过程中能被顾客直接感知和提示服务信息的有形物。由于服务产品的无形性和消费者识别服务质量的困难性，设计和提供服务的有形线索具有重要意义。美国服务营销学家肖斯塔克（.Shostack）指出，顾客看不到服务，但能看到服务环境、服务工具、服务设施、服务人员、服务信息资料、服务价目表、服务中的其他顾客等有形物，这些有形物就成为顾客了解无形服务的有形线索。这是对有形线索广义的理解。狭义地说，有形线索是指服务环境、服务设施、工具和用品。服务信息媒体在组织顾客服务营销中，通常可以将企业的建筑、设备、员工形象的图片展示给顾客。

7.4 基于内部营销的服务人员管理

服务的生产与消费的不可分割性促使各种不同的服务人员都要与顾客直接联系，这些员工的态度、知识、技能，将会极大地影响顾客对服务质量的感知。高质量的服务必然是同时具备高的技术质量和功能质量。有研究显示，对营销工作而言，功能质量的意义更大些。如果直接（一线）服务人员的工作有效，那么在一定程度上可以弥补技术质量上的缺陷。研究还显示，服务的技术质量很高，若功能质量欠佳，顾客还是不会满意。

由此可见，直接服务人员在服务质量评估中的重要性。要想建立一个成功的服务集合，就要让顾客利益观念被全体员工所认可和接受。要做到这一点，企业首先必须将员工视为自己的宝贵资源。例如，越来越多的公司开始注重加强对员工的培训和激励，增强员工的参与意识，不少公司甚至在施行员工持股计划。管理人员与一般员工的关系不再是简单的上下级关系，而是倾向于发展成为良好的合作关系。由此可见，针对员工的内部营销与针对顾客的外部营销对于企业变得同样重要。

内部营销（internal marketing）是指服务机构对内部员工的营销，就是向内部人员提供良好的服务，满足内部人员的需要和改善与内部人员的关系，以便共同开展外部的服务营销。英国服务营销学家佩恩（Payne）指出：服务业机构越来越认识到，要对外部顾客营销得好，就要对内部员工营销得好。美国哈佛大学商学院的赫斯克特（Heskett）等学者，在研究大量服务企业成功经验的基础上，整合市场营销、人力资源等多学科知识，提出了服务利润链理论。该理论建立了一个将员工行为、顾客态度和企业业绩联系在一起的逻辑框架：企业的利润和业绩增长主要是由顾客的忠诚度决定的，顾客忠诚是顾客满意的直接结果，而顾客的满意度在很大程度上是由企业所能提供给顾客的服务价值来决定的。服务价值的大小由员工来创造，只有满意、忠诚、有能力的员工才能提供高质量、高效率的服务价值，而员工的满意度主要来自企业内部服务支持体系以及公司的激励政策等方面的影响。当企业获得了业绩增长和赢利后，又会为员工提供更多的资源和动力，使他们获得更高的满意度。依次循环，就构成了服务利润链的驱动机制（见图 7-13）。

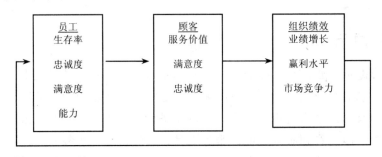

图 7-13　　服务利润链模型

如前所述，服务机构内部营销的目标是服务人员，具体来说，就是吸引和保持一支愿意和能够忠实执行顾客导向的服务标准的人员队伍。服务机构实现这个目标的内部营销手段或策略，如图 7-14 所示，每一条内部营销策略又可以细化为若干子策略。具体如下：

1）服务人员招聘策略
- 用营销吸引人才。
- 注重兴趣和能力。
- 进行服务能力测试。

2）提供人员发展的环境
- 提供人员培训。
- 向服务人员授权。
- 提供团队环境。

3）提供内部支持和服务
- 考核内部服务质量。
- 改善服务环境。
- 服务导向的机制。

4）留住服务人员
- 加强服务理念灌输。
- 制定人才政策。
- 重奖优秀人才。

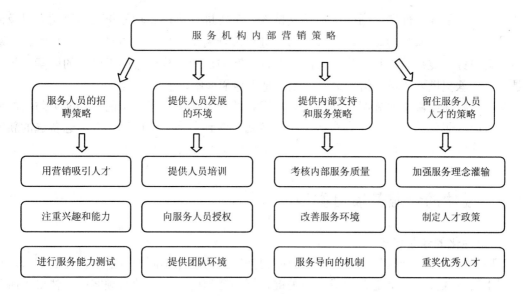

图 7-14 服务机构的内部营销策略

资料来源：侯丽敏，费鸿萍，陆军，戚海峰.营销学原理，华东理工大学出版社，2007.

7.5 新服务开发

7.5.1 新服务开发步骤

传统的新产品开发的步骤是：构思、筛选、商业分析、产品开发、市场测试、商品化。这一步骤对于**新服务开发**（developing new service）基本上也能适用，但是对新服务前景的预测就困难得多。所以，大多数服务企业都倾向于将现有的服务推向新市场。新服务开发纯粹是一个试错的过程，要将新服务的设想转化为切实可行的新业务困难重重。

摆在新服务开发面前首要的难题就是如何将观念的东西具体化。传统的产品开发可以通过产品原型法来实现。服务则不行，服务往往是为个别用户专门量身定制的，无法开发出统一的服务原型。尽管如此，人们还是可以采取一些措施来促进新服务的开发。促进新服务开发包含五个步骤，如图 7-15 所示。

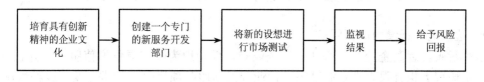

图 7-15 促进新服务开发的五个步骤

要进行新服务开发，首先要建立良好的企业文化，如提供研发基金、精心分析顾客需求、鼓励员工提出不同意见，都能对建立一种鼓励创新思想和勇于承担风险的企业文化起到促进作用。其次是建立一个专门负责新服务开发的部门，包括整体负责的高级主管，保证新服务开发的连贯性和灵活性的产品支持人，负责进行协调和功能集成的协调人以及制定开发规则并进行监督的顾问调解人。第三进行市场测试。只有经历严格的市场测试，观念中的新服务才能够得以具体化。第四要跟踪顾客的反应，找出有助于成功的因素。第五就是对勇于承担风险的员工给予鼓励，尤其是当他们面临挫折的时候。

　　服务的好坏取决于实施服务的员工的知识和技巧。如果公司员工的知识能力与新的服务不相适应，服务的效果就会大打折扣，顾客就会感到不满意。所以，在筛选备选的新服务时，应该选择那些营销、技术和实施上都比较切实可行的方案。

7.5.2　成功的新服务项目类型

1. 个性化的专业服务

　　新服务专门对应于具体顾客的需求而专门开发。为满足不同顾客的多样化的需求，拥有高水平的专业技术人员是企业成功的关键，例如管理咨询人员针对顾客的具体要求所开展的专项管理咨询。

2. 有计划的"先驱型"服务

　　新服务是由开创型的企业首次提供给市场的全新的、独一无二的又比较复杂的新服务项目，成本也较高。这类新服务的显著特点是开发过程中有精心制定的计划，特别注重向潜在顾客提供有力的证据，以使顾客明白新的服务会使他们获益。

3. 改良型服务

　　对现有的服务设施加以改进，使已有的服务变得更便捷更可靠。例如，期货交易所订购更好的通信网络以更好地为会员企业服务。

　　以上三种成功的新服务虽然形式不同，但本质上存在着共同之处，这说明了成功的新服务都必须是在既适应于市场的需要、又能够充分利用企业的资源和能力的基础上，配以合理的新服务开发程序所开发出来的。

7.5.3　失败的新服务项目类型

　　并非所有的新服务都会成功，以下是两种常见的失败的新服务开发的类型。

1. 边缘的、低潜力的新服务

　　这种新服务远离企业的核心能力，企业难以成功地为顾客提供增值服务。并且，这种服务的市场潜力也有限。当企业试图跨行业开发新服务项目时，常常会发生这种情况。

2. 计划失当的同业模仿

　　此类的服务对技术、设备要求较高。企业通过银行贷款或其他方式筹得大量资金后，可能会轻易作出进入该行业的决策。企业进入该行业后只是简单地模仿行业中现有的企业的做法，而未能进行任何本质性的改进，没有给顾客带来实质性的益处。这样企业难以在新市场立足，投资只能宣告失败。

如果通过减少与顾客的接触，采用设备密集型的服务方式，确实能使服务更高效、更可靠，这样的新服务开发还是可能成功的。但一个重要的前提就是它确实给顾客带来了明显的好处。

7.6　组织顾客服务的全球化

当今世界经济全球化的趋势正愈演愈烈，服务业也不例外，许多服务企业正在努力发展成为更具竞争力的全球企业。美国是目前最大的服务出口国，尤其在诸如空间技术、通信、软件开发、娱乐业等方面遥遥领先。虽然美国在国际贸易中出现了巨大的逆差，但在服务贸易部分美国依然是顺差。而服务贸易目前已经约占整个国际贸易份额的 25%～30%。信息产业的迅猛发展更极大地促进了全球服务贸易的扩大。对于广大发展中国家来说，飞速发展的服务全球化趋势带来的不仅是挑战，更重要的是机遇。发展中国家可以集中力量在服务领域加以发展，也可以通过服务贸易获取国内无法提供的服务，促进其他行业的发展。

虽然全球化带来了巨大的机遇，但种种风险也随之而来，尤其对于服务营销更是如此。产品的全球化营销可以有计划地逐步实现，例如可以先出口继而海外生产。服务由于它本身固有的特点，就不能这样。全球化的服务必须针对当地顾客的需求，实现本土化生产，直接提供给当地顾客。所以服务全球化的重点应放在顾客研究、服务设计和质量控制上。

服务全球化过程中，营销的基本原则依然适用，但要注意如何在不同的环境下依照不同的需求对服务进行适当的调整。

许多服务企业，诸如会计师事务所、律师事务所、咨询公司等，在向当地顾客推荐自己的服务时常觉得困难重重，很难让这些顾客对它们服务质量的认识与本国顾客相同，又找不到一种符合当地文化的服务方式。解决此类问题的方法可以是多做广告、大力开展公关活动，以及雇用具有海外教育或工作经历的当地管理人员。

降低进入海外市场不确定性的一个有效方法是选择与本国市场相似的海外市场。这对于那些缺乏全球经营经验的服务企业尤其适用。随着经验的丰富，可以再向地理上或文化上距离更远一些的市场发展。进入比较熟悉的市场，技术上和管理上的风险都会小一些。

总之，对企业来说全球化可能是企业飞速发展的一个契机，值得把握。但在进入海外市场之前，应充分地分析风险、壁垒、市场条件等限制因素，采取适当的全球化战略。

本章小结

与有形产品相比，服务具有五大特点：无形性、不可分割性、易逝性、多样性和所有权稳定性。服务消费者也具有其独特的消费特征，这导致服务营销与产品营销具有不同之处。体现在营销组合工具上，服务营销在传统的 4P's（产品、分销、定价和促销）的基础上，增加了人、过程、有形提示三个营销组合工具，形成 7P's。

　　服务按照对象不同可以分为组织顾客服务和消费者服务。组织顾客服务是指在组织市场中，企业向组织类顾客所提供的各种服务。组织顾客服务又可分为产品服务和纯服务两大类。纯服务完全独立于有形产品，与有形产品不存在任何必然联系。在高度有形的纯产品和高度无形的纯服务之间存在着一个产品-服务连续谱。在谱中越靠左有形性越高，越接近于纯产品；越靠右无形性越高，越接近于纯服务。

　　服务质量包括三个方面：技术质量、功能质量和企业形象。服务营销管理，是以消除服务质量差距为总目标的管理体系，是按照服务质量差距模型而进行的管理。本章介绍了服务质量差距模型并进一步提供了消除服务质量差距的解决方案。

　　服务的生产与消费的不可分割性促使各种不同的服务人员都要与顾客直接联系，直接服务人员在服务质量评估中具有重要作用。要想建立一个成功的服务集合，就要让顾客利益观念为全体员工所认可和接受。因此，针对员工的内部营销与针对顾客的外部营销对于企业变得同样重要。服务企业的内部营销策略包括：服务人员招聘策略、提供人员发展的环境、提供内部支持和服务，以及留住服务人员等。

　　服务企业需要提供新服务以满足顾客的需要。新服务提供包括培育具有创新精神的企业文化、创建一个专门的新服务开发部门、将新的设想进行市场测试、监视结果和给予风险回报等五个步骤。需要注意的是，只有那些个性化的专业服务、有计划的"先驱型"服务和改良型服务才容易成功；而失败的新服务往往是边缘的、低潜力的新服务，以及计划失当的同业模仿。

　　当今世界经济全球化的趋势正愈演愈烈，服务业也不例外，许多服务企业正在努力发展成为更具竞争力的全球企业。服务全球化过程中，营销的基本原则依然适用，但要注意如何依照不同的具体环境下不同的需求对服务进行适当的调整。在进入海外市场之前，应充分地分析风险、壁垒、市场条件等限制因素，采取适当的全球化战略。

关键词

服务	Services
产品支持服务	Product Support Services
纯服务	Pure Services
服务质量	Service Quality
服务质量差距模型	The Gaps Model of Service Quality
服务交付系统	Service Delivery System
一揽子服务	Service Bundling
交叉销售	Cross-Selling
口碑广告	Word-of-Mouth

有形提示　　　　　　　　　　　　　　Physical Evidence
内部营销　　　　　　　　　　　　　　Internal Marketing
新服务开发　　　　　　　　　　　　　Developing New Service

思考题

1. 什么是服务？服务具有哪些特点？
2. 服务消费者具有哪些特征？
3. 每 3～5 名学生为一组，每人先任意举出 5 种组织产品或服务，再集体讨论找到它们在产品-服务连续谱上的位置。
4. 什么是组织顾客服务？当今组织顾客服务迅速发展的原因是什么？
5. 请分别解释组织服务的类型和特点。
6. 请解释服务质量差距模型。利用该模型如何实现服务营销管理？
7. 服务营销组合工具是由哪些方面构成的？
8. 何谓内部营销？服务企业为什么要实施内部营销？
9. 请结合企业实例来说明服务企业如何实施内部营销。
10. 简述新服务开发步骤以及成功和失败的新服务开发的类型。
11. 服务企业全球化的原因是什么？服务企业如何实施全球化？

第8章
组织市场的营销渠道策略

分销渠道的设计和管理是营销战略的重要组成部分，它们与企业有着十分重要的关系：企业与顾客的关系、企业与渠道成员的关系。分销渠道是将企业与顾客有效地连接起来的纽带，企业和顾客正是通过分销渠道来进行双向沟通的。有效的分销渠道离不开渠道成员共同的努力，只有渠道成员之间建立起互惠互利的合作关系，才能保证整个分销渠道的完整畅通。

本章将讨论以下内容：
- 组织市场的分销渠道
- 组织市场分销渠道的组成
- 渠道设计
- 渠道管理
- 电子商务时代的组织市场渠道冲突
- 营销渠道的发展趋势——多渠道战略
- 组织市场的国际营销渠道

8.1　组织市场的分销渠道

分销渠道是联系企业与顾客的桥梁，是产品或服务由企业传递给顾客的通道，同时也是企业了解顾客信息的途径之一。分销渠道的主要职能包括转移商品所有权、储运商品、联系顾客、提供商业信贷和服务支持。这些职能可以由制造商或服务企业独自来完成，也可以完全交给中间商，更多的是由制造商或服务企业与中间商分工合作来实现。有时还可以由顾客来承担部分职能，例如享受折扣的顾客，就要分担一些仓储成本，或自行负责商品的运输。

分销渠道在整个营销战略中如此重要的原因还由于分销渠道无论建立还是调整都是相当困难的。首先，由于营销活动的目标各异，分销渠道又种类繁多，要找出最好的渠道是非常困难的。为满足不同细分市场的需求，企业还常常需要同时运用多种不同的渠道。其次，渠道策略不像广告、促销策略那样容易修正。分销渠道一旦建立起来，再想做任何调整都很难。

按照在分销渠道中是否出现中间商的情况，可以将分销渠道分为两类：直接分销渠道和间接分销渠道。

8.1.1　直接分销渠道

直接分销渠道（direct distribution）是指在分销渠道中不包含分销商，所有的营销职能都是由制造商或服务企业独自来承担，因此又被称为直销。需要指出的是：这里所说的直销是由企业自己的销售人员将商品直接销售给顾客，与非法的传销是完全不同的概念。直销在组织市场营销中应用尤其广泛，主要出于以下几方面原因：①目标顾客明确，顾客规模较大，容易实现直接分销；②组织顾客更欢迎直接分销；③组织购买可牵涉到顾客企业内较高层的管理人员；④为了确保产品组合能得到正确贯彻以及能对市场变化作出及时的反应。总的来说，直接分销一般应用于顾客对信息服务需求较强，而对物流服务的需求很少的情况。

企业的直销人员包含两类：一般销售人员和专门销售人员。一般销售人员面向所有的顾客负责销售全部的产品。而专门销售人员则负责某项产品、某些顾客或某些行业的销售。

8.1.2　间接分销渠道

间接分销渠道（indirect distribution）中包含一种或多种中间商，由中间商和制造商或服务企业共同分担营销职责。但组织市场中的中间商的种类比消费品市场的要少，主要包括制造商的销售代表和分销商。间接分销的存在主要基于以下原因：①市场范围较广，顾客分布比较零散；②交易量一般较小；③顾客一次性购买多家厂商的不同种类的商品、服务。

组织市场中，企业往往不是单独运用直接分销渠道或间接分销，而是两种兼而有之，而且运用方式也多种多样。图 8-1 显示了企业可以运用的各种分销渠道。

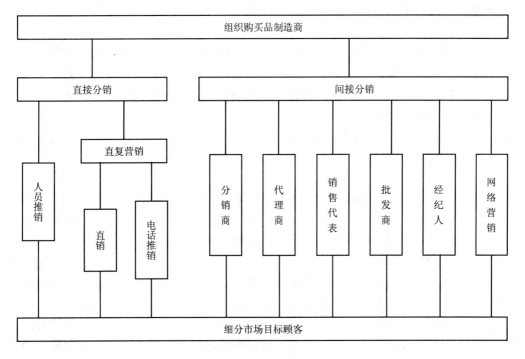

图 8-1　组织市场营销分销渠道

8.2　组织市场分销渠道的组成

组织市场分销渠道中的中间商有许多类型，包括**分销商**（distributors）、**制造商销售代表**（manufacture's representatives）、**批发商**（jobbers）、**经纪人**（brokers）和**代理商**

（commission merchants）等，其中最重要的就是分销商和销售代表。本节将着重讨论前两种中间商类型。

8.2.1　分销商

1．分销商概述

有研究表明，仅有 24%的组织市场制造商将产品或服务完全通过直接渠道提供给顾客，剩下的 76%或多或少都要借助于中间商，而其中占主要地位的就是分销商。

分销商一般都是独立的企业，规模并不大，专门为一定地域范围内特定的市场服务。分销商向不同行业的顾客销售产品或服务，通常每笔订单都不大。分销商可以通过经营比较多的制造商（一般约 200～300 家）的产品，来有效地降低成本，所以大型的分销商往往更具成本优势。

组织市场分销商先获得产品的所有权，再提供给顾客。经营的一般都是制成品，多用于制造企业的生产和维修，需求量比较大。分销商的销售人员包括两类，**外部销售人员**和**内部销售人员**。外部销售人员主要负责联系顾客并提供日常的服务和技术支持，内部销售人员主要处理订单、安排发货以及接受电话订货。

1）分销商的职责

组织购买品能否及时提供给顾客，往往制约着顾客的生产经营活动的正常进行。所以将产品或服务及时提供给顾客，就成为分销商最重要的职责。目前许多分销商采用了**准时制**，在规定的时间准确地将货物送达顾客。这就使分销商显得更为重要，因为大多数组织购买品提供企业是做不到这一点的。

除此之外，分销商的主要职责还包括联系顾客、开拓市场、维持一定的存货、进行产品分类、承担货运、提供维修和技术支持、提供商业信贷及少量的加工。

2）分销商的分类

由于所经营的产品线不同以及所服务的市场顾客不同，分销商可以分为不同类型：

（1）**全线分销商**（general-line distributor）：经营项目范围广，可以供应品种繁多的各类商品。全线分销商类似于消费品市场上的超级市场。

（2）**专线分销商**（specialists）：业务主要集中在一条或少数几条产品线上，例如专营紧固件、管道件、电子器件的分销商。随着技术的日益进步，产品日益复杂，顾客对产品质量和相应服务的要求越来越高，专线分销商也蓬勃发展起来。

（3）**综合商行**（combination house）：综合商行同时经营着组织购买品及消费品两个市场，例如一个汽车行业的分销商可能会一边向制造商提供发动机，一边又向最终消费者提供零部件。

2．新经济时代组织市场分销商的价值来源

自 20 世纪 80 年代以来，组织市场环境经历了巨大的变化：大量产业合并，工业品市场全球化程度上升，供应商减少，企业间联盟增多，一些电子技术，诸如电子邮件、电子资料交换（EDI）和 ERP 系统等很快地被企业接受。电子商务，诸如企业网站、B2B 交易平台和 B2B 拍卖网站等出现了爆炸式的增长。一方面，制造商可以通过自身的销售人

员、网页直接向顾客销售，也可以通过分销商的销售人员、网页销售，还可以通过更大范围的网络市场、B2B 拍卖平台交易；另一方面，购买量较大的顾客通常会直接向制造商购买，或者通过传统的分销商渠道购买，现在也可以通过 B2B 市场交易、B2B 拍卖平台交易，还可以形成特殊的购买合作关系来购买。这些变化不断地向分销商提出挑战。

新经济时代，分销商要生存和发展的基础是为其供应商（制造商）和顾客增加价值。这些增加的价值可以用来降低成本并推动企业的成长。Mudambi 和 Aggarwal（2003 年）提出了分销商价值和生存能力模型（见图 8-2），指出组织市场的分销商可以通过顾客关系管理、制造和运营管理以及知识管理三种途径提高价值。

1）提高价值的途径一：顾客关系管理

从制造商的角度看，分销商通过稳定关系、降低制造商必须接触的终端顾客数量而增加价值，这使得制造商可以集中精力于关键的顾客管理上。对于顾客来说，分销商通过与那些被制造商忽略的顾客建立关系而提高价值。分销商可以较制造商更为有效地与许多顾客建立起良好的关系，于是终端顾客基础的成长就会导致企业在未来的成长。分销商可以更有效地联系终端顾客，也会密切关注制造商在展销会或者网站中发布的最新信息。

从顾客的角度来看，顾客认为分销商应该对顾客与制造商之间建立稳定的关系有所帮助，而这可以降低顾客必须管理的供应商数目。分销商可以降低顾客进行交易的次数，以此节约顾客的购买、搜索和监督成本。在一些情况下，供应商也会采取商品目录管理的形式，顾客也会乐意从分销商处获得更为个性化的服务，这样的分销商会更好地理解顾客的需求，并且愿意也能够对此作出反应。一般除非某个顾客的购买量大，否则制造商不会关心，也很少会努力去了解这个顾客。分销商处于一个更佳的位置来理解顾客的独特需求，并且与其建立个性化的、更有效的商业关系。顾客也会由此进入更大的供应商网络，获得更好的选择和更高的价值。

2）提高价值的途径二：制造和运营管理

分销商通过处理制造商和顾客的订单而为他们提高价值，包括获取订单、填写订单和管理产品的物流及运送。处理订单也包括类似货单核对、监督货运等服务。分销商还通过减少制造商的运营资本和产品目录而提高价值。分销商可以通过与顾客之间的现金或账款交易关系而降低制造商的运营资本。当分销商自己拥有产品目录时，就降低了制造商持有的以及顾客需要持有的产品目录数量，因此提高了他们对产品的预测能力。这缩短了顾客的订货交付时间，从而使得顾客的制造过程更为有效。尤其是对于一些小额订单来说，与直接向制造商购买相比，向分销商购买可以节省数天、数周，甚至数月的时间。分销商也通过他们的贸易信用和财务服务来提高价值，他们可以向制造商和顾客提供它处无法得到的折扣和赊账服务。这对于小企业来说是尤其有利的。

3）提高价值的途径三：知识管理

分销商都可以通过知识管理或者发展并分享专业知识来提供价值。这是最有价值，也是最脆弱的分销商附加值来源，因为分销商很难保护他们的知识附加值投资，甚至为他们的知识收取费用都是很困难的。

知识管理主要以三种方式提供价值：

（1）分销商可以拥有并与制造商和顾客分享产品的技术知识，包括理解产品的物理性质、相对于替代品的优势以及相关的技术选择标准。

　　（2）分销商需要提供关于产品相关的技术知识，包括如何使用产品以及影响产品使用的相关因素。其中的关键在于要知道做什么和知道怎么做之间的距离。分销商会因其技术支持而得到好评，这些支持包括产品设计的建议、工厂或门店布局以及出现问题时的故障检修。

　　（3）分销商市场方面的知识向制造商和顾客也提供了相应的价值。分销商对于目前和未来的需求状况、影响需求的因素、如何最好的满足顾客需求都有良好的信息来源。分销商知道顾客需要什么、不喜欢什么以及什么影响他们的决策。分销商也处于一个有利的位置来评估制造商的竞争对手的行动，并且可以代表他们的顾客去选择替代产品。他们了解企业以及企业的相关人员，也了解许多细分市场的现状和趋势。在新的国际市场中，这种市场知识获得了战略意义上的重要性。

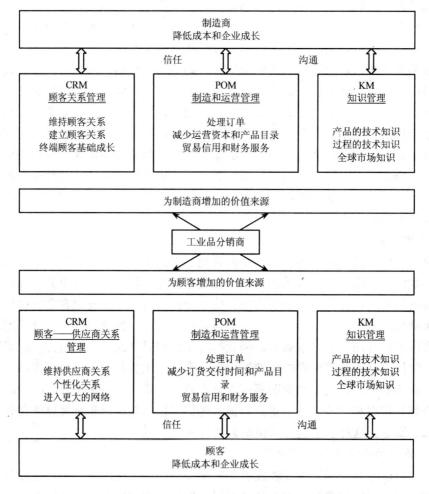

图 8-2　分销商价值和生存能力模型

　　资料来源：Susan Mudambi, Raj Aggarwal。Industrial distributors: Can they survive in the new economy? Industrial Marketing Management,2003, 32:317–325.

8.2.2 制造商销售代表

1. 制造商销售代表概述

当企业对技术复杂的产品希望加大销售力度时，就会采用销售代表（Manufacture's Representatives，或简称**销售代表**）的方式来进行销售。销售代表是指在一定地区内受雇于一家企业，独立进行销售或专门的**销售代表处**工作的销售人员。他们是组织市场上销售的主力军，连接着企业与最终顾客。销售代表是为企业工作的，但他们对顾客来说同样很重要。大多数销售代表对本行业有着丰富的经验，可以为顾客提供各方面非常有价值的建议，使顾客了解有关设备更新及行业发展的动态。

销售代表获取销售佣金。行业不同、工作性质不同，佣金也不同。佣金的范围一般在 4%～18%，高科技产品的佣金会更高。制造商只有拿到订单才给予销售代表提成，这样固定成本就很低，而且销售代表也会很卖力地销售商品。

雇用销售代表的原因可能出于以下几点：

1）企业规模的原因

虽然一些大企业也会雇用销售代表，但对销售代表的需求还是以中小型企业为主。这主要是因为中小型企业要维持自己的销售队伍固定成本过高，而雇用销售代表则显得比较经济，只要按销售量给予佣金即可，并且可以迅速有效地占领市场。而由于销售代表具有丰富的知识和经验，销售业绩也往往会比企业自己进行销售要好。

2）市场潜力有限

当企业认为市场吸引力大，就会使用自己的销售队伍。而当企业认为市场潜力有限时，则倾向于雇用销售代表。因为销售代表面对的是各种商品，可以通过销售大量商品来控制成本。

3）为分销商服务

有些企业在通过分销商分销商品的基础上同时雇用销售代表，主要目的是让销售代表作为补充，配合分销商。

4）降低间接成本

有时雇用销售代表比建立企业自己的销售队伍成本还高，但企业还是宁愿雇用销售代表，这是为什么呢？这主要是因为运用自己的销售队伍还涉及其他一些营业间接成本，雇用销售代表就不存在这些成本：第一，企业无须向销售代表提供固定工资和额外福利；第二，培训销售代表一般比较简单，成本也低。

5）进入新市场

许多企业在涉及比较陌生的市场时，都会雇用销售代表。销售代表熟悉当地市场，可以帮助企业避免许多不确定的风险。所以，即使许多大型跨国企业，在进入新的海外市场时也会考虑雇用当地的销售代表。

销售代表与分销商不同，既不买断商品的所有权，也不保持存货，至多持有一些用于维修的零部件。大部分销售代表都在制造企业中从事过销售工作，积累了相关经验。销售代表的优点是具有产品的相关行业知识，又非常了解市场和顾客的需求。但销售代表的地域局限性较强，为完成整个销售工作，企业往往要雇用不同地区的多个销售代表。选择销售代表时，销售代表是否对产品充分了解及具有相关市场的丰富经验是至关重要的。

2．制造商与制造商销售代表的关系建立与维系

在技术复杂的产品销售方面，具有相关行业知识以及非常了解顾客需求的制造商是重要的渠道成员。制造商需要注重与制造商销售代表建立良好的关系。McQuiston（2001）提出了相关的概念模型（详见图 8-3），对于制造商与制造商销售代表的关系建立与维系具有一定的指导意义。该概念模型认为，成功的关系建立和维系需要有六个核心价值要素，即共享目标、相互依赖、开放式的沟通、对顾客满意的共同承诺、关注对方的获利性和信任，以及四个支撑因素，即管理高层的努力、持续改进、相互尊重和发展个人关系。

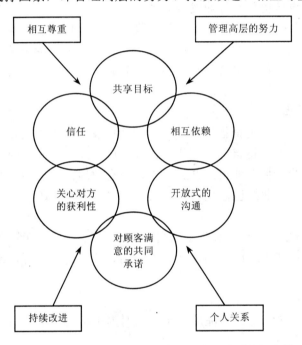

图 8-3　制造商销售代表和制造商之间建立关系的概念模型

资料来源：Daniel H. McQuiston .A Conceptual Model for Building and Maintaining Relationships between Manufacturers' Representatives and Their Principals.Industrial Marketing Management, 2001, 30:165–181.

1）制造商与制造商销售代表的关系建立与维系的核心价值要素

（1）共享目标。制造商销售代表和制造商在最初建立关系时，不仅要决定其自身的目标，也要就这些目标与对方进行充分的沟通。最成功的关系是通过双方各自"预览"对方而确立的，如此一来就可以确定他们自身的目标与潜在伙伴所提供的机会的吻合程度。这样的评估可以判断双方是否适于合作。

（2）相互依赖。当渠道成员之间存在对等的相互依赖的关系时，更有可能再次合作，双方之间都会为对方创造更多的价值。制造商和制造商代表之间的相互依赖体现为：制造商依靠销售代表来进行销售并提供相应的服务，而销售代表依赖制造商来设计、制造、及时运输产品以及开出货物的清单和发票。

（3）开放式的沟通。组织间的沟通有以下几个特征：明确的目标、理解沟通对象的需求、进行沟通的方式和提供的信息量要使得对象有足够的时间来理解。开放式的沟通在两者之间的关系中也起到重要作用。开放式的沟通不仅意味着要提供信息，更重要的是如何提供信息。常规的、坦诚的和开放的沟通模式是必不可少的。

（4）对顾客满意的共同承诺。当分销商面对终端顾客时，销售代表和制造商也需要为终端顾客设身处地考虑。这样他们就都能时刻保持处于前线——了解谁是终端顾客，并且努力满足他们的需求。销售代表和制造商必须在商业战略上达成一致，使得整个渠道中的销售代表、制造商、分销商和终端用户都能从战略的执行中获利。

（5）关注对方的获利性。制造商和销售代表不仅要关注自身的利润，还必须意识到其他成员也有权获得合理的利润，并且这些利润不能被关系之外的公司所获得。当渠道成员不能实现承诺的财务回报时，一般会逐渐对现有关系不愿意投入承诺，并寻求能替代这种承诺的其他解决方式。

（6）信任。信任是制造商和制造商销售代表之间建立与维持成功关系的基石。研究表明有很多因素会影响双方之间的信任度，包括坦诚的沟通，遵守承诺等。构建信任是一个需要用时间来证明可靠、诚实的过程。

2）制造商与制造商销售代表的关系建立与维系的支持要素

制造商与制造商销售代表之间的关系要获得成功，还需要下面四个方面的支持要素：

（1）管理高层的努力。管理高层的努力被看做是"接触"顾客所要达到的愿望，与对方共同努力来形成并维持核心价值。高层经理必须亲自真诚地推动关系的发展。如果企业的员工看到他们的高层管理者努力构建"成功"的关系，他们也会倾向于使这样的关系更为"成功"。

（2）持续改进。持续改进说明了双方都认识到，一旦任何一方不愿意主动改进关系，那么就会出现消极的后果。这里的关键因素是始终主动地向前推进关系的发展——永远对关系的现状感到不满足。这样的变化是渐进的，因此更有可能成为组织标准运营程序的一部分。

（3）相互尊重。在"成功"的关系中，双方都真正赞赏对方在产品、人员或者顾客方面所取得的成就，并表现出对对方的尊重。如不能体现出相互尊重的行为。

（4）建立个人关系。在众多情境下，个人关系对组织间交换所产生的经济回报具有重要的影响。大多数"成功"的关系都是从严格的商业关系开始，然后逐渐转变为个人关系，而后再转变成"成功"关系。

8.3　渠道设计

渠道设计（channel design）是指创建一个全新的渠道或是改进原有渠道的动态过程。渠道设计应是主动的行为，不能等到迫不得已才进行，应该以整体的营销目标为依据，具有一定的前瞻性。

图 8-4 表明了渠道设计的五步骤程序。通过这个程序，可以确保对所有的渠道方案都进行充分评估，从而选出最有利于达到企业目标的渠道结构。要注意的是，渠道设计的对象是渠道结构，而非具体的渠道成员。**渠道结构**（channel structure）是指渠道的基本框

架，包括渠道的层数、中间商的类型和数量、渠道成员的相互关系。

图 8-4　　渠道设计的五步骤

8.3.1　明确渠道目标

企业制定营销战略是为了占领目标细分市场，获取预期的利润，保持或提高市场占有率。无论创建新渠道或改进已有渠道，首先都要明确希望达到的渠道目标。

特定的渠道目标是根据相应的营销目标来确定的，尤其是分销的目标直接影响着渠道的目标。营销目标和分销目标影响着渠道设计的过程，事实上也限制着可选的渠道结构。

渠道目标中必须充分考虑成本利润因素以及资源的利用。例如，为保留一个销售人员，企业会增加薪水、福利、车贴、午餐费等一系列开支。若改用销售代表的话，可以免去这些费用，但需按销售量支付佣金。

渠道设计的目的有两个衡量标准，一是效果，二是效率。效果是指从战略上考虑所希望达到的结果，例如，要获取多大的市场份额；效率则是从运营上考虑的，例如，希望将管理成本降低到多少。任何渠道结构都可以从这两方面出发加以衡量。

8.3.2　分析约束因素

在选择渠道结构时，会碰到来自外部环境的、竞争者的、企业内部的、交易过程中的许多约束因素，这些因素都会降低渠道选择的灵活性。各种约束条件举不胜举，必须进行仔细的分析。以下是一些常见的约束因素：

（1）找不到合适的中间商。可能竞争对手已经抢走了所有好的中间商，也可能中间商们不愿经销新产品。

（2）传统渠道模式的限制。已经建立的渠道很难打破，顾客也习惯了传统的模式。

（3）产品的限制。技术复杂的产品要求直销，经常需要维护的产品必须由当地分销商来经营。

（4）企业财力限制。资金缺乏就派出了直接分销的可能。

（5）竞争战略的限制。竞争对手如果都采用直接服务，就迫使企业采用直销。

8.3.3　安排渠道任务

进行渠道设计时，应将渠道理解成为一系列有待完成的活动，而不是一个个渠道单位，这将有助于对渠道结构进行评估。而这一系列有待完成的活动，就是渠道任务。

渠道任务如何在渠道成员间进行分配，要视技术及经营环境的变化而定。例如，通信技术的发展就使得制造商可以直接接触更多顾客、接受订单、检查库存、发布信息等，从而增强了制造商的实力，使制造商在渠道中完成了更多活动。相应地，中间商在渠道中的重要性就降低了，这样经营收入和利润也会减少。

明确渠道目标、分析约束因素、安排渠道任务，是渠道设计的重心。这三步完成以后，整个渠道方案就水到渠成了。

8.3.4　制定渠道方案

渠道方案的制定主要涉及以下几方面的问题：

- 渠道中的层次数，这是用来衡量渠道的直接或间接程度。
- 中间商的类型。
- 每一层次上中间商的数目。
- 需要运用的渠道数。

对于这些问题，就要从渠道目标、约束因素、渠道任务这三方面进行仔细的分析。

1．渠道的层次数

渠道的层次数取决于企业、产品、市场三方面的因素。

就产品来看，随着产品生命周期的发展，顾客数量增加、中间商重要性提高都会使层次增加，渠道变长；而当顾客数量继续增加，购买变得更加踊跃，或者市场集中度增加，又会使层次减少，渠道缩短。

组织市场比消费品市场更倾向于运用直接销售。但很多情况下中间商仍是不可或缺的。例如五金工具、紧固件、管道件、电子器材等就几乎都是由中间商来经销的。这些产品一般购买频繁、直接重购、购买量小、顾客需要迅速得到供货。所以由分销商来经营比较恰当。

2．中间商的类型

评估中间商的主要目的就是保证所选类型的中间商是最适合完成既定的渠道任务的。在组织市场上可供选择的中间商主要是分销商和销售代表，影响对中间商选择的因素很多，其中主要的也是产品和市场，如图 8-5 所示。

	销售代表	分销商
产品因素	1．标准化程度低； 2．技术复杂；	1．标准化程度高； 2．技术较简单；
市场因素	1．顾客数量相对较少，地域、行业较集中； 2．边际利润较少； 3．顾客不经常购买，允许交货时间较长。	1．顾客数量大，分布广泛； 2．边际利润较大； 3．顾客经常购买，要求及时交货。

图 8-5　对中间商类型的选择

为适应不同类型的市场，即便是相同的产品，有时也会用到不止一个中间商。例如，一些厂商就将销售分为三块：大顾客由本企业销售人员来负责，分销商负责小批量重复购买，而由销售代表去开发一般顾客。

3．中间商的数目

要用多少中间商才能覆盖到所有的目标市场？企业常常面对这样一个问题。若用销售代表的话，这个问题就很好解决，每个地区只需一家机构作为销售代表。如果用分销商的话，可能在一个地区就要用到不止一家，这就称为**选择分销**。一般来说，产品标准化程度越高、单位价值越小、顾客购买频率越高，要用到的分销商就越多。

4．渠道的数目

当企业面对多个目标细分市场，而各个细分市场又有不同的特点，当需要不同的分销方式时，那就要用到多条分销渠道。

8.3.5　渠道选择

组织市场的渠道设计一般都是随着市场的发展、地域范围的扩大、顾客的新需求或新产品的出现，对已有的渠道结构作出相应的调整，而不做根本性的改变。所以要选择适当的渠道设计方案并不复杂，而可供选择的方案并不多。

图 8-6 介绍了一种评估渠道有效方案的方法。这种方法的思路是：首先描述出一种能充分体现顾客需求的"理想的"渠道系统，然后将它与受营销目标和约束条件约束的"可行的"渠道系统相比较。比较的依据是结构、成本、顾客服务的效果。

程　序	主要内容
发掘客户需求	找出客户现有的及潜在的各种需求
评估各种可能中间商	评估中间商的不同类型（包括直销）
成本分析	列出各种可能的渠道方案的成本情况
列出约束因素（创建"约束"系统）	找出各种约束条件，列出符合条件的各种方案
方案比较	比较"理想的"、"可行的"、"现行的"渠道系统间的差距
检查假设和约束	请专家对假设进行评定

图 8-6　评估渠道方案的程序

通过比较"理想"、"可行"、"现行"的渠道系统之间的差距，可以有效地进行渠道的选择。比较的结果可能出现三种情况，如图 8-7 所示。

比较结果	原　因
3 种渠道系统一致	现行渠道是最优的。如客户仍有意见，应从渠道管理入手进行分析
现行、可行渠道一致，与理想不一致	目标和约束条件引起的差距，应该好好研究一下约束条件和假设
3 种渠道系统都不一致	渠道管理的目标是正确的，但管理约束过多

图 8-7　三种渠道系统的比较

8.4　渠道管理

通过渠道设计可以将渠道结构确定下来，接着要做的就是对渠道进行管理。**渠道管理**（channel administration）包括四方面的内容：一是选择适当的渠道成员，并通过相互间的协议来明确各自的职责；二是对渠道成员进行激励，以保证渠道目标的顺利完成；三是对渠道的绩效进行评估控制；最后还要针对企业内外部环境的变化进行渠道改进的安排。

8.4.1　选择渠道成员

选择渠道成员的类型（销售代表、分销商）属于渠道设计的内容，而选择具体的渠道成员则属于渠道管理的内容。选择渠道成员是一个动态的过程，在渠道运行的过程中会陆续有渠道成员退出渠道，又会有新的成员加入进来。现有成员的业绩也需要经常性的评估，所以这种选择会不断持续下去。

关于渠道成员的选择标准，早在 20 世纪 50 年代，Brendel 设计了 20 个问题，用于工业企业判断谁最适合做它的渠道成员，其中有很多内容对消费品公司也比较适用。

1984 年，Shiplcy 根据对 70 家美国企业、59 家英国企业进行调查分析之后提出一套选择渠道成员的标准，包括销售及市场因素、产品及服务因素、风险及其他不稳定因素三大类。

Yeoh 和 Calantone 在研究了国际市场营销方面的大量有关信息后确定了六个准则：①承诺情况；②经济实力；③市场营销技巧；④与产品相关的其他因素；⑤策划能力；⑥便利条件。

最为全面和明确的标准是由 Pegram 在 30 年前提出的，他通过对 200 多家美国和加拿大厂商的调查，将标准分为以下内容：①信用及财务状况；②销售实力；③产品线；④声誉；⑤市场占有率；⑥销售状况；⑦管理权的延续；⑧态度；⑨规模。

综合各种研究，可以知道企业在选择渠道成员的时候，主要关注以下几个方面：

（1）销售因素。使用中间商的最终目的是增加市场份额、销售额和利润。因此，销售和市场因素是最重要的评估标准之一，包括中间商对市场的知识和覆盖率、销售人员的数量、质量及管理水平等。

（2）产品因素。包括中间商对产品的知识、服务、库存要求，服务人员的质量也应该考虑。中间商对产品的知识将影响产品使用效果、顾客需求和售前售后服务，特别是终端顾客所关心的问题如包装、送货安排等。

（3）经验因素。对中间商经验和专业水平的评价可以通过以前所服务的客户满意度来评估。如果中间商在其所在的群体信誉不佳，大多数厂商会拒绝与其合作。就像固特异轮胎橡胶公司所认为的那样：在有关经验及经济实力这些问题上，厂家常常可做一定让步，但关于中间商的个性本质是极其重要的，因而在此问题上绝不妥协。

（4）管理因素。通过检验其工作负荷来确定是否满负荷工作。还可以对其成本结构的竞争性以及是否能完成分销计划等进行评估。

（5）风险因素。风险考虑包括评估中间商对合作关系是否负责，计划的渠道安排是否按正常运行，还要考虑中间商销售产品的热情程度、成本、竞争范围等。

选择是双向的，所以企业选定中间商后，还必须努力促使中间商参与进来。许多运用销售代表的企业，要么将销售代表视为自己的顾客，要么是视为自己的雇员。这是不对的，应当认识到销售代表是一个独立的实体，同时与不同的制造商有着合同的关系，分别为他们销售产品。企业选定了合适的销售代表之后，就应该使他们意识到他们是企业的合作伙伴，随时会得到企业的支援。

8.4.2　激励渠道成员

分销商和销售代表都是独立的，有着自身的利益，所以他们的立场观点与制造商常常会不同。制造商如果不能充分理解中间商的想法，渠道战略就很难成功。所以要保证渠道能长期正常地进行，尊重中间商的利益并对其进行有效的激励是非常必要的。有效的激励还可以使企业能够从中间商处得到更多的帮助。

激励首先必须是基于对渠道成员间关系的正确认识，渠道成员间的关系应是合作伙伴关系。渠道中制造商、中间商的利益是息息相关的，只有全体渠道成员通力合作，才能获得比较好的收益。在实践中，许多制造商、中间商是通过合同的形式将这种合作关系确立下来的。这样做的好处是操作起来比较容易，并且可以避免相互间不必要的误会。企业还可以让中间商更多地参与到产品、营销计划的制定、实施、控制等工作当中，增进相互间的沟通，更好地协调各自的目标。

并非在任何情况下都必须为建立紧密的渠道成员关系而花费大量的人力物力。只有渠道成员相互间承诺的条件较高时，才有必要进行大量投资。承诺是渠道关系中一个重要的概念，是指两个组织在稳定的基础上建立紧密的相互关系。在以下一些情况中，应当努力培养并维持较高水平的承诺：①分销商或销售代表在分销过程中提供了大量附加价值；②中间商更换供应商非常困难；③经营环境的不确定性很高，渠道成员必须共同面对复杂多变的市场环境。如果情况与上面相反的话，只要维持一般的渠道关系就足够了。

建立比较紧密的渠道关系后，企业就应该给予中间商更多的支持，特别是在企业实力较强的领域如存货管理、订单处理等方面。信息共享也是很重要的，信息共享有助于渠道成员共同提高绩效。企业管理人员还应经常性地将分销商或销售代表召集到一起，研究现行分销渠道的问题，为企业的营销战略提供意见或建议，为整个渠道成员的发展献计献策。

中间商都是独立的经济实体，所以最主要的激励还是源自参与渠道活动的报酬。如果企业提供的报酬达不到同行业或竞争者提供的水平，企业就留不住中间商，中间商就会倾向于参与到利润更高的分销渠道中。所以企业至少应当提供行业中通行的佣金水平，并随情况的变化不断做出调整。

从一般意义上来说，制造商可以通过下述方式激励中间商以获取合作：

（1）强制力量：如果中间商不合作的话，制造商就停止某些资源或终止关系。这种方法可能是相当有效的，但实施压力会使中间商产生不满心理。

（2）报酬力量：当中间商执行特定活动时，制造商给予附加利益。报酬力量通常比强制力量更好，但费用过高。而且，中间商可能会要求越来越多的报酬。

（3）法律力量：制造商依据合同所载明的规定或从属关系，要求中间商有所作为。一旦中间商认为制造商在法律方面占主导地位，法律力量就起作用了。

（4）专家力量：制造商有专门的知识，而且这些知识对中间商具有价值的时候，制造商就拥有专家的力量。

（5）相关力量：是指制造商有很高的行业地位和声誉，中间商因此愿意与制造商合作并以此为荣的情况。例如，可口可乐、IBM、宝洁等公司就具有高度的相关力量。

8.4.3　评价渠道成员

制造商要达到自己的分销目标，就必须高度依赖独立于制造商的渠道成员的业绩。因此，有必要对渠道成员的业绩进行评价。渠道成员绩效审计是一种定期地、全面地评估渠道成员的方法。该方法可以在批发或零售的水平上针对一个、多个或所有的渠道成员而使用。

渠道成员审计包括三个阶段，详细内容如下。

1．制定度量渠道成员绩效的标准

大多数制造商利用下列标准进行渠道绩效审计，包括渠道成员的销售绩效、渠道成员维持的库存水平、渠道成员的销售能力、渠道成员的态度、渠道成员的发展前景等。其中，销售绩效是最重要的并且是最普遍的适用于评估渠道成员的标准。

2．根据绩效标准定期评估渠道成员的绩效

采用多标准正式评级系统，使渠道经理能够对每个渠道成员的综合绩效定量地打分，然后根据分数来评估渠道成员。该方法由下面五个步骤组成：

（1）确定标准和相关操作方法；

（2）给出每个标准的权重以反映其相对重要性；

（3）给被评估的渠道成员的每个标准打分；

（4）每项标准的分数乘以该标准的权重，产生加权分数；

（5）将各项标准的加权分数相加，得到每个渠道成员的综合绩效总分。

表 8-1 展示了这种方法详细操作。

表 8-1　标准正式评价系统

标　　准	（A）标准的权重	（B）标准的分数 1 2 3 4 5 6 7 8 9 10	（A×B）加权分数
销售绩效	0.50	5 √	2.5
维持库存	0.20	8 √	1.6
销售能力	0.15	5 √	0.75
态度	0.10	7 √	0.7
发展前景	0.05	7 √	0.35
综合绩效分数			5.90

3. 提出纠正措施

制造商通过上述评估，尤其需要对那些达不到最低绩效标准的渠道成员给予关注。一方面，积极寻找绩效差的原因，是销售人员未经培训或培训很少，还是制造商给予的支持力度不够?并根据相应的原因给予整改建议，以提高渠道成员的绩效。另一方面，如果渠道成员没有改进绩效的可能，也可以考虑终止关系。

8.4.4　渠道改进安排

消费者购买方式的改变、市场区域的扩展、竞争对手的渠道策略的变化、创新渠道的出现以及产品生命周期的演进等方面的原因，使制造商所构建的渠道体系要与外部环境相适应，而不可能保持一成不变。例如，在产品生命周期的早期，购买者可能愿意通过附加值高的渠道来购买;但在产品生命周期的成熟期，消费者可能愿意从低成本渠道购买。也就是说，在产品生命周期的不同阶段都保持竞争优势的统一渠道模式是不存在的。

斯特恩（Stem）和斯达迪文（Sturdivant）提出一个用于改进渠道战略的顾客驱动分销系统设计。该设计对渠道改进安排具有重要的指导意义，具体包括六个步骤：

（1）研究目标顾客对相关渠道服务产出的价值认知、需要和期望;

（2）检查与顾客期望相关的公司和竞争者的现行分销系统的业绩;

（3）找出需要进行改进的服务产出差距;

（4）识别限制改进行动的主要因素;

（5）设计"有管理界限"的渠道解决方案;

（6）实施重新构造的分销系统。

8.5　电子商务时代的组织市场渠道冲突

8.5.1　渠道冲突

各个渠道成员既然都是独立实体，就难免会发生利益冲突。虽然大家都认识到合作的重要性，但仍然会想方设法扩大各自的自主权，以增强自身的利益。当一个渠道成员 A 发现另一个渠道成员 B 正在阻碍自己实现一个很重要的目标，**渠道冲突**（channel conflict）就产生了。

一般来说，渠道冲突通常包括以下三种类型：

（1）垂直渠道冲突，指同一渠道中不同层次之间的冲突。例如，制造商与制造商销售代表之间的冲突。

（2）水平渠道冲突，指存在于渠道同一层次的成员之间的冲突。例如，不同销售区域间的窜货往往会导致水平渠道的冲突。

（3）多渠道冲突，这种冲突产生于制造商已经建立了两个或更多的渠道，并且它们向同一市场销售时产生的竞争。例如，制造商的销售人员与在同一市场的经销商为争取同一顾客而发生的冲突。

渠道冲突发生的原因主要有以下三个方面：

（1）目标不相容，通常某个渠道成员的目标与其他成员并不相容。不相容的目标可能是由于一些因素所造成的，诸如利润差异、与其他渠道的竞争、产品供应量等。

（2）区域冲突，营销渠道之间的冲突也可能是由成员之间区域划分的差异所引起的。渠道领域的四个关键要素是所服务的入口、覆盖的地域面积、所要执行的功能或任务、所使用的技术。

（3）对现实感知的差异，这一原因通常是渠道成员之间沟通不良所造成的，也是重要的冲突来源。因为这就意味着对同样的情境，不同的成员会采取不同的行动。如果渠道之间缺乏良好的沟通，那要在渠道成员之间形成协调性就非常困难了。

众多实例表明，一旦目标不相容，区域出现重叠，对现实的感知差异较大，渠道冲突也就越严重。虽然渠道冲突通常都被认为是消极的，但在某些情况下冲突也是积极的。这时的冲突通常被称为"功能性冲突"。如果没有任何的冲突，渠道成员将会倾向于变得被动并缺少创新性。冲突可以激励渠道成员去适应、成长并捕捉新的机会。实际上，当一个健康的企业试图扩张其市场覆盖面时，会将渠道冲突视为不可避免的成本。一些学者也提出"门槛效应"的概念，即随着渠道冲突在一定范围内的上升，绩效也会随之上升，而冲突水平超出这个范围，绩效就开始下降。企业应该不计代价地去避免这种导致绩效下降的渠道冲突。

解决渠道冲突的方法也有很多，例如组建一个全渠道的委员会，或者设立共同的目标都可以有效地缓解渠道中的冲突。这些方法其实就是要营销人员能与渠道中上上下下的成员进行有效的协作。而良好的协作就要求渠道成员们能够相互信任。一般来说，在以下一些情况下渠道成员相互间承诺和信任比较可靠：

渠道中的企业各自具备其他成员所不具备的资源或能力；渠道中不同的企业享有相近的价值观；各个企业可以分享重要的信息；每个成员都努力做到不去侵犯其他成员的利益。这样渠道就能够更加稳定，竞争力也会更强。

8.5.2　电子商务时代的渠道冲突及其管理策略

电子商务（electronic commerce）是指战略性地使用计算机和信息技术来达成商业目标。电子商务的出现创造了新的商业模式，影响了组合营销的方方面面。其中尤为重要的是这种新的商业规范对营销渠道的影响。电子商务带给组织营销者一系列的机会，包括降低成本、接触到新的市场细分、持续地向全球顾客提供信息。然而，电子商务也带来了一些重大的挑战。当企业开始使用电子商务时，渠道冲突也许是所面临的最严重的问题。在一项对 50 个制造企业进行的调查中，其中，66% 的企业认为渠道冲突是他们在进行在线交易时遇到的最大问题，这个数字是通常的三倍。传统的分销渠道正受到网上电子商务的冲击。制造商如何通过他们的总体分销系统来管理渠道冲突，这对于获得成功来说是极为重要的。

为了避免渠道冲突，企业必须制定战略将新的电子渠道与传统分销系统整合起来。将网络引入渠道组合时的关键是理解每种渠道中的顾客重视什么，了解现行的渠道能否满足这些需求和期望。组织营销者必须从精确的市场细分，提供分销渠道以最便利的形式满足目标细分的需求开始做起。

组织市场的制造商应该使用电子商务来支持其分销网络，而不是取代现有的中间商。Kevin L.Webb（2002）提出电子商务和传统的分销渠道之间的冲突，可以通过在产品、分销、定价和促销等营销组合工具上互相支持与配合予以解决，具体如下：

1．产品

组织营销者可以通过正确地管理在线的产品销售来降低消极的渠道冲突。一些制造商通过限定那些仅通过网络销售的产品的销量来安抚其中间商。另一些则关注于偏爱通过电子渠道购买的顾客细分的特别需求，只提供产品。还有一些供应商利用更为创新的方法来使在线销售的产品区别于通过渠道伙伴销售的产品。这里有两种选择：第一，为在线销售的产品设立一个新的品牌，即使这些产品在本质上与通过传统渠道销售的产品是完全相同的，这样就降低了终端顾客将两者进行直接比较的可能性；第二，选择的思想来自于产品生命周期理论——当需求快速上升时，在网络上销售产品不大可能影响渠道伙伴的销售。然而在产品的饱和与下降阶段，通过电子渠道销售产品可能会对现有的分销渠道销售该产品产生不利影响。

2．分销

营销渠道系统都要执行三项基本任务，即传递货品、传递货款和交换信息。这三项任务又可被称为物品分销、完成交易和促进沟通。作为一种电子营销渠道，网络完全能够取代传统的分销渠道来传递信息和完成交易。但是，网络不能提供有形货品的物质传递。仅这一点，大多数的供应商仍需要渠道伙伴来完成从网络上获取的订单。例如，思科通过拥有产品目录的分销商销售其大部分的设备，而这些分销商再将设备转销给零售商，再由零售商向中小企业客户销售。思科将网络作为其传统分销渠道的补充。

3．定价

制造商通常意识不到他们的渠道伙伴通过网站观察制造商的行为。事实表明，价格是引发大多数渠道冲突的原因。因此，当引入电子渠道后，组织营销者必须特别注意自己的定价战略。已经有越来越多的制造商得出结论，在自身的网站上进行降价促销是下下之策，因为这会使得其他渠道的分销商失去进一步给顾客折扣的空间。

4．促销

网络渠道给了制造商绝佳的机会来向终端顾客直接促销，同时也可以在自身的网站上为零售商进行促销，并鼓励在线顾客最终选择其他渠道。一些制造商，包括 3M、GE、IBM，已经不去影响传统渠道的销售，通过搜索引擎提供产品的详细信息以及零售商的网站链接，但不接受在线订单。另外，许多 B2B 企业也已经认识到，主动在自身的网站上为渠道伙伴进行促销，并允许这些渠道伙伴在网站上登载广告，都是非常有利的。例如3Com 公司的网站上有一个网页"伙伴"，其中含有其众多分销商的大量信息，并且都提供了这些分销商的网站链接。

B to B 营销视窗 8-1 中的企业的网络营销策略对很多企业解决电子商务时代的冲突具

有一定的借鉴意义。

| B to B 营销视窗 8-1 | 世界上最大的玩具制造商的网络营销策略 |

作为世界上最大的玩具制造商，Mattel 的许多营销项目针对传统的大型零售商（B2B）的。在 2000 年年底，Mattel 开始悄无声息地在其网站 Barbie.com 上销售多种玩具和儿童服饰。同时，它也向四百万个家庭寄出了全新的芭比娃娃产品目录。尽管一些零售商私底下认为网站和这些产品目录带来了竞争，Mattel 还是坚信这些行动的目的是提升产品和提高品牌的认知度，而不是与零售商竞争。显然 Mattel 精心思考过它的网络分销战略：有意地将定价高出零售商 15%，并且某些热销产品也不会通过网络销售。公司也正在与零售商伙伴讨论未来的发展方向，尽力使双方都可以从网络中获益。例如，Mattel 并不希望自身整合产业链上的所有环节。金融分析家注意到 Mattel 的一半销售收入来自于仅仅五个零售商，这无疑是一种危险的信号，但他们看起来还是很赞赏 Mattel 的战略。Mattel 的营销策略使其能够充分利用网络所带来的机遇。同时，Mattel 以一种机智、主动的方式来应对渠道冲突所产生的众多挑战。

资料来源：　Kevin L. Webb.Managing channels of distribution in the age of electronic commerce. Industrial Marketing Management，2002，31：95–102.

8.6　营销渠道的发展趋势——多渠道战略

在过去十年中，越来越多的组织市场营销者采用多渠道战略来应对顾客购买行为的变化、市场全球化和网络的来临。采用多种分销渠道来服务组织顾客已经成为普遍规则，而不仅仅是特例。

多渠道战略（multichannel strategy）指对同一或不同的细分市场，采用多条渠道的分销体系战略。

企业从多渠道分销战略中可以获得多种利益。首先，可以更好地适应顾客需求和购买模式的变化。当企业试图应对新的分销渠道，包括网络时，这样的适应能力已被证明是极为有用的。其次，由于单一的渠道类型不可能适合所有的产品，因此产品种类众多的企业可以从中受益。再次，当现存渠道饱和后，生产能力过剩的企业可以从额外的新渠道中获益。最后，使用多个渠道的顾客可以为企业带来更高的收入和更高的顾客价值，促使顾客多次购买。多渠道战略还有助于提升品牌的认知度。高度的品牌认知可以帮助提高销售额与利润。

但同时，多渠道战略也带来了一些挑战：①多渠道会对企业内部资源，诸如资金、人员、产品和技术等造成竞争性需求；②当企业增加渠道的数量时，边际报酬会递减，来自新渠道的销售额也许不能抵消开发和维持成本，当企业增加渠道成员的数量时，来自新的渠道成员的销售额通常也会小于现有成员（边际销售额/回报递减），理由是优质的客户通常会最先被挑走；③当一个区域内有大量的渠道在同时运作，就容易产生渠道冲突，这是因为多渠道战略会使得多个渠道成员同时针对一个客户。而且，购买者因此会得到不同的报价。例如，顾客从一位销售人员处了解到某种产品，但实际却通过更廉价的网络渠道购买。据估计有 20%的顾客采取过这样的策略。更严重的是，在多渠道的情况下，内部渠道冲突可能会导致推销产品意愿的下降，甚至导致渠道成员退出。

一方面，多渠道可能导致企业内部的资源竞争、规模报酬递减和渠道冲突等方面的问题；另一方面，企业面对顾客购买行为的变化、市场全球化和网络时代的来临而不得不对其渠道进行扩张以获取利润额，覆盖面以及顾客的忠诚度等等。Sharma 和 Mehrotra（2007）提出了一个包含六个步骤的理论框架，对企业制定最优的多渠道策略具有指导意义（见图 8-8）。

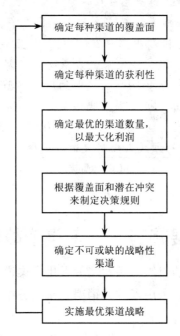

图 8-8　制定最优渠道策略的框架

资料来源：Arun Sharma, Anuj Mehrotra .Choosing an optimal channel mix in multichannel environments.Industrial Marketing Management ，2007，36 21– 28.

1）确定每种渠道的覆盖面

在多渠道背景下确定最优渠道数量，首先是明确顾客细分及每种渠道分别对每个细分的覆盖面。然后，企业要了解每个细分市场中顾客的数量，可能实现的渠道成员数量。这些信息可以通过市场调查，或者二手资料的研究来完成。

2）确定每种渠道的获利性

当企业进一步扩张时，通常每个新进的渠道成员只能产生很少的利润。由于规模报酬递减，每个新渠道成员的获利性也会低于原有成员，这也是需要考虑的。同时，在顾客数量较少的情况下，利润与所获得的顾客数量线性相关。

3）确定最优渠道数量，以最大化利润

企业需要为每种类型的渠道确定最优的成员数量，根据每种类型渠道的成本与利润的关系，为每个渠道成员计算盈亏平衡点。当然，即使平衡点的成员数量小于现有的成员数量，企业也没有必要去剥离现有成员。企业应该通过仅仅计算维持成本（因为开发成本是沉没成本）来确定平衡点。

4）根据覆盖面和潜在冲突来制定决策规则

可以通过两个方法来检验上一阶段所确定的最优数量。首先，将结果与渠道所面对的市场规模相比较；第二，尽可能地避免不同渠道之间的潜在冲突。经过调整之后，将新战略所产生的利润与现行战略相比较。还要计算与新的多渠道战略相关的额外支出。

5）确定不可或缺的战略性渠道

在确定了要减少某种渠道中的成员数后，企业必须测试其所有的战略目标，是否存在出于战略性的考虑而要保留的某种渠道。然后，同样地要将修正后的新战略所产生的利润与现行战略相比较。还要计算与修正后的新的多渠道战略相关的额外支出。

6）实施最优渠道战略

框架的最后一步是实施多渠道战略。企业需要制定正式制度来加强渠道覆盖面来减少冲突。这些制度包括渠道定价、授权和持续的评估。另外，企业也要努力收集关于顾客细分、渠道覆盖面、获利性和冲突等方面的回馈信息以改进渠道战略。

8.7　组织市场的国际营销渠道

在组织市场中，进行国际营销的分销渠道，常见的有三种：国内出口中间商、外国中间商、由企业自行组建或管理的海外销售队伍。国内出口中间商主要适用于小型企业或者缺乏海外销售经营的公司；外国中间商主要适用于企业很重视国际市场，需要运用当地的中间商的情况；如果海外销售收入占企业全部销售收入的比重较大，企业就需要建立自己的海外销售队伍。但由于国际市场复杂，全球分销渠道不可能是简单、单一的，所以企业必须制定一个全球化、综合性的渠道战略才行。

下面的小节将主要介绍这三种需见的分销渠道。

8.7.1　国内中间商

国内中间商的优势是企业比较容易和其合作，但缺点是中间商对海外市场的了解不够全面，经营起来有很大的局限性。

根据中间商是否取得商品的所有权，可将其分为两大类，即未取得产品所有权的中间商和取得产品所有权的中间商。其中，未取得所有权的中间商包括：出口管理公司、制造商出口代理商和经纪人。其主要职责是进行销售，联系境外顾客进行谈判。这种方式受中小企业的欢迎。这样中间商就可以负责境外市场包括广告、产品运输等在内的大部分营销活动，然后收取佣金。

取得产品所有权的中间商就直接将产品销售出去即可。**出口商**和**贸易公司**都属此类。出口商是指专门经营国外市场的批发商，专门进行大批量商品出口的称为**出口批发商**。贸易公司则指专门从事跨国贸易的公司，它们与出口商的区别在于贸易并不限于经营本国产品，它们可以进口某国的产品销往第三国，中国现有的"贸易公司"其实大部分都并不属于贸易公司，而属于出口商。

8.7.2　外国中间商

　　将产品销往海外，找到一个合适的当地的中间商对企业来说是非常有益的，由于其熟悉市场情况，经验丰富，能提供一个面向消费者的更直接的渠道。

　　外国中间商也可以按照是否取得商品的所有权分为两类。取得所有权的外国中间商包括：当地分销商、经销商、进口批发商。未取得所有权的外国中间商包括：经纪人、销售代表、代办商。代办商与经纪人很相似，区别是代办商还负责销售活动中的融资，这在跨国交易中是非常有吸引力的，可以消除买卖双方的信用风险。

　　对外国中间商进行选择时，要综合考虑产品、市场、利润等因素。例如，经纪人不储备存货，不承担任何风险，而进口商则必须取得商品的所有权，承担相应的风险。这样，通过进口商的价钱就会高一些，以此补偿他们承担的风险以及付出的附加劳动。

　　选择国外中间商必须非常谨慎，否则可能导致巨大的损失。这种选择应建立在收集大量有关中间商信息的基础之上，再对他们分别进行仔细评估。评估标准中比较重要的有以下五类：

- 财务和管理能力（例如，资本总额、管理水平等）；
- 产品因素（例如，经营新的产品线的能力等）；
- 营销能力（例如，与目标顾客打交道的经验、物流能力等）；
- 承诺（例如，在销售培训方面的投资、可以承担的广告费用等）；
- 有利条件（例如，语言能力、与政府的关系等）。

8.7.3　企业自身的海外销售队伍

　　能否与海外顾客建立良好的关系是企业在海外市场获取成功的关键。当今国际市场竞争日益激烈，技术进步日新月异，产品生命周期不断缩短，技术标准日益提高，这些都要求企业建立自己的海外销售队伍。具体地说，在以下几种情况企业应组建自己的销售队伍：

- 所销售的产品要求有高水平的服务；
- 产品竞争导致差异化；
- 本国限制海外投资的相关法规较少；
- 产品市场的文化与本国的文化相近；
- 该产品与企业的核心产品相关；
- 竞争者有自己的销售队伍。

　　总而言之，由于跨国经营中许多东西都是企业很不熟悉的，所以要作出相应的渠道决策比较困难；但全球营销和全球竞争都是未来发展的趋势，所以企业必须去分析大量信息，而后找出合适的营销渠道。

本章小结

分销渠道的主要职能包括转移商品所有权、储运商品、联系顾客、提供商业信贷和服务支持。分销渠道一旦建立起来，再想做任何调整都很难。

按照在分销渠道中是否出现中间商，可以将分销渠道分为两类：直接分销渠道和间接分销渠道。组织市场分销渠道中的中间商有许多类型，包括分销商、销售代表、批发商、经纪人和代销商，其中最重要的就是分销商和销售代表。

渠道设计是指创建一个全新的渠道或是改进原有渠道的动态过程：第一步，明确渠道目标；第二步，分析约束条件；第三步，安排渠道任务；第四步，制定渠道方案；第五步渠道选择。

渠道管理包括四方面的内容：一是选择适当的渠道成员，并通过相互间的协议来明确各自的职责；二是对渠道成员进行激励，以保证渠道目标的顺利完成；三是对渠道的绩效进行评估控制；最后还要针对企业内外部环境的变化进行渠道改进的安排。

电子商务时代，企业不可避免地面临着渠道冲突。为了避免渠道冲突，企业必须制定战略将新的电子渠道与他们的传统分销系统整合起来。本章具体介绍了电子渠道如何与传统渠道在产品、分销、定价与促销等方面相互支持与配合以避免渠道冲突。

顾客购买行为的变化、市场全球化和网络时代的来临，使得越来越多的组织市场营销者采用多渠道战略。多渠道可能导致企业内部的资源竞争、规模报酬递减和渠道冲突等方面的问题。本章介绍了一个包含六个步骤的理论框架，对企业制定能够有效实现利润获取、市场覆盖的多渠道策略具有指导意义。

国际营销的分销渠道常见的有三种：国内出口中间商、外国中间商、企业自行组建或管理的海外销售队伍。由于国际市场极其复杂，全球分销渠道不是简单、单一的，所以企业必须制定一个真正全球化、综合性的渠道战略。

关键词

直接分销渠道	Direct Distribution
间接分销渠道	Indirect Distribution
分销商	Distributors
制造商销售代表	Manufacture's Representatives
批发商	Jobbers
经纪人	Brokers

代理商	Commission Merchants
全线分销商	General-line Distributor
专线分销商	Specialists
综合商行	Combination House
渠道设计	Channel Design
渠道结构	Channel Structure
渠道管理	Channel Administration
渠道冲突	Channel Conflict
电子商务	Electronic Commerce
多渠道战略	Multichannel Strategy

思考题

1. 直接分销渠道和间接分销渠道有何区别？

2. 分销商和销售代表各适应于怎样的情况？二者有何区别？

3. 在新经济时代，组织市场分销商如何增加自身的价值？

4. 制造商与制造商代表如何建立和维系关系？

5. 何谓渠道设计？渠道设计包含哪些步骤？

6. 渠道管理具有哪几方面的内容？

7. 渠道冲突产生的原因有哪些？在电子商务时代，制造商如何处理电子渠道与传统渠道之间的关系？

8. 请解释多渠道战略的优点和缺点以及企业应该如何制定多渠道战略。

9. 组织市场的国际营销渠道有哪些类型？各有怎样的特点？

第 9 章
组织市场的定价策略

所有公司都要为自己的产品和服务制定相应的价格。定价策略是市场营销策略的有效组成部分，企业的定价策略必须与产品策略、分销渠道策略和沟通策略有机地结合起来。有学者曾经指出："如果说有效的产品发展、促销和分销策略为公司播下了成功的种子，那么，有效的定价策略就可以收获这些丰硕的果实。"但是，不恰当的定价策略将使其他所有的这些努力付之东流。因为对于大多数产品或服务来说，价格是顾客反映最敏锐的营销变量。价格是产品中可以观察到的，它能使消费者购买产品，也能使消费者不购买，同时直接影响每件已售出产品的单位利润。

本章将分别讨论以下几方面内容：
- 组织市场定价策略概述
- 影响组织购买品定价的因素
- 组织购买品基本定价策略
- 组织购买品价格修订
- 价格变动及反应

9.1　组织市场定价策略概述

9.1.1　组织购买品定价的挑战

1. 定价的关联性

科雷芬斯（Cravens）企业的市场营销过程包含许多关于目标市场、产品、分销渠道、营销沟通等方面的战略性选择，这每个选择都会对公司采取何种定价策略产生影响。以产品策略为例，产品组合，产品线的数目，公司的产品组合，产品的生命周期阶段，产品的品牌水平和品牌定位以及产品质量等级都影响一家企业的定价策略。例如一个高质量的产品需要一种定价策略，而一种中等质量或低质量的产品却需要的是另一种。同样的情况也适用于销售给零售商的私人品牌产品，它们同样需要一种不同的定价策略。由于有太多因素影响定价，定价通常被认为是不独立的，以至于不可能被孤立地视做一个独立的管理职能。因此，在营销计划中的所有定价决策必须与其他的操作领域相协调——这就远多于其他生产、分配、促销的营销职能。如果一家企业只销售一种产品或只提供一种服务，定价决策将被简化且易于管理，但这种情况在现实中是很少出现的。

2. 协调定价的困难

如前所述，定价受到很多相关因素的影响。而且，公司的管理层在制定和执行的定价决策都与各个部门存在相当大的利益关系，这些部门包括销售部门、市场部门、财务部门、制造部门以及客服部门等。究竟是将定价责任分配到到某个部门还是成立一个定价组织来管理定价，对很多组织市场的企业是一个困难的抉择。

而且，由于客户对价格透明度需求的增长，互联网上拍卖网数量的增加，客户之间分享的价格信息增加，客户在与制造商销售代表中谈判技巧的提升等原因，组织市场中的企业正逐渐失去对价格的控制权。企业开始需要制定价格计划而获取对价格的控制。兰西诺尼对组织市场的企业所进行的调查揭示，有 57%的工业企业开始发展非正式的价格计划，还显示有 38%的工业企业开始发展正式的年度定价计划来作为其常规的市场营销计划过程的一部分。30%的公司把市场定价响应策略包含在其计划中，但是超过 80%把削减开销的目的作为计划的一部分。62%的公司在他们的计划中包含竞争状况的分析，而 45%阐明了定价策略和目标。市场份额目标也同样重要（61%），而 41%的工业企业已经成立整体公司的定价政策作为其定价计划的一部分（见表 9-1）。

表 9-1　工业企业定价计划的主要内容

内容类别	在定价计划所占百分比
定价响应策略	30%
成本回收目标	81%
竞争状况	62%
定价策略	45%
市场份额目标	61%
定价目标	48%
整体定价方针	41%

百分比并非全部是 100%，因为有回应的公司可选多项

资料来源：Richard A. Lancioni. A strategic approach to industrial product pricing: The pricing plan. Industrial Marketing Management, 2005, 34: 177–183.

9.1.2　定价委员会

在企业里会有许多影响定价的因素和部门，使得制定价格计划变得困难，一些组织市场的企业借助于定价委员会作为协调定价的机构。一项对于启用定价委员会促进价格计划的调查显示，有 68%的制造企业正积极地使用定价委员会。定价委员会的功能通常包含了发展定价策略的责任（58%），这些策略的执行（88%），市场中竞争威胁的寻找和分析（87%），折扣项目的发展（19%），新产品定价（27%）以及销售激励项目的执行和发展（12%）（见表 9-2）。

表 9-2　定价委员会在工业企业中的作用

作用	定价委员会所起作用的百分比
为公司发展定价策略	58%
执行公司政策	88%
竞争的回应	87%
发展折扣计划和策略	19%
新产品定价	27%
整体定价方案	41%

百分比并非全部是 100%，因为有回应的公司可选多项

资料来源：Richard A. Lancioni. A strategic approach to industrial product pricing: The pricing plan. Industrial Marketing Management, 2005, 34: 177–183.

定价委员会已成为促进价格计划过程的主要组织工具。这些委员会的组织成员往往都

是从在设定价格方面起作用的部门中抽取。这其中包括了财务部，财务部门具有既定投资收益率的利息、资产收益率、利润率、交叉弹性的最小津贴和新产品利润等方面的信息。由于成本在价格设定中的重要性，财务部经常是定价委员会的成员。定价委员会的另一个关键成员就是最关注竞争反应、负责价格的持续性追踪检查和更新以及新产品定价的销售部。销售部也常常是定价委员会中最有影响力的成员，这是因为销售部对公司销售业绩创收的控制。销售部的主要关注点是价格反应策略，为选择客户创造交易，一种利润来自于更高销售量的信仰，以使用折扣来吸引顾客并完成交易。除此之外，定价委员会另一个重要成员是生产制造部，这个部门在考虑如何定价时往往带有狭隘性，考虑的重点是最小化产品差异、采购量、标准化的产量以及有限的新产品引进。

在不同层次的管理层往往也是定价委员会的成员，包括 CEO、副总经理、董事。在定价委员会中，最有影响力的管理团队是高级管理人员。企业的总经理、高级副经理或行政官员往往代表这个团队。定价委员会一般是不到 10 个成员的小规模）。在市场中任何团队一旦规模变大，就很难让其在应对竞争挑战所采取的行动过程中保持一致性。政策上，定价委员会在企业的地位已经举足轻重。而每个部门对定价决策的影响都是重要的（见表 9-3）。

表 9-3　部门影响在工业企业中对定价的作用

部　　　门	影 响 等 级
会计部	2.6
财务部	5.3
销售部	4.4
高层管理人员	4.4
市场部	4.5
生产部	1.5
后勤部/采购部	0.3

要等级分数是基于 5 个重要性等级：从 1-不重要到 5-非常重要

资料来源：Richard A. Lancioni. A strategic approach to industrial product pricing: The pricing plan. Industrial Marketing Management, 2005, 34: 177–183.

9.1.3　以价值为基础的定价策略

传统上，营销经理主要以成本作为制定价格决策的基础，这一定价方法简便易行。第一，价格的确定可以简化为一个公式，只要在实际成本上加上一定的目标利润即可得产品价格；第二，要获得利润，产品索取的价格不能低于生产产品或交付服务所花费的成本；第三，该定价方法可迅速获得实施，因为所必需的数据在公司内部即可获得。

在制定价格时，成本固然是一个重要的考虑因素，但是营销理念在慢慢地改变，企业的重心已逐渐向顾客（客户）转移，顾客是公司产品的消费者，许多企业在制定价格时以顾客可感知的价值为基础制定价格。所谓顾客可感知的价值是指产品或服务对顾客而言值多少钱。顾客通常不了解或者并不在乎产品的成本是多少，重要的是产品是否值所付的价格。以成本为基础的定价方法可能会产生低于价值的价格，这样企业会白白丢掉一部分利润。但更为普遍的现象是，价格高于价值，产品销售不出去，最后还得降低价格。

从一个更广泛的角度去考虑顾客购买产品所花费的成本,当顾客购买产品或服务时,通常是购买一系列的产品或服务属性,包括产品质量、技术服务、送货的可靠性,供应商的信誉、安全感,与供应商的友谊等。这些属性可以分为以下三大类(见图 9-1),产品属性(如产品质量)、公司属性(如公司信誉和公司技术能力)以及销售人员属性(如可依赖性)。

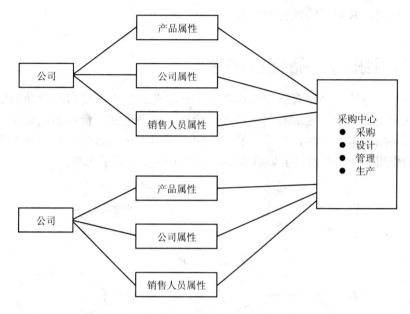

图 9-1 定价环境:买方、卖方与竞争者的关系

同样,在顾客支付产品时,通常也不会支付产品实际所标示的价格。在做出购买决策前,买方通常会考虑特定产品或服务的所有成本,包括获得成本、占有成本、使用成本,如表 9-4 所示。

表 9-4 顾客购买成本

获 得 成 本	占 有 成 本	使 用 成 本
价格	利息	安装
文书工作成本	仓储	员工培训
运输成本	质量控制	使用者劳工费用
订货成本	税金与保险	产品寿命
订货失误成本	亏损	维修费用
订购产品的评估成本	内部处置成本	处置成本

(1)获得成本。获得成本不仅包括产品的价格和运输成本,还包括评估供应商、订货以及失误的成本。

(2)占有成本。占有成本包括融资、仓储、验货、相关税金和保险以及其他内部处置成本。

(3)使用成本。使用成本是指买方为使用所购买的产品必须支付的成本,包括安装、员工培训、使用者人工费用、维修、替换和处置成本。

从前面的讨论中可以知道，采用供应商评估系统，买方就可以准确地评估与各供应商进行交易的成本。因此相应地，企业可以采用以价值为基础的策略，根据顾客不同的需求，制定相应的策略，来降低顾客的成本。

以价值为基础的定价策略要求企业与顾客建立长期的合作关系，降低顾客的成本，而不再是注重现在产品的价格以及单个的交易。这样，企业的产品、销售以及与服务部门应该进行良好的协调，共同降低顾客的成本。

9.2　影响组织购买品定价的因素

确定产品和服务的价格没有固定的或者说单一的公式。在不受市场驱动的情况下，营销人员只需在成本上加上一定的利润就可形成价格。但是现在，价格的制定要考虑多种因素的影响，如市场需求、成本、竞争、利润、顾客使用方式，这些都对价格的成功制定起着举足轻重的作用。图 9-2 列出了影响价格决策的一些主要影响因素。

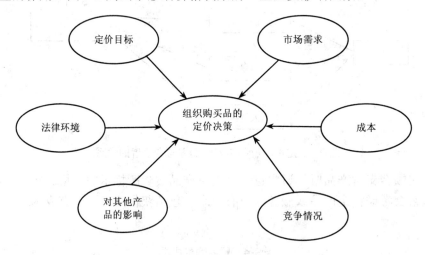

图 9-2　组织购买品定价决策的主要影响因素

9.2.1　定价目标

公司首先需要确定的是想要从特定的产品中实现什么目标，然后才可确定公司的营销目标和定价目标，**定价目标**（price objectives）必须与营销目标和公司目标相一致。目标越明确，价格的制定就越容易。不同的市场定位、利润额、销售额和市场份额目标，会产生不同的价格。一般来说，通过定价，公司可以实现以下一些目标：

（1）生存。一些公司会将维持生存作为自己的主要目标。只要价格能够弥补可变成本和部分固定成本，公司就能够继续生存下去。当然，这只能作为公司短期的目标，公司必须努力提高产品价值；否则，公司便会濒临倒闭。

（2）利润最大化。在这种目标的驱使下，公司根据市场需求弹性确定在不同价格下公司可能获得的利润，然后选择能为公司带来最大利润、现金流量和投资回报率的价格。

（3）市场份额最大化。许多公司相信，市场份额越大，单位成本也就越低，长期利润将会越大。

（4）市场利润最大化。公司采用高价快速撇取市场利润，公司通过对新产品和替代品的比较确定最高价格，当销售额下降时，公司迅速降低价格，吸引那些对价格较为敏感的顾客。

（5）产品质量领先地位。公司为保持产品质量领先，通常会制定较高的价格。

影响定价决策的目标并不只有一个，在进行产品定价时除了要考虑其主要定价目标外，还要考虑以下一些定价目标：投资回报率、市场份额和适应竞争环境。

例如，道化学公司和杜邦公司的公司目标各不相同，两家公司的定价策略截然相反。道化学公司的定价目标是建立最大的市场份额，并维持所建立的市场份额，所以制定的价格边际利润很低；而杜邦公司产品的边际利润较高，产品在进入市场时价格很高，随着市场的不断扩展和竞争的不断加剧，公司开始降低价格。

9.2.2　需求测定

众所周知，组织购买品的需求是由最终消费品的需求和生产衍生而来的，因此，组织类顾客会更注重向谁购买产品以及为何购买。组织市场非常复杂，一种产品可能会有几种不同的用途，产品对购买者来说重要性也会改变，因此，潜在需求、顾客对价格的敏感性以及可获得的利润也会随着细分市场的不同而有所不同，所以，公司在制定价格前必须先了解目标市场的顾客可感知价值、需求弹性、顾客的目标市场以及目标市场的需求特性。

1. 衡量顾客可感知价值

要确定价格并了解顾客对价格会做出何种反应，必须首先了解顾客的**可感知价值**（perceived value）。价格与可感知价值之间存在如下三种关系：

（1）可感知价值 > 价格：顾客"占便宜"，企业将损失应得的利润；

（2）可感知价值 < 价格：顾客认为购买该产品"不合算"，产品无人问津；

（3）可感知价值 = 价格：这是一种最理想的状况，但这种情况很少出现，主要有两个原因：第一，准确地估计出可感知价值很难；第二，一些企业愿意将价格定得略低于顾客可感知价值。

那么，如何来衡量顾客可感知价值呢？即使是相似的竞争产品，顾客对其感知的价值也会不同，产品的定价也就可以有所不同。因此，首先来看一下到底什么样的产品属性会影响到顾客的感知价值？表 9-5 列出了对顾客来说有价值的产品属性以及在竞争者中会产生差异的产品属性。但是，营销人员应该注意，由于高产品性能以及好的产品属性必然会带来高产品成本，因此，企业必须充分了解各不同属性对目标市场的价值，评估公司的竞争优势，从而确定产品必须具备的相应属性。

衡量产品的可感知价值的一个有效的方法是衡量其相对价值，首先需要选择一种竞争品（参照产品），然后估计该产品对参照产品的相对价值。可感知的相对价值一般由两部分组成：产品属性对于顾客的价值以及竞争品在这些属性方面的感知价值。

表 9-5　产品属性

属性	高	低
质量	好	一般
运输	及时	一般
创新	高研究与开发支持	研究与开发支持少
再培训	按需而设	只在第一次购买时设
服务	随时随地	只能从总公司处获得

了解产品的属性以及顾客可感知的价值不仅可以帮助企业确定产品的价格，还可以帮助企业制定其他的营销战略。首先，如果产品提供的属性确实优于其竞争产品，但是顾客并没有发现其与竞争品的区别，公司就应该制定相应的沟通战略，让顾客意识到该产品的优势。其次，市场沟通策略也能改变顾客的可感知价值。例如，如果市场沟通策略中强调顾客培训能提高产品使用的效率和安全性，那么顾客培训的价值也会相应地提高。再次，如果顾客认为某项属性特别重要，那么增加该项属性的性能将能增加顾客对该产品的总的感知价值。最后，潜在顾客对产品价值的评估为企业细分市场提供了机会，在进入具有竞争优势的市场的同时，要考虑到该市场的顾客是否认为该项优势具有价值。

2. 目标市场的需求价格弹性

所谓**需求价格弹性**（price elasticity of demand）是指当价格作单位变动时，市场需求是如何变化的，即顾客对价格的敏感程度，可以用以下公式来表示：

$$需求价格弹性 = \frac{某产品需求量变动的百分比}{某产品价格变动的百分比}$$

当价格降低时，如果销售收入（价格×销售量）增加，那么就认为价格富有弹性；如果销售收入下降，就认为价格缺乏弹性。在组织购买品市场，价格弹性一般受以下一些因素的影响：顾客的转换成本（client's switching cost）、产品在顾客成本中所占的比重、顾客的目标市场、产品对顾客的重要性。

在下列一些情况下，价格富有弹性，顾客对价格的敏感度高。

（1）市场上存在很多竞争品或替代品，顾客很容易货比三家，评估各产品的价格性能比；

（2）顾客很容易获得各产品的信息，并做比较；

（3）顾客转换供应商的成本很低。

产品在顾客成本中所占的比重：要确定需求的价格弹性，还必须了解该产品在顾客的成本结构中所占的比重为多少，如果比重较小，那么该产品的需求可能就缺乏弹性，产品的价格就不如产品质量和送货来得重要了。但是，如果产品在顾客的成本结构中占有很大比重，那么价格的变动将会对顾客最终产品的成本造成较大的影响，从而影响对该产品的需求。

顾客的目标市场：由于对组织购买品的需求来自于对最终消费品的需求，因此，了解顾客的目标市场也将有助于确定产品的需求弹性。如果顾客的目标市场需求富于弹性，该组织购买品价格的降低将会使顾客最终产品的成本降低，顾客最终产品的需求量增加，反过来扩大对该组织购买品的需求。因此，组织购买的定价决策不仅需要考虑组织购买品的市场情况，也要考虑最终消费品的市场情况。

产品对顾客的重要性：同一种产品对不同的顾客来说具有不同的用途，因此，顾客对该产品感知的价值也会有所不同。哪种产品对顾客来说越重要，顾客对价格的敏感性就越小，因此，企业应该努力进入那些对顾客而言比较重要的细分市场。

3．需求弹性的测定

营销人员到底应该如何测定产品的需求弹性呢？这里主要介绍两种方法：

（1）试销，对于那些拥有众多顾客、使用周期短并且具有良好的试销环境的组织购买品还是可以采用这一方法的。

（2）调查法，可用于测定需求弹性。公司在进行定价决策之前也应该了解顾客的目标市场，因此，在调查组织购买品市场的同时，对最终消费品市场进行调查将会非常有帮助。

很多时候，营销人员缺乏足够时间和资源使用这两种方法，那么也可以采用其他的一些方法，如德尔菲法。

9.2.3 成本因素

人们知道，在进行定价决策时并不能只考虑产品的成本，而要综合考虑顾客对产品的可感知价值、公司目标、竞争形势、法律环境等。但是，成本为价格限定了最低界限，公司希望制定的价格能够弥补生产、分销和销售等成本，并且能够获得一定的利润。

1．成本分类

对成本进行分类是定价决策的关键步骤，这样，营销经理就可以了解什么成本与产量有关，什么样的产品或市场会增加成本，哪一块成本可以增加利润。

（1）固定成本：指不随生产或销售收入变化而变化的成本，如租金、保险费用和管理人员工资。在一定的生产规模下，单位固定成本会随着产量的增加而下降。

（2）可变成本：可变成本直接随产量的变化而变化，如原材料、直接人工。一开始，单位可变成本很高，随着产量的增加和市场的扩展，单位可变成本会降低，直至最低点，但之后，如果产量进一步增加，单位可变成本会进一步上升。

（3）半可变成本：半可变成本随产量的变化而变化，但与产量之间不存在确定的比例关系，如维修费用。

（4）直接成本：与产品和市场直接相关的固定和可变成本，如广告、销售费用和运输费用。

（5）间接成本：与产品和市场相关，但并没有直接关系的那一部分成本，如生产管理、质量控制和顾客服务。

（6）分配成本：指一些支持型的成本，但该成本并不能被确切地确定属于哪一产品或市场，因此，通常营销经理将该成本按照目标市场的销售量和工作量分摊到各目标市场或产品上，如管理费用、广告等。

（7）沉没成本：由过去决策所导致而非现在决策所能改变，或不受现在决策影响的成本。

在前面已经讨论过，一些公司以生存或扩大市场份额为目标而将产品价格定得很低，只能弥补可变成本和部分固定成本。这只能作为一种短期的定价策略，从长远来看，企业如果要生存，价格必须能够弥补所有的成本。

对于一种产品，如果固定成本占有很大的比重，企业就必须想方设法扩大生产量，使生产处于饱和状态，定价就必须符合这一原则。如果可变成本比重较高，定价就应该使贡献利率最大化，这样才能获得最大的利润。

边际理论认为：只要销售价格大于产品成本，公司就可以扩大生产和销售量。也就是说，单位可变成本会随着生产和销售量的上升不断下降，直至最低点，这就是生产和销售量的最优决策点。然后单位可变成本又会随着生产和销售量的上升而上升，有时还会呈直线上升趋势。但在实际上，这一最优决策点很难判定。同时，在确定最低单位可变成本的决策点时，除了要考虑这一边际理论之外，还要考虑"学习曲线"这一概念。

2．成本的测定

一般价格制定者可以采用两种成本测定的方法：会计记录测定方法和生产测定方法。会计记录的测定法用在那些有成本历史记录可循的产品上，对这些数据采用多元回归的方法计算该产品的总成本以及边际成本等。成本的工艺和生产测定方法是用于新产品以及那些没有历史记录可循的产品上。公司根据产品的工艺和生产技术需要确定在不同产出水平下最优的投入量，然后确定产品的成本。

除了这两种方法之外，还有一种可作为利润管理工具的**目标成本**（target costing）。人们知道成本会随着产量和经验的增加而下降，不仅如此，如果公司的生产、设计和营销部门集中精力来努力降低成本的话，成本也有可能会下降，这就是日本人所采用的所谓"目标成本法"。他们先通过市场调查来确定新产品应该具备的功能，评估新产品的吸引力，了解竞争对手的价格，然后确定新产品的价格，再从售价中减去预期的毛利润，就得到希望达到的目标成本。将成本进行分类，分析每一种成本要素——生产、研究与开发、营销、管理等，考虑如何降低产品的总成本，努力将最终的成本方案定在目标成本的范围内，如果做不到这一点，他们就不开发这一新产品。

3．学习曲线

所谓学习曲线，是指单位可变成本会随着产量的增加而有所下降。

现在对**学习曲线**（experience curve）存在一定的争议，一些学者虽然承认产量的增加与成本的下降会同时发生，但他们否认产量的增加是成本下降的主要原因，另有一些学者认为：在一些情况下，以学习曲线为基础进行的定价会使企业失败。但是学习曲线仍然是预测成本和价格的重要工具之一，因此，每当产品累计所得的生产量增加一倍的时候，产品的单位成本会下降，这一比例随不同的行业而有所不同，从 10%～30%不等，绝大多数为 15%～20%。这一现象首先是由波音公司在 1950 年发现的，他们发现每当产量累计增加一倍时，生产飞机所需的时间会减少 20%。

对于学习曲线，有三点需要特别注意。第一，学习曲线与累计产量有关，而与时间无关。因此，当产品进入成熟期后，由于累计产量的增加速度较引入期和成长期慢，因此单位成本减少的速度也较缓慢，而并不是因为以前所认为的是由于边际成本递减的规律。第二，成本的降低并不仅仅与生产过程相关。产品设计、管理、分销渠道以及营销策略等都可以降低产品的单位成本。第三，经验曲线与规模经济并不相同。经验曲线中，成本的降低与累计产量有关，而与生产规模无关。而规模经济是指在一定时间内，生产规模越大，产品单位成本越小。这里可以用图 9-3 来说明学习曲线与规模经济的区别。

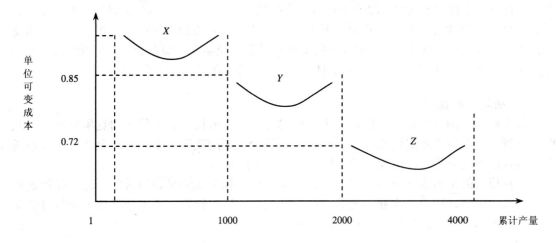

图 9-3　学习曲线与规模经济

曲线 X，Y，Z 分别表示当生产率变化时，产品的单位可变成本是如何变化的。假设 X 曲线代表生产第一个 1000 个单位产品时所需的单位可变成本，Y 曲线表示当产量第一次增加一倍（即达到 2000）时所需的单位可变成本，Z 曲线表示当产量再翻倍（达到 4000）时所需的单位可变成本。从中可以发现，每次单位可变成本下降的幅度是 15%，这就是学习曲线产生的效应。但是，规模经济效应是由每条曲线本身所表示出来的。以曲线 X 来说明，当生产率不断增加时，也就是当生产规模逐渐趋于饱和（或扩大）时，单位可变成本不断下降，直至最低点，但如果这时生产率要求持续增加，单位可变成本就会不断上升，这就是规模经济所产生的效应。

在实际应用经验曲线时，会碰到很多困难。首先，当经验增加时，成本并不一定会减少，经验曲线只是为降低成本和提高效率提供了机会。其次，在确定某一产品的经验曲线时，单个企业的产量与成本关系的数据很难获得，因为大多数公司对这些数据严格保密，而整个行业的数据对经验曲线的确定来说又无多大的价值，这主要是由于以下几个原因：第一，行业公布的价格与实际签订合同时双方协定的价格之间无多大的联系；第二，不同的企业采用不同的定价策略；第三，所谓的"平均价格"指的是一系列相似品的平均价格；第四，由于企业对成本数据保密，行业公布的价格与实际成本之间无多大的联系。最后，由于过度追求最小化，使得一些企业在面对竞争时，缺乏产品创新精神，而这又会使产品在市场上缺乏一定的竞争力。因此，企业在追求经验曲线的同时应注意：第一，创新也是降低成本的重要原因之一；第二，产量增加时创新并不会随之出现，企业应制造创新；第三，一个企业创新的程度依赖于创新的意愿度、想象力和有效追求公司目标的能力。

9.2.4　竞争

毫无疑问，现有的和潜在的竞争会影响到企业的定价决策，这为产品价格确定了上限。产品价格的范围在一定程度上取决于它与竞争品的差异程度，并且这一差异程度必须是顾客所意识到的。企业可以从以下几个方面了解差异性：产品的物理属性、公司信誉、技术能力、送货及时性等。也就是说，即使两种竞争产品性能及质量相似，企业也可以通过服务获得差异性。除此之外，企业在制定价格时，还必须考虑竞争者对此会作出的反应。

1．动态竞争者

传统意义上的静态竞争形势正逐步被动态竞争形势所替代。在静态的竞争环境中，企业可以制定一个较为稳定的长期发展战略，以适应长期的竞争需要，这样企业得以在市场上维持稳定的竞争优势，市场也处于较为稳定的平衡状态。

这种稳定的平衡状态正逐步被打破，企业获得的竞争优势只是暂时的，并不能保证它们获得长期成功，因此，企业制定的战略也必须符合这一特点，不断地创造企业自身的竞争优势，破坏竞争者的优势，并打破市场平衡。

2．预测竞争者的反应

为了预测竞争的反应，企业首先必须了解竞争者的成本结构和战略（包括直接的和替代品的），公开出版物和经验曲线是确定竞争者成本的良好途径。

对于降价行为，竞争者将会特别敏感。对那些差异性并不明显的产品，降价将会引起竞争者强烈的反应，很多竞争者将会跟随降价，因此产品的市场份额并不会有多大改变。

企业如果要实行提价行为，同样也必须预测竞争者的反应。如果竞争者并不跟随提价，产品有可能会失去市场份额，因此，产品要提价，必须符合以下几个条件：①提价并不会减少对该产品的需求；②竞争者会跟随提价；③企业在众供应商中享有较高的信誉。

9.2.5　对产品线的影响

企业不可能只生产一种产品，而是一条产品线，甚至于几条产品线。市场上对这些产品的需求有一定的相关性，这些产品的生产与营销也有一定的相关性，因此，这些产品的定价决策必定相互关联。在制定价格时可以考虑一些问题：

- 这些产品是替代品还是互补品？
- 某一产品价格的变化是否会影响到该产品和其他产品的需求？
- 新产品价格是否应定得高一些以保护其他产品？

9.2.6　法律环境

客户国家的法律对定价会有一定的限制。在中国，企业在定价时必须符合一定的法律条文根据《中华人民共和国价格法》，经营者进行价格活动，享有下列权利：自主制定属于市场调节的价格；在政府指导价规定的幅度内制定价格；制定属于政府指导价、政府定价产品范围内的新产品的试销价格，特定产品除外；检举、控告侵犯其依法自主定价权利的行为。经营者不得有下列不正当价格行为：相互串通，操纵市场价格，损害其他经营者或者消费者的合法权益；在依法降价处理现货商品、季节性商品、积压商品等商品外，为了排挤竞争对手或者独占市场，以低于成本的价格倾销，扰乱正常的生产经营秩序，损害国家利益或者其他经营者的合法权益；捏造、散布涨价信息，哄抬价格，推动商品价格过高上涨；利用虚假的或者使人误解的价格手段，诱骗消费者或者其他经营者与其进行交易；提供相同商品或者服务，对具有同等交易条件的其他经营者实行价格歧视；采取抬高等级或者压低等级等手段收购、销售商品或者提供服务，变相提高或者压低价格；违反法律、法规的规定牟取暴利；法律、行政法规禁止的其他不正当价格行为。

9.3　组织购买品基本定价方法

在影响企业定价的众多因素中，**产品成本**（the cost of product）、**市场竞争**（competition of market）和**顾客需求**（consumer's demand）是决定价格高低的最主要因素，即所谓的 3C 模式（见图 9-4）。企业在选择定价方法时，首先要考虑如何以这些因素为导向制定合理的基本价格。在实际定价中，企业往往只能侧重考虑其中某一类因素，选择一种定价方法，之后通过定价策略对其进行修正，并形成一个价格结构。

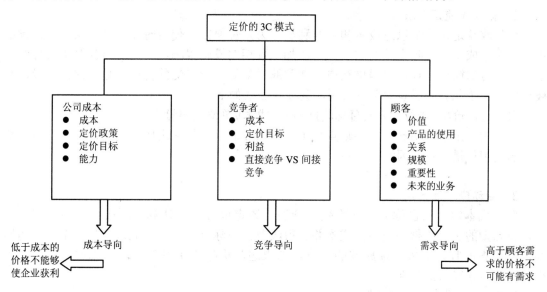

图 9-4　定价的 3C 模式

一般来说，企业的定价方法有成本导向定价、需求导向定价和竞争导向定价这三种。

9.3.1　成本导向定价法

成本导向定价就是以成本作为定价的基础，主要包括成本加成定价法、目标收益定价法和变动成本定价法三种。这三种方法都以成本为依据进行定价，过于强调企业的主观愿望，忽略了市场需求的影响，导致产品价格较为刚性，无法随着市场需求或竞争的变化而灵活调整，往往导致产品定价与市场需求脱节。

1. 成本加成定价法

成本加成定价法是以收回经营成本为基础的一种定价方法。这种方法先确定赢利率，然后用顺算法定价，即单位产品成本加上按一定赢利率确定销售利润。其计算公式为：

$$P=C(1+R)$$

式中：

P——单位产品价格；

C——单位产品成本；

R——利润率。

零售企业往往以售价为基础进行加成定价。这种方法具有几个特点：第一，由于成本的确定比对需求的估计更容易，把价格同成本结合在一起，卖方可以简化自己的定价任务；第二，如果行业中的所有企业都使用这种定价方法，那么价格就会趋于相似，价格竞争也会减小到最低；第三，很多人认为成本加成定价法对买方和卖方来讲都比较公平。在需求高涨时，卖方不利用这一有利条件谋求额外利益，仍能获得公平的投资报酬。

但是这种方法忽略了当前的需求和竞争等因素，其确定的价格不一定是最合适的价格，即加成定价法只有在所确定的价格能精确地产生预期销售量时才可采用。

2. 目标收益定价法

目标收益定价法是以总成本和目标利润作为定价原则。使用时先估计未来可能达到的销售量和总成本，在收支平衡的基础上，加上预期的投资报酬额，然后再计算出具体的价格。这种方法简便易行，可提供获得预期利润时最低可能接受的价格和最低的销售量，常被一些大型企业和公用事业单位采用。其计算公式如下：

目标收益价格=单位成本+(目标收益×投资成本)/单位销售量

目标收益定价法的一个重要缺点是企业以估计的销售量求出应制定的价格，但价格恰恰是影响销售量的重要因素。

3. 变动成本定价法

变动成本定价法也称为边际贡献定价法。该定价方法仅计算变动成本，略去固定成本，以预期的边际贡献补偿固定成本并获得收益。边际贡献是指企业每增加一个产品的销售，所获得的收入减去边际成本的数值。如果边际贡献不足以补偿固定成本，将出现亏损。其基本计算公式如下：

价格=变动成本+边际贡献

边际贡献=价格-变动成本

边际贡献=固定成本+利润

例如，按边际成本的定价方法确定价格：

总变动成本	500,000 元
固定总成本	500,000 元
边际贡献	600,000 元
销售额	1,100,000 元

每件价格=(500,000+600,000)/10,000=110 元/件

利润额=600,000-500,000=100,000 元

　　变动成本定价法通常适用于竞争激烈、市场供过于求、企业生产任务不足的情况。此企业为维持生产、保住市场而暂时采用，因此该方法只是供短期内使用的一种灵活的定价方法。

9.3.2　需求导向定价法

　　需求导向定价法是一种以市场需求强度及消费者对产品的感知而不是企业的生产成本为主要依据的定价方法。该方法主要包括认知价值定价法、反向定价法和需求差异定价法。其中，需求差异定价法既是一种定价方法，又是一种定价策略，这将在 9.4.4 节中详细介绍。

1．认知价值定价法

　　越来越多的企业把价格建立在消费者对产品价值认知的基础上，即认知价值定价法。企业认为，作为定价的关键，不是卖方的成本，而是买主对价值的认知。企业利用在营销组合中的非价格因素在购买者心中建立起认知价值，使得价格建立在顾客的认知价值上。

　　认知价值由很多因素构成，包括买方对于产品功能的预期、销售渠道、质量、服务以及供应商的声誉、形象等。不同顾客对上述各个因素的权重是不同的，有些看中价格，有些看中价值，而有些则忠诚于品牌。针对上述三种顾客群，公司需要设计不同的战略。对于那些看重价格的顾客，公司需要提供最精简的产品和服务；对于那些看重价值的顾客，公司必须保持不断创新的价值并给予积极的承诺；对于由于品牌忠诚度而购买的顾客，公司必须致力于建立良好的顾客关系。

　　B to B 营销视窗 9-1 是对认知价值定价方法的说明。

B to B 营销视图	卡特彼勒的认知价值定价

　　卡特彼勒公司使用认知价值定价方法为它的建筑设备制定价格。其竞争对手的拖拉机定价为 90,000 美元，卡特彼勒的定价可能是 100,000 美元。但卡特彼勒的销售却比竞争对手要好。当一个潜在顾客问卡特彼勒的经销商："为什么卡特彼勒的拖拉机比其竞争对手高出 10,000 美元？"时，经销商为这位潜在的顾客算了一笔账：

　　　90,000 美元　　拖拉机的价格（与竞争对手的价格相当）

　　　7000 美元　　为产品优越的耐用性增收的溢价

　　　6000 美元　　为产品优越的可靠性增收的溢价

　　　5000 美元　　为产品优越的服务增收的溢价

　　　+2000 美元　　为零配件的较长期的担保增收的溢价

　　　110,000 美元　　包括一揽子价值在内的卡特彼勒价格

　　　-10,000 美元　　折扣

　　　100,000 美元　　最终价格

　　购买卡特彼勒拖拉机的顾客虽然支付了 10,000 美元的溢价，但事实上他获得了 7000+6000+5000+2000=20,000 美元的价值。这也就解释了为什么卡特彼勒的拖拉机价格贵，而销售好的原因，即基于顾客认知价值的定价方法。

　　资料来源：菲利普·科特勒，凯文·莱恩·凯勒著：《营销管理（12版）》，梅清豪译，上海人民出版社，2006年9月。

2．反向定价法

反向定价法是指企业依据消费者能够接受的最终销售价格，计算自己从事经营活动的成本和利润之后，逆向推算出产品的批发价和零售价。这种定价方法不以实际成本为主要依据，而是以市场需求为定价出发点，力求使价格为消费者所接受。分销渠道中的批发商和零售商多采取这种定价方法。图 9-5 中的以顾客驱动为中心的定价方法就是一种反向定价法。

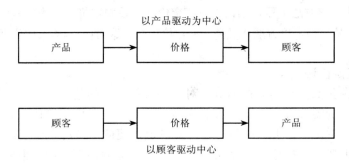

图 9-5　产品驱动 VS 顾客驱动

9.3.3　竞争导向定价法

竞争导向定价法是指企业在制定价格时，主要参照竞争对手的价格水平，随竞争状况的变化确定和调整产品价格水平。该定价法主要包括通行价格定价法和投标定价法。

1．通行价格定价法

在通行价格定价法中，企业的价格主要基于竞争者的价格，很少注意自己的成本或需求。企业的价格可能与其主要竞争者的价格相同，也可能高于竞争者或低于竞争者的价格。在由少数制造商控制市场的行业中，如销售钢铁、纸张、化肥等产品的企业通常采用相同价格。

一般小型企业是"跟随市场领导者"变动的。

通行价格定价法是相当常见的方法。在测算成本有困难或竞争者不确定时，企业运用通行价格定价法是一个有效的解决办法。就这种价格所产生的一种公平的报酬和不扰乱行业间的协调而论，通行价格定价法被认为反映了行业的集体智慧。

2．投标定价法

在组织采购中，有相当一部分是通过**竞争性招标**（competitive bidding）达成协议的。对于顾客的一些特殊需求，企业只能根据情况制定特殊的价格。政府和一些公共事业单位通常采用此方法选择供应商，选择其中最适合的价格供应者。竞争性招标通常分为封闭式招标和公开式招标两种。

1）封闭式招标

工业企业和政府通常采用**封闭式招标**（closed bidding）方式，购买者首先对潜在供应商发出正式邀请函，要求供应商递交书面的、密封的标书，这些标书会在同一时间拆封，购买者会根据标书内容，挑选出符合条件的最低价格提供者作为自己的供应商。

2）公开式招标

公开式招标（open bidding）相对而言要非正式一点，供应商只需在一定期限内报价（该报价可以是口头的或书面的）即可。由于很难用书面形式将产品的要求描述清楚,,在招标期间，购买者会与几家供应商进行磋商，确定最后的价格。

3）竞争性招标战略

竞争性招标战略一般分为以下三个过程：设定目标、分析投标机会、评估成功的可能性。

（1）设定目标：在准备进行投标之前，企业必须先确定自己的目标。这在前面已有讨论，这里不再赘述。

（2）分析投标机会：招标过程既费时又费钱，因此，在进行投标前企业应确定该次投标是否值得。由于技术水平、以往经验和投标目标不同，企业能从招标中获得的利润也会有所不同。分析投标机会可以分三步进行，首先，确定评价标准。一般有五个基本标准；分别是合同对公司生产能力的影响、公司以往类似的经验、重复中标的可能性、竞争情况以及产品要求。其次，根据各项标准的重要性，为各标准设置权重。最后，为各因素打分，确定该项招标对公司是否有利。

（3）评估中标的可能性：在确定招标决策之后，企业要确定在不同的价位下中标的可能性。到底企业应该制定什么样的价格呢？其中一个重要的因素是，在获得第一个合同达成协议后，重复交易的可能性有多大。如果产品技术性很强，购买者在购买该产品之后，转换成本很高，这样购买者就十分依赖该供应商，重复交易的可能性很大，即使一个合同的价格很低，利润很低，供应商也能从以后的交易中获益。但如果产品标准化程度很高，购买者的转换成本很低，重复交易的可能性就较小。因此，在确定初次投标价格时，企业应确定买卖双方依赖程度、重复交易的可能性以及企业期望从该业务中获得的收益。

9.4　组织购买品价格修订

按照上述定价方法确定了产品的基本价格。但在产品实际成交时，往往根据不同的交易方式、交易数量、交易时间等方面的变化加以具体的调整。这一过程就涉及利用各种灵活多变的价格修订策略。本节主要探讨新产品定价策略、地区定价策略、价格折扣折让策略和差别定价策略。

9.4.1　新产品定价策略

对于刚刚进入市场的新产品来说，通常有两种常见的定价策略：市场撇脂策略和市场渗透策略。现在再来看一下杜邦公司和道化学公司的两种定价策略。杜邦公司对新进入市场的产品采用高价策略，以期尽快获得利润并弥补研究与开发所需的费用；相反，道化学公司对新产品采取低价策略，以期获得最大的市场份额。新产品到底应该制定什么样的策略，取决于产品的特性、市场需求特性、产品生命周期、竞争情况以及顾客特性等。

1．市场撇脂策略

所谓**市场撇脂策略**（marketing skimming）是指企业以较高价位向市场推出自己的最新产品，以期从早期购买和使用者手中取得最大的溢价收入。这一策略可使企业具有如下一些优点：

（1）新产品刚上市，由于在质量上、用途上的多样性等方面与现有产品存在明显差异，需求弹性相对较小，如果配以恰当的促销策略，可使企业在竞争者进入该市场前就收回研制开发费用，并用于其他更新产品的研制开发。

（2）以高价推出新产品，可以使企业在定价上掌握主动权，一旦产品由于价格问题而使销售受阻，则可以实行降价等调整手段。

（3）新产品上市，由于与竞争品差异明显，将会有较高的市场需求。而很高的价格，从某种角度上看可遏制这种需求的过度增长，确保需求与企业生产能力的提高能同步进行。

（4）如果企业在顾客心中属于高质高价的企业，那么以高价推出新产品就比较符合企业的这一形象。

但是，如果市场撇脂策略要获得成功的话，必须符合以下几个条件：

（1）产品的价格与质量相符，高价行为符合企业已在顾客心目中树立的形象。

（2）市场上该新产品的需求弹性不大，即使价位过高仍有众多的顾客选择。

（3）高额的利润会吸引众多的竞争者，因此产品必须与竞争品有明显的差异性，或者具有专利保护及其他进入壁垒。

（4）在一个较长的时期内市场上不会出现竞争产品。

2．市场渗透策略

所谓**市场渗透策略**（market penetration）是指产品以低价打开销路，通过"薄利多销"实现占有较大市场份额和获取最大的长期利润的目的。该策略可以使企业获得如下的优点：

（1）低廉的价格可以刺激顾客的需求，增加市场份额，获得长期利润。

（2）由于价格低，投资回报率也低，就可以降低市场竞争。

（3）迅速扩大的市场份额可以使企业享有规模经济的优势。

但是，采用市场渗透策略必须符合以下一些条件：

（1）市场需求的价格弹性很大，较低的价格可以扩大市场需求。

（2）这种低价出售使企业仍有赢利的可能，而竞争对手一时间难以推出如此"价廉物美"的替代产品。

（3）采用这种策略会使企业在短期内很难实现预期的收益目标，因而对目标市场的国家或地区政治的稳定性，进口政策和法律等的变动性，汇率的走向等方面问题的准确了解和预计是十分重要的。

（4）学习曲线能发生效应，即当累计产量增加时，单位可变成本将降低。

市场撇脂策略和市场渗透策略并不是万能的，也只是在特定的条件下才使用。有时，产品的价格必须居于两者之间。到底应该定什么样的价格，主要还是应该考虑前面所讨论的六个影响因素：公司目标、市场需求、产品成本、竞争状况、对产品线的影响和法律环境。

9.4.2 地区定价

在目录营销者和在线营销者占主导地位的行业中，地理因素在很大程度上影响着企业在准确时间、准确地点以低成本交付订单方面的能力。在其他情况下，地理因素会影响企业面对需求波动迅速进行库存补充的能力。当产品成本包括运送重量大、价值低的产品的运费时，地理因素对价格会产生重大的影响。因此，企业需要结合地理因素进行定价的调整。

1）FOB 原产地定价方法（FOB origin pricing）

每个用户各自负担从原产地到目的地的运费，产品报价对每个顾客来说都是相同的，但是对于那些距离较远的顾客来说，其实际成本较高。

2）统一交货定价方法（uniform delivered pricing）

企业采用同一种运输方式交货，并对其在不同地区的用户索取相同的价格和相同的运费，顾客也可以要求使用其他的运输方式，但是必须支付运费的差额部分。

3）区域定价法（zone pricing）

企业将市场划分为若干区域，同一区域内的用户所付价格相同，较远区域的用户付的价格就略高一些。不同价格区域的两个相邻用户，会对价格差异具有很强的敏感性。

4）基点定价方法（basing-point pricing）

企业以某个城市为基点，向所有用户收取该城市到用户所在地的运费，而无论货物实际运途的长短。

5）免收运费定价方法（freight absorption pricing）

如果某个市场竞争激烈，企业可以视情况对顾客免收运费。企业先评估主要竞争者的实力以及索取的运费，并相应采取行动。

9.4.3 价格折扣和折让

价格折扣和折让分别有三种方式：现金折扣、数量折扣、功能性折扣。

1）现金折扣

根据不同购货者付款方式和付款时间的提前情况，按原价格给予一定的折扣。这一定价技术可以鼓励顾客提前支付货款，保证企业的现金流正常运转。但是这一技术也存在一个问题，一些大顾客虽然没有提前支付货款，但仍然可以享受折扣优惠，特别是当银行利率较高时，对企业尤为不利。

2）数量折扣

根据用户购买量的多少给予不同顾客相应的价格折扣，以达到刺激顾客尽量多购本企业的产品以及增加顾客忠诚度的目的。数量折扣可分为累计性数量折扣和非累计性数量折扣。

　　所谓非累计性数量折扣是指企业根据顾客一次购买量的多少给予数量折扣，这样企业可以降低仓储、订单处理和运输的成本。所谓累计性数量折扣是指企业根据顾客一段时期内（通常为一年）购买量的多少给予折扣，这种折扣方式可以节约营销费用并减缓竞争压力。

　　3）功能折扣

　　企业对处于不同渠道的中间商或同一渠道不同环节的中间商，按其在渠道中所发挥的功能、作用不同，在与其进行交易中给予不同的折扣。企业所提供的折扣必须能够弥补中间商在提供销售服务等方面所花费的成本，并保证他们获得一定的利润。

9.4.4　差别定价策略

　　由于顾客、产品、销售地点、购买时间等方面的差异，企业会形成差异化的价格与之相适应。所谓差别定价是指企业以两种或两种以上不反映成本比例差异的价格来销售一种产品或者提供一项服务。

1．差别定价的形式

　　（1）顾客差别定价：即购买同样的产品或者服务，不同的顾客需要支付不同的价格。例如，老顾客和新顾客之间在价格支付方面的差别。

　　（2）产品式样差别定价：即企业对不同型号或形式的产品分别制定不同的价格。不同型号或形式的产品的价格之间的差额和成本费用之间的差额并不成比例。

　　（3）销售地点差别定价：这包含两种形式，其一是销售地点不同，同一产品的售价有差异；其二是为同一销售地点的不同位置的产品或服务制定不同的价格。

　　（4）时间差别定价：指价格按照季节等方面进行价格的调整。

2．差别定价的条件

　　实行差别定价，必须具备以下条件：

　　（1）市场必须能够细分，而且每个细分市场要显示不同的需求程度。

　　（2）从低价细分市场购买的顾客不能将产品转手或转销给高价细分市场。

　　（3）竞争者没有可能在企业以较高价格销售产品的市场上以低价竞销。

　　（4）细分市场的控制费用不超过实行差别定价而带来的额外收益。

　　（5）差别定价不应引起顾客反感，甚至放弃购买。

　　（6）差别定价的形式应该符合法律规范。

9.5　价格变动及反应

　　任何企业的产品一经上市，就处于一个复杂多变的动态环境之中。消费者偏好变换、企业竞争地位变换、供求关系改变、产品自身生命周期的演进等方面，都使企业的价格不能保持一成不变的态势。企业为了更好地在市场竞争中生存和发展，必须根据环境的变化进行适当的价格调整，建立对竞争者价格变动的预警机制，并制定相应的对策。

9.5.1　价格变动

1．发动降价

企业在以下几种情况下可能会考虑降价：①过多的产能；②公司在市场份额逐渐减少的情况下，希望通过降价增加市场份额；③出于通过降低成本而控制市场的原因进行降价。

但这种战略存在下列风险：①低质量误区：消费者会认为低价的产品存在质量问题；②脆弱的市场占有率误区：低价能买到市场占有率，但买不到顾客忠诚度，顾客对价格会变得敏感，并转向价格更低的企业；③浅钱袋误区：资金更为充裕的企业也可降价参与竞争并能持续更长的时间。

企业应付价格战的方法并不是一味地降价，而是从顾客认知价值的角度出发，采取提高价格并提高质量、部分降价提高认知价值以及大幅度降价保持认知价值等策略。

2．发动提价

引起提价的原因有很多种，主要包括以下两点：

（1）成本膨胀，与生产率增长不相称的成本提高，压低了利润幅度，同时会导致企业定期地提高价格。在预料要发生通货膨胀或政府的价格控制时，企业提高的价格常常比成本的增加要多。

（2）供不应求，当一个企业不能满足所有顾客的需要时，企业可以提价，可以对顾客限额供应，或者两者均用。

企业可以采取以下四种方法提价：

（1）延缓报价，生产周期长的企业，如工业建筑和重型设备制造业等，可以在产品制成或交付时再制定价格。

（2）使用价格自动调整条款，对于施工时间长的工业工程方面，企业与客户签订具有价格自动调整条款的合同，合同规定在某一时期内按照某一价格指数来调整价格。

（3）分别处理产品价目，在通货膨胀、物价上涨等条件下，企业保持产品价格不变，但对原先提供的某些免费服务计价，实际上是将产品的价格提高。

（4）减少折扣，企业减少常用的现金和数量折扣，并限制销售人员以低于价目表的价格达成交易。

B to B 营销视窗 9-2 "涨价的铁矿石"揭示了商品涨价的各种可能原因。

B to B 营销视窗 9-2	涨价的铁矿石

2005 年 2 月 22 日，日本最大的钢铁制造公司与世界最大的铁矿石企业——巴西淡水河谷（CVRD）矿业公司就 2005 年的铁矿石涨幅达成一致，全球铁矿石价格将在 2004 年 18.6％涨幅的基础上，再次猛涨 71.5％，创下铁矿石年度涨幅的历史记录。

这次谈判确定的价格将从 2005 年的 4 月 1 日开始实施，并将持续到 2006 年的 4 月 1 日。按照惯例，亚洲地区铁矿石进口主导价主要由日本钢厂与矿石巨头之间的谈判结果确定，因此，此次谈判确定的价格基本上就是亚洲各个国家钢铁厂海外采购的价格。随后，日本的各家钢厂纷纷表示接受，而处于单兵作战状态的韩国浦项公司与台湾中钢公司也随之表示接受这一涨幅。

2 月 28 日，宝钢集团在网站上发表声明，表示公司已经与巴西、澳大利亚铁矿石企业就 2005 年铁矿石涨价的幅度达成一致。同 2004 年相比，采购自巴西淡水河谷所属卡拉加斯粉矿（SFCJ）和南部系统粉矿（SSF）的离岸价格分别上涨 71.5%；而采购自澳大利亚哈默斯利粉矿、块矿以及哈默斯利扬迪矿的离岸价格同样上涨 71.5%。这一涨幅与日本新日铁钢铁公司与三大铁矿石巨头——巴西淡水河谷、澳大利亚力拓公司以及澳大利亚哈默斯利谈妥的涨幅一致。

3 月 3 日，与宝钢一起反对"日本钢厂谈判的价格就是基准价"的阿塞洛钢铁公司也突然宣布，同意三大铁矿石生产商调高铁矿石价格的做法，接受 71.5% 的涨价幅度。

世界第一大矿业公司 BHP 的市场部副总裁 Peter Toth 给出矿石涨价的如下理由：首先，世界钢铁工业正处于自第二次世界大战以来的第二个黄金期，第一个黄金期从 1945 年开始，到 1975 年结束，由日本主导；而由 1995 年开始的第二个黄金期正在由中国主导。而且，在今后一段时期，这种快速增长的状况还会持续。

伴随着第二个黄金期的出现，钢铁的价格也正在发生变化。Peter Toth 说："全球钢铁价格的上涨让钢铁厂家享受到了一个难以想象的高额利润率。"然而相对于钢铁价格的上涨，焦炭、铁矿石的价格却并没有得到本应得到的上涨。所以 BHP 认为，上涨铁矿石价格，只不过是钢铁产业链的上下游行业一个"合理分配利润"的行为。

其次，由于三大矿业巨头主要和钢铁厂商签订长期合约。在现货市场上，主要有来自印度、瑞典、南非等地的铁矿石，而尤以印度为最多。BHP 的资料显示，印度铁矿石在 2004 年出口快速增长，已经达到 2000 年出口量的两倍。而出口中国所占的比例，已经由 1999 年的 24% 上升到 2004 年的 68%。按照 CFR（到岸价）价格来看，在 2003 年 6 月之前，巴西、澳大利亚、印度三地的铁矿石到中国的价格基本一致，但这次之后，印度铁矿石的价格开始飞涨，价格最高时，已经是澳大利亚铁矿石价格的两倍，而伴随着运费的增加，巴西铁矿石的 CFR 价格同样也比澳大利亚铁矿石价格高 50%。在铁矿石的质量上，澳大利亚铁矿石质量高于印度铁矿石。BHP 认为这种价格是极其不合理的，所以 Peter Toth 说："现在是应该给澳大利亚铁矿石以公正、公平对待的时候了。"

Peter Toth 强调说："只要钢铁工业的黄金时期还在继续，只要中国钢铁产能还在迅速增长，目前的铁矿石供应格局就不会改变。"

资料来源：《铁矿石贸易：战争还是和平》，中国人力资源网，2005 年 4 月 13 日.

9.5.2　顾客对价格变化的反应

任何价格变化都会受到各相关利益的影响，尤其是顾客会做出相应的反应。顾客对降价会有以下几种理解：该种品目将被最新型号所替代；这种产品有某些缺点，销售状况不好；企业在财务方面有些麻烦，可能面临难以经营的局面；产品的价格可能还会进一步下跌，需要持币待购；产品降价是因为产品质量下降。

但消费者也可能做出积极的反应：这个产品非常热门，现在不买将来还有可能提价；这个产品具有非同寻常的优良价值，等等。

9.5.3　企业对竞争者价格变动的反应

1. 考虑不同市场环境的企业反应

在一个同质的市场中，如果有竞争对手降价，企业不跟进，大多数购买者将会到价格较低的竞争者那里购买。当一个企业在同质的市场上提高价格时，其他企业可能不一定会跟进。而如果提价对整个行业有利，企业可能都会跟进；但如果有一个企业不随之提价，那么其他企业也不得不取消提价。

在一个异质的市场上，由于企业的产品不仅存在价格的差异，还存在服务、质量、品牌、形象、声誉等方面的差异，顾客对产品的价格差异并不会非常敏感。面对竞争者的价格竞争，企业需要慎重地考虑下列问题：

（1）竞争者变动价格的原因是什么?为了市场份额，利用过剩的产能，还是引领行业内的价格变动?

（2）竞争者的价格变动是长期的还是临时性的?

（3）如果企业对竞争对手的价格挑战不做出回应，企业的销售额、市场份额和利润会受到怎样的影响?

（4）其他企业的反应会如何?

（5）竞争者及其他企业对本企业的反应又会做出怎样的反应?

2. 市场领导者面对竞争者价格变动的反应

市场领导者经常要面对其他企业的价格挑战，一些市场跟随者往往通过进攻性的降价来争夺市场领导者的份额。一般来说，市场领导者可以采取以下策略来应对竞争者的价格变动。

（1）维持原价。当降价会失去很多利润，而维持原价不会失去很多市场份额，在可能的情况下会重新获取市场份额时，领导者可以采取维持原价的策略。

（2）维持原价并增加价值。领导者可以在保持价格不变的同时，通过改进产品、服务和信息沟通等方面来增加顾客价值。企业会发现，这种方法因增加了顾客价值而有可能让顾客满意而购买。

（3）降价。市场领导者在下列情况下，可以采取降价策略：第一，降价可以使销售量和产量增加，由于经验曲线的作用，生产成本也随之下降；第二，市场对价格敏感，如果领导者保持价格就有可能使市场占有率下降；第三，市场占有率下降后很难恢复。当然，领导者降价必须努力维持给顾客提供的利益不变，否则会使顾客获得的总体价值下降，顾客可能因不满而转换供应商。

（4）提高价格。市场领导者可以在提高价格的同时，进一步提升质量；也可以在经营产品中增加廉价产品或创立廉价品牌对竞争者进行反击。

9.5.4　价格反应机制

在竞争者发动价格变动时，企业深入分析各种可供选择的方案往往是不可能的。因为竞争者的价格变动策略是蓄势已久的，企业可能不得不需要在几小时或几天内做出决定性的反应。有一种办法可以缩短价格反应的决策时间，即预计可能发生的竞争者的价格变动并准备相应的反击措施。图 9-6 展示了面对竞争者的降价，企业能够利用的价格反应程序。这种程序最适合于频繁发生价格变动的行业和对价格变化迅速作出反应的行业，例如零售业、石油业、木材行业等。

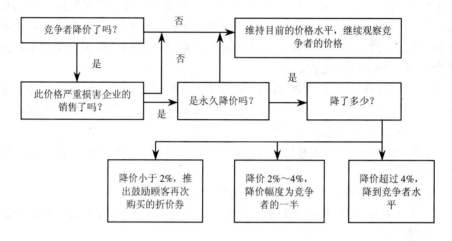

图 9-6　应对竞争者降价的价格反应程序

资料来源：菲利普·科特勒、凯文·莱恩·凯勒著：《营销管理（12 版）》，梅清豪译，上海人民出版社，2006 年 9 月。

本章小结

定价策略是市场营销策略的有效组成部分，企业的定价策略必须与产品策略、分销渠道策略和沟通策略有机地结合起来。传统上，营销经理主要以成本为制定价格决策的基础，但是营销理念在慢慢地改变，企业的重心已逐渐向顾客（顾客）转移，顾客是公司产品的消费者，许多企业在制定价格时以顾客可感知的价值为基础制定价格。

价格的制定要考虑多种因素的影响，如市场需求、成本、竞争、法律、定价目标等，这些都对价格的成功制定起着举足轻重的作用。组织市场非常复杂，一种产品可能会有几种不同的用途，产品对购买者来说重要性也会改变。因此，潜在需求、顾客对价格的敏感性以及可获得的利润也会随着细分市场的不同而有所不同。所以，公司在制定价格前必须先了解目标市场的顾客可感知的价值、需求弹性、顾客的目标市场以及目标市场的需求特性。

企业的定价方法有成本导向定价、需求导向定价和竞争导向定价三种方法。其中，成本导向定价就是以成本作为定价的基础，主要包括成本加成定价法、目标收益定价法和变动成本定价法；需求导向定价是一种以市场需求强度及消费者对产品的感知而不是企业的生产成本为主要依据的定价方法，主要包括认知价值定价法、反向定价法和需求差异定价法；竞争导向定价是指企业在制定价格时，主要参照竞争对手的价格水平，随竞争状况的变化确定和调整价格水平，主要包括通行价格定价法和投标定价法。

定价方法决定产品的基本价格。产品的实际成交价格往往根据不同的交易方式、交易数量、交易时间等方面的变化加以具体的调整。这一过程涉及利用各种灵活多变的定价策略，主要包括新产品定价策略、价格折扣折让策略、地区定价策略、差别定价策略。

组织购买者偏好变换、技术发展、企业竞争地位变换、供求关系改变、产品自身生命周期的演进等方面都使企业的价格不能保持一成不变的态势。企业为了更好地在市场竞争中生存和发展，必须根据环境的变化对价格进行适当的调整，如降价或提价等，建立对竞争者的价格变动的预警机制，从而制定相应的对策。

关键词

定价目标	Price Objectives
可感知价值	Perceived Value
需求价格弹性	Price Elasticity of Demand
顾客的转换成本	Client's Switching Cost
目标成本	Target Costing
学习曲线	Experience Curve
竞争性招标	Competitive Bidding
封闭式招标	Closed Bidding
公开式招标	Open Bidding
市场撇脂策略	Marketing Skimming
市场渗透策略	Market Penetration
FOB 原产地定价方法	FOB Origin Pricing
基点定价方法	Basing-Point Pricing
统一交货定价方法	Uniform Delivered Pricing
区域定价法	Zone Pricing
免收运费定价方法	Freight Absorption Pricing

思考题

1. 组织市场定价所面临的挑战以及发展趋势是什么？
2. 定价委员会在企业中一般具有怎样的作用？
3. 确定产品的成本是制定价格的第一步，你是否同意此观点？
4. 何谓定价的 3C 模式？这一模式对组织市场的定价具有怎样的指导意义？
5. 为什么企业必须为不同的细分市场确定不同的需求曲线？在制定价格时，是否适宜采用统一的市场需求曲线？为什么？

6. 组织购买品定价具有哪些基本方法？请对这些方法进行比较。

7. 试评述该观点：销售时应视产品为解决顾客问题的工具。

8. 什么是学习曲线？学习曲线与定价策略间有什么关系？

9. 选择一个你认为具有动态竞争性的行业，分析在该行业中哪些是主要的竞争者？影响其快速变化的因素有哪些？

10. 在引入新产品时，价格可高可低，在何种情况下应制定高价策略？在何种情况下又应制定低价策略？

11. A 公司的某一产品的销售量持续下降，王经理认为应该对该产品降价10%，在实行降价前，他应该首先考虑哪些因素？

12. 先由老师规定某一行业的某种产品，要求学生制定该产品在规定的细分市场中的价格；然后将全班分为 4～5 人一组，分小组讨论，在为该产品制定价格时应考虑什么样的影响因素，最后该产品应制定在什么价位？为什么？

第 10 章
组织市场的营销
沟通策略

　　g 企业的营销沟通，其实质是一个传播行为，主要指企业将产品或服务向现行和潜在顾客进行宣传，以激发其购买行为，从而扩大产品销售的活动。即使是最好的产品也不可能依靠自身销售出去，企业必须通过营销沟通方式让顾客认知产品或服务的价值。而且，组织也需要通过沟通与相关的客户建立并保持积极的关系。因此，与现有的、潜在的顾客以及其他利益相关方进行沟通对于成功的组织间营销而言是极其重要的。

　　本章将分别讨论以下几个方面内容：
- **组织市场营销沟通概述**
- **组织市场的广告策略**
- **组织市场的销售促进策略**
- **组织市场的公共关系策略**
- **组织市场的直复营销策略**

10.1　组织市场营销沟通概述

10.1.1　营销沟通的定义及其功能

　　营销沟通是组织与其的各种受众相互交流的管理过程，目的是为了影响受众对组织及其产品和服务的认识与理解，以产生特殊的意义和态度及行为上的反应。根据这一定义，营销沟通具有三层含义：

　　（1）双向交流及多向，营销沟通不仅将有关组织及其相关产品和服务的信息发送给受众，同时也从受众那里接受信息反馈并进行调整。沟通的对象不仅有顾客，而且还与社团、政府、媒体、资本市场等利益相关者。

　　（2）关系建立，营销沟通是通过信息的双向和多向沟通，让各个利益相关者全面、系统地认识企业及其产品和服务的价值，从而建立发展，并维持组织与各个利益相关者的关系。营销沟通的实质是对价值传播进行管理的过程。

　　（3）行为，营销沟通的最终目的是通过价值的传播，激发包括顾客在内的利益相关者对企业及其产品和服务的价值的认识，并促使各个利益相关者在态度和行为上作出正面的反应。这些反应可体现为口碑传播、尝试新产品、更多地购买等。

　　营销沟通通常具有以下四个方面的功能：

　　（1）差别化功能，营销沟通要体现定位，定位就是要建立一种差异优势，以便企业及其产品和服务与其他企业及其产品和服务相区别，在顾客心中占有独特的位置，以吸引更多的顾客购买。

　　（2）强化功能，营销沟通通过不断地与利益相关者的双向、多向沟通，从而强化与组织和产品联系的认知和形象。

　　（3）告知功能，营销沟通的一个重要功能就是促进利益相关者学习并熟悉产品、服务及其相关问题。

　　（4）说服功能，营销沟通还具有说服当前和潜在的顾客相信企业及其产品和服务是值得信任的。随着顾客对企业的认知深入，更多地购买企业的产品和服务，并进一步建立彼此的信任和承诺，营销沟通的说服功能也将会逐渐减弱。

10.1.2　组织市场的营销沟通工具

与消费品市场相同，组织市场的**营销沟通组合工具**（communications mix）主要由五种工具组成：

1．广告（advertising）

广告是一种公众性的信息交流，以付费的方式通过各种传播媒介向公众介绍产品、服务或观念，是一种非人员的、说服性的传播形式。广告具有在市场中将信息传播给未知的潜在顾客，并通过加强购买者的知识和购买产品的倾向来刺激需求，为销售人员创造有利的销售氛围，这样可加强企业形象，使销售领先于竞争者，为生产者的分销商的营销工作提供促销支持等作用。

2．销售促进（sales promotion）

销售促进是指各种鼓励、试用或购买商品和服务的短期刺激。营业推广很少独立使用，常常是作为广告或人员推销的一种辅助手段。其主要作用是吸引顾客，为商品打开销路，也可以鼓励推销人员和中间商的积极性，扩大本企业的影响。

3．人员销售（personal selling）

人员销售是指参与到总体的、咨询的、非操纵性的销售工作中，以顾客导向的方法来解决顾客的问题，满足顾客的需求。并将顾客的期望传递给企业，从而开发出适合的产品。人员销售具有针对性强，服务、销售的成功率高，有利于与顾客双向互动沟通等特点。

4．公共关系（Public Relation）

公共关系是指一个公司或机构为了与它的各类公众包括公众、政府、社会团体、新闻媒介、企业内部公众以及其他企业建立有利的关系，而采取的有计划、有组织的活动。其既是一种传播活动，也是一种管理职能。公共关系有助于改善与社会公众的关系，促进公众对组织的认识、理解及支持，树立良好组织形象以及促进产品和服务的销售。

5．直复营销（direct marketing）

直复营销是指一个与市场营销相互作用的系统，主要利用一种或多种广告媒体，对各个地区的交易顾客的反应施加影响。使用邮寄、电话、互联网和其他非人员接触工具以沟通顾客并收集反馈信息。直复营销的特点有：与广告和销售相结合；具有客户服务能力；强调有针对性的目标市场；顾客立即回复信息以及具有可监控性及可测量性。

表 10-1　进一步总结了五种营销工具的主要特征。

表 10-1　营销沟通工具的主要特征一览

属性	广告	销售促进	公共关系	人员销售	直复营销
沟　通					
● 传递个人信息的能力	低	低	低	高	高
● 触及大量受众的能力	高	中	中	低	中
● 相互影响的水平	低	低	低	高	高
● 目标受众的信任	低	中	高	中	中
成　本					
● 绝对成本	高	中	低	高	中
● 单位联系成本	低	中	低	高	中
● 消费量	高	中	高	低	低
● 投资规模	高	中	低	高	中
控　制					
● 确定目标受众的能力	中	高	低	中	高
● 随着环境的变化管理 层对所运用的工具调整的能力	中	高	低	中	高

资料来源：（英）克里斯.菲尔，卡伦.E.菲尔著.李孟涛等译.B2B营销：关系、系统与传播.东北财经大学出版社.2007.

10.1.3　组织市场营销沟通基本策略

在组织市场上，企业在运用促销组合的五种工具时，还可以根据实际需求，采用三种基本策略。

1. 推动策略（push strategy）

推动策略是指企业以中间商为主要促销对象，先把产品推向分销渠道，然后再推向顾客的策略。一般以人员推销手段进行，但贸易广告、贸易促进和公共关系都起到了重要的作用。

2. 拉引策略（pull strategy）

拉引策略是以最终顾客为主要促销对象，通过提高企业知名度、降低购买风险、鼓励顾客介入购买过程等方式，设法引起潜在购买者对产品的需求和兴趣。如果促销成功，顾客便会向中间商询购，中间商就会向制造商进货，以此促进产品和服务的销售。这种策略以广告手段最为有效。

3. 侧翼策略（profile strategy）

侧翼战略是以那些可能并不购买公司的产品和服务，但对企业有影响的利益相关群体。例如，各类社团、雇员、政府、新闻媒体、资本市场等。其目的是为了改变受众对企业的认知和理解，树立良好的企业形象。企业品牌化和声誉管理是侧翼战略的重要组成部分。公共关系和广告是两种最为常用的实施侧翼策略的促销工具。

10.1.4 组织市场与消费市场营销沟通的比较

组织市场在购买对象、购买目的以及购买产品方面具有不同于消费品市场的特点，在具体策略方面存在显著的差异。具体表现如下：

1．沟通对象

组织购买品营销人员面对的顾客比消费品营销人员要少得多。所以，组织市场的沟通对象相对也比较少。而且，消费品市场，企业需要与消费者本人沟通。在组织市场，企业往往与采购中心及其成员沟通。

2．沟通工具

由美国营销协会在 1995 年进行的一项调查发现，组织间营销的企业平均的营销支出是收入的 3.5%，人员推销占了最大比重，在预算中达到 61%；分配到其他形式的营销沟通工具（媒体广告、直接邮件、贸易展示等）仅占 25%。这些数字展示了组织间营销的沟通战略和在消费市场中所使用的沟通战略的区别，后者的广告和促销活动在营销支出中占优势。当然，也存在特例，例如雅芳、Mary Kay 美容品和大不列颠百科全书注重向消费者进行人员推销，而戴尔计算机厂商则主要通过大众传媒和直接邮件与它们的组织顾客沟通。

3．沟通信息

组织采购一般是由受过专门训练的采购人员执行的，这些人员的专业方法和对技术信息的评估能力促使其进行成本-效益购买。所以，组织购买往往具有理性的特点，广告等传递的信息应该体现出产品和服务的理性需求。而消费品市场，由于消费者具有冲动购物的特点，信息应体现出情感性、趣味性等特点。

4．沟通目的

组织市场中购买者数量少，大买主对供应商来说具有重要意义，买卖双方更注重长期稳定的互惠互利的合作关系。组织市场的沟通通常倾向与个别公司建立长期关系。而消费品市场的沟通更多的是与细分市场建立长期关系。

5．沟通反馈

营销沟通具有人际性、双向互动等特征，由于组织市场大量运用人员销售、贸易展览会等沟通形式，企业的营销人员往往能够获得即时的沟通反馈，并根据反馈内容进一步调整营销沟通策略。在消费品市场，针对大众消费者的广告运用得比较多，反馈比较滞后。

表 10-2 对组织市场和消费品市场在营销沟通方面的特点进行了总结性的比较。

表 10-2　组织市场和消费品市场的营销沟通比较

沟 通 属 性	B2B 市场的沟通	B2C 市场的沟通
沟通对象	● 相对较少	● 相对较多

沟 通 属 性	B2B 市场的沟通	B2C 市场的沟通
沟通工具	● 人际沟通	● 需使用人际沟通以外的方法
沟通信息	● 理性诉求	● 情感性需求
沟通反馈	● 互动即时	● 滞后复杂
沟通目的	● 与个别公司建立长期联系	● 与细分市场建立长期联系

10.2　组织市场的广告策略

在组织市场中广告很少作为主要的促销方法。产品的复杂性以及购买者对更多信息的需求证明了进行人员接触的需要。然而，研究显示销售人员一般只能接触到 30%～40%的购买决策的影响者。广告往往与整体的沟通战略——特别是人员推销结合在一起。组织购买品供应商所面临的最大挑战就是制定出能够与人员推销努力融合在一起的广告以及销售促销战略，以实现销售和利润目标。此外，广告与销售促销工具之间也必须能够彼此结合，以求达到所要达到的目标。

10.2.1　广告的作用

为了理解广告的作用，必须了解决定和影响组织购买决策的力量，这种决策一般地说是联合决策。采购中心的组成是相当复杂的，一个组织购买品的供应商必须着眼于接触到采购中心的所有成员，而采购中心的规模是不定的。在大多数情况下，推销员要接触到采购中心之中的所有成员是不太可能的。更为重要的是，并非公司的所有潜在顾客都是明确的，推销员的工作往往只能接触到一部分潜在顾客，同时也有很多有潜在购买愿望的组织又得不到必要的产品信息。显然，广告能够超越推销员的努力将信息传递到未被识别的购买决策人手中。并且，广告是与潜在产品购买者进行沟通的唯一方式。

具体地说，广告在组织间营销中的地位由以下几点决定。

1．提高供应商的声望

有效的广告能够使人员推销更具激励性。据研究，当顾客受到广告的影响时，每个推销员的销售额将有极大的增长。除了增加公司和产品的知名度之外，研究显示，受到供应商广告影响的购买者对于产品的评价，无论从产品的质量、服务等各方面都高得多。因此，广告的一个主要作用就在于提高供应商的声望，从而在与对手的竞争中占据优势。

2．增加销售效率

广告同样有助于销售效率的提高。广告费用开支的增长直接扩大品牌知名度，这就意味着会得到更大的市场份额和更高的利润。广告对销售效率的影响主要有两点：其一，组织购买品供应商需要随时随地将自己的产品提醒给他们的顾客，或者使顾客意识到自己的新产品和劳务的输出。尽管这些目标也可以通过人员推销的方式实现，但考虑到购买者是一个庞大的群体，广告的成本无疑要低得多。其二，广告可以使所有的促销活动更加有

效。广告与所有的沟通方式和销售活动紧密相连，并可以使整个营销开支的效率得到提高。·

3．建立产品的认知度

从沟通的观点来看，购买过程可以看成是潜在的顾客对某一种产品或者产品的供应商由缺乏认知到形成认知，到品牌选择，到相信购买，最终形成实际购买的过程。广告则经常能够创造和加强人们对产品的认知度。组织购买品广告还可以对某一种产品品牌的选择作出贡献。此外，广告可用于创造一个公司的形象。

4．达到购买影响者

销售人员也许没有意识到一些人对购买决策会产生影响。当一个新销售人员访问一个新的潜在顾客时更是如此。由于购买者不愿意让销售人员接触采购部门，尤其是关键影响者。而且，关键影响者可能转移到其他领域、升职，或者换了工作。然而，这些人肯定会阅读贸易杂志等一般商业出版物，这时就有机会接触到广告。

5．支持渠道成员

使用分销商分享营销工作的制造者必须确保顾客知道其的产品、本地存货水平和特殊服务。在某种意义上，分销商的有效性取决于产品制造者。制造者不仅仅以具有竞争力的价格提供可靠的产品，还要提供信息和促销支持来加强其销售工作，从而支持这些分销商。

需要注意的是，为了制定一套行之有效的沟通计划，组织购买品营销部门将各种不同类型的沟通方式结合在一起，从而形成整体的营销传播战略，并在不同环境之下采用该环境下最为实用的工具。组织购买品广告显然存在其局限性，广告不可能替代有效的人员推销的作用，只能起到补充、支持的作用。同样地，人员推销受到成本较高的限制，也不可能用于建立认知度和传播信息。一般地说，单独依赖广告不足以创造出对产品的选择，这需要演示，解释和操作试验的辅助。同样地，建立信任和发生实际购买也不能完全通过个人销售的努力来实现。

10.2.2　制定组织市场的广告战略

图 10-1 给出了广告决策的具体步骤。首先要说明的是：广告只是整个市场战略的一部分，因此必须与其他部分结合起来以达到战略目标。广告决策过程开始于广告目标的设立，而广告目标是由市场目标决定的。第二步是在此目标约束下做出广告预算。第三步是编辑有关的广告信息，同样重要的是为达到既定的受众所需的媒介的评估和选择。最后也是最为关键的是对整个广告策略的有效性的评估。

1．设定广告目标

确定广告目标使营销部门可以更加准确地确定广告预算，并使广告效果的评估具有依据。确定广告目标的两点基本原则是：①广告目标必须与营销战略的整体目标相一致；

②广告计划所确立的必须与广告所能承担的角色相一致：即创造认知度，提供信息，影响购买态度，提醒购买者关于本公司和产品的存在等。

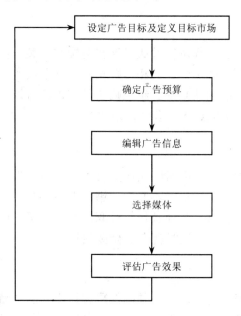

图 10-1　制定组织间营销广告战略的决策步骤

　　目标的编写应当明确规定要达到什么样的目标及什么时候达到，从而使参加广告计划的每个人建立一个单一的工作指向。正确设立的广告目标应当具有明确的可衡量性，如"将本产品的市场份额从 1998 年 6 月的 15%提高到 1999 年 7 月的 30%"。组织购买品广告的目标通常并不与先进销售额指标直接挂钩，因为尽管现金销售额能对广告效应给出一个"硬性"指标，但将二者直接联系在一起还是不太可能的。人员销售、价格、产品更新以及竞争活动与销售额具有更为直接的关系。因此，广告目标一般是由"沟通目标"来衡量的，如品牌知名度、认知度以及购买者态度等。

　　广告目标的一个重要组成部分是关于目标受众的确定。每一不同集团的消费者对于产品和劳务的要求是不同的，从而要求组织购买品广告确定其目标受众，并根据这一受众的购买决策标准来制定广告战略。与此相关的最后一个问题是关于广告创意说明的问题，在确定了广告目标和目标市场之后，公司和广告代理商面临着产品如何在市场上定位的问题，广告的创意说明所解决得就是这一问题。产品定位决定了组织购买品广告创意的方式。

2．确定广告预算

　　一般地说，组织购买品营销部门组要通过直觉判断和经验判断来决定广告预算。组织购买品生产商们最常用到的方法是经验法（例如，上一年销售额的一定百分比）和目标任务法。

　　1）经验法

　　对于组织购买品生产商来说，广告在其总的营销预算中所占比例相对较小，所以没有必要使用过于复杂的方法计算其预算。因此，营销人员可采用**经验法**（例如，将销售额的

1%用于广告费用的支出）来计算，即使在广告的地位相对重要的场合下，销售额百分比的原则依然是相当普遍的。

销售额百分比的原则的一个基本问题在于：这个原则使得广告成为了销售额和利润的结果，并且可能导致出现一些功能性错误的政策。销售额百分比的原则意味着当销售量下降时，组织购买品供应商将减少广告开支，而这时正是应当增加广告开支的时候。但是由于操作上的简便性，简单的经验法仍然是决定广告预算的主要方法。

2）目标任务法

广告预算的**目标任务法**是将广告成本与其要达到的目标联系起来的一种方法。由于广告的销售额结果几乎是无法测定的，因此任务法将注意力集中在广告的沟通效应之上。

任务法的具体做法是对广告中的各项任务加以评估，分析与每一项任务有关的成本，将所有成本相加以得到一个最终的预算。其目标步骤可以分为四步：

（1）以销售量、市场份额、利润贡献等具体指标建立产品的市场目标。

（2）估算为了实现这一目标所必须实现的沟通函数，然后确定在实现这些函数的过程中广告和其他沟通方式的地位。

（3）以达到营销目标所要求的可衡量的沟通反应来定义广告的特定目标。

（4）估算完成广告目标所需的预算额。

任务法解决了经验法存在的主要问题：资金被用于完成特定的目标，因此广告成为了那些结果的决定因素而不是后果。使用这一方法，营销人员将得到为实现一项任务所需的全部资金而不再是销售额的一个百分比。但是这一方法最大的问题在于：经理人员必须对支出水平与沟通反应之间的问题具备一定的直觉。在组织市场上，一定的认知度水平是怎样达到的，无疑是一个很难回答的问题。

3）跨越临界点

一种产品的某一个品牌要在市场上建立起牢固的地位，就必须在公众对它的认知度上跨越一定的临界点，小规模的广告预算往往不足以让厂商跨过这一点，所以无法在市场上立足。预算过程对于广告效应的重要性在这里充分得到体现。鉴于这种重要性的存在，经理人员应当在全行业的基础上衡量所要做的工作以及与之相关的成本，在目标明确、预算分配合理的条件下，给出有效的广告信息。

3．编辑广告信息

广告信息的编辑是一项复杂的工作。它决定着产品的哪方面的信息将到达受众那里，如果广告突出强调的产品性质对于用户来说并不重要，就意味着广告开支的浪费和机会的丧失。在广告信息中，产品的吸引力以及这种吸引力的传递方式都是重要的，都决定着广告沟通是否能够成功。因此，广告信息的编辑涉及广告目标的确定、对目标受众购买标准的估价以及适合的语言表达、方式和风格的分析。

1）知觉与领悟

成功的广告信息首先必须引起人们的注意；其次，必须使广告发布人的意图得到正确的理解。购买者总是会从广告中发现与自己的态度、需要和信仰相悖的东西，并且总是根据这些观念和信仰来解读广告信息，因此，广告信息的设计和导向就是一个非常重要的问题。

例如，关于"技术性"广告的使用问题，技术性广告对于一部分人来说由于显得"较难"而具有较少吸引力，因此技术性广告只对那些技术性人员（工程师、建筑师等）具有较强的吸引力，而对于非技术性读者来说，非技术性的广告是更为适合的。

2）幽默

幽默在组织购买品广告中的使用是非常广泛的。据研究，大约有 23%的广告包含有幽默的成分在内。幽默的表达方式更容易引起人们的兴趣和注意，并且更有利于表现出真的情感反应，这种反应附带延伸到产品本身之上，就产生了良好的广告效应。当然，幽默有时会影响到人们对广告的理解，如果使用不当的话，也会产生负面影响。

3）聚焦于用户利益

组织购买品产品的购买者非常注意从所购产品中能够得到的实际利益——完成某项工作的更好途径，生产某最终产品的更廉价的方式，一个问题的解决方法或更快的传递时间。广告信息应当聚焦于目标顾客所寻求的这些利益，并且说服读者广告的发布人可以提供这种利益。做广告的人往往集中强调其物质产品，而实际上，如果这些物质产品不能给顾客解决问题的话，那就没有多大的意义。

4）理解购买者动机

对于购买者来说，并不是所有的购买者的要求都是一致的，搞清楚顾客的购买动机是非常重要的。在这一方面，有效的广告信息的编辑通常要求广泛而细致的市场调查。

5）广告的物理属性

在以上这些问题确定之后，组织购买品广告的代理人就需要对如何组织广告的问题作出决定。这里要考虑的因素非常多，包括广告的规模、颜色和文字的使用、媒体的投放等。这些因素决定了广告的结构和形式，而且有助于人们建立对公司和产品的兴趣及认知度，但广告最终的成功还是要取决于广告信息的指向是否正确，对用户购买动机的分析是否得当。

4．选择广告媒体

在广告信息之外，另一个同样重要的问题是关于媒体的选择。媒体的选择最终是由广告的目标受众决定的。一般地说，首要的问题在于是选择商业期刊、直接邮递，还是二者兼用。媒体的选用同样涉及成本预算的考虑，怎样花最少的钱取得最佳的效果。

1）商业期刊

商业期刊分为两种形式：横向期刊和纵向期刊。前者面向不同产业之中某种特定的工作、技术和职责；后者则面向某一产业中的不同部门。如果组织购买品生产商的产品仅在少数产业中具有应用价值，则纵向期刊作为广告媒体是合适的；反之，如果产品在许多产业之中具有潜在的应用价值，那么就应当选择一份横向期刊。另一个重要的问题是关于期刊的覆盖面的问题，即期刊的订阅保证覆盖到广告的目标受众，因此，期刊的选择实际上取决于对产品应用的产业的设定以及对购买决策参与者范围的了解。只有在此基础之上，期刊上的广告才能被目标受众所读到。

组织购买品营销广告要求以一种"理性的"方式对产品的特征以及它所具有的优点给出明确的描述。如果能对产品质量及其操作方面的信息给出细节，广告的有效性将进一步得到加强。

在期刊的选择中，覆盖范围固然是一个重要的标准，但成本方面的考虑同样是重要的。广告上总的开支要被分配到不同的广告工具之上。一般来说，这些费用的分配大致如下：

- 商业期刊占 40%。
- 销售促销占 25%。
- 邮递广告占 25%。
- 商业展览会占 10%。

将所有用于商业期刊的广告开支分配到不同期刊上的原则要由这些期刊的相对效率来决定。有的期刊覆盖面虽然总的来说较小，但由于其订户中广告的目标受众相对集中，因此仍然是相对成本较低的，投放到这种期刊上的广告也就是较为有效的。

再成功的商业期刊广告也只能被读者中的一小部分人接触到，因此，一次性的广告投放一般是不足以取得显著效果的，再加上期刊的读者每个月都在发生变化，重复性的投放就更有其必要性。一般地说，在月刊上的投放每年至少应有 6 次，在周刊上的投放每年至少应有 26～52 次。

2）邮递广告

邮递广告将广告信息直接送到所要送达的人手中，邮递的内容可以是介绍新产品的销售信件、产品目录，甚至可以是一个产品样本。邮递广告可以完成其他广告形式所具有的主要功能，但其最大的优点在于将信息送到规定的去处。

邮递广告可以支持推销员的工作，如果邮递广告得到回应，则推销员可以依据问讯函上所提供的信息寻找到潜在的购买者，从而提高工作效率。从成本的角度来看，相对于其他媒介而言，邮递广告是较为有效的，但是如果产品的潜在用户相当广泛而且没有明显的购买特征，邮递广告就会造成浪费；只有在潜在购买者可以明确辨识而且较容易通过邮件接收到时，邮递广告才是可行的广告方式。邮递广告必须具有有效的版式和醒目的标题。邮递广告的时间性也具有较大的灵活性，可以将最新的价目表和产品或服务的创新及时传递给购买者。最后，邮递广告有利于购买者作出回应，广告中的回执函和有关信息使购买者可以容易地与本地的推销员或是分销商取得联系。

3）网络广告

互联网的兴起为企业与现有的和潜在的顾客相互沟通提供了一条强有力的通道，为营销工作人员与顾客建立牢固的工作联系提供了条件。同时，企业也可以通过自己的网站传播网络广告。对组织市场而言，企业的网站提供了巨大的沟通和促销机会，可以用于手机数据、存储、分析和信息的传递，包括产品目录、服务等方面的信息以及为当前或未来可能出现的问题提供建议和咨询。网络广告可以配合企业的一切营销活动，如广告、赞助、公关、展览、销售等。同时，网站也可以用于电子商务，实现网络交易等。

4）户外广告

户外广告具有不断传递信息以及选择目标市场的能力，也是所有大众媒介中最本地化的。与其他形式的广告相比，（特别那些经常使用在 B to B 市场营销中的广告形式）户外广告具有较低的成本，研究表明：2003 年，户外广告成本平均为 1.45～3.28 美元（每千人），而与之相对的，30 秒的网络/电视商业广告需要 8.75～10.45 美元，三分之一页的报纸广告需要 21.15～22.05 美元，杂志广告需要 10.30 美元（每千人）。表 10-3 说明了在哪些情况下户外广告的使用是有效的。

表 10-3　B to B 市场营销特征和户外广告的使用

B to B 市场营销特征	户外广告的使用
衍生需求	如果靠近上游的公司和客户，则户外广告是有效的
购买者的地理密度	如果在购买公司区域（或者附近），能够对准单一公司有效益、高密度地被使用，则户外广告是有效的
群体购买者	户外广告能够通过一个集中的消息同时到达很多个体
贸易展览会	有效使用广告牌能够集中贸易展本身的吸引力，广告牌能够有效地向参观者指出贸易展中特殊的位置（展位）
整合传播	在整合传播战略中，除了其他媒介外，使用户外广告将更加有效

资料来源：J. David Lichtenthal, Vivek Yadav, Naveen Donthu.Outdoor advertising for business markets. Industrial Marketing Management,2006, 35: 236 – 247.

5）大众媒体

消费者媒体为领先的组织广告者大量使用。其中有几个理由：第一，许多这样的企业同时对组织和消费者市场销售产品或服务。第二，这样的广告试图接近那些远离办公室的购买影响者。第三，大多数消费者媒体（诸如网络电视和广播、消费者杂志）提供全国范围的广阔覆盖面，从而能达到制造者的销售力量，甚至区域分销商都不能达到的二、三级市场。当然，这样广阔的覆盖面的价值必须要与所付出的高昂成本相平衡。

6）目录和数据表

目录和数据表通过间接的方式支持销售人员，因而也是企业促销工作的重要元素。组织顾客经常使用目录来比较潜在供应商的产品和价格，一旦做出决策要购买某特定商品，购买者可以通过目录来进行选择。

数据表提供关于产品性质、表现数据和独特品质的详细信息。销售人员不可能会记住购买者和设计工程师所需要的所有信息。而且，购买决策经常是在销售人员不在时做出的。一份清晰且完整的数据表，包括关键的销售特征和技术信息。

5. 评价广告效果

广告的目的在于创造认知度、激励员工对公司的忠诚度或对产品的有利的态度，但这并不意味着对广告的效果可以不做量化的分析。营销部门的经理必须对现期广告的效应做出评价以改善未来广告宣传的策略，并且将用于广告方面的开支的效果与用于其他营销策略的开支的效应作出比较。

准确的广告评估方案对将来的广告策划极有帮助，图 10-2 给出了广告效应评价的基本领域。广告策划者必须事先决定哪些方面要进行评估，怎样以及以何种程序进行评估。

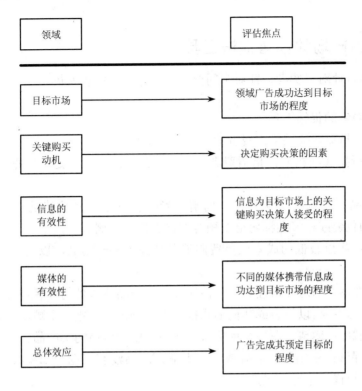

图 10-2　广告评估的基本领域

组织购买品广告的效应评估是相当复杂的，同时也是绝对必需的，预算约束通常会成为限制因素，但在这一点上可以求助于专业研究公司的帮助。

10.3　组织市场的销售促进

销售促进能为购买者提供附加价值，是对购买者产生即刻购买行为的一种激励。销售促进在消费品市场运用得多，而在组织市场运用得相对较少。因为，消费者具有冲动、感性以及个人决策的购物特点，更容易被额外的刺激所吸引。

10.3.1　组织市场销售促进的作用

在组织市场上，销售促进主要具有以下几个方面的作用：

● 降低购买者风险，鼓励购买者尝试新产品和新服务，也能够鼓励新顾客购买。
● 通过增加顾客价值的方式，鼓励老顾客重复购买，具有保留顾客的功能。
● 鼓励更多的购买，并保护产品或服务受到潜在和现实的竞争对手的威胁。
● 为经销商提供支持。
● 激励销售人员。
● 与其他沟通工具合作以实现企业的营销沟通战略。

10.3.2　组织市场的销售促进工具

销售促进可以针对消费者，针对中间商，也可以针对销售人员。

1．针对消费者的促销工具

（1）样品：指免费提供给消费者的货样或试用品。

（2）现金折扣（回扣）：指消费者在购买商品后，可凭一定的票据向制造商索取折扣。

（3）特价品（小额折价交易）：向消费者提供低于常规价格的小额销售商品的方法，即在商品的包装或标签上标明给予顾客的优惠价格比例。

（4）赠品：指以较低的成本或免费向消费者提供某一物品，以刺激其购买另一特定产品。

（5）频度方案：即对经常性和密集性购买公司产品或服务的顾客进行奖励。

（6）光顾奖励：指以现金或其他形式按比例奖励某一主顾或主顾集团的光顾。

（7）免费试用：邀请潜在顾客免费试用产品，以期他们购买产品。

（8）产品保证：由销售者明确或间接保证，产品没有问题，如果在规定期内出现问题，销售者将会包修、包退、包换。

（9）联合促销：两个或两个以上的品牌或公司合作开展它们的优惠券、回扣和竞赛活动，以扩大影响力。

（10）交叉促销：用一种品牌为另一种非竞争性的品牌做广告。

（11）售点陈列和商品示范：即 POP 广告，一般在购买现场进行。

2．针对中间商的促销工具

（1）推广津贴：这是为了感谢中间商并鼓励中间商积极推销自己的产品。而给予的一种津贴，有广告津贴、展销津贴、陈列津贴、宣传物津贴等。

（2）交易折扣：规定只要在一定时期内购买了本企业的某种产品，就可得到一定金额的折扣，购买量越大，折扣越多。这种方法可鼓励中间商更多地经营本企业产品，或促使中间商经营原来不打算经营的本企业产品。

（3）促销协作：这是在中间商开展促销活动时，企业提供一定的协作和帮助，是一种共同参与。促销协作可以是以提供现金的方式，也可以是以提供实物或劳务的方式。例如，合作广告、为中间商设计宣传品、提供陈列货架等。

（4）业务会议或展销会：邀请中间商参加，在会议中一方面介绍商品的知识，另一方面现场演示操作，这样可以促使中间商很乐意进货。我国企业召开的订货会即属此类。

（5）销售竞赛：为了推动中间商努力完成推销任务的一种促销方式。获胜者可以获得生产企业给予的现金或实物奖励。销售竞赛应事先向所有的参加者公布获奖的条件、获奖的内容。销售竞赛可以极大地提高中间商的推销热情。

3．针对销售人员的促销工具

（1）销售红利：即事先规定销售人员的销售指标，对超指标的销售人员提成一定比例的红利，以鼓励销售人员多销售产品。

（2）销售竞赛：即在销售人员之间发动销售竞赛，对销售额领先的销售人员给予奖励，以此调动销售人员的积极性。

（3）推销回扣：回扣是从销售额中提取出来的作为销售人员推销产品的奖励或酬劳。利用回扣方式把推销成效与推销报酬结合起来，有利于销售人员积极工作，努力推销。

10.3.3　贸易展览会

贸易展览会（trade show），是指往往在短期中集中展示企业的产品、服务、形象，便于与众多的经销商、新老顾客沟通，因此具有独特的销售促进作用。本节将重点介绍贸易展览会的作用、战略策划以及贸易展览会成功的原则。

贸易展览会有以下几种战略作用：

- 促成直接销售。
- 保持与原先顾客的接触，形成良好印象。
- 创造与新顾客的接触机会，展示良好印象。
- 介绍一个新的生产线。
- 演示复杂的机器设备。
- 解决技术问题。
- 寻找新想法和新运用。
- 建立当地销售代表的忠诚度。
- 观察竞争对手的状况，并且收集市场信息。
- 招募新人员。

有研究显示，在贸易展览会上展示的首要目标是获得销售（见表 10-4）。从表中可看出，当问及"你们公司贸易展主要目标是什么？"时，43%的回答者列出的是取得销售（包括新顾客，增加销售量和获得新的销售）。32%的回答者把取得领先和现在顾客作为次要目标。把通常的与交流（包括建立形象和创造知名度等）相关的市场目标作为主要目标的只有25%。只有七个问题没有被列入主要目标，其相对于32%的份额是无法作为次要目标的。

在那些次要目标中，19%列出了获得销售，而寻找潜在顾客只有12%。通常的市场联系目标在次要目标中占41%，另外的一些次要目标包括与老顾客的销售促成所占比例为12%；寻找新供应商所占比例为4%，其余的市场目标（如销售会议和培训销售员所占比例为5%），检验竞争力占7%。这些记录的数据仅表示答复者所占比例，不包括那没有回答展览会次要目标问题的32%。

表 10-4 在贸易展览会中的主要目标和次要目标

目　标	主要目标（%）	次要目标（%）
取得销售	43	19
取得领先	32	
通常的市场交流	25	41
老顾客的销售促成		12
寻找新的供应商		4
销售会议和培训销售员		5
检查竞争力		7
未列目标	7	32

资料来源：John F. Tanner, Jr.Lawrence B. Chonko.Trade Show Objectives, Management, and Staffing Practices. Industrial Marketing Management,1995, 24: 257-264.

10.3.4 贸易展览会的战略策划

要制定一个有效的贸易展览会沟通战略，营销人员必须就以下四个问题给出答案：
● 贸易展览会在整个营销沟通计划中要扮演一个什么样的角色？
● 贸易展览会上的营销努力应当指向谁？
● 对于公司来说，适当的展览组合应是什么？
● 贸易展览会上公司的投资审核政策是什么？怎样评价投资效益？
下面对这些问题逐一做出分析。

1．确定贸易展览会的地位

贸易展览会在购买和销售过程中都起到重要的作用。对购买者而言，展览会可以使他们认识到对于某种产品的需要，形成产品类型的概念，搜寻到潜在的供应者，同时也是对厂家的产品和服务提出反馈意见的良机。而从销售者的角度来看，销售过程可以分为六个阶段——寻找潜在的购买者、建立联系、确定购买者、提供销售信息、结束销售过程、结清账目。除了结束销售过程以外，展览会在其他阶段都是有效的。展览会也为其他一些非销售性活动如信息交流、关系建立等提供了场所。

2．目标选定

厂商可以在展览会上做很多事情，例如识别潜在的顾客，提供产品、服务和厂家信息，了解可能发生的应用性问题等销售方面的事务以及建立公司形象，收集竞争情报，加强销售人员的信誉等。在制定展览会战略时，应当对所要达到的目的做出明确的规定，以指导届时参与展览会的人员的工作方向。参加展览会的目标一旦确定之后，决策者就必须在不同的展览会之间进行选择以接近自己的目标市场。

3．选择展览会

选择展览会方面的主要问题是决定参加哪些展览会以及投入多少预算。一个最基本的原则是：厂商应参加那些自己的重要顾客经常参与的展览会。许多厂商事前对他们的潜在顾客会进行一定的了解，以确定他们将会参加的展览会以及他们希望获得的东西，从而在自己的策略安排上做出相应调整来适应顾客的需求。此外厂商应当根据事先确定的参展目的来选择参展，并且在不同展览会之间就成本问题做出比较，在综合考虑各方面因素之后选择参加预期效果最好的展览会。

4. 安排展出

为增加潜在的用户对于展览的兴趣，组织购买品生产商可以在展览会之前打出广告，将展览会的内容，特别是关于新技术和新产品推出的信息公布出去，以加强展览会的吸引力。参展的销售人员必须经过预先的训练以适应展览会的环境，因为展览会上的销售与典型的人员推销活动并不一样，后者是先推销自己，然后是公司，最后才是产品，而前者恰好相反。

B to B 营销视窗 10-1 进一步说明了如何利用展览会以提高营销效果。

B to B 营销视窗 10-1	如何做好展览促销

展览会促销工作可分为战前促销、展中促销和展后促销。

展前促销：指展览之前将公司参加某项展览的信息传递给潜在买主，以增加访客参加展览。展前促销可采取以下方式：

（1）刊登广告。其目的在于促使潜在买主前来参观展位并采购。一个有效率的展前广告，应是实现参展目的的第一步，因此不但要告诉潜在买主，公司将参加何项展览、展出时间、地点及参展摊位号码，更重要的是要告诉他们非来不可的原因，比如展出什么新产品、新技术或者解决老问题的新方法等。

展前广告必须慎选广告媒体。一般来说，专业展览的广告宜选择专业期刊，如果潜在买主相当广泛时，则可刊于经济类日报、杂志和专业的网站。

（2）寄发直接信函（DM）。这也是展前促销的重要手段之一。据美国一项调查显示，美国的专业展访客中有 15% 是因为接到参展者的邀请前来的，9% 是因为接到 DM 前来的，而受专业媒体报道和广告影响前来的占 12% 和 9%。由此可见，寄发直接信函是十分必要的。传递展览信息的 DM 可在 2～3 个月前寄出或以电子邮件发出，而请柬或邀请函宜于受邀人在展览前 2～4 周内收到。至于 DM 寄发的对象，除公司自行收集的往来顾客和潜在买主外，公司名址和工商名录也是重要的资料来源。

电话与传真促销。公司寄发直接信函后，还应对重要顾客、专业媒体编辑、产业届领袖等，再作进一步邀请，那样他们前来参观洽谈的可能会大大增加。电话邀请的方式通常是寄发 DM 后，主动打电话给上述重要对象，安排对方与公司代表约会的时间与地点、餐会的安排、礼物的赠送、参加活动的座位，甚至安排专门接待人员等。如果对方是媒体的记者或编辑，则告知预先安排受访人员的时间和地点。

由于传真机和 E-mail 使用广泛和便捷，公司也可在展出前一周以传真和 E-mail 形式再次发出邀请，使其达到最佳效果。

（3）宣布新产品上市信息。据国际专业展的调查发现，参观访客中有一半是来寻找新产品的。因此，参加展览是发表新产品的最佳方式。凭借展览会发表新产品时要注意：①宣布的时机。新产品发表的事前宣传最好在展前 2~3 个月开始，以广告、直接信函、互联网等方式进行，以吸引目标对象的注意力。②发表的地点。公司发布新产品，通常为了不想让竞争者有充分了解的机会，最好在展场附近旅馆举办发表会，限受邀者参加。如果针对媒体发布，则可在展场附设的新闻室举行。③公关活动。媒体发布的消息往往比广告更具效力。因此在展前要与专业媒体、展览当局保持密切联系，经常提供新闻背景资料供它们发布，最好提供新的产品信息或者新的营销策略，使公司参展的信息经常见诸媒体新闻。

展中促销：参加展览是一项剧烈的营销活动，参展厂商在展览会中面临的竞争对手，少则数家、数十家，多则千百家，因此参展的每一个细节都要谨慎从事。展览期间的推广工作更为重要，因此要做好以下几项工作：一是挑选优秀的接待人员在展场接待访客；二是重视动态的布置效果，实物的动态展出在展览会中最能发生促销效果，如果无法做到，可采用幻灯片或录影带代替，还有许多结合计算机的多媒体可供选择；三是精美的产品介绍资料，要分送给潜在的买主，不要让不相干的参观者去取；四是邀请竞争者的访客参观。展览会中如有重要的竞争者参展时，最好能安排 1~2 位服务人员，专门在竞争者摊位附近分送宣传资料或名片，邀请前往参观自己的摊位，最能产生直接促销的效果。

展后促销：一项展览结束后，往往就是促销的开始，公司应在众多的参观者中挑选出有利的买主，除了去函致谢外，并约期登门拜访。对于没有前往参观的重要潜在买主，应寄送商展资料促销，这样会产生意想不到的效果。

资料来源：林东元，"商展促销魅力十足"，市场营销（中国人民大学复印报刊资料），2000 年第 6 期。

5. 展览会的业绩评估

展览会宣传效应的评估对于厂商的营销战略而言是非常重要的。图 10-3 给出了一种评估思路：这里进入展览会的人最终与组织购买品制造商达成协议的过程被划分为图中所示的五个阶段，其中进入展览会的人员必须是厂商的目标受众，然后有可能被吸引到厂商的设展摊位前，与推销人员进行接触，并最终达成协议。其中第一到第二阶段无法由厂商控制，后几个阶段进程控制取决于展览会前和展览会上非个人营销活动的有效性和展览会上推销员促销的效率，这可以概括为公司在展览会上营销活动的三项效率指数，即吸引效率、接触效率和转变效率。

10.3.5　贸易展览会成功的原则

Tanner（1995）研究显示，贸易展览会要获取成功，需要遵循以下几个原则：

- 设置贸易展目标使其与公司营销目标一致。
- 开发贸易展的战略并使其满足目标需求。
- 如果可能，将贸易展管理责任集权化，由一人统一负责。
- 使营销人员参与到目标设定和战略确定的过程当中。

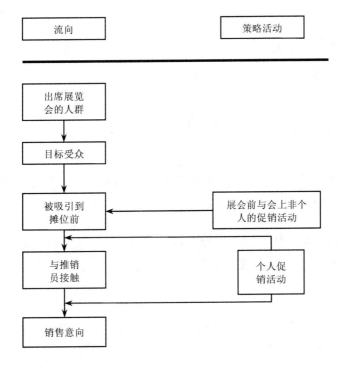

图 10-3　贸易展览会上人员流动的示意图

资料来源：Srinath Gopalakrishna and Gary L.Lilien,A Three-stage Model of Industrial Trade Show Performance.Working paper#20-1992,Institute for the Study of Business Markets,Pennsylvania State University.

- 使各种促销工具主旨的一致性（如广告、公关关系等）。
- 调配销售人员、工程师、管理人员以及其他相关人员到同一展位。
- 按标准培训展位工作人员。
- 调配充足的人员去弥补空缺以避免展位空缺。

　　保持与其他营销主旨一致是保证贸易展览会成功的重要准则。如果贸易展览会的责任扩展到好几位经理，这个一致性就可能会失去。如果营销人员参与贸易展览会的目标设定和战略发展，这种一致性就可以达成。当贸易展览会作为一个责任事件，由许多人分担，问题产生的可能性会很高。虽然，企业每年只需要开一到四次展览会，但他们仍需要专业的展示管理，否则，很可能导致比调配不充分和人员培训不适当等更加严重的问题。 所以，在可操作的层面上，将责任集中到一人手中可能产生更多效益。除此之外，企业应对相关人员进行培训，以符合贸易展览会目标的要求。企业也应该有工程师或产品技术人员，高级管理层以及服务人员在场，去处理许多来企业所在展位拜访的参展者的不同需求

10.4　组织市场的公共关系

　　企业的公共关系和宣传活动与其他的促销手段不同，它并不是直接进行产品的促销，而是通过宣传树立起企业的良好形象，在顾客心目中形成良好的形象和信誉，间接对产品进行销售。

10.4.1　公共关系的类型

在组织市场中，公共关系包括以下几种形式：

1）宣传报导

公共关系的一个主要任务是发现或创造对企业和产品有利的新闻，以吸引新闻界和公众的注意，增加新闻报道的频率，扩大影响，提高知名度。

2）赞助社会活动

赞助公益和社会活动，以提高企业声誉与形象。如××著名大公司赞助奥运会，中国企业为抗洪救灾、希望工程、保护大熊猫等捐助。

3）组织宣传展览

企业可组织编印宣传性的文字、图像材料，拍摄宣传录像带以及组织展览等方式开展公共关系活动。通过一系列形式多样、活泼生动的宣传，让社会各界认识企业，理解企业，从而达到树立企业形象的目的。

4）开展主题活动

主题活动是企业与公众直接面对面接触的沟通形式，是公共关系活动传播信息的有效媒介。主题活动包括各种场合的开幕式、庆典、仪式、比赛、论证会、招待会、研讨会等。主题活动是使社会各界和公众了解企业，树立企业形象的绝好机会。由于公众能够亲身感受到企业的真实形象，所以对其影响很大。

5）危机公关

随着产品复杂性的日益增加、产品安全标准的不断提高、消费者需要的多样性以及网络技术的发达，危机不再是今日社会异常的、罕见的、任意的或者外围的特征。所以，企业需要通过危机公关来减轻对企业的形象、品牌资产、财务利益等方面的损失。

10.4.2　公共关系的构成要素及其特点

1. 公共关系的构成要素

企业公共关系的结构由三个要素构成：企业、社会公众和传播媒体。这三个要素共存于同一个社会环境中，并构成了企业公共关系，如图 10-4 所示。

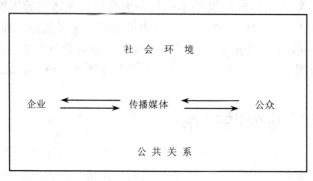

图 10-4　企业公共关系结构

企业利用各种传播手段，加强与各类公众包括政府、社会团体、新闻媒介、企业内部公众以及其他企业的信息、思想和观念的传递与交流。通过各种传播活动，企业将真实的信息告诉公众、以促进与公众的相互了解与情感沟通，来获得真诚的合作。因此，公众得到真实的信息非常重要。

在变化多端的竞争激烈的社会环境中，如果企业缺乏公关意识、公关决策和公关行动，必然会使市场营销人员或公关人员的努力付之东流，必然导致在本来可以避免的问题上花费更多的时间和精力。当然，要想创造一个完美的社会环境是不可能的，有时想随意改变环境也是危险的。但是，企业能够充分利用环境中的多个因素的积极效应，从这一点出发，赋予企业公共关系以新的意义，这正是企业公共关系工作的实质所在。

2．公共关系的特点

公共关系作为整合传播的一个重要组成部分，具有自己的特点：

1）注重长期效应

公共关系要达到的目标是树立企业良好的社会形象，创造良好的社会关系环境。实现这一目标并不强调即刻见效，而是一个长期的过程。企业通过各种公共关系的运用，能树立良好的产品形象和企业形象，从而能长时间地促进销售和占领市场。

2）注重双向沟通

公共关系的工作对象是各种社会关系，包括企业内部和外部公众两大方面。在企业内部和外部的各种关系中，如果处理得当，企业会获得良好的发展环境。企业通过公共关系听取公众意见，接受监督，也有利于企业全面考虑问题，追求更高的社会形象目标。

3）注重间接促销

公共关系传播信息，并不是直接介绍和推销商品，而是通过积极参与各种社会活动，宣传企业营销宗旨，联络感情、扩大知名度，从而加深社会各界对企业的了解和信任，达到间接促进销售的目的。

10.4.3 公共关系的决策过程

在考虑何时与如何运用公共关系时，企业必须建立营销目标，选择公关信息和公关媒体，执行公关计划，并评估公关效果。

1．调查研究

调查研究也叫企业公共关系现状调研，目的是为了解那些影响行业行为的公众的认知、观点、态度和行为，找出企业在公共关方面存在的问题，也就为公关的方向确定提供了依据。调查研究需要在确定调查方法的基础上收集相关信息并进行信息分析。

2．制定计划

制定计划即为公共关系活动确定目标和计划。

1）确定目标

进行调查后，查明问题的前因后果，即可为公关计划确定目标。一般的目标有建立知名度、提高美誉度、激励经销商等。

2）制定公关计划

制定公关计划是确定实现目标的步骤。计划有长期与短期两种。一般计划内容有以下几项内容：背景、现状的概述；目标、主题的明确；项目与企业行为；媒体选择；预算。

3．传播行动

没有传播行动，公共关系活动计划就是一张废纸。传播行动必须有公众参与，但不是所有的人都认为企业组织的传播行动由公众成为主体。

4．效果评估

公关计划是否有效，是否需要做一些调整，是否达到即定计划目标，这些都要求及时对计划效果进行评估。评估方法一般有以下几种：

（1）自我评价法。即由计划主持人与参与计划实施者凭借自己的感觉，对公关计划效果进行评估。此法受主观意志影响大，但快捷、独特，受企业管理层的青睐。

（2）公众评价法。一般通过民意调查和态度测量等方法来得出对特定范围的公众认知、态度与行为进行的调查结果，经过综合后获得公关计划效果评估。这种评价法有一定的标准和科学方法，从而使结果较为真实。

（3）媒体评价法。通过新闻媒体对企业的报道情况，作为判断公关计划效果好坏的评价标准。例如报道在篇幅上的大小，对企业成就上报道的多少以及媒体自身的重要性和发行量大小等。

（4）专家评价法。聘请各方面的专家对企业公关活动前后的各方面情况做专门的调查研究后，做出客观的评价。

10.5　组织市场的直复营销

在组织市场，直复营销通常被认为是营销沟通组合中第二个重要的工具。企业可以将信息直接发送到组织顾客的手中，以创建一个直接互动的沟通方式。实际上，随着电子出版技术的不断成熟，组织营销者正前所未有地使用直接邮件。大量的组织营销者也将电话营销视为加强其总体传播效率的方法。Chaffer 等学者（2002）认为直复营销的个性化信息与关系营销战略是相容的，这也是直复营销发展迅速的原因。组织市场的直复营销主要包括以下几种形式：

- 直接邮件。
- 电话。
- 数据库。
- 目录营销。

10.5.1　直接邮件

直接邮件是组织市场营销沟通组合的重要组成部分，其通常与贸易杂志等出版物联合使用，或者作为后者的替代。直接邮件具有个性化的特点，并且还能够准确地衡量宣传效果。经过仔细设计后，直接邮件广告可以产生比其他印刷广告更大的影响，因为它具有获得阅读者全部注意的能力。直接邮件往往作为人员销售的支持，并成为维系顾客关系的重要工具。

　　有学者对直接邮件的有效性进行了研究，对成功的直接邮件沟通具有一定的指导意义。Vriens 等人（1998）的研究表明，顾客接受邮件的过程包括三个主要部分：①打开邮件。这一行为受到信封吸引力和情景因素的影响；②阅读。这一行动过程受打开邮件行为、阅读者的情境特征、邮寄形式及其内容吸引力的影响；③做出反应。主要受邮寄物的吸引力、先于反应行为的阅读行为、个体阅读者的特征及他们的情境等因素的影响。Wulf 等人（2000）的研究发现了提高直接邮件反应率的方法：信封的大小、材料、颜色以及邮费对打开邮件这一行为有影响；阅读者的态度对阅读者有影响；个人的阅读行为会影响阅读者是否做出反应。

10.5.2　电话营销

　　电话营销是另一种快速成长的营销传播方法。当内部电话销售人员和外部销售代表配合工作时，这种类型的电话营销的效果最佳。例如，电话销售人员起初建议一位主要的顾客考虑一件新产品、新价格或者增强的服务。外部代表紧接着进行一次销售访问，但现在这样的访问是顾客所期望的了，而不是一次"冷访问"。电话营销的方法对那些不经常购买的顾客还可以被用来调查或征求意见。为了使这种配合工作成功，销售经理和外部代表必须给予最大的支持。如果管理者感到电话接触应该主要是应对性的，或者外部代表过于防备地保护自己的顾客，这样的过程就会失败。当然，使用电话销售的营销者将其视为补充的方法，而不是取代面对面销售。

10.5.3　数据库营销

　　数据库营销（database marketing）是成功的直复营销活动和客户关系管理计划的中心。数据库涉及对于当前顾客以及市场前景的了解和把握，从而使营销人员可以在明确选定的目标市场上推行正确的营销策略。这些包括了关于顾客和潜在顾客信息的资料被储存在计算机数据库中，可以由营销人员随时调用。例如，营销数据库系统可以用来寻找目标顾客，满足顾客差异性、个性化的需要，建立和发展良好的顾客关系；内容完备的营销数据库能帮助公司预测顾客需要，能够针对特定产品找出可能的买主并对顾客忠诚度进行评估；根据营销数据库提供的潜在顾客特征，直销资料能够在适当的时机精确地发送到感兴趣的顾客手中，大大提高了营销针对性和有效性，降低了营销成本；而且，营销数据库可以用来确定交叉销售的机会，交叉销售可以增加企业的原有产品和新产品的销售量。Kamakura 等学者（2003）的研究表明交叉销售可以增加顾客的转换成本和减少顾客的流失。通过这种数据库营销系统的建立，IBM 公司的销售成本占收益的比重下降了 50%，而其销售额每年以 12% 的速度递增。

　　需要注意的是，数据库的维护和更新是一项需要相当努力的长期工作。数据库营销也涉及到道德问题，例如，未经授权泄露顾客信息等等。

本章小结

企业必须通过营销沟通让顾客认知产品或服务的价值。而且，组织也需要通过沟通与相关的利益相关者建立并保持积极的关系。因此，与现有的、潜在的顾客以及其他利益相关方进行沟通对于成功的组织间营销而言是极其重要的。

与消费品市场相同，组织市场的营销沟通组合主要由五种工具组成：广告、销售促进、人员销售、公共关系、直复营销。企业在运用促销组合的五种工具时，还可以依据其目的，采用推动策略、拉引策略或侧翼策略。

由于组织市场在购买对象、购买目的以及购买产品方面具有显著不同于消费品市场的特点，组织市场营销与消费品市场营销在沟通对象、沟通工具、共同信息、沟通目的、沟通反馈等具体策略方面存在显著的差异之处。

在组织市场中广告很少作为主要的促销方法。产品的复杂性以及购买者对更多信息的需求导致了进行人员接触的需要。然而，研究显示销售人员一般只能接触到 3%～4%的购买决策的影响者。广告在组织市场上通过提供企业及其产品的信息而为销售打下基础。广告往往与整体的沟通战略——特别是人员推销结合在一起。

销售促进在消费品市场运用得多，而在组织市场运用得相对较少。贸易展览会，往往在短期中集中展示企业的产品、服务、形象，便于与众多的经销商、新老顾客沟通，因此具有独特的销售促进作用。本章重点介绍贸易展览会的作用、战略策划以及贸易展览会成功的原则。

组织市场的公共关系和宣传活动与其他的促销手段不同，它并不是直接地进行产品的促销，而是通过宣传树立起企业的良好形象，在顾客心目中建立起良好的形象和信誉，间接地促进产品的销售。

在组织市场中，直复营销通常被认为是营销沟通组合中第二个重要的工具。企业可以通过直接邮件、电话、数据库、目录营销等方式将信息直接发送到组织顾客的手中，以创建一个直接互动的沟通方式。

关键词

营销沟通组合	Communications Mix
广告	Advertising
销售促进	Sales Promotion
人员销售	Personal Selling
公共关系	Public Relation
直复营销	Direct Marketing

推动策略	Push Strategy
拉引策略	Pull Strategy
侧翼策略	Profile Strategy
贸易展览会	Trade Show
数据库营销	Database Marketing

思考题

1. 请阐述营销沟通的定义及其作用。

2. 在组织市场，营销组合工具有哪些？

3. 请比较组织市场和消费品市场在营销沟通方面的差异。

4. 广告在组织购买品市场营销中的基本作用是什么？

5. 简述制定组织购买品广告战略的基本步骤。

6. 广告预算的确定有哪几种方法？试分别阐述其利弊所在。

7. 广告媒体的选择其基本原则是什么？试述不同媒体的特点。

8. 怎样对广告的效果进行评价？

9. 在不同的广告媒介上收集几则组织购买品的广告，并就以下问题展开分组讨论：

   （1）不同的广告媒介各有何优势和弱点？不同广告媒介上的广告其信息编辑各有何特点？试着说明广告发布人选择广告媒介的依据。

   （2）所收集的广告各自突出宣传的重点是什么？试着揣摩广告的发布人这样做的原因何在。

   （3）试从信息传递和媒体选择的角度分析各则广告的得失，你是否能够提供更好的方案？

10. 对于组织购买品营销来说，贸易展览会的战略意义何在？

11. 请阐述贸易展览会的战略策划步骤。

12. 何谓公共关系？组织市场的公共关系具有哪些类型？

13. 在组织市场中，直复营销的形式有哪些？

第11章
人 员 销 售

对于一个公司的成功而言，销售是其关键一环。在营销战略组合中人员销售的重要性取决于市场的性质与组成、产品的性质、公司的目标及其融资能力。公司必须依据这些因素决定人员销售和广告以及销售促销的相对重要性。**人员销售**（personal selling）之所以在组织市场上占据主导地位，主要是因为组织市场上的潜在用户相对于消费品市场来说较少，而其购买金额相对于消费品市场来说则较大，产品也具有技术复杂、价格高，需要对其进行展示与说明等等。从实践中看来，几乎所有的产业都对人员销售进行了大力的投入，为了从投入中获得效率和效益的最大化，就必须对人员销售策略进行周密安排，并使之与公司的营销组合紧密结合在一起。为了加强生产力和应对市场竞争，销售策略的制定者运用了许多新的方法和途径，表 11-1 对人员销售职能的变化进行了一些总结。

表 11-1　人员销售的演进：新方法和新技术

变　　化	销售管理的反应
竞争的加剧	更加强调和发展基于相互信任的、长期的用户关系
对生产力的强调	技术应用的增加（如手提计算机、电子邮件、传真机和销售支持系统的应用）
传统用户基础的分化	面向特定类型用户的特定销售人员 销售方式的多元化 促销努力的全球化
用户对于产品和服务标准的提高	团队销售 基于销售队伍业绩和用户满意度的奖励措施
要求专业化的知识作为购买决策的投入	团队销售 强调用户导向的销售培训 销售职员教育程度的提高

无论一个企业如何设计它的销售战略，销售人员都是与市场和特定的顾客联系的直接环节，销售人员的工作是复杂而又具有挑战性的。为了满足他们的期望，销售人员拥有由所销售的产品广泛延伸开去的各个方面的知识。他们必须能够机智谈论竞争者的产品以及顾客所在行业的发展趋势，他们不仅仅要知道自己直接顾客的业务，还要知道顾客的顾客的业务。

本章将分别讨论以下几个方面内容：
- 人员销售概述
- 人员销售过程
- 组织市场人员销售管理
- 销售人员的自我管理

11.1　人员销售概述

11.1.1　人员销售的定义、特点及其目标

1. 人员销售的定义

人员销售是指为了满足顾客某些需要以说服其购买产品、服务、理念或者其他物品，

而在人与人之间进行信息沟通的过程。

人员销售是组织市场营销战略得以实现的方式。销售人员事实上扮演着卖者和买者双方代表的角色。供应商的形象、声望以及满足要求的能力在很大程度上是由其销售力量来体现的。而作为购买者的代表，销售人员能够将购买者的特殊需要传递给制造商的研究开发部门或是生产人员。买卖双方在产品类型、货物交接、技术服务方面的协商通常都是通过销售人员来进行的。销售人员作为一种有效的缓冲点，减少了买卖双方之间的冲突。通过帮助购买决策者形成关于自己的需要的认识并且将这种需要与企业的产品或服务进行比较，销售人员所提供的不仅仅一件物质产品，而且是创意、介绍、技术协助、经验、自信和友谊。

2．人员销售的特点

人员销售是自商品交换产生后就出现的一种最古老的销售方法，具有其自身的特点。同时，销售人员又是企业与消费者之间的纽带，对许多消费者而言，销售人员代表着企业，反过来，销售人员又从顾客那里给企业带回许多有关消费者的信息。因此，确定正确的销售目标是必不可少的。

人员销售具有以下特点：

（1）销售的针对性强，人员销售通过销售人员直接面对消费者销售商品，是消费者和商品生产者之间最直接的桥梁。由于人员销售的针对性强，能够充分利用销售人员对商品的熟悉程度，并根据消费者对商品的不同欲望、要求、动机和行为，采取不同的解说和介绍方法，促成消费者购买。

（2）有利于加强服务，现代科学技术的发展，使商品的结构、性能、使用和保养日益复杂化。采用人员销售，可以让销售人员在销售商品的同时做好一系列服务工作，从而既方便了消费者，又加强了销售服务，创造出更多的销售机会。

（3）销售的成功率高，由于人员销售事先拟定了销售方案，研究了商品的市场动态，确定了销售对象，因而可以把精力有选择地集中在那些真正可能成为买者的用户身上，使可能的失败降到最低限度，从而提高销售的成功率。

（4）有利于信息反馈，人员销售的双向沟通方式，使得企业在向消费者介绍商品、提供信息的同时，及时得到消费者的信息反馈，使企业及时掌握市场动态，修正营销计划，并促使商品的更新换代。

3．人员销售的目标

与其他促销工具一样，人员销售策略制定之前，必须首先确定其目标。销售人员一般要承担这样几项特定的任务：

（1）寻找顾客，即必须在市场上发现和培养新客户或主要客户。

（2）设定目标，即决定怎样在预期顾客和现有顾客之间分配有限的时间。

（3）信息传播，销售人员应熟练地将企业产品、服务等信息传递给顾客或潜在顾客。

（4）销售产品，销售人员应能运用各种销售技巧，与顾客接洽，演示产品，回答顾客的疑问并达成交易。

（5）提供服务，指销售人员要根据企业和顾客的要求，提供咨询、技术帮助、资金融通和迅速交货等服务。

（6）收集信息，销售人员还要进行市场调研工作，访问顾客，收集信息。

（7）分配产品，即在了解顾客的前提下，对顾客的商誉作出评价，以便在产品短缺时将产品分配给顾客。

在销售活动中不可能有适应任何具体情况的销售方法。但销售活动中的主要环节有相似性，如果销售人员能掌握这些环节上自己的任务、目标，就会使销售的成功率提高。

11.1.2　人员销售的结构及其规模

人员销售的效率在很大程度上取决于销售队伍的组织效率。为此，企业必须依据市场、产品、顾客的特点，选择合适的销售队伍配置方式。

1．地区式结构

这是最简单的一种配置方式。一般企业将市场划分为几大区域，每一地区配以相应数量的销售人员，负责该地区的产品销售工作。这种方式的优点是：销售人员负责明确；能激励销售人员积极开拓业务，建立有利的人际关系；销售人员的差旅费相对较少。

2．产品式结构

这种方式比较适应于技术复杂、品种繁多或者各产品相关程度很低的情况，要求销售人员必须充分了解产品的各方面特点。

3．市场式结构

即按照顾客的类型，如行业购买量和是否现有顾客等来配置销售队伍。这种方式的优点是能使销售员深入了解各类顾客的需求特征，销售人员与顾客十分熟悉，便于建立与顾客的友谊，得到顾客的信任。但如果同类顾客的地理位置过于分散，采用这种结构就很不利，费用也较大。

4．复合式结构

许多企业特别是国际企业，经营地区范围极广。如果按照上述单一维度配置销售员队伍，往往不利于销售活动。因此常常把上述几种结构混合起来使用，按照地区-顾客，产品-地区，产品-顾客等形式对销售队伍进行二维的矩阵式配置。一个销售人员对一个或几个产品线经理和部门经理负责。跨国公司大多数采用这种方式。

一旦确定了销售战略与销售目标，企业便可考虑销售队伍的规模。销售人员人数的增加会使销售量和成本同时增加。一般情况下，企业会采用以下五个步骤来确定销售队伍的规模：

（1）将顾客按年销售量分成大小类别。

（2）确定每类客户所需的访问频率（对顾客的年访问次数）。

（3）每一类客户数乘以各自所需的访问数便是整个地区的访问工作量，即每年的销售访问次数。

（4）确定一个销售人员每年可进行的平均访问次数。

（5）将总的年访问次数除以每个销售人员的平均年访问数即得所需销售人员数目。

11.1.3　人员销售与关系营销

在许多商业领域内，制造商与其供应商之间形成紧密联系，甚至是战略伙伴关系的趋势越来越明显。有几种力量支持组织购买品领域内采购商-供应商关系的紧密化。而在一个厂商的关系营销战略中，关键性的角色就是组织购买品的销售人员。

在组织购买品的销售方内部，涉及建立和维持与顾客的交换关系的成员组成了组织的**销售中心**（selling center）（见图 11-1）。特定销售环境的需要，特别是信息方面的需要，极大地影响了销售中心的组成。其主要的目标是获取和处理有关的市场信息并执行营销策略。在很多产业中，为取得销售成功，团队工作已经成为必需的前提，即要求形成一个正式的销售团队。

组织的采购中心包括那些参与购买决策并为这一决策承担责任和风险的个人。特定的采购环境决定了采购中心的组成。例如，一个新的复杂的采购环境可能要求不同的职能部门代表的参与。

销售人员和采购员分别作为销售中心和采购中心的代表出现，他们带着不同的计划、目标和意图来开始接触，销售人员必须以信息的交换和协助对采购问题解决，以此来换取组织顾客或采购中心成员的订单。

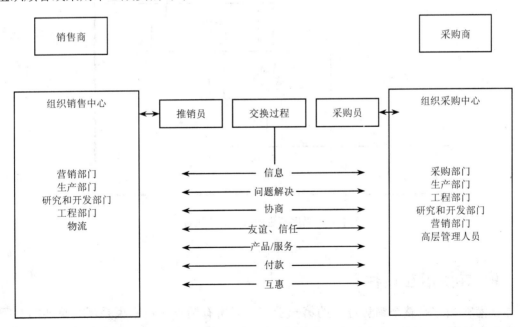

图 11-1　组织购买品市场营销中的关系管理过程

为保证与一个特定的顾客建立成功的交易关系，除了与采购中心进行外部的协商之外，销售人员还必须为了潜在顾客的利益，与销售中心的其他成员，像生产和开发人员进行内部的协商。在采购中心内部同样地必须进行协商，因为不同部门的代表对于供应商的选择标准可能不一致。因此组织购买品市场上购买者与销售者之间的关系是非常复杂的。为保证用户满意度的最大化和获得所需的市场反应，组织购买品的营销人员必须对购销关系中复杂的关系网进行有效地管理。

　　由于能够方便地接触到顾客，销售人员认为最适宜承担"关系经理"的角色。由于购买环境的复杂性，购买者面临着相当的不确定性。而从顾客的观点看来，销售人员减少这种不确定性的能力就决定了所能建立的关系的质量。关系质量至少包含着以下两个维度：①对销售人员的信任度；②对销售人员的满意程度。在不确定性环境下，较高的关系质量导致一种较为稳定的关系出现，从而能够提供保证，即销售人员能继续满足顾客的需要（满意程度），而且销售人员不会传递假信息或者损坏顾客的利益（信任度）。

11.2　人员销售的过程

　　人员销售的过程由一连串的步骤或程序组成，这些步骤分别是：①前奏，成功寻找潜在客户；②接触，初次会晤；③探测，识别购买影响力；④提案，双赢的谈判技巧；⑤成交，关系销售的开始，如图 11-2 所示。

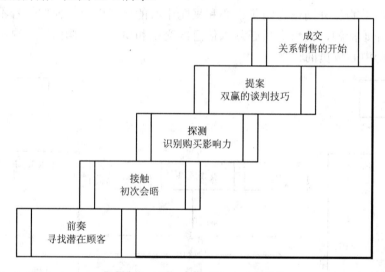

图 11-2　循序渐进的人员销售过程

11.2.1　寻找潜在顾客

　　寻找潜在顾客是整个销售过程的第一步，这对所有销售人员来说是至关重要的。因为，市场竞争和顾客需求的变化会导致现有顾客的流失，如不及时找到新顾客，销售额就会下降，公司的生产经营活动就会受到重大影响。因此，销售人员必须不断寻找潜在顾客以扩大销售额，并取代因时间过长而失去的老顾客。这包括两个步骤：第一步找到顾客；第二步根据顾客需要销售产品与服务。

　　简单地说，潜在顾客就是对销售人员的产品或服务确实存在需求并具有购买能力的个人或组织。顾客的选择与发展经历了一个系统化的程序，如图 11-3 所示。

图 11-3　顾客开发与完善五步骤

如果销售人员认为某一个人或组织可能存在对产品或服务的需求，但这种可能性又尚未被证实，那么，就只能把具有可能性的购买产品或服务的顾客称为可能的潜在顾客，或称为"准顾客"。可能的潜在顾客如果被证实确有需求，则成为潜在顾客。其后，销售人员要对潜在顾客进行评估，了解其是否有足够的购买力和购买决策权，评估合格的潜在顾客才会成为实际销售的对象，即目标顾客。

寻找到合格的潜在顾客后，销售过程就正式开始。但是，销售过程并不随成交而结束，所有销售人员的目标都是获得长期稳定的顾客。当潜在顾客成为现实顾客之后，销售人员还要努力使新顾客成为不断重复购买的顾客，也就是满意的顾客。B to B 营销视窗 11-1 介绍了评估潜在顾客的"MAN 法则"，对寻找潜在顾客具有一定的指导意义。

B to B 营销视窗 11-1	评估潜在顾客的 MAN 法则

作为销售人员，可以从以下三个方面予以考虑以判断某个人或组织是否为潜在顾客：

● 该潜在顾客有购买资金吗？

● 该潜在顾客有购买决策权吗？

● 该潜在顾客有购买需求吗？

这个认证过程也就是评估潜在顾客的 MAN 法则。 MAN 法则由 M(Money)资金、A(Authority)决策权与 N(Need)需要等构成。

（1）M——购买资金

M：（Money），即对方是否有钱，是否具有消费此产品的经济能力，即有没有购买力或筹措资金的能力。尤其是高档商品，如销售房地产、汽车、大型电器等，在销售前，一是要掌握对方的购买力，否则白费力，徒劳无功。如果是在朋友间销售，如果对方没有购买能力，贸然销售，还可能会引起对方的不满，以为销售人员在讽刺他，所以事先要了解对方的经济实力，再做行动。

（2）A——决策权

A：（Authority），即销售人员所权力说服的对象是否有购买决定权。如果对方没有购买决策权，无论花多大的工夫都是白费劲。在成功的销售过程中，能否准确掌握真正的购买决策人是销售的关键。

那么，如何判断谁是购买决策者呢？一般来讲，出面商谈的多半是决策者，但为了防止伏兵，不要只盯其本人，必须注意其周围每一个人都可能对其产生的影响力，即使别人丝毫没有决定权。所以，在一个家庭或公司里，千万不可"从门缝里看人"，最好是对任何人都客气礼貌，尤其需要注意决策者周围的人，如秘书、助理甚至汽车驾驶员等。有时候一个其貌不扬的人坐在身旁，你以为是普通职员，甚至是勤杂工人，其实他可能就是老板。

（3）N——需要

N:（Need），即需要，在这里还包括需求。如果对方不需要这种商品，即便有钱有权，如何鼓动也无济于事。需要是指存在于人们内心的对某种目标的渴求或欲望。它是由内在的或外在的、精神的或物质的刺激所引发的。例如，看到别人吃东西而引起的食欲；看到电视上琳琅满目的化妆品广告而引起的购买欲望。顾客需求具有层次性、复杂性、无限性、多样性和动态性等特点，它能够反复激发每一次的购买决策，而且具有接受信息，重新组合顾客需要结构，修正下一次购买决策的功能。

"需要"弹性很大，一般而言，需求是可以创造的。普通的销售人员是去适应需求，而专业的销售人员是去创造需求。

资料来源：应恩德，朱姝，陆军著.人员销售，电子工业出版社，2001.

11.2.2　初次会晤

与一个老顾客预约是最容易的，而最难的是给新顾客打第一个电话。为了获得初次预约，这里有三种基本方法：邮件、电话和上门销售。在这个阶段，销售人员获准进入，而争取约会的关键可能是电话沟通的技巧。如何接近一个潜在的顾客有多种方法，但是引起顾客注意，建立良好的第一印象，让顾客感到轻松，则需要销售人员试图与顾客建立某种关系。因此，销售人员必须站在潜在顾客的一边，重视顾客的感受，即销售人员需要运用同理心（empathy）。在此阶段，销售人员必须在 30 秒内吸引顾客的注意力和兴趣，否则，以后的行为可能会全部白费。

一些成功的销售人员将成功的销售视为流畅的三步曲：即第一步，销售自我，得到潜在顾客的接受、认可，才可能接受产品或者服务；第二步，销售服务，好的服务会解除顾客的后顾之忧，让潜在顾客放心、称心，不会由于一次购买的失误而伤心不已；第三步才是销售产品，一旦顾客接受了销售人员的职业形象、专业技能与销售理念以及所提供的增值服务，他们理所当然地会接受销售人员所提供的产品。当然，销售人员也有可能无法成交，可能存在的原因是：第一，潜在顾客的预算已经用完，或者已经成交；第二，潜在顾客暂时用不着所提供的产品。但是，没有这一次，可能会有下一次。因为销售人员与潜在顾客已经建立起良好的关系。为了更好地销售自我，销售人员应该争取与潜在顾客再次约会。

11.2.3　识别购买影响力

一旦与潜在顾客建立了某种联系，销售人员就应进一步与潜在顾客沟通与商谈。然而，令许多销售人员感到困惑的是，自己精心设计与准备展示材料，而顾客却并不关心或不感兴趣。无论是个人、家庭或者一个公司，其购买决策都需经过一定的深思熟虑，并且会涉及一些相关人员。若销售人员不太了解顾客的购买流程与购买影响力，就无法投其所好，引起顾客的兴趣与购买欲望。

潜在顾客或者顾客面对各种不同的销售展示或者销售沟通，在经过对各种信息的内在处理与思考即"黑箱（black-box）"运作后，方能做出一种购买决策。

图 11-4 展示的顾客行为决策模型被称为"**刺激-反应**"模型。销售人员的任务是设法弄清在刺激与反应之间的购买"黑箱"中发生了什么。这个黑箱应由两部分组成：一是顾客特性；二是购买决策过程。顾客特性是指决定顾客如何理解问题并对刺激作出反应的主要方面；而购买决策过程又直接影响顾客最终的选择。

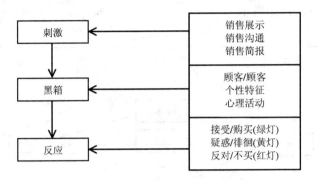

图 11-4　顾客行为的"刺激-反应"模型

过去，销售人员能够通过向顾客销售的经验来了解顾客。但是，随着企业和市场规模的不断扩大，电子商务、网络销售、邮购等新的销售方式的出现，使一些销售人员失去了与顾客直接接触的机会。若想在激烈的市场竞争中取得成功，必须加强对顾客的行为分析与研究。为了提高分析工作的有效性，必须借助于 7O's 购买框架进行研究，如表 11-2 所示。

表 11-2　7O's 购买框架

顾客（Occupants）	谁构成了市场（Who）
购买对象（Objects）	购买什么（What）
购买目的（Objectives）	为何购买（Why）
购买组织（Organization）	谁参与购买（Who）
购买行动（Operations）	如何购买（How）
购买时间（Occasions）	何时购买（When）
购买地点（Outlets）	何处购买（Where）

"刺激-反应"模型是认识顾客行为的起点，销售展示与外部环境的刺激进入顾客的意识，他们的个性和决策过程导致了一定的购买决策。销售人员的任务是要了解外部刺激和顾客的购买决策之间，其心理发生了什么变化，是什么因素决定了顾客的购买决策。通过对顾客购买行为的分析与研究，销售人员在销售过程中更能恰如其分、有针对性地提供服务，并提高销售的成效。

11.2.4　双赢的谈判技巧

销售谈判，是指销售人员为了将自己的产品或服务出售给顾客获取利润，并在一定时间内提供协商对话达成交易的行为与过程。销售谈判是由谈判利益主体的需求驱动而引发的，谈判各方是既合作又竞争的关系。因为只有满足了对方的需求，才能满足自己的需求，因此需要合作；另外，满足了对方的需求，又会反过来影响到自己一方需求满足的程度，所以又免不了要竞争。因此谈判各方在合作中有竞争，在竞争中有合作，竞争与合作的目的都是为了自己的利益需求。

　　销售谈判的基本要素包括谈判各方、谈判的目标、谈判时间、谈判地点以及各方在谈判中用到的策略和技巧，如图 11-5 所示。

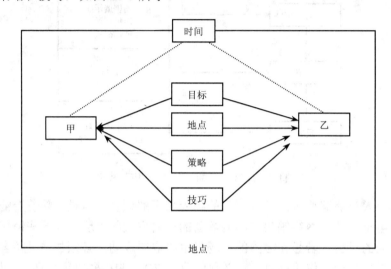

图 11-5　销售谈判的基本要素

　　首先，每次销售谈判必须有参与谈判的各方，如销售人员与顾客，有时还会有第三方参与销售谈判。其次，谈判总是在一定的时间开始，在一定的时间结束，期间持续的时间从几分钟，一直到几年不等。再次，谈判总是在一定的空间进行，所以有一个谈判的具体地点。而分阶段的谈判可能会有好几个谈判地点。最后，每个谈判中谈判各方都会或多或少地运用各种谈判策略和技巧。

　　研究表明，几乎无法找到某一方或各方都不使用任何策略和技巧销售谈判实例的。这一点也提醒销售人员：在每次销售谈判之前，都应做好充分的准备，要采取相应的策略和技巧，即使谈判中需要随机应变而用不到也不例外。

　　销售人员为了获得长期的利润回报，需要与顾客建立良好的销售关系。此时，销售人员需要遵循以下双赢原则：

　　1）轻立场，重利益

　　销售谈判中往往会涉及到双方对相关的人、事、物、理等作出价值判断。理想的谈判结果是双方在任何一点上都达成共识，取得一致。但做到这一点往往很难。所以，如果谈判各方陷入立场的争执漩涡，那么谈判很可能会变成一场战争。这样的谈判不仅没有效率可言，而且还可能严重威胁到双方的合作关系。

　　销售谈判中要把利益放在比立场更重要的位置上，这也是双赢销售谈判的本质所要求的。只有牢记这一点，才不至于在谈判中迷失方向，才可能增加谈判成功的概率。

2）对事不对人

任何谈判都是由人来完成的，而谈判中的"人"不是抽象的，他有自己的文化传统、价值观念、喜怒哀乐等个性特点。国际销售谈判中的对方有时更是难以预测。相反，对顾客来说，销售人员也是不可捉摸的。因此，在销售谈判中应把人与事分开，要学会客观冷静地分析事实及其相互关系，学会设身处地地为对方考虑，感同身受，不要指责对方，要理解对方的情绪，尊重彼此的差异。销售人员需要牢记：对人要温和，对事要坚持。

3）努力寻找各得其所的解决之道

谈判各方的利益有多重性，各方的需求有差异，因此大可不必在一个方案上僵持不下，也就是说，在处理争议、异议、分歧和矛盾时总是存在着使双方都能获益的解决办法，就看是否能找到该方法。

如果不理解双方需求存在的差异性，而自缚于对方不能接受的一种解决方案，那么，只能使谈判破裂。相反，销售人员需要与顾客共同努力，充分利用想象力和创造力，在谈判的最后阶段想出一种使各方均受益的解决方案。

11.2.5 关系销售的开始

成功的销售人员都拥有自己的顾客关系网络。传统的顾客关系理念的基础是达成交易，强调完成销售，因而忽视如何处理顾客关系，促使后续的交易不断产生。在完成销售以后，持有交易销售理念的公司及其销售人员都应极力确保售出的产品在保证期内不出问题。关系销售要做的事情是销售人员以前从未做过的，即将买卖双方长时期地联系在一起。关系销售将买方与卖方视为合作者，而不是对立者。研究表明，若顾客流失率降低5%，就将能够使利润增加25%～95%。

所谓关系营销是指公司与消费者、经销商和供应商等建立一种长期、信任、互惠的关系，而为了要做到这一点，公司必须向这些个人和组织承诺和提供优质的产品、良好的服务以及适当的价格，从而与这些个人和组织建立和保持一种长期的经济、技术和社会的关系纽带。

在激烈的市场竞争环境中，销售人员与顾客关系很少在完成一项业务后就结束了，这种关系在第一次达成交易后会有所加深，并对顾客以后的购买决策起着一定的作用。若首次业务使双方都十分满意，双方结成伙伴关系的进程就开始了。这种伙伴关系的结合程度取决于销售人员不懈的努力，伙伴关系的紧密程度将决定双方的合作能否继续或扩展。为此，销售人员首先需要识别关系销售中的重要奠基石。

1. 承诺

这是持续发展合作关系的基本要求。这种要求显示着对于双方保持已有关系都非常重要，双方都确认保持这种关系能为大家带来预期的利益。建立这种关系的各方都确信维持并发展这种关系是各自获取的预定成果的关键，因而双方都会主动地去维持和发展这种关系。

（1）相互合作。以相互合作的方式建立伙伴关系，合作是指各方共同协作以实现共同目标的具体形式。良好的合作关系应该是建立在自愿基础上的，不应是在被迫之下而做出的依赖性行为。

（2）共同目标。共同目标是维系合作关系最突出的原因。共同目标是有关各方共同选定的目标，是只能通过共同行动和维持合作关系才能实现的目标。共同目标不是一方为另一方设置的，而是各方内在的，因而更具多变性。通过各方的沟通相互确认对方的利益，在协商后达成一致而成为维系必要的合作关系的共同利益。沟通以及沟通各方的诚意是十分重要的因素。在关系销售中，双方须淡化短期利润回报，注重挖掘长期关系营销所能带来的深层次的利益。

（3）双赢思维。由于合作双方的目标一致，若要达成目标，则需要双方的共同努力。

（4）自愿组合。自愿成为合作伙伴的意向和彼此的相互信任是关系销售的基石，在此基础上对潜在的风险做出客观的评价。

2．信任

相互信任是关系营销的基本因素之一。买卖关系的最初建立和继续发展这一关系的意愿，都有赖于相互的信任的程度，不然，买卖关系就建立不起来，即便建立起来也会很快终止。在有关信任的定义中，绝大多数都包含着这样一个基本内容：相互信任的任何一方的行动都会最充分地考虑对方的利益。这意味着每一方都谋求协作，都愿意承担责任，都会非常看重与各方贸易关系的发展。相互信任还意味着各方都坚信对方的承诺完全可信，对方一定会履行其责任。

（1）值得信赖。必须通过自身行为证明自己是值得信赖的，可信赖意味着销售人员必须在顾客心中确立务实的形象，决不轻易承诺无法兑现的事物。销售人员的行为必须与其承诺保持一致，随着承诺的兑现，销售人员的信赖程度会不断提高。

（2）充满诚意。让对方感到自己是坦率的、充满诚意的，应对顾客说明所销售的产品或服务的优势或弱点。销售人员不能夸大所售产品或服务的功能，这样会使顾客产生过高期望，一旦不能兑现，顾客就会异常失望，导致不信任度的增加。对顾客坦率只会提高销售人员的信誉，进而顾客就会信任销售人员。

（3）兑现承诺。让对方确信自己是有能力的，可以实现自己的承诺；这里的能力是指必须掌握相应的营销知识，这将使销售人员能够向顾客提供正确的信息与咨询服务。销售人员还应做到一旦顾客有需要就能及时提供帮助，关注顾客利益使顾客感受到销售人员完全理解了顾客的利益，为此与顾客保持及时联系就显得十分重要。24 小时全天候式的服务，手机、呼机、E-mail 全线开通，使销售人员更具有专业形象，同时及时询问顾客的需要主动听取顾客的意见，有利于提高顾客对自己的信任感。

（4）关注顾客。让对方确信自己不仅关注对方需要与利益，而且掌握与顾客确立和发展和睦关系的方式与技巧，应让顾客明白他们可以把自身利益托付给销售人员。与顾客建立密切的关系是巩固提高顾客信任的重要途径。关心顾客利益、倾听顾客意见、珍惜顾客的时间等都是营造和睦关系的方法。与顾客确立共同利益也是很必要的，因为共同利益越多，就越容易与顾客长时间地讨论更多的问题。通过细心观察和捕捉信号就可以发现所存在的共同利益。

3. 实力

合作双方的诚意有时并非是唯一的关键。合作双方的实力与相互依赖关系的密切程度也显得很重要。相互依赖的不平衡表现为一方能够使另一方去做其正常情况下所不愿做的事情。正如在商务谈判中所提到的,在一方具有并实施主导控制权的情况下,不可能会保持持续性的互利互惠关系。

(1)旗鼓相当。结成稳定合作关系的各方应具有均衡或独特的实力,都能够为合作关系的发展带来有价值的东西。由更强大的一方所实施的强制性压力是不能确立伙伴意愿、信任或协作动机的,而只会导致双方不欢而散。在零售业中,经常出现"店大欺客"或"客大欺店"的情况。现在,市场环境要求每个公司都应具备自己独特的核心竞争力。

(2)互补效应。在一个战略联盟中,各方往往会强调彼此的差异而更希望建立起"互补"的关系,这就是结构性联系。这类联系是巩固合作关系的纽带。随着时间的推移及投资规模的扩大、相互适应程度的提高、共享技术的发展等,结构性联系便会发展起来,进而会使得合作关系逐渐,成为一种合作双方都一时无法摆脱的依赖关系。为了使得合作关系更为稳固,销售人员必须使顾客意识到自己的实力与价值,建立与顾客之间的结构性联系是根本途径。

(3)相互适应。这是指合作关系的一方改变自身的运作方法或改变产品以适应另一方的商务活动。在合作关系发展的不同阶段,相互适应有不同的表现:在确立合作关系的早期,相互适应是提高信任度的一种途径;在合作关系成熟阶段,相互适应则是指巩固和扩展合作关系。相互适应能使买卖各方结成紧密关系,并成为抵御竞争者入侵的屏障。相互适应的真正含义是"共同创新"拓展合作关系中各方的市场活动空间与利润空间。

(4)共享技术。共享技术涉及的范围很大,从产品技术到计算机联网系统都包括在内。共享技术除了能够在初始阶段起到加强联系的作用外,还能在技术成熟和实施时强化合作关系。

关系销售中的三块奠基石,实力是基础中的基础。在商业社会中,如果没有实力,无论是谁都没有立足之地;除了具有实力,还需要向对方作出合作的承诺,否则,再强的实力也会陷入"无用之地";然而,即使彼此作出"强强联合"的承诺,但是没有达到相互信任的境界,合作仍然无法持续进行。信任是关系销售中的最高境界。

11.3 组织市场人员销售管理

有效的销售队伍管理是组织购买品厂商获得成功的基础。**销售管理**(sales management)指的是对人员销售队伍的计划、组织、指导和控制。销售队伍的决策是由整体营销目标所决定的,必须与营销组合的其他部分融合在一起。对于销售反应的预期引导厂商决定其销售队伍的规模及其组织和分配(可能是地域上的分配)。预期市场潜力和预期销售的技术对于销售计划而言是很有价值的。销售管理同样涉及到招聘、培训、监督、激励和评估销售人员的活动。最后,销售管理必须能够识别问题领域,促进销售人员工作的效率、结果以及可营利性。

11.3.1　人员销售队伍的组织

人员**销售队伍**（sales force）组织的恰当形式取决于以下因素：产品的性质，中介在营销计划中的地位，市场的多样性，每个市场组成部分上购买行为的性质，市场竞争的结构等。生产商的规模和融资能力通常决定着每种特定组织形式的可行性。具体说来，组织购买品的生产商可以按地区、产品和顾客来组织其销售队伍，生产多种产品的大的厂商可在其销售组织结构中在不同的时间点采取所有这三种形式。

1．按地区组织销售队伍

按地区组织销售队伍在组织购买品市场营销中是最为常见的，这种方式就是让各个销售人员在事先规定的地域范围内销售公司所有的产品。由于能够节省在顾客之间奔波的距离和时间，这种方式通常都能够节约成本。同样地，由于销售人员能够很明确地知道自己所负责的地域内的顾客和潜在的顾客，也能够节约成本。

按地域销售最大的缺点在于，每个销售人员都必须能够承担所有产品的销售工作，必须能够承担对特定地域内所有不同类型的顾客的销售工作，如果各种产品具有很多的用途，这将是非常难的。与此相应的第二个缺点在于销售人员在选择重点产品和重点顾客上可能拥有较大的灵活性，他会选择那些自己最为熟悉的产品和用途作为其工作重点，而不顾公司的策略是怎样的。当然，这一点可以通过训练和有效的监督来加以避免，但由于销售人员在组织购买品营销策略中的决定性地位，为实现营销目标，细致的协调和控制是必不可少的。

2．按产品组织销售队伍

按产品组织销售队伍就是让销售人员专门从事某一种或几种产品的销售工作，这在产品的种类很多、性质各异、技术复杂的条件下以及为满足顾客的需求，需要销售人员具备较高的应用方面知识的条件下尤其适用。而且，不同的产品往往意味着不同的购买行为模式，专注于某种特定产品的销售使销售人员能够更善于识别采购中心成员并与之沟通，从而提高销售效率。

这种方式的缺点在于培训和维持一支专门性销售队伍的成本，一种产品必须具有获得一定水平的销售量和利润的潜力，或者说，对一种产品的需求必须能达到弥补销售成本的"临界水平"，按产品组织的销售队伍才是有力的。同样地，同一顾客对于不同产品的需求，就有几个销售人员要与之发生联系。为了减少这方面的销售成本和增加生产力，一些制造商已经将产品销售方面的"专才"渐渐转变为"通才"，要求其掌握所有公司产品的知识。而一般地说，顾客在掌握了相关技术之后，也会逐渐放弃对专门性销售人员的要求，而宁愿与负责所有产品销售的单个销售人员联系。

3．按顾客组织销售队伍

组织购买品的供应商可能会选择根据顾客类型来组织其销售队伍，通过了解特定产业或顾客类型的特定要求，销售人员可以更好地识别和回应采购影响人，同时，关键性的市场部分变得更易于进入，从而为实施差别性人员销售策略提供了机会。当然，为支持这种销售安排，市场需求必须是足够大的。

11.3.2　组织市场销售管理模型

销售队伍的配置是一个关键性的销售管理工作。该项工作的目标在于界定出最具有营利性的销售区域，派出销售人员为这些区域中的潜在顾客服务，并将销售队伍的工作时间在这些顾客之间进行有效地分配。

销售队伍的规模确定了组织购买品供应商所能利用的销售力量的水平，配置决策决定了销售力量怎样分配到不同顾客、潜在顾客或者不同产品之上。整个过程由表 11-3 说明。

表 11-3　销售组织面临的配置决策

决 策 类 型	特定的配置决策
设定销售能力的总水平	决定销售队伍的规模
组织销售力量	设计销售地域
	设计销售领域
分配销售力量	向不同地域分配销售人员
	向不同顾客分配销售人员
	向潜在顾客分配销售人员
	按产品分配销售时间

适当的配置策略要求一个多阶段的决策方式，以找到将销售资源（如销售电话、销售人员数量、销售人员工作时间的百分比）有效分配于企业所有的**计划和控制单位**（Plan and Control Units，PCU）（如顾客、潜在顾客、地域、产品）之上的方式。因此，有效地配置策略意味着对于某一特定 PCU 的正确理解，例如某个地域之内影响销售的因素。

什么会影响到一名销售人员在特定地域内所能取得的销售水平，关于这一问题，在表 11-4 列出了八种因素，这反映了规定销售任务的复杂性，然而，要进行有意义的销售配置，这种考虑是必需的。

表 11-4　地区销售任务的决定因素

1. 环境因素（如宏观经济的健康度）
2. 竞争（如竞争方销售人员的数量）
3. 公司的营销战略和策略
4. 销售队伍的组织、行为和程序
5. 现场销售经理的特征
6. 销售人员的特征
7. 地域特征（如销售潜力）
8. 单个顾客的因素

在关于销售任务的研究中，三个地域因素值得加以特别的注意，即销售潜力、集中度和分散度。销售潜力是衡量一个特定市场内所有商业机会的指标，集中度是该区域内销售潜力集中与少数几个大顾客的程度，如果集中度较高，则销售人员可以花费较少的成本获得较大的销售机会。如果该区域在地理上是分散的，则由于花费在旅行上的时间就较多，销售量可能就会较低。

　　配置策略要求按市场机会来分配销售资源，市场机会由不同的计划和控制单位组成，它们所提供的机会的水平是不同的，因此要求不同水平的销售资源投入。可以由此建立一个销售资源与机会矩阵（见图 11-6），在 PCU 机会和销售组织力量的基础上将每一个 PCU 加以归类。

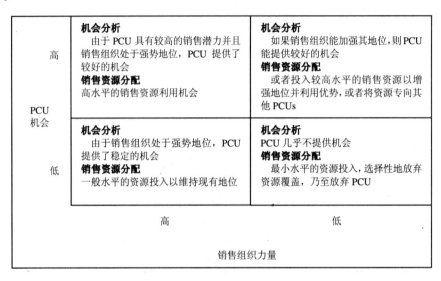

图 11-6　销售资源与机会矩阵

　　PCU 机会指的是该 PCU 所代表的销售潜力总量，而销售组织力量指的是企业在该 PCU 内所享有的竞争优势或者特殊能力。通过将所有的 PCUs 置于矩阵中，销售经理就可以向那些具有最好机会同时也拥有较强销售力量的 PCUs 投入更多的资源。在配置决策进行的不同时间，销售资源机会矩阵的运用都是非常重要的。在决定销售队伍规模、区域设定以及销售电话在不同用户之间的分配之上都有着重要的作用。这种方式还可以识别出对于销售管理而言具有价值的配置问题或配置机会，并有助于做出进一步的数据分析。

11.3.3　销售人员管理

1．销售人员的招聘与选择

　　在现代商业中，经理们更加强调对销售人员的招聘，避免销售人员的变动，这是因为现在的销售人员必须具备相当的条件：关于商务、组织行为学的知识，社交能力，耐心、毅力等，而且在高技术领域，每招收一名销售人员的平均培训成本达到了 10 万美元。

　　在人员招聘方面，管理者具有多方面的选择。首先是关于招聘有经验的销售人员还是招聘没有经验的人员加以培训的问题，这要视企业的规模、销售工作的性质、企业的培训能力及其市场经验而定。一般地说，小企业为减少培训费用一般会招聘有经验的销售人员，而拥有完备的培训体系的大公司则更倾向于招聘更少工作经验的人。

第二个问题是在数量和质量之间进行选择的问题。一般地说，销售部门经理总是倾向于评审尽可能多的候选人，并从中选出新的销售人员，但这很有可能使选择过程麻烦，这要求对招聘过程进行细致的组织和安排，从而保证不合格的候选人尽早地被淘汰出去，使剩下的候选人保持在可以进行详细考察的规模，确保招聘到的人员的质量。

招聘和选择销售人员的工作责任应当落在最高一级的管理者身上（他们应当经常得到中层职员的协助），或者由人力资源部负责，或者由公司总部一级的其他决策者负责。

2．培训

要拥有一支得力的销售队伍，必须合理制定公司的培训计划。对已有工作经验的销售人员进行定期培训是必要的，特别当公司所面临的环境处于剧烈变化中时更应如此。营销战略的变化（如新的产品，新的市场）要求个人销售风格的相应变化，成功的销售人员的一个重要的素质就是其适应性。

销售人员需要掌握关于公司、产品、顾客类型、竞争、组织购买行为和有效的沟通技巧等方面的丰富知识，这些都必须成为销售培训计划的一部分。在向国际市场扩展的过程中，企业还必须在其销售培训计划中包括向不同文化背景的顾客展开销售工作的内容。

有效的培训可为销售人员们建立自信心和进行工作激励，帮助营销部门经理保持销售工作与营销战略目标的一致性。

3．监督与激励

销售队伍的工作必须与公司的战略和营销目标保持一致，这就需要管理者加以监督和指导。关键性的监督工作在于持续的培训，劝告和建议，协助以及帮助销售人员计划和实施其工作的其他活动。管理者同样要设立销售业绩标准，贯彻公司的战略，并将销售活动和高层组织结合在一起。

激励可以被定义为销售人员愿意花费在与其工作相关的活动或任务之上的努力程度。图 11-7 中的模型假设销售人员的工作业绩是以下三个因素的函数：①激励水平；②资质或能力；③对于完成自己的工作的领悟力。而这些又都要受到个人变量（如个性）、组织变量（如培训计划）、环境变量（如宏观经济条件）的影响。销售部门经理可以通过选择、培训和监督部分地影响个人和组织变量。

对于工作的激励来自于两点：①个人对于能从不同工作业绩中获得的奖励的类型和大小；②销售人员对于这些奖励的估价。

对于给定的工作业绩，管理者可能提供两种类型的奖励。

● 内在的奖励：如销售人员个人所感到的成就感或自我价值。

● 外在的奖励：由经理或顾客给予的奖励如现金激励、酬金或能力认可。

这些奖励影响着销售人员对于工作和工作环境的满意度，而销售人员个人的角色领悟力也会影响到这一满意度。当销售人员的角色领悟出现以下情况时，他们对工作的满意度就会下降：①对上级的期望不明确；②与角色伙伴（公司和顾客）的需要相冲突；③由于缺乏关于上级和顾客的期望和评价标准的信息而处于不确定之中。实证研究也显示，角色模糊和角色冲突的状态对于销售人员的工作满意度而言有损害作用，如果销售人员对于角色伙伴的期望不能确定，或者觉得角色伙伴（顾客和上级）的要求是相互矛盾的或者是无法实现的，他们就会感到焦虑不满。减少新的销售人员角色模糊的一个有效途径在于：在培训方案中，提供充分的关于角色期望的信息，使在业绩要求方面可能发生的迷惑降低到最小程度。减少角色模糊的策略在提高工作满意度的同时也就对销售人员的销售业绩产生了积极效应，销售人员对于组织的责任心也会加强。

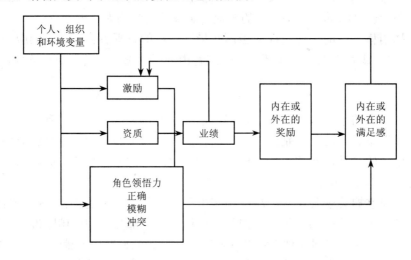

图 11-7　销售人员业绩的决定因素

资料来源：Orville C.Walker Jr.,Gilbert A.Churchill Jr., and Neil M.Ford.Motivation and Performance in Industrial Selling:Present Knowledge and Needed Research.Journal of Marketing Research ,1977,14:156-158.

以上理论包含了一些管理上的政策暗示。例如在下述情况下，销售人员一般会具有更高的工作满意度：①销售人员感觉最高的管理者直接指导和掌握他们的工作；②在遇到非常事件时，管理层会给予他们帮助和支持；③在决定有关他们的公司政策和标准时，他们感觉自己能够起到积极的作用。

组织购买品生产商通常利用正式的激励计划以求达到特定的销售和利润结果。典型的激励方式是对在一定时间内完成一定工作目标的销售人员给予奖励。

4．评估与控制

1）业绩评估

销售部门经理同时使用基于行为的和基于结果的方式来评估销售人员的工作。如果销售队伍的控制系统是基于行为的，则销售经理直接控制和指导销售人员的工作，使用销售人员行为的主观指标来评估业绩。基于行为的销售评估包括销售人员关于产品应用的知识、关于公司技术的知识以及销售人员向顾客所作介绍的清晰性。与之相反，基于结果的销售队伍控制系统更少对销售人员的工作进行直接的现场监督，采用客观指标来评估业绩，主要包括销售结果、市场份额的获得、新产品销售和利润贡献。

2）设立业绩标准

销售人员被评估的标准同时也是比较不同销售人员或销售单位（如销售区域）的业绩的方式，而且也是估量销售组织的整体生产力的方式。管理经验和判断对于设立合适的标准而言是非常重要的。同时，重要的是，这一标准必须与整体的营销部门目标联系起来，而且还必须考虑销售区域之间的差异，因为在不同区域中，竞争者的数目和力量、市场潜力的水平以及工作量都是有差别的。

经验表明，单纯依靠基于结果的评估方式和激励性的奖励方案不一定能得到所要求的销售和营销业绩结果，而强调现场销售管理的突出地位和基于行为的评估方式可能会更加有效。此外，基于行为的评估方式更加适用于关系营销的场合，关系营销要求有这样的销售人员：能与团队方向保持一致，能集中精力于诸如销售计划和销售支持这样的活动，同样能致力于实现诸如顾客满意这样的目标。

B to B 营销视窗 11-2 介绍了 360°反馈系统的评价要点，对销售人员的评价具有一定的指导意义。

B to B 营销视窗 11-2	360°反馈系统的几个关键点

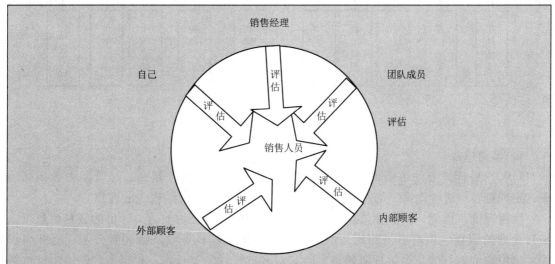

（1）通过有信心地使用反馈工具来确保参与者乐意提供真实的反馈意见。从评价资源收集反馈，把评价表格直接送到处理数据的个人或群体手中，在每一个评价者群体中，至少有三类回答者（如顾客、同事、团队成员）。

（2）向每一个参与者解释数据的使用方法。

（3）对数据源进行保密，以使被评价者无从得知评价人是谁。

（4）确定数据是精确的，用来收集数据的评价工具应该是可靠而有效的。

（5）确保被评价者可以使用这些数据提高自己的工作绩效。提供从不同群体得到的反馈（透视法），比较他人的反馈与自身感觉之间的差异。

（6）检验系统如何对组织全面系统地评价自身效率产生影响。

资料来源：（美）托马斯·英格拉姆等著.李桂华译.销售管理：分析与决策,电子工业出版社,2003.

11.4 销售人员的自我管理

销售工作的有效实现，也需要销售人员进行自我管理。做好销售计划并管理好自己的客户、区域和时间是销售人员自我管理的关键，因为客户、区域和时间是销售中最重要的因素，是销售人员每天必须面对的挑战。

11.4.1　顾客管理的内容

顾客管理包客户评估、客户服务、客户激励与客户协调四大模块，每个模块的管理侧重点不同，如图 11-8 所法。

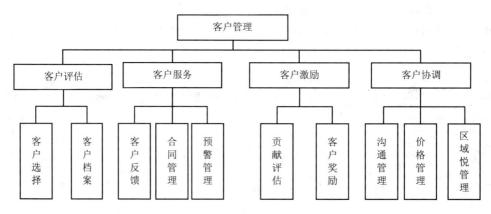

图 11-8　顾客管理模式

1．客户选择

对客户进行详细的资信调查，根据客户的信用、积极性、赢利、经营能力等指标慎重、定期对客户进行选择，淘汰信用不佳、经营能力有限、业绩较差的客户。

信用评价：信用评价主要依据客户的资金运营情况、支付能力，评价的资料信息可以来自企业的调查，也可以借助相关的机构，如金融机构、专业资信调查公司、行业组织等。信用评价的目的是为了规避销售风险和对客户进行分类管理。根据客户的信用评价结果可将客户分为若干等级，对不同信用等级的客户采取不同的销售管理政策。例如对于信用很好的 A 级客户，当资金周转偶尔发生困难时，可以有一定的赊销额度和回款期限，而对于 B 级客户一般要求现款现付，对于 C 及客户则要求先款后货，D 级则考虑淘汰。

赢利评价：不是每位客户都有利可图的，区分客户的营利性有助于销售人员的管理和销售业绩的提高。表 11-5 是一种有效的客户营利性分析方法。客户按列排列，产品按行排列，构成的方格表示将那种产品销售给对应客户的营利性。

表 11-5　客户/产品盈利率分析

	C1	C2	C3	
P1	++		+	高营利性产品
P2	+	+		可营利性产品
P3		−	−	亏损产品
P4	+		−	组合性产品
	盈利型客户	组合型客户	亏损型客户	

对于营利性客户销售人员要积极维系与他们的关系，鼓励他们保持目前的消费；对于组合型客户可以提高赢利较小产品的价格，或争取多销售可赢利产品；对于亏损型客户可以尝试搭售能产生利润的产品，甚至鼓励他们转向竞争者。

2．客户档案

有关新老客户的详细资料是销售人员进行客户管理、开展个性化营销以及寻找潜在客户的基础。包括：

- 客户概况：客户的姓名、年龄、学历、兴趣爱好、社会关系、联系方式等。
- 客户的资金状况：往来银行、账号、兑现情况等。
- 客户的财务状况：资金运用、资金来源、财务背景等。
- 付款情况：以往有无拖欠、每次付款的态度。
- 客户的经营情况：经营方针、业务状况、销售种类、销售范围、价格、营业性质等。
- 客户的交易情况：每笔交易的日期、数量、特殊要求、产品型号等。
- 客户的信用等级：一般分为 A、B、C、D 四等。
- 客户的变更：客户资料的变更，客户的流失记录。
- 销售人员投入记录：与客户联系的时间、地点、方式（如访问、电话）和费用开支、给予过哪些优惠（价格、购物券等）。

3．客户反馈

客户反馈对于衡量企业承诺目标实现的程度、及时发现并总结在为顾客服务过程中的问题等方面具有的重要作用。

客户满意调查：对产品和服务的满意程度直接影响客户的再次购买，不满意的客户会很快转向竞争者，因而对客户进行满意度调查成为客户管理的重要内容。调查可以采用直接询问或问卷调查以及佯装购物者或分析流失客户等方式。

客户投诉：要让每位客户完全满意，没有丝毫意见几乎是不可能的，销售人员肯定都有过处理投诉和抱怨的经历。投诉和抱怨其实并不是件坏事，关键是怎样看待和处理它。如果产品和服务出现问题，客户不去投诉和抱怨，说明客户对公司没有信心，很快转向竞争者；能投诉和抱怨的客户说明客户还愿意给公司和销售人员补救和改进的机会。作为销售人员应仔细聆听客户的意见，并详细记录，将其作为改进工作的契机，积极、快速地做出反应，最忌讳找借口拖延。据调查如果客户的抱怨的投诉能得到积极、快速地解决，客户仍愿意再次购买。

4．合同管理

合同是在客户管理中最有约束力的法律文件，建立、健全合同签署的规章制度，建立标准、规范的合同文本，可以避免一些不必要的纠纷和麻烦。

5．预警管理

根据客户管理中发现的一些异常现象，纳入预警管理中，及时分析原因、寻找对策，将问题消灭在萌芽状态。客户预警管理包括外欠款预警、销售进度预警、客户流失预警和客户重大变故预警。

6．贡献评估

销售人员要定期对客户的贡献水平进行评估，贡献高的给予奖励，贡献差的予以帮助或淘汰。评估的指标有：投入与回报率、销售目标达成率、月销量、增长率、销售份额增长率、忠诚度、信誉度、销售促进配合度、支持度等。

7．客户奖励

完善、合理的奖励措施有助于提高客户的消费和销售积极性，通常的奖励措施有：价格优惠、折让、季奖、年奖、特别奖、专销奖、返利等。

8．沟通管理

销售人员应注重与客户之间的沟通，定期拜访和电话联络客户，加强与客户的感情，培养忠诚度；加深彼此的了解，消除误解和隔阂，积极合作，确保共同利益的实现。

9．价格管理

价格管理包括产品批、零价格的拟定，针对每次客户订货的报价。需特别注意经销商之间的低价倾销带来的市场混乱问题以及"合并户头"骗取销售折让的现象。

10．区域管理

着重监控和协调销售区域内经销商之间的关系，严禁客户跨区杀价销售。

11.4.2　销售区域管理的主要内容

销售人员的销售区域管理是一个集计划、实施、评估为一体的连续的过程，如图 11-9所示。

1．确定区域销售定额

区域销售定额是分配给销售人员在一定时期内在所辖区域需完成的销售任务。这个确定不仅为销售人员设定了目标和考核标准，还为公司总体销售定额的实现提供保证。区域销售定额通常由销售人员的经理综合考虑并参考销售人员的建议后确定，一旦定额设定，销售人员就要为实现这个定额制定销售计划。

2．客户分析

区域销售定额确定后，销售人员必须分析域内现有的和潜在的客户，估计其销售潜力。首先分析现有客户的构成：如果产品品种较为单一，客户类别少，按销售额的大小将客户分为特大、大、中、小四种基本销售类型，一般特大和大型客户只占客户数量的20%，但销售额却能占到 80%，这就是通常所说的 80/20 法则，这部分客户的需求营首先得到满足。如果产品品种多，客户类别也多，就需采用多重因素细分客户。

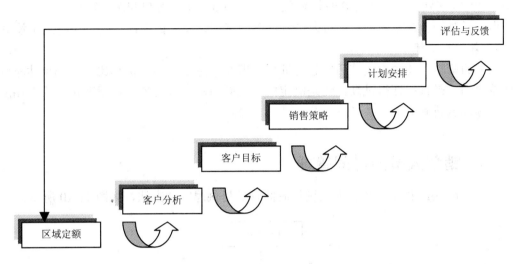

图 11-9　销售人员区域管理流程图

3．客户销售额

客户分析方法同样适用于潜在客户。估计现有客户和潜在客户的销售潜力，通常销售潜力受需求动向、经济变化、同业竞争、销售政策、销售人员等因素的影响。

4．制定客户目标

制定客户目标即为每个产品以及现有客户和潜在客户制定销售目标和分配销售定额。销售目标通常包括销售额、销售增长额、市场份额提高、利润率、新开发的客户数目等。

5．制定客户销售策略

销售策略是关于市场、产品、服务、价格、竞争、促销、定位等一系列的策略，因销售目标和客户的不同而不同。销售人员在为辖区每位客户确定销售目标和定额后，就需制定相应的策略来确保目标和定额的顺利完成。

6．制定销售活动计划

明确的目标和策略还需具体的计划来支持，计划可能因目标和策略的不同而不同，但其中时间和线路的安排则是每位销售人员必须涉及考虑的。

1）时间安排

拜访客户是销售人员开发新客户和保持老客户的重要手段，占据了销售人员大部分的销售时间，如能合理地安排，就能为销售人员赢得宝贵的时间。

2）线路安排

线路安排是指在区域内拜访客户时采用的旅行线路。据调查，销售人员花在旅行上的时间约占销售时间的 1/4，因此合理的线路安排不仅可以减少时间的浪费，而且还可以提高区域的覆盖面，即在有限的时间里尽可能多的拜访客户。销售人员在安排访问线路时，应根据 80/20 法则重点关注占 80%销售额的那部分 20%重要客户和潜在客户。

做好了时间和线路安排，销售人员就可以制定年、周、日行程计划，提高工作效率。

3）评估与反馈

周密的策略和计划在实施后需进行评估，即将实际业绩与目标相比较，如果达不到，就要找原因，是目标订得过高，还是制定的计划有问题，或是外界环境变化太快？相应的调整目标或重新制定计划。

11.4.3　销售人员的时间管理

时间管理 5A's 模型为销售人员进行时间管理提供思路和方法，如图 11-10 所示。

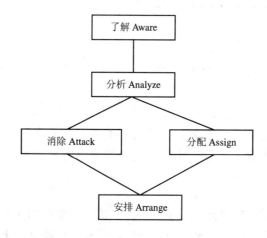

图 11-10　时间管理的 5A's 模型

1．了解

在时间管理中，销售人员第一步需要作出自我了解与了解自我，如自我远景与目标、自我优势与缺点、性格特征与沟通风格等；其次需要对工作进行了解——销售区域内的顾客需要、顾客类型、销售目标和销售要求。通过这两方面的了解，销售人员可以对自己和工作有较为清醒的认识，为客观分析工作和合理分配时间奠定基础。

2．分析

通过分析日常时间安排表和工作时间安排表，销售人员可以研究自己时间运用的情况，看看自己是否在高效地利用时间，是否在时间管理方面存在问题。

3．分配

一般人们的平均工作年限为 55 岁左右，从 25 岁开始工作，到退休也只有 30 年左右的时间，真正高效的销售工作年限可能只有 15～20 年，每年的有效工作日为 250 天左右，每天工作 8 小时，一个人一生的工作时间为 40,000 小时（20 年）左右。在现实生活中，有些销售人员时间安排井然有序、有条不紊，其时间效率特别高；而有些销售人员朝三暮四、丢三落四，到了退休之时才发现忙碌了一辈子，一事无成或者碌碌无为。因而时间分配显得格外重要。

4．消除时间窃贼

时间窃贼就是浪费时间的因素。销售人员需要经常审视自己的时间表和活动，看看究竟是"谁"偷走了时间。销售人员经常会因为丢三落四、做事拖延、事必躬亲、电话干扰、无效会议、缺乏自律、不会拒绝、文件繁杂、公务旅行、贪得无厌等而浪费了宝贵的时间。销售人员要想取得更多业绩，就要设法消除这些时间窃贼。

5．安排

通过了解和分析，利用时间分配的方法，科学合理地安排年度、周以及日计划，并将这些计划变成图表和文字，经常督促销售人员按计划生活、工作，同时也可以检验销售人员的时间管理是否产生了效果。这里可以参考表 11-6 "顾客访问的日计划"或者表 11-7 "个人时间业绩表"。

表 11-6　顾客访问的日计划

时　　间	工　作　内　容
8：00-9：00 A.M.	在办公室停一下，准备去 A 公司的材料，取给 B 公司的货
9：00-10：00	旅途
10：00-11：00	拜访 A 公司
11：00-12：00	拜访 C 公司
12：00-1：00P.M.	与 B 公司主管共进午餐，餐后交货
1：00-2：00	拜访 D 公司
2：00-3:00	拜访 E 公司
3：00-4：00	拜访 F 公司
4：00-5：00	回公司的旅途
5：00-6：00	工作记录，为明天做计划

表 11-7　个人时间业绩表

姓名：_____　　日期：_____

评估：

序号	开始时间	业务内容	耗时（时间）	优先排序				评　估
				A	B	C	D	
1								
2								
3								
4								
5								
6								
7								

续表

序号	开始时间	业务内容	耗时 （时间）	优先排序				评　估
				A	B	C	D	
8								
9								

时刻记住：重要的事情先做　　　　　　　　　总耗时
抓住并坚持重点　　　　　　　　　　　　　（min）：

本章小结

　　人员销售是组织市场上一种重要的刺激需求的力量，考虑到人员销售的巨大成本以及用于人员销售的大量资源，企业的经理人必须对此进行仔细的管理，并充分运用所能得到的技术来加强销售队伍的生产性。同时认识到组织购买者的需要及其购买行为的特征对于有效的人员销售而言是基础性的，交换过程往往涉及购销双方的多种力量，从而形成了采购中心和销售中心。同样，如果将销售人员视为关系经理，销售工作将更有成效。从顾客的观点看来，关系质量由对销售人员的信任度和满意度构成，对于组织购买品的生产商而言，建立和维持有利可图的与顾客的长期关系是其中心目标。

　　人员销售过程由一连串的步骤或程序组成的，这些步骤分别是：①前奏：成功寻找潜在客户；②接触：初次会晤；③探测：识别购买影响力；④提案：双赢的谈判技巧⑤成交：关系销售的开始。

　　销售工作的有效实现，需要进行销售管理，包括对人员销售队伍的计划、组织、指导和控制。销售队伍的决策是由整体营销目标所决定的，必须与营销组合的其他部分融合在一起。与此同时，也需要销售人员进行自我管理。做好销售计划并管理好自己的客户、区域和时间是销售人员自我管理的关键，是销售人员每天必须面对的挑战。

关键词

人员销售	Personal Selling
销售中心	Selling Center
人员销售队伍	Sales Force
计划和控制单位	Plan and Control Units

思考题

1. 何谓人员销售？人员销售作为一种营销沟通工具具有怎样的特点？

2．请分析人员销售是组织市场最为重要的营销沟通工具的原因？

3．如何理解人员销售和关系营销之间的关系？

4．人员销售包括哪些过程？每个过程都具有怎样的特点？

5．组织购买品的营销商可以以哪几种方式来配置其人员销售队伍？试比较各种配置形式的利弊所在。

6．在销售人员的招聘和培训过程中，企业拥有哪些不同的策略选择？

7．根据课文中的内容，说明哪些因素影响着销售人员对其工作的满意度。

8．什么是角色领悟力？它怎样影响销售人员的工作业绩？

9．销售人员自我管理包括哪些内容？

10．以小组为单位，从有关报纸杂志、宣传材料以及互联网上查找有关组织购买品营销商的详细资料（一家或几家），并据此编写案例作为讨论的基础（2000～3000 字），然后就以下问题在小组之间进行讨论：

（1）设计一个招聘和培训销售人员的具体方案。

（2）在不同的案例条件下，就销售人员的配置问题作出自己的决策。

（3）说明如何使销售人员真正起到公司与顾客之间沟通桥梁的作用，在这一点上，中国的企业与国外企业相比有何不足？

（4）说明在不同环境下，怎样对销售人员的工作业绩加以评估？

参 考 文 献

[1]　LINDGREEN A, PALMER R, VANHAMME J, Joost Wouters et al. A relationship-management assessment tool: Questioning, identifying, and prioritizing critical aspects of customer relationships[J]. Industrial Marketing anagement, 2006, (35): 57-71.

[2]　ZABLAH A R, BELLENGER D N, JOHNSTON W J. An evaluation of divergent perspectives on customer relationship management: Towards a common understanding of an emerging phenomenon[J]. Industrial Marketing Management, 2004, 33: 475– 489.

[3]　PARASURAMAN A, et al. A Conceptual Model of Service Quality and Its Implications for Future Research[J]. Journal of Marketing, 1985, 49(3), 44-50.

[4]　SHARMA A, MEHROTRA A. Choosing an optimal channel mix in multichannel environments[J]. Industrial Marketing Management, 2007, 36: 21-28.

[5]　FRELS B T A, et al. Consumer Switching Costs: A Typology, Antecedents, and Consequenees[J]. Journal ofthe Academy of MarketingScience, 2003, 31(2): 109-126.

[6]　HARDT C W, REINECKE N, SPILLER P. Inventing the 21st Century Purchasing Organization[J]. The Mckinsey Quarterly, 2007, 4: 115-117.

[7]　BLOCKER C P, FLINT D J. Customer segments as moving targets: Integrating customer value dynamism into segment instability logic[J]. Industrial Marketing Management, 2007, 36: 810-822.

[8]　MCQUISTON D H. A Conceptual Model for Building and Maintaining Relationships between Manufacturers' Representatives and Their Principals[J]. Industrial Marketing Management, 2001, 30: 165–181.

[9]　RIGBY D K, REICHHELD F F, SCHEFTER P. Avoid the Four Perils of CRM[R]. Harvard Business Review, 2002, 80 (1/2): 102.

[10]　Lehmann D R., Shaughnessy J O. Decision criteria used in buying different categories of products[J]. Journal of Marketing, 1982, 18(1): 9-14.

[11]　ROBERT D F. SCHURR P H, et al. Developing Buyer Seller Relationships[J]. Journal of Marketing, 1987, 51(2): 11-27.

[12]　迈克尔·.D·赫特，托马斯·W·斯潘组织间营销管理[M]，朱凌，梁玮，曹毅然，译. 北京：中国人民大学出版社，2006.

[13]　ANDERSON E, Wujin Chu, WEITZ B. Industrial Purchasing: An Empirical Exploration of the Buyclass Framework[J]. Journal of Marketing. 1987, 51 (7), 71-86.

[14]　REICHHELD F F. The Loyalty Effect[M]. Boston: Harvard business School, 1996.

[15]　MOORE G A. Inside the Tornado: Marketing Strategies from Silicon Valley's Cutting Edge[M]. New York: HarperColins, 1995.

[16]　LICHTENTHAL J D, YADAV V, DONTHU N. Outdoor advertising for business markets[J]. Industrial Marketing Management, 2006, 35: 236 – 247.

[17] TANNER J F, CHONKO J L. Trade Show Objectives, Management, and Staffing Practices[J]. Industrial Marketing Management, 1995, 24: 257-264.

[18] JONES M A, MOTHERSBAUCH D L, BEATTY S E. Switching Barriers and Repurchase Intentions in Services[J]. Journal of Retailing, 2000, 76(2): 259-274.

[19] SPITERI J M., Dion P A. Customer value, overall satisfaction, end-user loyalty and market performance in detail intensive industries[J]. Industrial Marketing Management, 2004, 33: 675–687.

[20] KANTER R M. Collaborative Advantage: The Art of Alliances[R]. Harvard Business Review, 1994, (7/8): 96-108.

[21] WEBB K L. . Managing channels of distribution in the age of electronic commerce[J]. Industrial Marketing Management, 2002, 31: 95– 102.

[22] PRABAKAR K, Wilson D T. Implementing Relationship Strategy[J]. Industrial Marketing Management, 2000, 29: 339-349.

[23] LEMKE F, GOFFIN K, SZWEJCZEWSKI M. Investigating the Meaning of Supplier-Manufacturer Partnerships[J]. International Journal of Physical Distribution and Logistics Management, 2003, 33(1): 12-35.

[24] HUTT M D, SPEH T W. Business Marketing Management[M]. 6th. London: The Dryden Press, 1998.

[25] MORGAN R M, HUNT S D. The Commitment-Trust Theory of Relationship Marketing[J]. Journal of Marketing, 1994, 58(3): 20-38.

[26] MEYER C. Fast cycle time: how to align purpose, strategy and structure for speed. New York: Free Press, 1993.

[27] TZOKAS N, HULTINK E J, HART S. Navigating the new product development process[J]. Industrial Marketing Management, 2004, 33: 619-626.

[28] FREYTAG P V, CLARKE A H. Business-to-Business Market Segmentation[J]. Industrial Marketing Management, 2001, 30(6): 473-486.

[29] LANCIONI R A. A strategic approach to industrial product pricing: The pricing plan[J]. Industrial Marketing Management, 2005, 34: 177-183.

[30] COOPER R G. Identifying Industrial New Product Success: Project NewProd[J]. Industrial Marketing Management, 1979, 8: 124-135.

[31] Cooper R G, KLEINSCHMIDT E J. Performance Typologies of New Product Projects[J]. Industrial Marketing Management, 1995, 24: 439-456.

[32] GOPALAKRISHNA S, LILIEN G L. A Three-stage Model of Industrial Trade Show Performance[J]. Business Markets, 1992, 20.

[33] MUDAMBI S, AGGARWAL R. Industrial distributors: Can they survive in the new economy[J] Industrial Marketing Management, 2003, 32: 317-325.

[34] TEECE D J. Competition, Cooperation and Innovation: Arrangements for Regimes of Rapid Technological Progress[J]. Journal of Economic Behaviour and Organization, 1992, 18: 1-25.

[35] FERGUSON T, IBM Shifts Procurement HQ to China[EB/OL]. ZDNet News: (2006-12-13)[2008-06-01]. http://www.news.zdnet.com.

[36] ULAGA W, EGGERT A. Customer perceived value: A substitute for satisfaction in business market[J]. The Journal of Business and Industrial Marketing, 2002, 17(2-3): (10-12).

[37] 菲利普·科特勒，凯文·莱恩·凯勒. 营销管理[M]. 12版. 梅清豪，译. 上海：上海人民出版社，2006.

[38] 多米尼克. 威尔逊. 组织营销[M]. 万晓，汤晓华，译. 北京：机械工业出版社，2001.

[39] 郭毅. 中国市场营销总监资格证书考试教材[M]. 北京：电子工业出版社，2006.

[40] 郭毅，侯丽敏，李耀东. 组织间营销[M]. 北京：电子工业出版社，2001.

[41] 龚晓峰，等. 高新产品的"保龄球"营销模式[M]. 销售与市场，2000, 5.

[42] 侯丽敏，费鸿萍，陆军，等. 营销学原理[M]. 上海：华东理工大学出版社，2007.

[43] 侯丽敏，黄王旬，朱百军. 组织类顾客转换供应商行为的探索性研究——基于上海制造商的调查[J]. 商业经济文荟，2006, 4.

[44] 克里斯廷. 格罗鲁斯. 服务管理与营销—基于顾客关系的管理策略[M]. 2版. 韩经纶等，译. 北京：电子工业出版社，2002.

[45] 陆军，梅清豪，周安柱. 市场调研[M]. 北京：电子工业出版社，2003.

[46] 克里斯. 菲尔，卡伦.E.菲尔. B2B营销：关系、系统与传播[M]. 李孟涛等，译. 大连：东北财经大学出版社，2007.

[47] 梅清豪，陆军. 市场营销学原理[M]. 北京：机械工业出版社，2006.

[48] 托马斯·英格拉姆等. 销售管理：分析与决策[M]. 李桂华，译，北京：电子工业出版社，2003.

[49] 特劳特. 瑞维金. 新定位[M]李正栓，贾纪芳，译. 北京：中国财政经济出版社，2002.

[50] 王永贵. 组织市场营销[M]. 北京：北京大学出版社，2005.

[51] 王永贵. 顾客关系管理的研究现状、不足和未来展望[J]. 中国流通经济，2004, 4: 52-56.

[52] 应恩德，朱姝，陆军. 人员销售[M]. 北京：电子工业出版社，2001.

反侵权盗版声明

电子工业出版社依法对本作品享有专有出版权。任何未经权利人书面许可，复制、销售或通过信息网络传播本作品的行为；歪曲、篡改、剽窃本作品的行为，均违反《中华人民共和国著作权法》，其行为人应承担相应的民事责任和行政责任，构成犯罪的，将被依法追究刑事责任。

为了维护市场秩序，保护权利人的合法权益，我社将依法查处和打击侵权盗版的单位和个人。欢迎社会各界人士积极举报侵权盗版行为，本社将奖励举报有功人员，并保证举报人的信息不被泄露。

举报电话：（010）88254396；（010）88258888

传　　真：（010）88254397

E-mail：　dbqq@phei.com.cn

通信地址：北京市海淀区万寿路 173 信箱

　　　　　电子工业出版社总编办公室

邮　　编：100036